De wolven

Van Daniel Cole zijn verschenen:

Ragdoll [e]
Marionet [e]
De wolven [e]
Mimic [e]

[e] Ook als e-book verkrijgbaar

Daniel Cole

De wolven

Vertaald door Josee Koning en Rob Oostenrijk

UITGEVERIJ LUITINGH-SIJTHOFF

Eerste druk, mei 2019
Vierde druk, juni 2021

Oorspronkelijke titel: *The Wolves. Ragdoll Book 3*
Vertaling: Josee Koning en Rob Oostenrijk (Vof De Taalscholver)
Omslagontwerp: Studio Jan de Boer
Omslagbeeld voorplat: © Tracy Smith / Arcangel Images
Omslagbeeld binnenzijde en achterplat: © Ronya Galka / Trevillion Images

ISBN 978 90 210 2823 1
ISBN e-book 978 90 245 7603 6
ISBN 978 90 245 8637 0 (luisterboek)
NUR 332

www.lsamsterdam.nl
www.boekenwereld.com

Uitgeverij Luitingh-Sijthoff vindt het belangrijk om op milieuvriendelijke en verantwoorde wijze met natuurlijke bronnen om te gaan. Bij de productie van dit boek is daarom gebruikgemaakt van papier waarvan het zeker is dat dit niet tot bosvernietiging heeft geleid.

‘Ik ben geen held...
Maar ik zou het laatste levende wezen
op aarde doden om jou te redden.’

Proloog

Maandag 4 januari 2016
11.13 uur

'Er was eens... maar nu niet meer.'

Hortend en stotend naderden ze hun bestemming. Langs de vuile ruiten rolde een sneeuwlandschap voorbij, en een zwak zonnetje verwarmde het leren interieur.

'Maar jij bént 't toch?' drong de man achter het stuur aan. 'Jij bent toch William Fawkes?'

'Iemand moet hem zijn,' zuchtte Wolf met oprechte spijt, terwijl de donkere ogen hem in de achteruitkijkspiegel aankeken en af en toe snel de weg voor hen opnamen. 'Het is hier links.'

De zwarte taxi hield stil op een oprit. De stationair draaiende motor sputterde.

Wolf betaalde de man contant, niet dat het nog iets uitmaakte, en stapte uit. Voordat hij het portier achter zich dicht kon slaan, trok de auto pijlsnel op, zodat hij een laag ijskoude modder over zich heen kreeg, en verdween met zwaaiend portier de hoek om. Wolf had alweer spijt dat hij de opdringerige politie-informant een fooi had gegeven, al nam hij aan dat het ijdele hoop was geweest om te denken dat hij diens discretie voor één pond en vierendertig pence had kunnen kopen. Hij veegde zijn broek schoon met de mouw van de lange zwarte jas die nog van Lethaniel Masse was geweest – de Lappenpopmoordenaar – een aandenken aan een voorbij leven, een soort trofee die hem hielp herinneren aan alle mensen voor wie hij er had moeten zijn.

Hij smeerde met groot succes de natte vlekken uit tot vuile vegen en besefte dat hij nog steeds in de gaten werd gehouden. Hoewel hij ruim 12 kilo was afgevallen en een uitermate onverzorgde baard had laten staan, verrieden Wolfs indrukwekkende lengte en felblauwe ogen hem zodra iemand hem een tweede blik gunde. Aan de overkant van de straat keek een vrouw naar hem op van achter een kinderwagen waarin waarschijnlijk een baby onder de dikke laag dekens lag. Ze hield op met redderen, pakte een mobiele telefoon en hield die tegen haar oor.

Na een verdrietig glimlachje in haar richting draaide Wolf haar de rug toe om het tuinhek door te gaan. Op het grind stond een indrukwekkende maar veronachtzaamde Mercedes, die hij daar nooit eerder had gezien en die alleen herkenbaar was aan het logo dat uit de sneeuw omhoogstak. Het hem zo vertrouwde huis was sinds zijn laatste bezoek een derde groter geworden. Omdat hij wist dat de voordeur als altijd open zou zijn, nam hij niet de moeite om aan te kloppen. Hij stampte de sneeuw van zijn schoenen en stapte het sombere halfduister binnen dat ondanks het heldere weer in de hal heerste.

'Maggie?' riep Wolf. Zijn stem brak, puur door de emotie weer in dat huis te zijn en gulzig de lucht in te ademen – verrijkt met vleugen zieltogende boeken, bloemetjesparfum, gemalen koffie en honderd andere dingen die ongevraagd herinneringen opriepen aan gelukkiger tijden. Want hier voelde hij zich meer thuis dan waar ook ter wereld. Dit was de enige constante waar hij op had durven vertrouwen sinds hij naar Londen was verhuisd. 'Maggie?!'

Geknars boven hem doorbrak de stilte.

Toen hij de trap op wilde lopen, hoorde hij snelle lichte voetstappen over de vloerdelen van de eerste verdieping.

'Maggie?!'

Er ging een deur open. 'Will? Will!'

Wolf was nog amper boven aan de trap aangekomen of Maggie gooide haar armen om hem heen, en het scheelde niet veel of hun begroeting vond alsnog beneden in de hal plaats.

'O, mijn god! Je bent het écht!'

Ze klemde hem zo stevig tegen zich aan dat hij amper adem

kreeg, en het enige wat hij kon doen, was haar al even stevig vasthouden toen ze tegen zijn borst in huilen uitbarstte.

'Ik wist dat je zou komen,' snikte ze met trillende stem. 'Ik kan maar niet geloven dat hij dood is, Will. Wat móét ik zonder hem?'

Wolf maakte zich los uit de omhelzing en hield Maggie op een armlengte afstand om met haar te praten. De altijd even goed verzorgde vrouw was midden vijftig, en voor het eerst was haar leeftijd haar aan te zien doordat haar make-up was uitgelopen en ze onelegante zwarte kleren droeg. Ze had haar lange zwarte krullen los laten hangen, terwijl ze ze anders altijd opstak in een vintagekapsel dat, zoals dat onvermijdelijk gaat, weer in de mode was geraakt.

'Ik heb niet veel tijd. Waar... waar lag hij?' vroeg hij, worstelend met de eerste van verschillende ongemakkelijke vragen waar hij antwoord op moest zien te krijgen.

Haar trillende hand wees naar een versplinterde deurpost in een deel van het huis waar geen vloerbedekking lag. Hij knikte en kuste haar zacht op haar voorhoofd voordat hij de meest recente uitbouw aan het huis binnenstapte. Maggie bleef voor de drempel van de kale kamer staan. Wolf keek trots naar de laatste verbouwing van zijn vriend, afgewerkt met dezelfde precisie die hij aan de dag legde bij alles wat zijn kleinkinderen betrof. Het zou hun nieuwe speelkamer worden, voor als ze op bezoek kwamen, een manier om meer tijd met de kleinkinderen door te brengen nu hij met pensioen was.

In het midden van de kamer lag een houten stoel op zijn kant en daaronder was een donkere substantie in de poreuze vloerdelen getrokken.

Wolf had zichzelf ervan overtuigd dat hij onbewogen zou kunnen blijven en de objectieve efficiëntie aan de dag zou kunnen leggen die hij voor elke willekeurige plaats delict hanteerde... Maar natuurlijk lukte hem dat niet.

'Hij hield van je, Will,' zei Maggie vanuit de deuropening.

Terwijl Wolf in zijn ogen wreef omdat hij zijn tranen niet langer kon inhouden, hoorde hij buiten iemand over het grind knarsen.

'Je moet gaan,' zei Maggie dringend, en ze negeerde het beleefde klopje op de deur. 'Will?' De voordeur kraakte toen iemand zichzelf binnenliet. Ze liep snel naar de trap, maar haar gezicht ontspande bij het zien van het verlopen gezicht van de blonde man die de trap op kwam. 'Jake!' zuchtte ze opgelucht. 'Ik dacht dat je... Maakt niet uit.'

Wolf keek achterdochtig toe terwijl ze elkaar als oude vrienden omhelsden.

'Ik heb wat dingetjes voor je meegebracht,' zei de man, en hij reikte haar de boodschappentassen aan. 'Mag ik even een momentje alleen met hem?' vroeg hij, waarmee hij een einde maakte aan de illusie dat dit een gezelligheidsbezoekje was.

'Ga maar, Maggie,' zei Wolf.

Niet op haar gemak liep ze de trap af om de boodschappen op te ruimen.

'Saunders,' begroette Wolf zijn ex-collega toen die de kamer binnenliep.

'Wolf. Lang niet gezien.'

'Ach, weet je, ik had wat tijd voor mezelf nodig,' zei hij spottend. Op straat hoorde hij een auto stilhouden. 'Ik wist niet dat jullie elkaar kenden.'

'Deden we ook niet,' zei Saunders schouderophalend. Ondanks hun beleefde gesprek bleef hij op veilige afstand staan. 'Tot... dit gebeurde.' Hij zuchtte diep. 'Man, ik vind het zó rot wat er met Finlay is gebeurd. Echt waar.'

Wolf knikte waarderend en zijn ogen gleden weer naar de donker gevlekte vloerdelen.

'Wat doe je hier eigenlijk?' vroeg Saunders op de man af.

'Ik moest het met eigen ogen zien.'

'Wat zien?'

Wolf liet zijn stem zakken zodat Maggie hem niet zou horen: 'De plaats delict.'

'Delict?' Saunders wreef vermoeid over zijn gezicht. 'Man, ik was zelf ter plaatse. Hij werd in zijn eentje aangetroffen... in een afgesloten kamer... naast het wapen.'

'Finlay zou nooit zelfmoord plegen.'

Saunders keek hem meewarig aan. 'Mensen blijven je verrassen.'

'Nu we het daar toch over hebben: je was hier wel erg snel.'

'Ik was al onderweg... toen de melding binnenkwam.'

Toen ze nog samenwerkten was Wolf nooit erg gesteld geweest op de schreeuwerige rechercheur, maar nu begon hij hem in een nieuw licht te zien.

'Dank je dat je voor haar zorgt.'

'Het is geen moeite.'

'En... met hoeveel mensen zijn jullie hier?' vroeg Wolf hem, alsof hij hem vroeg hoe laat het was. De temperatuur in de kamer daalde onmiddellijk.

Saunders aarzelde even. 'Twee aan de straatkant,' zei hij toen. 'En twee aan de tuinkant. Een collega zit bij Maggie, en als het goed is zit er iemand één meter bij ons vandaan, achter die muur.' Hij riep in de richting van de deuropening: 'Toeter als je geil bent!'

Bij wijze van antwoord klonk van de overloop het geluid van een magazijn dat in een semiautomatisch geweer werd geladen. Saunders glimlachte verontschuldigend en haalde toen een paar handboeien uit zijn zak.

'Ik heb beloofd dat je niet zou vluchten. Zet me alsjeblíéft niet voor gek,' zei hij.

Wolf knikte en liet zich langzaam door zijn knieën zakken. Hij hief zijn armen, haakte zijn vingers achter zijn hoofd in elkaar en keek uit het besneeuwde raam – het laatste uitzicht van zijn mentor voor diens einde.

'Sorry, hoor,' zei Saunders, en hij stapte naar voren om de handboeien om zijn polsen te klikken. 'Verdachte in hechtenis!'

'Will?!' riep Maggie vanuit de keuken toen haar huis volstroomde met gewapende politiemensen.

Zware laarzen kwamen de trap op, gevolgd door Maggies voetstappen.

'Willen jullie iets voor me doen?' vroeg Wolf. Hij keek beurtelings Saunders en Maggie aan terwijl de laatste gewapende politiemensen de kamer binnenliepen en gewoontegetrouw bleven schreeuwen toen ze hem vastpakten. 'Vertel haar nog maar niet dat ik terug ben.'

'Will...' riep ze wanhopig, maar ze kon het niet opbrengen om de kamer te betreden waar haar man was gevonden.

'Het is al goed, Maggie. Het is goed,' stelde hij haar gerust. 'Ik ben niet meer op de vlucht.'

1

Maandag 4 januari 2016
11.46 uur

Thomas Alcock was een kop thee voor zichzelf aan het zetten toen zijn blik werd getrokken door de beelden op de televisie, waarvan het geluid uit stond.

'Verdomme!' fluisterde hij en hij goot kokendheet water over het aanrecht... dat vervolgens over zijn hand droop, zodat hij uiterst beheerst verging van de pijn. 'Gggloeiende zeikstraal!' bracht hij uit, terwijl hij de pijn uit zijn hand schudde zonder zijn ogen van de televisie af te wenden.

Op Sky News was te zien hoe een helikopter rondcirkelde boven de plek waar veertien dagen eerder een bom was ontploft. Waar de heli de zon verduisterde, gleed een donkere schaduw moeiteloos over het puin, in het gezelschap van minstens twee andere – aasgieren die zich verzamelden boven een vers kadaver. Blijkbaar was het vliegverbod boven de stad, dat tijdens de feestdagen voor ongekend leed en ongemak had gezorgd, opgeheven, zodat de wereld eindelijk de mate van verwoesting in ogenschouw kon nemen.

Een ramp die ternauwernood was afgewend, maar niet zonder bijkomende schade.

Na de ontploffing, die beperkt was gebleven tot een ondergrondse toiletruimte aan Ludgate Hill, waren volgens protocol de omliggende gebouwen ontruimd en voerden bouwkundig ingenieurs controles uit. Toen een toerist met scherpe ogen verse scheuren in de westelijke gevel van St Paul's Cathedral opmerkte, was er met spoed opdracht gegeven voor herstelwerkzaamheden, maar voordat de steigers zelfs maar waren opgebouwd, was de noordelijke toren op het beton eronder geklapt. En vervolgens waren in de loop van drie dagen de zuilen afgebroken, de een na de ander, als benen die hun gewicht niet langer konden dragen, totdat het onvermijdelijke gebeurde en de enorme portiek was afgebrokkeld – een iconisch monument dat langzaam maar zeker aan zijn verwondingen bezweek.

Het was een surrealistisch beeld: een ontbrekend puzzelstuk.

Het duurde even voordat Thomas doorkreeg dat de kleurrijke rand om het terrein een berg van kransen en bloemen was die hoog opgetast tegen die hekken aan lagen: een eerbetoon aan al diegenen die niet meer uit metrostation Piccadilly Circus hadden kunnen wegkomen, aan agente Kerry Coleman, aan iedereen die op Times Square was gestorven – een ontroerend maar kortstondig gebaar in het vriesweer.

Hij nam een slokje van zijn thee.

De weerspiegeling van knipperlichtjes leidde zijn aandacht af van de gele ondertiteling en herinnerde hem eraan dat wat er van de kerstboom resteerde nog steeds in de kamer stond. Op de berg cadeautjes eronder kwamen steeds meer dennennaalden te liggen. Thomas aaide Echo verstrooid en hij gaf zich voor de zoveelste keer over aan egoïstische overpeinzingen: hoe dankbaar hij was dat hij geen van de doden en gewonden kende, wat een mazzelaar hij was dat zijn vriendin heelhuids thuis was gekomen – en, beschamend genoeg, hoe hij stiekem hoopte dat de gruwelen van de afgelopen maand, die hun hoogtepunt hadden bereikt met een nationaal veiligheidsincident en die een goede vriend van hem het leven hadden gekost, haar te veel zouden worden, haar ertoe zouden brengen om alles achter zich te laten, te waarderen wat ze nog had en daar tevreden mee te zijn.

Aan de andere kant van de keukentafel begon Baxters telefoon luid te zoemen.

Thomas dook door de kamer en nam op geërgerde fluistertoon op.

'Toestel van Emily... ik ben bang van niet. Ze slaapt nog. Kan ik een... Woensdag... 9.00 uur... Ik geef het door... Goed, dag.'

Hij legde de telefoon op de ovenwanten voor het geval hij weer over zou gaan.

'Wie was dat?' Hij schrok toen hij Baxters stem hoorde.

Ze stond in de deuropening, gekleed in een van zijn wijde truien boven haar geruite pyjamabroek. De huiselijke kleding was een welkome afwisseling op hoe de vijfendertigjarige hoofdinspecteur er gewoonlijk uitzag. Thomas werd opnieuw misselijk toen hij naar haar keek, naar de tol die de functie had geëist van de vrouw die hij liefhad. Ze had hechtingen in haar bovenlip. Twee vingers waren met tape gespalkt en staken uit de mitella die ze tegen heug en meug droeg om haar geblesseerde elleboog te ontzien, terwijl haar slordige donkerbruine haren de meeste schrammen en korsten op haar gezicht verborgen.

Hij slaagde er met moeite in te glimlachen. 'Wil je ontbijten?'

'Nee.'

'Alleen een omelet?'

'Nee. Wie was er aan de telefoon?' vroeg ze opnieuw terwijl ze de blik van haar vriend vasthield, erop vertrouwend dat hij zou doorslaan.

'Het was je werk,' zuchtte hij, boos op zichzelf.

Ze wachtte tot hij verder uitweidde.

'Een zekere Mike Atkins wilde je laten weten dat je woensdagochtend een bespreking hebt met hem en de FBI.'

'O,' antwoordde ze beduusd en ze krauwde Echo's kop toen hij tussen de werkbladen in sprong om over haar hand te kwijlen.

Thomas kon het niet verdragen haar zo kwetsbaar en verslagen mee te maken. Hij liep naar haar toe om haar te omhelzen, maar was er niet van overtuigd dat ze überhaupt merkte dat hij haar vasthield, want ze hing slap tegen hem aan.

'Heeft Maggie vandaag nog gebeld?' vroeg ze.

Hij liet haar los. 'Nog niet.'

'Ik ga er zo even naartoe.'

'Ik breng je wel,' bood Thomas aan. 'Ik kan in de auto wachten of ergens koffie gaan drinken terwijl jullie...'

'Het gaat wel,' zei ze.

Thomas fleurde zowaar een beetje op van haar bruuske antwoord. Ergens, diep onder het gebutste oppervlak, klonk Baxter vertrouwd scherp.

Ze was er nog. Ze had alleen tijd nodig.

'Oké.' Hij knikte en glimlachte vriendelijk.

'Ik ga, eh...' Ze maakte haar gedachte af door naar boven te wijzen. 'Maar het gaat wel,' mompelde ze op weg naar de gang met Echo achter zich aan. 'Het gaat wel.'

Zonder de gloed van een bos knalrood haar die erachter in beeld kwam en meteen weer verdween, zou de heg eruit hebben gezien als elke andere.

Alex Edmunds' eerste opdracht als privédetective stelde weinig voor en bracht hem naar een braakliggend terrein annex winkelwagenkerkhof tegenover zijn plaatselijke Sainsbury's-supermarkt. Maar nu hij zijn prooi in het vizier had en de enige uitgang werd afgezet door zijn team, raakte hij weer in de roes van de jacht.

Hij kwam in actie...

Zijn prooi ging ervandoor, sneller dan hij had verwacht, en vluchtte pal in de richting van de val die hij had gezet.

'PI 2!' brulde hij in de walkietalkie die hij bij Toys 'Я' Us had gekocht. 'PI 2, bereid je voor op de onderschepping!'

'Moet dat nou echt?'

'Alsjeblíéft!' hijgde Edmunds, en zijn plan ontvouwde zich als een vaak gerepeteerd staaltje choreografie: zijn verloofde die uit het niets kwam opdagen en met de kinderwagen het pad afzette.

Hun gezinsinkomen kwam slippend tot stilstand, dacht razendsnel na en klom toen in wat zo te zien de hoogste boom in Londen was. Toen hij buiten bereik kwam, schopte hij sneeuw van de hoogste takken naar beneden.

'Verdomme!' grimaste Edmunds. Hij keek omhoog met zijn hand op de steek in zijn zij.

'PI 1, fretten kunnen in een boom klimmen,' liet Tia's vervormde stem hem weten terwijl ze Leila zijn kant uit duwde. 'Wat nu?' vroeg ze toen ze de walkietalkie niet langer nodig had.

'Dit... dit komt helemaal goed,' vertelde Edmunds haar vol zelfvertrouwen. 'Hij kan geen kant uit.'

'Echt niet?' vroeg ze, en ze haalde de kattenbench onder de

kinderwagen vandaan en zette die op de bevroren grond.

'Goed, ik klim erin,' zei Edmunds op besliste toon, in de verwachting dat ze zou gaan protesteren.

Dat deed ze niet.

'In die joekel van een boom,' verduidelijkte hij.

Ze knikte.

'Oké dan.' Hij knikte terug. 'Ga op veilige afstand staan voor het geval ik val... doodval.'

'Wat dacht je van op veilige afstand... thuis?' stelde Tia voor.

'Best.' Hij haalde zijn schouders op, ietwat verbaasd dat ze alle opwinding aan zich voorbij liet gaan. Hij liep naar de boom en pakte een dikke tak boven zijn hoofd. 'Maar het is wel leuk, hè? Dat we dit samen oppakken?'

Tia gaf geen antwoord.

'Ik zei...' Hij deed een nieuwe poging toen hij langs de stam naar beneden was gegleden. 'O, je bent al weg.'

Ze was inmiddels halverwege de helling.

'Nou, ik vind het wél leuk,' mompelde Edmunds in zichzelf. 'Goed, vuile ploert,' riep hij langs de stam omhoog. 'Het is afgelopen met je schrikbewind!'

Wolf zat luid te snurken.

Van de drie uur die hij al opgesloten zat in de verhoorkamer in het politiebureau van Hornsey, had hij tweeënhalf uur lang rustiger geslapen dan hem in weken was gelukt. Hij schrok wakker toen er op de gang een deur dichtsloeg. Zijn onaangename omgeving bracht hem even in de war, maar de handboeien die achter zijn rug tegen de metalen stoel rinkelden hielpen hem weer herinneren aan zijn enerverende ochtend. Hij was een beetje nijdig op de onverschillige deurensmijter. Nu moest hij verschrikkelijk naar de wc en liep hij een aantal minuten heen en weer om de bloeddoorstroming in zijn linkerbil te bevorderen. Terwijl hij een dreigende kramp met strekken probeerde tegen te gaan, hoorde hij het geklik van hakken zijn kant uit komen. De deur ging open en er kwam een elegante vijftiger binnen. Zijn maatpak paste niet bij de taupekleurige muren.

'Hé,' begroette Wolf de goedgeklede vreemdeling. 'Ik dacht dat u een vrouw was.'

De man met zilvergrijs haar leek volkomen van zijn stuk gebracht en in de verweerde huid van zijn voorhoofd verschenen diepe fronsrimpels.

'Maar dat is niet zo,' liet Wolf hem behulpzaam weten.

Er verscheen een zweem van een glimlach op het gezicht van de man.

'En ik me maar onnodig zorgen maken dat je speurdersblik achteruit was gegaan terwijl je zonder toestemming afwezig was.'

Hij trok een stoel bij en ging zitten.

'Nu we het er toch over hebben,' begon Wolf, die zich opeens iets herinnerde. 'En ik wil niet kleingeestig overkomen of zoiets, maar toen die zaak met Masse... zich, eh, voordeed, had ik nog wél vijftien vakantiedagen tegoed. Ik weet niet of er een manier is om, eh...'

De man onderbrak hem halverwege de zin met een peinzend glimlachje, waarbij zijn spierwitte tanden zo afstaken tegen zijn oranje getinte huid dat ze bijna licht leken te geven.

'Ja, u zult wel gelijk hebben. We zoeken het een ander keertje wel uit,' zei Wolf. In de gespannen stilte die volgde blies hij zijn wangen leeg.

'Je herkent me zeker niet, hè, Will?'

'Eh...'

'Dit is hoofdcommissaris Christian Bellamy,' kondigde een helaas zeer bekende stem vanuit de deuropening aan toen commissaris Geena Vanita de verhoorkamer binnenliep.

Naar haar maatstaven was ze relatief smaakvol gekleed: een zwart jasje bedekte een prijzenswaardig deel van de met elkaar vloekende kledingstukken eronder. Misschien keek hij overdag te veel televisie, maar als hij haar outfit moest categoriseren, zou hij denken aan 'begrafeniskleding voor Teletubbies'.

Ze was nog steeds aan het woord.

'Sorry, wat zei je?' vroeg Wolf, die geen woord had begrepen van wat ze verder had gezegd, omdat zijn gedachten afdwaalden naar veel prangender zaken: Dipsy – overdosis heroïne.

'Ik zei dat het een kwestie van tijd was voordat we je te pakken kregen,' herhaalde het piepkleine dametje.

'Je weet toch nog wél dat jullie me niet echt hebben hoeven

vangen, hè?' vroeg Wolf. 'Want ik kan me levendig herinneren dat ik me heb overgegeven.'

Vanita haalde haar schouders op en zat in gedachten waarschijnlijk al het persbericht op te stellen waarin zijn gevangenneming bekend werd gemaakt.

'Luister, Will, wij zijn niet je vijanden,' onderbrak Christian hen voordat ze verder konden kibbelen. Maar toen hij de anderen over de tafel naar elkaar zag kijken, besloot hij zijn uitspraak bij te stellen. 'Ík ben niet je vijand.'

Wolf lachte spottend.

'Weet je, we hebben elkaar al eens eerder ontmoet,' vervolgde Christian. 'Ik geef toe, het is alweer een tijdje geleden. En' – voor het eerst leek de man zijn hoffelijke zelfbeheersing even te verliezen – 'we hebben deze week allebéí een heel goede vriend verloren. Denk niet dat je de enige bent.'

Wolf keek de man sceptisch aan.

'Dus...' begon Vanita, 'William Oliver Layton-Fawkes.'

Hij huiverde.

'Nu je bent opgepakt...'

'Ik heb me overgegeven!' kreunde Wolf.

'... staat je, gezien de lange lijst overtredingen die je hebt begaan, een fikse gevangenisstraf te wachten.'

Wolf zag Christian naar zijn ondergeschikte fronsen toen ze vervolgde: 'Bewijs achterhouden, meineed, niet op komen dagen na een verzoek daartoe, het toebrengen van lichamelijk letsel...'

'Hooguit zware geweldpleging,' voerde Wolf aan.

'En zo kan ik nog wel een poosje doorgaan,' zei Vanita ter afsluiting, en ze sloeg voldaan haar armen over elkaar. 'Je hebt je in de loop van de jaren al zo vaak uit de problemen weten te wurmen, maar deze keer lijkt het erop dat we je kleinkrijgen. Heb je nog iets te zeggen?'

'Ja.'

Ze keek hem vol verwachting aan.

'Zou je even aan mijn neus kunnen krabben?' vroeg hij haar.

'Pardon?'

'Mijn neus,' herhaalde Wolf op vriendelijke toon, en hij liet de handboeien achter zijn rug rinkelen. 'Vind je het erg?'

Vanita wisselde een blik met Christian en begon toen te lachen.

'Heb je eigenlijk wel íéts gehoord van wat ik zei, Fawkes?' vroeg ze.

Wolfs ogen begonnen te tranen.

'Je gaat voor heel lang de gevangenis in.'

'Toe nou, alsjeblieft,' zei Wolf, die zonder veel succes probeerde zijn neus tegen zijn schouder te wrijven.

Vanita stond op. 'Ik heb hier geen tijd voor.'

Ze was al bij de deuropening aangekomen voordat Wolf opnieuw sprak: 'Léo... Antoine... Dubois.'

Vanita bleef staan, met één voet in de gang. Heel langzaam draaide ze zich weer om. 'Wat is er met hem?' vroeg ze.

'Eerst mijn neus,' probeerde Wolf.

'Nee! Wat is er met Dubois?'

'Vergeef me mijn onwetendheid,' onderbrak Christian hen weer, 'maar... over wie hebben we het?'

'Léo Dubois,' snoof Vanita, toen ze zich het fiasco herinnerde waar ze jaren niet aan had hoeven denken, de totaal mislukte operatie waar meerdere bureaus bij betrokken waren. 'Het was een grote zaak voor de afdeling: moord, mensensmokkel, drugssmokkel. Fawkes was erbij betrokken, dus behoeft het geen verbazing te wekken dat het een ongekende warboel was.'

Ze wendde zich weer tot Wolf, die luid geeuwde. 'Wat is er met Dubois?'

'Huidige locatie, namen en foto's van zijn hele netwerk, bankrekeningnummers, de naam van het schip dat nu volgepakt met sekswerkers onderweg is naar onze kust...'

Ongemerkt deed ze een stap de verhoorkamer in.

'O, en kentekens,' ging hij verder, 'witwaspraktijken... en ik weet vrijwel zeker dat hij iemands Netflix-account heeft gehackt.'

Vanita schudde haar hoofd. 'De wanhopige beloftes van een arrestant.'

'Ik ben niet gearresteerd, ik heb me overgegeven,' hielp Wolf haar herinneren.

Christian bleef kalm toen hij de abrupte verandering bij zijn collega bespeurde.

'Ik heb het gevoel dat ik je totaal verkeerd heb ingeschat,

Fawkes,' zei Vanita theatraal. 'De scepticus in mij vermoedde altijd dat je op de vlucht was geslagen om je hachje te redden nadat je een seriemoordenaar aan het werk had gezet. Maar nu blijkt dat je die hele tijd bezig was om eigenhandig een beruchte misdadiger ten val te brengen!' Ze lachte om haar eigen geestigheid. 'Dit is belachelijk! Je kunt niet verwachten dat iemand dat serieus neemt...'

'Ik verwacht dat je gelooft,' kwam Wolf ertussen, 'dat ik na het verlaten van die rechtszaal voorzieningen heb getroffen om mijn leven terug te krijgen, ter voorbereiding op dit moment, waarop ik je een aanbod ga doen dat je onmogelijk kunt weigeren.'

'Nou en of ik dat kan,' snauwde Vanita, die blijkbaar vergat dat ze niet de hoogste rang had van de drie aanwezigen in de kamer. 'Dus Dubois herkende op geen enkel moment de man die maandenlang had geprobeerd hem op te pakken? Hij was helemaal niet achterdochtig?'

'Hij was ontzettend achterdochtig,' zei Wolf. 'Maar het feit dat mijn hoofd in alle kranten stond maakte mijn verhaal er wel geloofwaardiger op... Je moet nu écht even aan mijn neus krabben.'

Ze deed haar mond open om te weigeren.

'Krab nou gewoon even aan zijn neus, oké?' blafte Christian, die verder wilde.

Met een verontwaardigde blik haalde Vanita een dure pen uit haar zak en stak die in Wolfs richting, zonder een poging te doen haar ongenoegen te verbergen.

'Iets naar rechts,' instrueerde Wolf. 'Nog een beetje. O ja! Dat is het. Je hebt het verkeerde beroep gekozen, wist je dat?' zei hij tegen haar, voordat hij eraan toevoegde: 'Dat is trouwens een opzichzelfstaande constatering, die niets te maken heeft met je neuskrabbend vermogen.'

Achteroverleunend in zijn stoel glimlachte hij triomfantelijk toen Vanita haar lievelingspen op tafel liet vallen om hem door iemand anders op te laten rapen.

'Wat wil je, Fawkes?' siste ze door haar tanden.

'Geen gevangenisstraf.'

Ze lachte hardop. 'Het is algemeen bekend wat je hebt gedaan, althans voor een deel. Het beste waar je op kunt hopen is een politievriendelijke vleugel.'

'Dus we maken ons druk om het publiek? Vandaar de nietsontziende jacht die jullie op me hebben gemaakt,' grijnsde Wolf. 'Afgezien van het feit dat het niet zozeer "nietsontziend" was als wel "ontspannen" en dat het niet zozeer "jacht maken" was als wel "grasduinen".'

Vanita verstrakte.

'Een maand. Minimaal beveiligd,' bood hij.

'Een jaar,' was Vanita's tegenbod, al viel die buiten haar functieomschrijving; Christian maakte echter geen bezwaar terwijl bod en tegenbod over de tafel stuiterden als een pingpongballetje.

'Twee maanden,' stelde Wolf voor.

'Zes!'

'Drie... maar dan wel onder mijn voorwaarden.'

Vanita wachtte even. 'Zeg het maar.'

'Niemand vertelt Baxter dat ik terug ben; dat doe ik zelf.'

Omdat ze het liefst elke confrontatie met haar lichtgeraakte hoofdinspecteur uit de weg ging overwoog Vanita om Wolfs celstraf als tegenprestatie met een week te verkorten; in plaats daarvan knikte ze met gespeelde tegenzin.

'En...' vervolgde hij, 'dit is waarschijnlijk een opportuun moment om jullie te vertellen dat ik als infiltrant in Dubois' bende deel heb uitgemaakt van een groep mannen die een rivaliserende mensensmokkelaar zodanig heeft afgetuigd dat hij met levensbedreigende verwondingen op de intensive care belandde.'

'Jezus, Fawkes!' zei Vanita hoofdschuddend.

'Maar hij is er weer helemaal bovenop gekomen!' zei Wolf er snel achteraan.

'Oké. Daar kunnen we vast wel iets op vinden.'

'Dus zijn we teruggegaan en hebben we hem neergeschoten.'

'Anders nog iets?!' kreunde Vanita, die nu bijna aan het eind van haar Latijn was.

'Ja. Ik wil een voorwaardelijke straf,' zei Wolf doodserieus.

'Maar natuurlijk!' antwoordde ze op sarcastische toon. 'Puur uit belangstelling: hoelang moet je proeftijd zijn?'

'Zo lang als nodig is.'

'Om wat te doen?'

'Om aan één laatste zaak te werken,' vertelde hij. Van zijn

eerdere uitdagende en gekscherende toon was niets meer over.

'Je verspilt mijn tijd, Fawkes,' zei Vanita opnieuw, en ze maakte weer aanstalten om weg te gaan.

Christian verbrak zijn minutenlange zwijgen. 'Wacht even.'

Vanita keek boos naar haar meerdere, maar ging gehoorzaam weer zitten.

'Welke zaak, Will?' vroeg Christian.

Wolf wendde zich tot de hoofdcommissaris: 'De moord op rechercheur Finlay Shaw.'

Het bleef even stil, terwijl de anderen het bizarre verzoek op zich lieten inwerken. Net toen Vanita wilde reageren, schraapte Christian zijn keel en stak hij een hand omhoog.

'Will, het was zelfmoord,' zei hij. 'Dat weet je toch? Het spijt me, maar er ís geen zaak om aan te werken.'

'Was jij zijn vriend?' vroeg Wolf.

'Zijn beste vriend,' zei Christian trots.

'Vertel me dan eens,' zei Wolf, en hij keek Christian recht aan. 'Kun jij één geloofwaardig scenario bedenken waarin Finlay Maggie alleen achter zou laten?'

Vanita besefte dat ze niet langer deel uitmaakte van het gesprek en hield zich afzijdig. Ze had niet eens met zekerheid kunnen zeggen of Finlay getrouwd was geweest.

Christian zuchtte diep en schudde zijn hoofd.

'Nee. Geeneen. Maar het bewijs is... is onweerlegbaar.'

'Maar als zijn vriend zul je er toch zeker geen moeite mee hebben als ik dat ondubbelzinnig verifieer? Dan ben ik je man,' beloofde Wolf.

Christian leek besluiteloos.

'Je denkt hier toch niet serieus over na?' vroeg Vanita hem.

'Kun je misschien even je mond houden?!' snauwde Christian voordat hij zich weer tot Wolf wendde: 'Zou jij dit Maggie echt willen aandoen?'

'Ze zal het begrijpen... van mij wel.'

Christian leek nog steeds niet overtuigd.

'Toe nou. Wat heb je te verliezen?' Voor het eerst liet Wolf iets van zijn wanhoop doorschemeren. 'Ik bevestig dat het zelfmoord was; en jullie krijgen Dubois.'

Hij keek toe terwijl de hoofdcommissaris de opties tegen elkaar afwoog.

'Oké. Ga je gang.'

Vanita stond op en stormde het kamertje uit, zodat de twee mannen verder konden praten.

'Ik zal je het dossier laten brengen, samen met een getekend exemplaar van onze... overeenkomst,' zei Christian, glimlachend en met fonkelende ogen. Hij gaf Wolf goedgehumeurd een mep tegen zijn rug, net zoals Finlay dat altijd deed. Hij hield er ongetwijfeld een blauwe plek aan over waar zijn mentor trots op zou zijn geweest. 'En, waar beginnen we?'

'We?'

'Denk je dat ik je dit alleen laat doen? We hebben het hier wél over Fin, ja!'

Wolf glimlachte. Hij mocht Finlays oudste vriend wel.

'Dus, waar beginnen we?' herhaalde Christian.

'Bij het begin.'

2

Maandag 5 november 1979
(Guy Fawkes Night)
17.29 uur

Zodra Christian zijn ogen opendeed, werd hij verblind door de felle lamp die aan het golfplaten dak bungelde. Hij wilde zijn gewicht verplaatsen om weg te draaien, maar voelde de vloer onder zich doorbuigen. En toen hij een hand naar zijn pijnlijke kaak hief, stompte hij zichzelf met een zware bokshandschoen in het gezicht. Stukje voor stukje vielen de puzzelstukjes van zijn geheugen op hun plaats: zijn partner en hij hadden staan sparren... Toen hij hopeloos dreigde te verliezen, had hij een roekeloze uppercut geprobeerd... en gemist. Hij herinnerde zich dat zijn tegenstander hem een linkse hoek had gegeven... en toen was de boel op zwart gegaan.

Finlays onaantrekkelijke gezicht kwam in beeld. De vierentwintigjarige Schot was een boom van een vent, en zijn kaalgeschoren hoofd was even knobbelig en asymmetrisch als een boomstam. Hij had een platte neus die na elk bezoek aan de sportschool een andere kant op leek te wijzen.

'Sta op, mietje dat je bent,' hoonde hij met de schraperige tongval van Glasgow.

Kreunend ging Christian midden in de boksring rechtop zitten.

'Je zou me leren boksen, in plaats van me lens te slaan!'

Finlay haalde zijn schouders op. Toen Christian zijn spieren onder zijn huid zag bewegen, moest Christian vreemd genoeg denken aan zijn afspraakje van de avond daarvoor; de jonge agente was tijdens haar slaap gaan verliggen onder de lakens toen hij haar kamer uit sloop.

'Ik léér het je toch,' zei Finlay grijnzend. 'Volgende keer buk je wél op tijd.'

'Je bent een klootzak, weet je dat?'

Finlay trok hem grinnikend overeind.

'Hoe zie ik eruit?' vroeg Christian bezorgd. Hij was van plan om hun knappe collega nog eens mee uit te vragen als hun weekje nachtdiensten erop zat.

'Geweldig,' grijnsde Finlay. 'Je begint al een beetje op mij te lijken.'

'Jezus! Had me maar meteen doodgeslagen,' zei Christian. Het leverde hem een beuk tegen zijn nieren op die hem naar adem deed happen.

De bijna drie jaar jongere Christian was in alle opzichten de tegenpool van zijn beste vriend. Hij was knap, populair en had zijn lichtbruine haar tot op zijn schouders laten groeien, zoals de popsterren op televisie. Hij was intelligent als hem dat uitkwam, maar ook lui, en hij was eerlijk gezegd drukker bezig met jagen op vrouwen dan op misdadigers. De twee mannen hadden echter wel iets gemeen: een vader in het leger, een griezelig talent om in de problemen te komen en een gedeelde afkeer van hun nieuwe hoofdinspecteur.

'Kom op, onze dienst begint over een uur,' mompelde Finlay, en hij trok met zijn tanden zijn handschoenen uit. 'Laten we eens zien wat de baas vanavond weer aan lulkoek voor ons in petto heeft.'

'Ik weet dat dit misschien klinkt als lulkoek,' begon hoofdinspecteur Milligan. De rook die in zijn kamer hing was bijna even dicht als de Glasgowse mist achter de ramen. De doorbuigende askegel brak eindelijk van zijn sigaret en viel op zijn broek.

'Misschien klinkt het als lulkoek... omdat het lulkoek is,' opperde Christian.

Milligan veegde de as uit tot een grijze vlek en keek Finlay aan. 'Wat zegt hij?' vroeg hij.

Finlay haalde zijn schouders op.

Milligan draaide zich weer naar Christian en zei met zijn zware Schotse accent: 'We verstaan niet wat je zegt, makker... Uit welk land kom je ook alweer?'

'Essex!' antwoordde Christian.

Milligan keek hem even achterdochtig aan voordat hij verderging: 'Jullie tweeën houden vanavond de scheepswerf onder surveillance, en daarmee uit.'

'Kunnen French en Wick dat niet doen?' klaagde Finlay.

'Nee,' antwoordde Milligan, die nu echt genoeg van hen kreeg. 'French en Wick zijn bij het chauffeurscafé gepland.'

'Waar de deal wél gaat plaatsvinden,' snoof Christian.

Milligan negeerde hem, of hij verstond hem inderdaad niet.

'We verspillen daar onze tijd,' zei Finlay.

'In dat geval krijgen jullie luie donders betaald om de hele nacht op een parkeerterrein te liggen maffen. Een win-winsituatie heet dat. Ingerukt.'

'Maar...'

'Ingerukt.'

Om 19.28 uur stopte Finlay bij een van de zijingangen van de scheepswerf. Hij parkeerde vlak achter de metalen poort, waar ze goed zicht hadden op de felverlichte pakhuizen, een muur van veelkleurige containers die als reusachtige legostenen stonden opgestapeld en een eenzame vorkheftruck. Ze werden weerspiegeld in de donkere Clyde, die erachter stroomde.

Toen de eerste regendruppels op de voorruit spetterden, begonnen de kleuren in elkaar over te lopen en vervormden omtrekken als verf die over een doek druipt. De regen zwol aan tot een stortbui terwijl ze in hun Wimpy-burgers en hun eerste lauwe biertje van die avond hapten – net zozeer een surveillancetraditie als de onopvallend bedoelde Ford Cortina van het korps. Na elf jaar trouwe dienst was de aftandse auto voor de penoze van Glasgow waarschijnlijk even herkenbaar als een patrouillewagen met gillende sirenes, maar waarom zouden zij de wijsheid van degenen die hoger in de voedselketen zaten in twijfel trekken?

'Hoe komt het toch,' begon Christian tussen twee happen

door, 'dat wij tweeën altijd de kutklussen krijgen?'

'Politiek,' zei Finlay wijs. 'In dit werk moet je weten wiens hielen je moet likken. Dat leer je nog wel. Trouwens, ik weet tamelijk zeker dat Milligan een vreselijke racist is.'

'Ik kom uit Essex!'

Finlay besloot van onderwerp te veranderen. 'Hoe gaat het met die kapster?'

'Ze kwam erachter dat ik het met die masseuse deed.'

'O,' zei Finlay, en hij nam nog een hap uit zijn burger voordat hij vroeg: 'Klant van haar?'

'Zus.'

'Aha. En hoe gaat het dan nu met de masseuse?'

'Die vond het niet zo leuk dat ik uitga met die agente.'

'O, oké. En hoe gaat het met...'

'Dat gaat leuk,' zei Christian. 'Ik neem haar donderdag weer mee uit. Ik geloof dat *Mistress of the Apes* draait.'

Finlay trok zijn wenkbrauwen op, maar ging niet in op Christians afgrijselijke smaak op filmgebied. Hij graaide in het zakje van zijn overhemd en haalde er een cassettebandje uit.

'Nee! Toe nou! Niet weer Status Quo!' klaagde Christian. 'Alsjeblieft, geen Quo!'

De onelegante cassettespeler slikte het bandje in en uit de speakers klonk witte ruis... Het was Quo.

Er was een uur verstreken.

'Sean Connery?' probeerde Christian. Hij deed zijn raampje op een kier om te voorkomen dat hij stikte terwijl ze de ene sigaret met de andere aanstaken.

'Hoe kom je in hemelsnaam op Sean Connery?'

'Al jouw imitaties klinken hetzelfde!'

Finlay keek zwaar beledigd.

'Als je maar weet dat mij is verteld dat ik erg goed ben in accenten.'

'Dat is misschien ook zo,' zei Christian. 'Ik wil alleen maar zeggen dat ze behoorlijk lullig je mond uit komen.'

'Oké. Raad deze dan maar eens...' zei Finlay op geïrriteerde toon.

Christian luisterde aandachtig met gesloten ogen en pijnigde zijn hersenen.

Finlay herhaalde het iets langzamer.

'Sean Connery?'

'Ach, flikker toch op!'

De iele wijzers van het dashboardklokje stonden op negen uur toen de eerste explosies de hemel in een bonte gloed zetten.

'Ik zie, ik zie wat jij niet ziet en het begint met een... V.'

'Vuurwerk?' vroeg Finlay op verveelde toon. Hij was er redelijk zeker van aangezien ze 'vorkheftruc' en 'voorruit' al hadden gehad.

De knallen en het geknetter waren door de kier in het raam net hoorbaar.

'Ja... het was vuurwerk,' zuchtte Christian, die in het handschoenenvakje rommelde om maar iets te doen te hebben.

Finlay keek om zich heen. 'Oké. Ik zie, ik zie wat jij niet ziet en het...'

Ze schrokken zich wezenloos toen ze een harde klap boven hun hoofd hoorden en het dunne plaatstaal van het dak doorboog onder zware voetstappen. Vervolgens liep een lange gestalte over de motorkap, om vervolgens over de metalen poort te klimmen. Met open mond zagen Finlay en Christian een man met een matje in zijn nek over het hek klimmen en soepel naar beneden springen. Hij trok een betonschaar uit zijn rugzak, knipte de kettingen door en begon de grote deuren open te trekken.

Opeens begon de regen te fonkelen – ergens achter hen zette een stel koplampen de poort en hun auto vol in het licht. Omdat ze beseften dat ze nu akelig opvielen, lieten Finlay en Christian zich onderuitzakken op hun stoel. Ze zagen vijf donkere gestalten vlak langs het linker autoraampje lopen, gevolgd door een zwart busje dat stapvoets de werf op reed. Het geluid van de motor ging verloren in de regen.

Finlay graaide blindelings naar de radio. Over het dashboard heen zag hij dat de groep zich verspreidde toen die bij het grootste pakhuis aankwam. Hij hield de handset tegen zijn mond. 'Crystal?' fluisterde hij, toen hij de stem van zijn favoriete meldkamercollega in de nachtelijke ether hoorde. 'Crystal!'

Het geluid van autobanden op nat asfalt overstemde de regen. Het busje reed accelererend op het pakhuis af en bouwde daarbij genoeg snelheid op om dwars door het enorme rolluik te rijden. De vijf mannen die te voet waren gekomen haastten zich door de aldus gemaakte opening onder het staccato opklinkende vuur van automatische geweren.

Uit de radio kwam statische ruis: 'Ben jij dat, Fin?'

'Klopt. We zijn bij de scheepswerf in Govan en hebben dringend versterking nodig.'

Ergens in het pakhuis klonk een explosie. De microfoon had het duidelijk opgevangen, want Crystals toon werd onmiddellijk efficiënt: 'Versterking komt nu naar jullie toe. Uit.'

Finlay had net de verbinding verbroken toen er een tweede explosie klonk. De man met het matje werd uit een raam op de eerste verdieping geblazen en bleef in het volle licht als een verfrommeld hoopje op de grond liggen.

'Zo, hé!' lachte Christian, die voor zichzelf al zat te oefenen hoe hij het voorval in geuren en kleuren aan zijn collega's zou vertellen.

Maar toen – het was amper te geloven – zwaaide het geknakte lichaam een arm naar voren en kwam moeizaam weer overeind. De man graaide zijn wapen uit een plas en strompelde weer naar binnen.

'Die heeft er zin in,' zei Christian, en hij stopte het laatste stukje van zijn burger in zijn mond.

Finlay keek hem woedend aan. 'Hoe kun je nu nog eten?'

Christian haalde argeloos zijn schouders op. 'Dus we gaan erop af?' vroeg hij.

'Ja. Waarom niet?' zei Finlay. Hij draaide zijn raampje naar beneden om het magnetische zwaailicht op het dak te bevestigen.

In de verte stroomde nog steeds het vuurwerk over de stad. Hij startte de auto en Status Quo ging weer los met 'Rockin' All Over the World'. Met gillende sirenes reden ze pijlsnel op het pakhuis af. Ze hadden geen vastomlijnd plan, maar hoopten dat de aanwezigheid van één politiewagen erop zou wijzen dat er meer onderweg waren.

'Dat matje is terug!' waarschuwde Christian toen de man het

gebouw uit strompelde en de naderende Ford Cortina onder vuur nam.

'Gas geven, verdomme!' brulde Christian toen de auto werd doorzeefd.

'Doe ik verdomme al!' schreeuwde Finlay terug en hij gaf een ruk aan het stuur, waardoor de auto om zijn as draaide en onbedoeld met zijn achterkant de schutter raakte.

Er klonk een misselijkmakende, doffe bons en het lichaam rolde in de richting van de rivier. De auto kwam slippend tot stilstand. De koplamp die het nog deed scheen over het bebloede lichaam dat zo'n zes meter verderop tot stilstand was gekomen. Zwaar hijgend keken Christian en Finlay elkaar zenuwachtig aan in het besef dat ze deze keer wellicht te veel hooi op hun vork hadden genomen... Door de regendruppels die tegen de beschadigde motorkap pletsten zagen ze de slungel opnieuw tot leven komen.

'Hoe bestaat het?!' hijgde Christian vol afschuw.

Met trillende armen duwde de langharige man zich op zijn handen en knieën.

Dreigend liet Finlay de auto toeren maken.

'Rijd hem nog een keer aan!' brulde Christian.

Ondanks een arm waarvan walgelijk duidelijk was dat hij gebroken was, krabbelde de doorweekte man moeizaam overeind. Wankelend keek hij naar de twee bezorgde gezichten die hem door de gebarsten voorruit met open mond aanstaarden. Toen draaide hij zich zonder een seconde te aarzelen om en dook het donkere water in.

Finlay knikte zonder zijn blik van de rivier af te wenden. 'Tjonge, wat ze die vent ook betalen, het is niet genoeg.'

Ze stapten uit en renden naar het kapotte rolluik.

Er was een onheilspellende stilte over het pakhuis neergedaald. Ze tuurden naar binnen. Het zwarte busje stond op de laadkade tussen de stukken metaal van het luik. De achterbanden tolden zo'n dertig centimeter van de grond even snel als zinloos rond. Tegen de achterste muur leidde een metalen trap naar een stevig uitziende deur.

'Niemand te zien,' fluisterde Christian.

Hij deed zijn haar in een staart en liep snel naar het busje. Een snelle blik in de lege cabine wees uit dat het gaspedaal met een stang was vastgezet. Hij wenkte Finlay.

'Trap op?' stelde zijn partner voor.

'Doen we,' zei Christian.

Ze liepen de trap op naar een ovale metalen deur die op een onderzeeboot niet zou hebben misstaan. Met een fluitend geluid blies er een koude luchtstroom door een kogelgat in het glas.

'Luchtsluizen,' zei Finlay fronsend, en hij bewoog zijn hand door de ontsnappende lucht.

Het kostte hem grote moeite om de deur open te trekken, en toen ze een kil ogende gang in liepen, hoorden ze elders in het gebouw een andere deur dichtslaan. Twee lichamen hingen onderuitgezakt tegenover elkaar tegen de muur. De een hoorde duidelijk bij de overvallers, de ander was van top tot teen gekleed in een beschermende overall.

'Blijf achter me,' siste Finlay. Hij nam het eerste lichaam zijn wapen af en controleerde systematisch de deuropeningen, zoals hij dat op de training had geleerd. Hij zag industriële weegschalen, geldtelmachines en platte karren.

Ze liepen door, tegen de binnenwind in doordat de perslucht weg bleef lekken, toen ze ergens onder zich een doffe knal hoorden.

Ze verstrakten.

'Dat klonk niet goed,' fluisterde Christian.

Finlay schudde zijn hoofd. 'We moeten dit maar snel afhandelen.'

Ze renden naar het einde van de gang, waar een tweede luchtsluis hun de weg versperde. Finlay pakte de lange hendel vast en sjorde de deur open. Op het moment dat Christian door de opening strompelde werd er een muur van lucht langs hem geperst om het drukverschil op te heffen. Finlay kon slechts met moeite de deur openhouden en glipte erlangs voordat hij hem achter zich dicht liet slaan.

'Maak je maar geen zorgen, hoor... Het lukt wel,' zei hij sarcastisch, maar zijn partner gaf geen antwoord. Christian keek vol ontzag naar de zakken wit poeder die anderhalve meter hoog stonden opgestapeld en naar de pakken bankbiljetten ernaast. Finlay liep naar Christian toe en overhandigde hem het wapen. Hij scheurde een van de zakken iets open, likte aan zijn vinger en spuwde op de grond. 'Heroïne.'

'Hoeveel staat er?' vroeg Christian hem. Op straat had hij nog nooit meer dan een kilo bij elkaar gezien.

'Kweenie... Duizenden.'

Er klonk opnieuw een rommelend geluid onder hen. Toen hij de gloed langs de muur op en neer zag bewegen, liep Finlay naar de deur om uit te zoeken wat dat betekende, en hij voelde hete lucht door de kier stromen. Door het kleine raampje zag hij een metalen voetbrug die de bovenverdieping overspande. De vervormde deur zwaaide gemakkelijk open toen hij over de drempel stapte en aarzelend op het extatisch brullende vuur afliep.

Zodra hij door de deuropening was, moest hij zijn ogen beschermen tegen de hitte die van de vlammenzee af sloeg. Van wat ooit een hypermodern productielaboratorium was geweest, was nu weinig meer over dan een verzameling tanks en vaten, die om de beurt vlam vatten en de lichamen die her en der op de vloer lagen cremeerden, zonder onderscheid te maken tussen laboratoriummedewerkers, overvallers of degenen die vermoedelijke beveiligers in burger waren.

Toen hij besefte dat zijn schoenzolen smolten op het metaal rende Finlay terug naar de ruimte en deed de kapotte deur zo goed mogelijk achter zich dicht.

'Probleem?' vroeg Christian met bezorgde blik.

'Brand.'

'Grote brand?'

'Behoorlijk.'

'Verdomme.'

'Zo te zien zijn we een heftig vuurgevecht misgelopen. Iedereen is dood.'

Ze draaiden zich beiden weer om naar de vondst die hun loopbaan zou bepalen.

'Wat is belangrijker?' vroeg Christian aan zijn meerdere. 'Drugs of geld?'

Finlay keek besluiteloos. Op de muur achter hem ontstonden blaasjes.

'De drugs of het geld, Fin?'

'Drugs. We nemen de drugs mee.'

Christian leek hem te willen tegenspreken toen het geluid van versplinterend glas hem tot actie maande. 'Ik heb in een van de kamers een karretje gezien,' zei hij.

Finlay knikte en rende naar de luchtsluis. Kreunend van inspanning hield hij de deur ver genoeg open om Christian door te laten. Zijn ogen werden droog van de hete lucht die langs hem stroomde. Vrijwel meteen kwam Christian terug met een van de lichamen op de platte kar. Zijn bungelende hand sleepte over de grond.

'Hij was een drugsdealer!' zei hij op verdedigende toon toen hij Finlays afkeurende blik zag. 'Nu kan hij mooi de deur openhouden.'

Zonder enige eerbied liet Christian het lichaam in de deuropening vallen en probeerde het misselijkmakende knakkende geluid te negeren dat het maakte toen Finlay de deur losliet om hem te helpen laden. Negentig seconden later gooiden ze de laatste zak op de kar. Nu het pakhuis steeds meer op een oven begon te lijken, liep het zweet hun van het gezicht.

'Ga nou! Snel!' schreeuwde Finlay toen Christian zich nog een laatste blik gunde op de in de oranje gloed badende berg geld, terwijl het vuur hun door het instortende gebouw op de hielen zat.

Christian en Finlay stonden allebei zwart slijm op te hoesten toen hun collega's op de vlammenzee af reden. Het was een uitputtende klus geweest om de zakken naar een plek op veilige afstand van de brand te brengen, en nu zaten ze op het asfalt te kijken naar het vuurwerk dat boven de vlammen afging. Finlay had niets gezegd toen hij Christians handen zag trillen. De brandwond aan zijn eigen linkerarm klopte pijnlijk in de koude regen.

Er sloeg een portier dicht.

'Het is zover,' zei hij tegen Christian, en hij kwam overeind.

Met opgestoken duim en een brede grijns gingen ze aan weerszijden van hun recordvangst staan terwijl achter hen het dak van het pakhuis instortte, poserend voor de iconische zwart-witfoto's die dagenlang in de landelijke pers zouden circuleren – een pr-overwinning voor de afdeling Roofovervallen en het politiekorps van Strathclyde als geheel... En het bewijs dat helden nog steeds bestaan.

3

Woensdag 6 januari 2016
9.55 uur

'Er is iemand overleden, hoofdinspecteur!'

'Er zijn zovéél mensen overleden... na alles wat er is gebeurd,' antwoordde Baxter kalm. En giftig vervolgde ze: 'En om de een of andere reden lijken jullie erop uit te zijn ieders tijd te verspillen door in te zitten over de enige die het heeft verdiend om te sterven!'

Haar bespreking met de FBI verliep redelijk volgens verwachting. Het was aan iemand anders om de enorme ravage die haar laatste zaak had achtergelaten op te ruimen: er was een verdachte geëxecuteerd, de plaats delict lag onder een dik pak sneeuw en een groot deel van het Londense centrum lag in puin.

'Hebt u enig idee waar special agent Rouche zich momenteel bevindt?'

'Voor zover ik weet,' zei Baxter kalm, 'is agent Rouche dood.'

De zoemende kachel in de verhoorkamer blies onaangenaam warme lucht uit, terwijl de vragen eindeloos voortduurden.

'U hebt agent Rouche' huis door een team laten doorzoeken.'

'Dat klopt.'

'U vertrouwde hem dus niet?'

'Klopt.'

'En u voelt nu geen loyaliteit meer jegens hem?'

Ze aarzelde een fractie van een seconde. 'Absoluut niet.'

Zodra de bespreking in de kamer naast de zijne ten einde was, stond Wolf op en liep hij naar de deur.

'En waar dacht jij naartoe te gaan?' vroeg Saunders.

'Ik wil haar spreken.'

'Ik vraag me af of je écht begrijpt wat gearresteerd zijn inhoudt.'

'We hadden een afspraak,' zei Wolf tegen Vanita.

'Best.' Ze maakte een wegwuivend handgebaar. 'De zaak kan toch al niet chaotischer worden dan hij nu is.'

'Verrassing!'

In de lange stilte die volgde begon Wolfs geforceerde glimlachje een beetje pijnlijk te worden. Er hing een muffe lucht in de verhoorkamer, die was achtergelaten door de contactpersoon van de Metropolitan Police. Baxter keek hem over de tafel heen aan. Hoewel ze bleef zwijgen verrieden haar ogen de maalstroom aan emoties die elkaar achter haar kalme uiterlijk verdrongen. Het had iets van wachten tot de rollen in een fruitautomaat ophielden met draaien.

Wolf ging ongemakkelijk verzitten op zijn stoel. Hij veegde zijn haar uit zijn ogen en pakte het dossier op dat op zijn schoot lag. Toen hij het voor zich neerlegde, rinkelden de handboeien tegen de metalen tafel.

'Wedden om een vijfje dat ze hem een klap geeft?' zei Saunders tegen Vanita terwijl ze toekeken in de relatieve veiligheid van de ruimte achter de doorkijkspiegel.

Omringd door de drie grootste probleemgevallen uit haar leven mompelde ze met gesloten ogen iets in het Hindi.

'Ik peins er niet over.'

Wolf reikte over tafel en zette de microfoonverbinding naar de toehoorders in de zijkamer uit. Hij liet zijn stem zakken.

'Ik, eh... ik weet dat ik momenteel waarschijnlijk niet bepaald degene ben die je het liefst ziet, maar ik kan je niet zeggen hoe fijn het is om jou te zien.' Hij wierp een geërgerde blik op de spiegel alsof hij hun publiek wilde dwingen hen een paar minuten met rust te laten. 'Ik heb me vreselijk zorgen gemaakt... over wat er allemaal aan de hand was. Ik had moeten... misschien had ik iets kunnen doen.'

Baxter had niet bewogen terwijl Wolf zijn zinnen stamelde.

Hij schraapte zijn keel voordat hij verderging. 'Ik ben naar het huis gegaan. Ik heb Maggie gesproken.'

Baxters ogen lichtten een fractie van een seconde op.

'Wees niet boos op haar. Ik heb haar laten beloven niets tegen jou te zeggen. Om een lang verhaal kort te maken: ik heb een deal gesloten... met de hoofdcommissaris. Ze laten me nog één laatste opdracht doen. Mijn laatste opdracht. Ze laten me op zoek gaan naar degene die dit heeft geflikt... met Finlay.'

Baxter was sneller adem gaan halen en haar ogen werden vochtig.

'Ik weet wat ze zeggen,' vervolgde Wolf voorzichtig. 'Ik heb het dossier doorgenomen en ik snap waarom ze het zeggen. Voor een buitenstaander klinkt het allemaal logisch. Maar jij weet net zo goed als ik dat het niet klopt.' Zijn stem sloeg over. 'Hij zou haar nooit alleen achter hebben gelaten. Of jou... Hij zou ons nooit hebben laten stikken.'

De tranen stroomden Baxter over de wangen.

Wolf schoof het dossier naar haar toe. Op de gefotokopieerde voorpagina stond met hanenpoten geschreven:

Voor Baxter

'Lees het alsjeblieft door,' zei hij op zachte toon.

'Dat kan ik niet,' fluisterde Baxter, waarmee ze voor het eerst de stilte van haar kant doorbrak.

Toen ze opstond, bladerde Wolf door naar een pagina met aantekeningen in de kantlijn.

'Maar hier staat dat...'

'Ik kán het niet!' snauwde ze, en ze rende de verhoorkamer uit.

Wolf wreef vermoeid over zijn gezicht en klapte het dossier dicht. Hij stond op en gooide de map in de bak voor vertrouwelijke stukken achter zich. Hij liep terug naar de tafel, zette de microfoon weer aan en richtte zich tot de grote doorkijkspiegel: 'Voor het geval jullie het hebben gemist: ze zei néé.'

Baxter verliet het metrostation en liep een Tesco Express-supermarktje in.

Toen ze door Wimbledon High Street liep, zag ze her en der nog wat sneeuw liggen. Het lag opeengepakt onder bevroren lantaarnpalen of hield zich gedeisd op overschaduwde plekken. Aangekomen bij de ingang van haar appartement pakte ze onwillekeurig Thomas' huissleutel, en ze besefte hoezeer ze zich daar nu thuis voelde. Ze klom met twee zware boodschappentassen de trap op, maar bleef op de bovenste verdieping staan toen ze zag dat haar voordeur wijd openstond. Ze zette de tassen neer en kwam voorzichtig dichterbij toen er een vrouw met kort haar naar buiten kwam die haar jack dichtritste boven het uniform van een dierenverpleegkundige.

'Holly!' zuchtte Baxter opgelucht.

'Emily!' zei de vrouw enthousiast, al liet ze het wel uit haar hoofd om haar afstandelijke schoolvriendin te omhelzen. 'Ik wist niet dat je zou komen.'

'Nee. Ik ook niet.'

'Ik had nog wat tijd voordat mijn dienst begon, dus...'

'Bakkie doen?' vroeg Baxter, die net nieuwe koffie had ingeslagen.

'Zou ik dolgraag willen, alleen ben ik al te laat. Maar, eh... later bijkletsen?'

'Absoluut.'

Baxter stapte opzij om haar vriendin erlangs te laten, tilde de boodschappentassen weer op en liep naar binnen. Even verwachtte ze dat Echo de hoek om zou rennen en ter begroeting in de boekenkast zou springen, maar toen herinnerde ze zich dat hij bij Thomas was, net als de meeste van haar spullen.

Het voelde vreemd om terug te zijn.

In de gang rook het naar ziekenhuis: ontsmettingsmiddel camoufleerde de zware geur van infectie. Het werkblad in de keuken lag bezaaid met een uitgebreide verzameling pleisters, verbandmiddelen en halflege medicijnflesjes. Ze droeg de tassen naar de koelkast om de boodschappen op te bergen toen ze een harde bons uit de slaapkamer hoorde komen.

Baxter had iets met de vage naam Couscous-Groentemix in haar hand. Ze verstrakte.

De slaapkamerdeur zwaaide langzaam open.

Ze ging rechtop staan en keek bezorgd de gang in.

Opeens strompelde er een halfnaakte man op haar af met een hongerige blik in zijn ogen. In zijn borst waren afgrijselijke wonden gekerfd, bedekt met korsten en gele bloeduitstortingen op de plekken waar zijn wonden niet genazen. Zijn dikke verband trok strak over zijn schouder toen hij zijn graaiende handen naar haar uitstrekte.

'Geweldig,' zei ze, en ze gooide een zak McVitie's Hobnob-mini's over het werkblad.

'We laten het ademen,' legde Rouche uit terwijl hij gulzig de zak openscheurde. 'Dank je!' zei hij erachteraan, als een kind dat zich opeens herinnert dat het beleefd hoort te zijn.

'Ik dacht dat je misschien zou slapen,' zei Baxter toen hij met zijn armen om zijn ribben langzaam dichterbij kwam. Elke stap deed hem zichtbaar pijn.

'Nee hè? Niet weer die Couscous-Groentemix!' klaagde hij toen hij de verpakking in haar hand zag.

'Niet zeuren! Het is goed voor je,' zei ze met een grijns.

Ze deed de koelkast open en hurkte om de couscous erin te leggen. In de paar seconden dat ze met haar rug naar Rouche toe zat gleed haar glimlach van haar gezicht. Rouche zag er slechter uit dan ze hem ooit had gezien. Zijn bleke huid glom van het zweet. Elke beweging leek intense planning en concentratie te vereisen, wilde de pijn niet nog feller opvlammen, en zijn zware oogleden deden vermoeden dat hij ook afgelopen nacht te veel pijn had gehad om te kunnen slapen. Zelfs zijn peper-en-zoutkleurige haar zag er iets slapper en grijzer uit dan gisteren.

Baxter dwong zichzelf te glimlachen en kwam weer overeind. 'Hoe ging het met Holly?'

Tijdens de nacht van de sneeuwstorm had ze tegen Rouche gegild dat hij bij bewustzijn moest blijven, hem gedwongen op te staan en van zijn eigen plaats delict weg te lopen. Nog geen twintig meter van het lichaam van de man die hij standrechtelijk had geëxecuteerd, was hij in de beschutting van een treurwilg die over de oever van het meer in St James's Park hing in elkaar gezakt. In de sneeuwstorm had niemand van het ambulancepersoneel hem zien liggen.

Het had uren geduurd voordat ze onopgemerkt terug kon gaan. Zelfs samen met een bange maar volgzame Thomas was het moeilijk geweest om Rouche naar de auto te brengen. Terwijl Baxter achter in de Range Rover voor Rouche zorgde, had Thomas hen naar haar appartement in Wimbledon gereden.

Omdat ze bij niemand anders terechtkon, had ze alles op het spel gezet door een vriendin te bellen die ze niet meer had gesproken sinds ze zich ruim een jaar eerder had afgemeld voor een vrijgezellenfeestje. Op basis van uiterst summiere informatie was Holly zonder enige aarzeling vanuit het Londense veterinaire ziekenhuis, waar ze als dierenverpleegkundige werkte, naar haar toe gekomen. Die nacht had ze gezorgd dat Rouche zich goed genoeg voelde om te rusten en had ze zijn enorme verzameling gruwelijke wonden schoongemaakt.

'Wat?' vroeg Rouche, die het te druk had met eten.

'Holly, hoe ging dat?' vroeg Baxter nog een keer.

'Ze zegt dat de antibiotica niet aanslaat en dat ik binnen twee weken dood ben als ik in dit tempo achteruit blijf gaan,' vertelde hij haar opgewekt, terwijl hij een Hobnob opgooide en in zijn mond opving. 'Hoe ging het bij de FBI?'

'Ze lusten je rauw.'

Rouche stopte met kauwen en slikte.

'Kunnen ze nog een paar weken wachten?'

Baxter probeerde een glimlachje te forceren, maar dat lukte amper.

'Ze zullen naar me blijven zoeken,' zei hij ernstig.

'Dat weet ik ook wel.'

'Hoor eens, Baxter, ik...'

'Spaar je adem,' onderbrak ze hem.

'Maar als ze me hier vinden...'

'Doen ze niet.'

'Maar stel dát...'

'Ze vinden je niet! En ik wil het er niet meer over hebben!' zei ze bits. 'Ga je bed in. Ik warm die Couscous-Groentemix voor je op, alleen omdat je zo'n eikel bent!'

Ze keek hem vertederd na toen hij naar de slaapkamerdeur schuifelde en besloot toen een kip tikka masala voor hem op te warmen.

Toen ze weer bij Thomas thuis was, hoorde Baxter de voordeur dichtslaan.

Ze gaf haar zinloze pogingen om rook het keukenraam uit te wuiven op en liet in plaats daarvan de hele pan in de rozenstruik vallen. Met haar grootse plan om een verrassingsetentje voor hem te koken was het al net zo gelopen als met de meeste plannen die ze de laatste tijd had opgevat.

'Hallo!' zei hij ter begroeting en hij fronste naar het takje in de hoek van de zitkamer dat in de luttele seconden dat hij ernaar keek weer een stuk of tien naalden had losgelaten.

'Het ruikt hier...' – hij hapte even naar adem – 'lekker, zeg. Wat eten we?'

'Couscous-Groentemix,' deelde Baxter hem mee, en ze hoopte maar dat de magnetron geen 'ping!' zou doen waar hij bij was.

Hij keek een beetje beteuterd.

'Ping!' deed de magnetron.

'Hoe ging je bespreking met de Feds?' vroeg hij.

'Knap slecht.'

'O... Nou ja, hoe ging het vandaag met Rouche?'

'Knap slecht.'

'O... En hoe is je dag verder verlopen?' probeerde hij hoopvol.

Baxters gedachten dwaalden af: Wolf met handboeien om; haar huilbui in een toilethokje; de stank van de infectie die het leven van haar vriend bedreigde; Maggie troosten toen ze vanmiddag bij haar langs was gegaan...

'Knap slecht,' antwoordde ze. Ze stond op het punt opnieuw in tranen uit te barsten.

Thomas liet zijn tas op de grond vallen en liep snel naar haar toe om haar te omhelzen.

Toen ze haar uitgeputte hoofd tegen zijn schouder liet rusten, werd de magnetron ongeduldig. 'Ping!'

'Heb je zin in fish-and-chips?' vroeg hij op troostende toon.

'Dat lijkt me heerlijk.'

Hij gaf haar een kneepje in haar schouder en liep naar de deur.

'Trek maar een fles wijn open. Ik ben over een kwartiertje terug,' zei hij.

Baxter glimlachte en liep achter hem aan naar de zitkamer, begeleid door het zachte getik van dennennaalden die op pakpapier vielen. Hij bleef staan in de gang. 'Ik weet dat het vandaag een rotdag voor je was. Maar dat heb je nu gehad. Het is nu toch achter de rug?'

Ze knikte. 'Ja, het is voorbij.'

Hij glimlachte naar haar.

Toen de deur achter hem in het slot viel, liep Baxter terug naar de keuken en schonk zichzelf iets te drinken in. Ze ging aan tafel zitten, haalde het verkreukelde dossier dat ze uit de afvalbak in de verhoorkamer had gevist tevoorschijn en begon te lezen.

Het was voorbij. Bijna.

4

Donderdag 7 januari 2016
8.08 uur

Terwijl Wolf wachtte bij het voormalige kantoor van hoofdinspecteur Simmons op de afdeling Moordzaken en Zware Misdaad, probeerde hij te doen alsof hij het gefluister en de blikken in zijn richting niet opmerkte. Al keek hij nog zo lang naar Baxters naamplaatje op de deur, het voelde niet goed – het had veel van een rotgeintje zoals Finlay en hij dat destijds hadden kunnen uithalen.

Wat had de korpsleiding zich in haar hoofd gehaald?

Wat had Baxter zich in haar hoofd gehaald?

'Morgen, William!' zei Janet, de schoonmaakster, ter begroeting. 'Koud buiten.'

Wolf knikte, ietwat verrast. Blijkbaar had ze helemaal niet gemerkt dat hij de afgelopen anderhalf jaar op de vlucht was geweest. Hij gunde het zich om te genieten van dit vluchtige moment waarin er niets aan de hand was en hij bij het kantoor van zijn baas zat te wachten en te kletsen alsof er nooit iets was gebeurd. Hij onttrok zijn handboeien zo veel mogelijk aan het zicht terwijl zij naast hem een vuilniszak verwisselde.

'Hoe gaat het met Gary op de universiteit?' vroeg hij haar.

'Die is nu homo!' antwoordde ze verrukt.

'Oké!' zei Wolf, eveneens stralend. 'En wat studeert hij ook weer?' vroeg hij in de hoop het moment nog wat te kunnen rekken. Maar voordat ze antwoord kon geven, ging de deur open en werd hij naar binnen gewenkt.

Christian zat al aan het bureau in een van zijn strakke pakken. Hij knipoogde naar Wolf toen die naast hem ging zitten.

'Je informatie blijkt te kloppen,' kondigde Vanita van achter Baxters bureau aan. 'Er is op dit moment een operatie gaande om Dubois en zijn bemanning aan te houden en de Franse kustwacht heeft zijn schip al onderschept... We hebben een deal.'

'Zullen we die arme jongen dan maar zijn handboeien afdoen?' stelde Christian voor.

Zo te zien viel het Vanita fysiek zwaar om het sleuteltje te overhandigen. Christian nam de honneurs waar en vermomde een lachstuip als een hoestbui toen hij zag hoe Wolf met diezelfde boeien Vanita's paarse handtas aan het bureau vastketende.

'De administratie wordt in orde gemaakt,' vertelde ze Wolf, die met een onschuldig gezicht opkeek, 'en zou morgen klaar moeten zijn voor ondertekening. Ik verwacht dat jij je elke ochtend en middag bij me meldt. En aangezien deze regeling niet oneindig kan doorgaan, geef ik je maximaal vijf dagen om met concrete resultaten te komen.'

Voordat Wolf in discussie kon gaan, vervolgde ze: 'Hoezeer het me ook tegen de borst stuit om het te zeggen, je bent een goede rechercheur, Fawkes. Als jij tegen die tijd nog niets hebt ontdekt, valt er ook niets te ontdekken.'

Hij keek naar Christian om te zien wat die ervan vond. De wijzere, meer ervaren man nam even de plaats van Finlay in. Hij knikte.

'Vijf dagen,' stemde Wolf toe.

De witte lucht dreigde met meer sneeuw en Baxter droeg haar belachelijke ijsmuts met bijpassende handschoenen. Toen ze op de gammele deur van de schuur klopte, viel het zelfgemaakte bordje eraf en belandde met de tekst naar beneden in het natte gras. In de schuur klonk een enorm kabaal en vervolgens stak Edmunds verward zijn hoofd om de deur. Hij verwachtte geen gasten in zijn eigen achtertuin.

'Baxter!' zei hij met een brede glimlach terwijl hij haar omhelsde.

'Tia heeft me binnengelaten,' legde ze uit, en ze stapte het zenuwcentrum van 'Alex Edmunds – Privédetective' binnen.

Edmunds zette het krukje dat hij had omgegooid voor haar rechtop.

'Ik zou je graag koffie aanbieden,' zei hij verontschuldigend, 'maar de tuinslang is een week geleden bevroren. Zullen we in huis gaan zitten?'

'Nee, nee, maakt niet uit,' verzekerde Baxter hem. 'Hoe dan ook, ik ben hier in een officiële hoedanigheid.'

'O? Ik dacht dat je nog met ziekteverlof was?'

'Ja. Nog een paar weken,' zei ze, zonder verder op details in te gaan. Ze keek naar de foto's van een uitermate nijdasserig uitziende fret die over kaarten van Manhattan en foto's van een uitgebrande auto met twee spookachtige gedaanten erin heen waren geprikt. Ietwat misselijk wendde ze zich af. 'Is de zaak van Fred de Fret al gesloten?' vroeg ze, wetende van Edmunds' belachelijke eerste opdracht.

'Heel eerlijk gezegd is hij op dit moment nog op vrije voeten... maar ik krijg hem wel,' zei hij blakend van zelfvertrouwen, terwijl hij over de enorme blauwe plek op zijn bovenbeen wreef. 'Officiële hoedanigheid?' informeerde hij om de aandacht af te leiden van zijn onvermogen om een klein roofdier te vangen. 'Kom je me arresteren?'

'Neuh,' zei Baxter. Ze reikte hem het verfrommelde dossier aan. 'Ik kom je inhuren.'

Toen ze in de hal hun schoenen hadden uitgeschopt, kregen Wolf, Christian en Saunders hun gebruikelijke naar rozen geurende kus van Maggie.

Ondanks Wolfs tegenwerpingen betekende Saunders' betrokkenheid bij het oorspronkelijke onderzoek dat ze voorlopig met hem zaten opgescheept. Op weg naar Muswell Hill was hij er echter achter gekomen dat Saunders de nacht van Finlays overlijden pertinent geweigerd had Maggie alleen te laten totdat Baxter hem was komen aflossen, en daarmee was hij langzaam maar onvermijdelijk iets in Wolfs achting gestegen.

Wolf trok zijn jas uit en hing hem over een keukenstoel. Maggie maakte intussen iets te drinken voor hen tegen de achtergrond van een ietwat geforceerd gesprek. Toen Christian en Saunders eindelijk naar boven liepen, bleef hij nog even met haar praten.

'Als je iets nodig hebt, roep ons dan,' zei hij. 'Ik wil liever niet dat je vandaag die kamer in gaat.'

Ze knikte en hij hield haar heel even stevig vast, meer omdat hij daar behoefte aan had dan voor haar. Wolf volgde zijn collega's naar boven en liep naar de verbrijzelde deurpost, om te ontdekken dat er in de kamer twee bekende gezichten op hen wachtten.

'Waddoejullierinjezusnaam?' vroeg Saunders, de uitgangen zodanig inslikkend dat zijn vraag niet klonk als zes woorden maar als één woord.

'Vloekenpot!' riep Maggie van beneden. 'En trouwens, ze heeft me bezworen jullie niets te vertellen!'

Wolf zag de zweem van een glimlach rond Baxters lippen.

'Ik wist dat je zou komen,' zei Wolf tegen haar, maar ze gaf geen sjoege.

'Edmunds,' zei hij op koele toon.

'Wolf,' antwoordde die op nog killere toon.

'Edmunds, dit is hoofdcommissaris Christian Bellamy, een oude vriend van Finlay,' zei Baxter. 'Christian, dit is Alex Edmunds, een privédetective.'

De twee mannen gaven elkaar een hand.

'Saunders,' zei Saunders, en hij stak zijn hand uit.

'Ja?' zei Edmunds verward. 'We kennen elkaar toch.'

Er leek bij Saunders geen lichtje te gaan branden.

'We hebben zo'n zes maanden samengewerkt... De Lappenpopmoorden, weet je nog?' hielp Edmunds hem herinneren.

Saunders begreep het nog steeds niet.

Omdat hij vermoedde dat het gemakkelijker zou zijn om hem maar gewoon een hand te geven, gaf Edmunds hem maar gewoon een hand.

'Goed, Saunders,' zei Wolf, en hij deed een stap achteruit om hem de ruimte te geven. 'Trap maar af.'

Saunders pakte zijn opschrijfboekje, aarzelde even en liep toen naar de beschadigde deur om deze dicht te duwen.

'Eén januari, twaalf uur vijfendertig. Rechercheur Blake en ik krijgen de oproep om een zekere agent Randle versterking te bieden bij een vermoedelijke zelfmoord. We waren om twaalf uur zesenvijftig ter plaatse en troffen aan:' – hij schraapte zijn keel – 'het lichaam van een zestigjarige man die midden in de kamer op zijn buik lag met één kogelwond in zijn linkerslaap en een negenmillimetervuurwapen naast zich op de grond.'

Niemand zei iets. Iedereen keek in gedachten verzonken naar de donkere vlekken die de ruimte domineerden.

Saunders sloeg de bladzijde om. 'Toen er foto's waren genomen, werd het vuurwapen veiliggesteld als bewijsstuk. De technische recherche heeft vastgesteld dat alleen de vingerafdrukken van het slachtoffer op het wapen zaten en dat deze strookten met zijn linkshandigheid. Ballistisch onderzoek heeft bevestigd dat de kogel uit dit vuurwapen afkomstig is. Toen hij ter plaatse kwam, moest agent Randle de voordeur intrappen. Toen hij hierboven een afgesloten kamer aantrof, heeft hij die eveneens opengetrapt en zo de schade aan de deurpost veroorzaakt.' Saunders sloeg nog een bladzijde om. 'Het lichaam werd geïsoleerd aangetroffen in een afgesloten ruimte waarvan het enige raam aan de binnenkant op slot was gedaan... Conclusie: zelfmoord.'

Wolf liep door de kamer om het raam te inspecteren. Het plastic verpakkingsmateriaal zat nog over het slot, dat nooit was geopend. 'Geen briefje?' vroeg hij.

'Niets gevonden,' antwoordde Saunders. 'Maar dat geldt voor zeven op de tien zelfmoorden.'

'Waar was Maggie toen dit allemaal gebeurde?' vroeg Edmunds, die het dossier nog niet helemaal had doorgelezen.

'Bij vrienden,' zei Saunders. 'Op een feestje in Hampstead.'

'Finlay had een pesthekel aan Nieuwjaar,' zeiden Wolf en Baxter tegelijkertijd.

Hij glimlachte. Zij niet.

'Maar wie heeft het dan gemeld?' vroeg Edmunds.

'Finlay. Met de vaste telefoon in de gang, beneden.' Saunders raadpleegde zijn opschrijfboekje. 'Om twaalf uur zeven werd het protocol "stil alarm" gevolgd en werd hier een eenheid naartoe gestuurd.'

'Hij heeft dus niets gezegd?'

'Nee,' antwoordde Saunders. 'Maar God mag weten hoe hij er op dat moment aan toe was.' Hij keek de hoofdcommissaris verwachtingsvol aan.

'Hij leek mij prima in orde,' zei Christian met een trieste glimlach. 'Ik was eerder op de avond bij hem,' legde hij uit. 'We hebben een flinke deuk geslagen in een nieuwe fles whisky.'

Baxter herinnerde zich de foto's van de plaats delict, de fles goedkope whisky die op de grond lag – zijn afscheidscadeau van de afdeling.

'Waar hebben jullie het over gehad?' vroeg Edmunds aan Christian, 'als ik zo vrij mag zijn dat te vragen.'

'Waar hebben oude vrienden het over als ze tijdens de feestdagen bij elkaar komen? We hebben herinneringen opgehaald aan onze avonturen, aan wie welk gevecht heeft gewonnen, aan de meisjes die ons hart hebben gebroken,' zei hij glimlachend. 'Even na middernacht heb ik een telefoontje van hem gemist, iets wat ik mezelf nooit zal vergeven. Een paar minuten later kreeg ik dit...'

Christian hield zijn telefoon omhoog.

Zorg namens mij voor haar

'Toen raakte ik in paniek. Ik ben in een taxi gesprongen en als de sodemieter hiernaartoe gekomen. Ik kwam hier aan kort nadat ze de deur hadden ingetrapt,' vertelde hij, en hij keek naar de vloer alsof hij Finlay daar nog kon zien liggen.

'Hij probeerde jou dus met zijn mobiel te bellen,' begon Edmunds met een verbaasde gezichtsuitdrukking. 'En hij stuurde je een sms'je. Maar dan gaat hij naar beneden om het alarmnummer te bellen met de vaste telefoon... Waarom?'

'Ik denk dat hij niet wilde dat Maggie hem zo zou vinden,' antwoordde Christian met overslaande stem.

'En de vaste telefoon zou het gemakkelijker hebben gemaakt om de oproep te traceren,' voegde Saunders eraan toe. 'Dat zou Finlay hebben geweten.'

'Vertel me maar wat er met deze deur is gebeurd,' zei Wolf. Hij keek naar de stukken pleisterwerk die van de muur rondom de deurlijst waren gesprongen.

'Dit was bedoeld als de nieuwe kamer voor de kleinkinderen, dus zat er geen slot op de deur.'

'Maar jij zei net...'

'Ik weet wat ik zei,' onderbrak Saunders hem. 'Kit. Hij had de deur rondom de deurpost en op de grond vastgekit, en daarom was het zo moeilijk om binnen te komen. Hoor eens Wolf, alle respect hoor, maar dit leidt nergens toe. Hij is zo ongeveer met een wapen in zijn hand aangetroffen in een compleet afgesloten kamer. Het was zelfmoord, makker.'

'Het is pas zelfmoord als ik dat zeg,' snauwde Wolf, zich ervan bewust dat Maggie beneden was.

Saunders keek de anderen met opgetrokken wenkbrauwen aan.

'Hoor je wel wat je zegt, Wolf?' vroeg Baxter. 'Je klinkt alsof je niet spoort.'

Toegegeven, het klonk als een belediging, maar ze praatte nu tenminste tegen hem.

'Hij heeft zich voor z'n kop geschoten. Ik weet wat ik doe, Wolf,' zei Saunders, die zelfvertrouwen ontleende aan de meerderheid die het met hem eens was.

Wolf was veel langer dan zijn weinig indrukwekkende collega en stelde zich voor hem in postuur.

'Will!' zei Christian op dezelfde toon die Finlay altijd gebruikte om hem te kalmeren.

Na een paar gespannen seconden deed hij een stap achteruit en wendde zich af. 'Als jij hier niet wilt zijn, Saunders,' zei hij, 'flikker je maar op.'

Saunders was zo onverstandig om Wolf een duw in de rug te geven toen die wegliep. 'Denk je dat dit me niets kan verrotten?!' riep hij. 'Geloof je niet dat ik het liever fout zou hebben?!'

Met een gevaarlijke blik in zijn ogen draaide Wolf zich naar hem toe.

'Finlay en mijn pa waren vroeger collega's. Dat wist je zeker niet, hè?' vroeg Saunders. 'Dus toen mijn ouders uit elkaar gingen en pa besloot om met draaiende motor in de garage te gaan zitten, mag jij raden wie me het nieuws kwam vertellen, wie de hele nacht bij me bleef, wie me vertelde dat het niet mijn schuld was... Het kan me godverdomme wél verrotten!'

Wolf knikte verontschuldigend.

'Vergeef me dat ik naar de bekende weg vraag,' flapte Baxter eruit. 'Maar wiens wapen was het eigenlijk?'

Saunders raapte zijn opschrijfboekje van de grond.

'Geen idee,' antwoordde hij. 'Beretta 92. Serienummer is weggevijld. Zoals ik al zei, zaten er alleen vingerafdrukken van Finlay op. Ik heb wel gesproken met een vriendje bij SO15 die denkt dat het wapen al minstens dertig jaar oud is. Er is meermaals mee geschoten en er zaten nog drie kogels in het magazijn. Het kan overal vandaan komen.'

'En toch had Finlay besloten het om de een of andere reden al die jaren te bewaren,' zei Edmunds hardop denkend.

'Ik hoop dat jullie discreet omgaan met wat ik nu zeg,' begon Christian. 'Maar als je zo oud wordt als Finlay en ik, blijf je wel met de nodige souvenirs zitten. In onze tijd werd alles niet zo zorgvuldig vastgelegd als nu.'

Er viel opnieuw een stilte toen iedereen probeerde een oplossing te bedenken voor deze dreigende impasse.

'Oké. Kan ik nog iets tegen jullie aan gooien?' vroeg Saunders, totaal niet op zijn gemak. 'De autopsie bracht een paar niet al te ernstige gezondheidsproblemen aan het licht. Niets om je zorgen over te maken, gewoon dingen waar de meeste oudere mensen aan lijden.'

Iedereen keek nieuwsgierig in Christians richting. 'Wat nou?' vroeg hij.

'Geen andere verwondingen dan builen en blauwe plekken die tijdens de verbouwing kunnen zijn ontstaan,' vervolgde Saunders. 'Doodsoorzaak: één schot in het hoofd; de kogel is uit de schedel gehaald,' sloot hij ongemakkelijk af. 'Dus, wat doen we nu?' vroeg hij aan Wolf.

In de korte stilte die volgde, hoorden ze Maggie rommelen in de keuken, waar ze ongetwijfeld verse koffie en thee aan het zetten was.

'Ze geven het lichaam pas vrij als wij akkoord gaan met zelfmoord,' zei Baxter. 'Hoe langer we dit rekken, hoe moeilijker we het Maggie maken.'

'Het duurt zo lang als het duurt,' zei Wolf.

Baxter snoof en schudde haar hoofd.

'Het wapen,' mompelde hij, in gedachten verzonken. 'Daar vinden we op de een of andere manier het antwoord. Finlay had een reden om het al die tijd te bewaren. We moeten erachter komen wat die reden was.'

'Je plan?' vroeg Saunders aan hem.

'Haal jij het wapen en de kogel die tijdens de autopsie is verwijderd uit het bewijsmateriaal. Vraag de technische recherche om alle tests te doen die ze maar kunnen bedenken. Alles wat ze ons kunnen geven kan ons helpen,' droeg Wolf hem op. 'Baxter, jij richt je op Maggie. Met jou praat ze wel. Zelfs een subtiele verandering in Finlay zou van betekenis kunnen zijn. Je kent dat wel: zat hij ergens mee, oude zaken waar hij aan moest terugdenken... En nog belangrijker: je moet uitzoeken waar hij al die tijd een vuurwapen verborgen kan hebben gehouden.'

Ze knikte nors.

'Ik ben al begonnen een aantal van Finlays oude zaken door te nemen, maar daar zou ik wel wat hulp bij kunnen gebruiken,' zei hij tegen Edmunds. Die keek Baxter aan, maar zij had geen moeite met deze logische taakverdeling. 'En Christian, we houden je op de hoogte. We zullen jou vragen om eventuele hiaten in te vullen die niet in de officiële verslagen staan, als dat mag.'

De hoofdcommissaris knikte. 'Ik wil alles doen om te helpen.'

'In een van Finlays oude verhalen is zijn moordwapen vermist,' zei Wolf. 'Laten we kijken welk verhaal dat is.'

5

Woensdag 7 november 1979
17.49 uur

'Fin! Links van je,' siste Christian. 'Andere linkerkant!'

Ze slopen naar de deur van kamer 16, waar de verf afbladderde en een glanzend slot in het uitgegutste hout was geplaatst. Het hele gebouw stonk naar een week oude vuilnis en urine. Zelfs het licht leek liever niet door het gebroken raam aan het eind van de gang te dringen.

Toen hij tegen zijn verbrande arm leunde, vloekte Finlay iets te luid.

Christian keek hem geërgerd aan. 'Je moet ernaar laten kijken,' fluisterde hij van de andere kant van de deuropening. 'Laat eens zien.'

'Nu?!' fluisterde Finlay, en hij trok een gezicht. 'Waarom doe je dit toch altijd?'

'Doe ik wat?'

'Iedereen die je tegenkomt medisch advies geven.'

'Hoezo iedereen?'

'Gewoon, iederéén!'

Christian reikte naar de korte mouw van Finlays overhemd.

'Kappen!' gromde Finlay, en hij sloeg zijn hand weg. 'Mooi horloge, trouwens.'

'Wat kan ik zeggen?' grijnsde Christian, terwijl hij zijn nieuwe uurwerk bewonderde. 'Ik had iets te vieren.'

Christian koesterde zich nog steeds in de glorie van zijn tijdelijke status als beroemdheid en genoot van elk compliment dat hij kreeg, terwijl Finlay het met een mengeling van humor en zelfverachting van zich af schudde en alles zo snel mogelijk weer bij het oude wilde hebben.

'Waar heb je zo'n protserig ding voor nodig?' vroeg Finlay, en hij liet zijn eigen bescheiden exemplaar zien. 'Die van mij komt bij Woolworths vandaan en doet het prima.'

'Hij loopt vier minuten achter.'

'O,' zei Finlay, en hij trok zijn hand terug terwijl Christian naar zijn opvallende aankoop keek. 'Was het niet Oscar Wilde die zei: "Het horloge van een heer is pas in de laatste plaats bedoeld om de tijd aan te geven"?'

Finlay keek niet-begrijpend. 'Geen idee wat hij bedoelde.'

'Nee... ik ook niet,' gaf Christian toe, en ze begonnen allebei te grinniken.

'Dus we gaan dit doen?' zei Finlay.

Terwijl het brandende pakhuis instortte, was in de buurt van Whiteinch een bestuurder uit zijn auto getrokken, en de beschrijving van de gewonde overvaller leek op die van de man met het matje. De gestolen Ford Princess was teruggevonden aan Mathieson Terrace in stadsdeel de Gorbals. Met het bloed en de vingerafdrukken die in de auto waren aangetroffen zou het laboratorium weken zoet zijn. Maar het feit dat het voertuig in de buurt van verschillende beruchte adressen was achtergelaten, had Finlay en Christian in ieder geval wel een uitgangspunt gegeven om gericht op zoek te gaan.

Vervolgens duurde het dankzij enkele niet bepaald officiële informatiekanalen niet lang voordat ze de precieze locatie van de man met het matje hadden kunnen vaststellen: Brendall Towers in Cumberland Street, amper meer dan een reusachtig kraakpand waar verslaafden hun dagen sleten en prostituees hun afwerkplek hadden.

Christian ging voor de weinig uitnodigende deur staan en maakte zijn spieren los. Hij rolde zijn nek heen en weer en schudde zijn armen uit. 'De eerste keer,' beloofde hij Finlay, die heen en weer keek tussen de deur en zijn partner.

'Derde keer... de verliezer betaalt vanavond de rekening?'

‘Afgesproken.’ Christian haalde diep adem. ‘Politie!’ brulde hij en hij trapte uit alle macht tegen het slot. Niet dat de deur daar veel van merkte... Christian, die een beetje hinkte, negeerde Finlays verveelde gezichtsuitdrukking en gaf de deur opnieuw een trap. ‘Politie! Verdómme!’ klaagde hij, en hij liet zich tegen de muur aan zakken.

‘Wat denk je, zou hij je al gehoord hebben?’ grinnikte Finlay, die met getrokken knuppel naderbij kwam. Hij stond op het punt de knuppel tegen de deur te laten neerkomen toen hij op het idee kwam om in plaats daarvan de deurkruk te proberen. Die gaf probleemloos mee en de deur zwaaide open.

‘Bek dicht!’ snauwde Christian, en hij strompelde achter zijn partner aan naar binnen.

De ranzige kamer knapte bepaald niet op van het lichaam dat languit op de vloer lag. Doordat de man op zijn buik lag, was het karakteristieke kapsel duidelijk te herkennen, en uit zijn rug stak een dodelijk uitziend jachtmes.

‘Ach, wat sneu nou toch,’ zei Finlay ironisch. Hij keek rond in de benauwde kamer.

Er waren onmiskenbaar aanwijzingen dat hier was gevochten: versplinterde meubels, gebroken glas op de grond. Vliegen zoemden in en boven een zwartgeblakerde pan op het fornuis.

Christian keek een beetje teleurgesteld. ‘Hij kan dus wél dood.’

‘Zo te zien wel. Zal ik dan maar?’ vroeg Finlay verongelijkt. Hij beklopte de kleren van de dode en trok een portefeuille uit de kontzak. ‘Ruben de Wees,’ meldde hij, en hij vouwde het buitenlandse rijbewijs uit. Hij liep naar het raam waar Christian al stond te genieten van het uitzicht op afvalbakken en keukenmedewerkers die rookpauze hadden. ‘Een Nederlander...’

Christian maakte een ongeïnteresseerd geluid.

‘Hij kon op zijn klompen aanvoelen dat hij eraan zou gaan,’ zei Finlay erachteraan. Hij zag dat zijn vriend hoofdschuddend zijn lachen probeerde in te houden.

‘Goed,’ zei Christian, die genoeg kreeg van het weinig inspirerende uitzicht. ‘Laten we dit melden, en...’ Hij wachtte even. ‘Eh... toen je zijn kleren doorzocht, heb je toen toevallig ook gevoeld of hij nog een hartslag had?’

Verbijsterd draaide Finlay zich weer om.

Het lichaam was verdwenen. Een spoor van bloeddruppels leidde door de deuropening naar buiten.

Hij keek Christian vol afschuw aan. 'Hij had anders een verrekte groot mes in zijn rug!' zei hij defensief terwijl ze naast elkaar de deur uit liepen en de bloeddruppels naar de trap volgden.

'Ik denk,' hijgde Christian, die duidelijk lol had toen ze de trap af renden, 'dat we de volgende keer een houten staak door zijn hart moeten slaan!'

Ergens onder hen sloeg een zware deur dicht.

Met minder dan tien seconden achterstand renden Finlay en Christian het sombere gebouw uit en de verblindende grijsheid van een steeg in. Hun weder opgestane verdachte strompelde twintig meter voor hen in de richting van High Street. Het jachtmes stak nog in zijn rug.

'Hé, Ruben?!' riep Christian hem na. 'Dit is wel een van de meest sneue ontsnappingspogingen die we ooit hebben meegemaakt!'

De niet bepaald vliegende Hollander had nog genoeg kracht over om zijn middelvinger naar hen op te steken.

'Foei!' lachte Finlay.

Ze kuierden achter De Wees aan. Die ging met elke stap iets langzamer lopen en dook slingerend een drukke straat in, waar mensen geheel volgens verwachting in paniek raakten en begonnen te gillen. Op hun dooie gemak kwamen Finlay en Christian de steeg uit om de rust te herstellen.

'Achteruit, alstublieft!'

'Geef ons wat ruimte.'

'Kan iemand een ambulance bellen?'

Ze schudden vol medelijden hun hoofd toen de man begon weg te kruipen, waarbij zijn gebroken arm slap over het trottoir sleepte. Het verkeer raasde langs en Finlays digitale horloge gaf met een piepje aan dat het vier minuten over het hele uur was.

De Nederlander viel op de grond.

Finlay gebaarde naar hun verdachte. 'Ga je gang,' zei hij tegen zijn partner.

Maar toen Christian een stap naar voren deed, ging de man

met moeite op zijn knieën zitten en grabbelde achter zich tot hij het heft van het jachtmes vasthad.

'Dat zou ik toch echt maar laten zitten als ik jou was!' zei Christian, en hij negeerde Finlays smalende blik bij dit zoveelste ongevraagde medische advies.

De man schreeuwde het uit van de pijn toen hij stukje bij beetje het mes los begon te trekken.

'Ho nou! Wacht! Ho!' brulde Christian. Hij rende op hem af om hem tegen te houden – maar was te laat.

De man haalde uit, zodat zijn haar over zijn gezicht viel, en Christian viel achterover op het trottoir met zijn handen over een diepe snee in zijn zij.

'Blijf liggen, Christian!' beval Finlay toen de Nederlander moeizaam opstond. Uit diens mondhoek liep een straaltje bloed.

Finlay hief zijn knuppel.

'Achteruit, jullie!' waarschuwde de man de toekijkende menigte. Hij keek om naar de weg en besefte dat hij op bus 7 kon springen, die net bij de halte stopte...

... maar zag daarbij de 2CV die de bus inhaalde over het hoofd.

Er klonk een holle klap. De banden gierden en trokken het slappe lichaam van de man in de wielkasten, waarna ze het zodanig platwalsten dat het van zijn menselijke vorm werd ontdaan.

Het duurde een paar seconden voordat Finlay begreep wat er was gebeurd. Op de automatische piloot stapte hij de weg op om het verkeer tegen te houden en de verbijsterde bestuurder van de Citroën naar de zijkant van de weg te begeleiden. Hij ging op zijn hurken naast Christian zitten. 'Ben je er nog?'

'Stelt niks voor,' glimlachte Christian met een bleek gezicht.

Finlay gaf hem een hartelijke beuk op zijn rug en liep terug naar de auto. Hij reikte onder het chassis en boeide een van de verwrongen armen vast aan de metalen bumper.

'Wat doe jij nou?' riep Christian. 'Zijn hoofd zit achterstevoren!'

Finlay stak een sigaret op en ging op de stoeprand zitten, zijn ogen gericht op hun overleden gevangene. In de verte hoorden ze sirenes. Ze kwamen snel dichterbij.

'Zal best, maar ik neem geen enkel risico meer.'

Finlay huiverde toen hij de arts Christians wond zag hechten. De manier waarop de huid iets omhoogstulpte vlak voordat de kromme naald erdoorheen ging, was hypnotiserend, ook al werd hij er knap misselijk van.

'Jullie hebben me het weekje wel,' merkte de dokter op. Zijn stem werd gedempt door zijn grote hangsnor. 'Zo zou het goed moeten zijn.' Hij knipte het laatste stukje hechtdraad af en bekeek zijn handwerk. 'Prachtig.'

Christian nam de schade op. 'Prachtig' betekende blijkbaar dat je eruitzag alsof er een stuk modelspoor tegen je zij geplakt zat. 'En bedankt, hè, dokter,' zei hij, niet bijster onder de indruk.

'Laten we nu maar eens even naar jou kijken,' zei de arts tegen Finlay. Hij trok het vuile, door Finlay aangebrachte verband los, dat op verschillende plaatsen aan de twee dagen oude brandwond vastzat. Hij vertrok zijn gezicht. 'Als je weer eens een derdegraadsverbranding oploopt, moet je misschien maar even bij ons binnenwippen.'

'Komt in orde,' zei Finlay.

De besnorde man trok zijn handschoenen uit en maakte aantekeningen. 'Ik zal een verpleegster langssturen om dat schoon te maken,' zei hij met een gebaar naar Christians grote hechtingen, 'en om dáár iets mee te doen,' liet hij erop volgen, en hij maakte tijdens het weglopen afkeurende t-t-t-geluidjes naar Finlay.

Christian keek naar zijn indrukwekkende wond. 'Dat zal me een joekel van een litteken geven,' grijnsde hij.

'Dit is wel de week van je leven, hè?' zei Finlay toen het gordijn opzijging en er een knappe jonge verpleegster binnenkwam met een schaaltje in haar hand. Donkere krullen sprongen onder haar witte hoofdkapje uit.

Finlay stond als aan de grond genageld en bedacht dat ze eruitzag als een personificatie van de herfst: haar haren hadden de kleur van gebrande kastanjes, ze had rooskleurige lippen en sprankelende blauwe ogen. Christian wisselde een goedkeurende blik met hem, al viel dat hem niet op, omdat hij zijn ogen niet van haar kon afhouden.

'En wie van jullie is Finlay?' vroeg ze.

Ze klonk als de koningin.

'Kom op, zeg. Zo'n moeilijke vraag is dat toch niet? Finlay? Eenmaal, andermaal?'

'Ja. Ik... ben Finlay.' Hij deed zijn best om zijn Glasgowse tongval in te tomen.

Christian keek hem verwonderd aan.

Ze pakte wat ze nodig had uit het schaaltje, glimlachte liefjes en gaf hem een draai om zijn oren.

'Auwauwau!' riep hij klaaglijk.

'Moest van de dokter,' zei ze zonder zich te verontschuldigen. 'Wacht voortaan niet zo lang. Het geeft ons alleen maar meer werk.'

'Verdomme!' grimaste Finlay. Hij kon niet begrijpen hoe ze erin slaagde hem zoveel pijn te doen.

'En niet vloeken!' zei ze erbij. 'Mag niet van de hoofdzuster.'

Ze ging naast hem op bed zitten en rook naar aardbeien en chocola, zodat Finlay moest doen alsof hij verkouden was toen hij iets te nadrukkelijk de lucht opsnoof.

'Herken je ons niet?' vroeg Christian terwijl ze Finlays arm droogdepte.

'Moet dat?'

'Zal wel niet. Het was maar de grootste drugsvangst in de Schotse geschiedenis... Niet echt indrukwekkend of zo.'

Ze keek Finlay vragend aan.

Hij hield zijn adem in en had spijt van het kaas-ui-pasteitje dat hij tussen de middag had gegeten.

'De brand bij de scheepswerf,' zei ze toen ze zich het voorpaginaverhaal van de *Herald* herinnerde. 'Als ik het goed heb onthouden... hebben jullie binnen vijftien minuten vijf jaar straatwaarde aan heroïne teruggevonden.'

'Ze overdrijven,' zei Christian bescheiden.

'O?'

'Ja... Eigenlijk kostte het ons maar tien minuten!' zei hij grijnzend, en ze begon te lachen.

Ze keek glimlachend op naar Finlay. Hij had nog nooit zoiets moois gezien. Ze hield zijn arm omhoog en wikkelde een verband om het verse gaasje.

'Hij is me er eentje, hè, die vriend van je?'

'Dat is hij zeker,' antwoordde Finlay gemelijk. Hij vermoedde dat ze er ieder een andere definitie van 'eentje' op na hielden.

'Oké, Fin,' zei ze. 'Jij bent klaar.'

Ze wendde zich met een ironisch lachje tot Christian toen hij gehoorzaam op het bed ging liggen.

'Ik ben geheel tot je beschikking!' zei hij gretig.

'Het was leuk!' flapte Finlay eruit. 'Om je te ontmoeten, bedoel ik.'

De verpleegster keek om en keek een beetje verbaasd toen hij zijn hand uitstak. Christian snoof ongeduldig toen ze haar handschoenen uittrok om Finlays ruwe hand vast te pakken.

'Ik vond het een eer om jullie te ontmoeten!' zei ze met een ondeugende fonkeling in haar ogen. 'Ik heet Maggie.'

6

Donderdag 7 januari 2016
14.21 uur

Wolf produceerde een vreemde snuifhoest.

Edmunds keek over zijn dossier heen zijn kant uit. Even later gleden zijn ogen weer terug naar de tekst. Maar toen begon Wolf te grinniken om het officiële rapport over Ruben de Wees en de negen levens van zijn afschuwelijke matje. Edmunds keek hem ongeduldig aan met een blik in zijn ogen waar zelfs Baxter trots op zou zijn geweest.

'Sorry,' zei Wolf. 'Finlay heeft me dit verhaal al verteld zolang ik me kan herinneren, maar ik moet er nog steeds om lachen.'

Edmunds rolde met zijn ogen en richtte zijn aandacht weer op de vergeelde pagina's. Wolf rekte zich behaaglijk uit en verstoorde de rust met een reeks kreun- en gaapgeluiden terwijl hij rondkeek in de vergaderruimte van Moordzaken en Zware Misdaad. De groteske foto's van de Ragdoll-zaak waren al lang geleden weggehaald, maar verder was er weinig veranderd. Zelfs de barst die in de glazen tussenwand was gesprongen toen Wolf Edmunds er met zijn hoofd keihard tegenaan had geduwd, zat er nog.

'Ik heb zeker nooit mijn excuses aangeboden voor je hoofd, hè?' vroeg Wolf.

Edmunds gaf het op en gooide het dossier op tafel. 'Nee. Nee, dat klopt.'

Wolf deed zijn mond open... maar haalde toen alleen zijn schouders op.

Edmunds lachte wrang.

'Toe dan. Zeg het gewoon,' zei Wolf, en hij draaide zijn stoel bij om Edmunds zijn onverdeelde aandacht te schenken. 'Wat heb je op je lever?'

Hij zag Edmunds zijn woorden afwegen.

'Vind je me slecht? Heb je een... ethisch probleem?' Wolf zei het op een toon alsof hij er niet helemaal zeker van was dat hij het woord correct gebruikte. 'Oké. Ja, ik heb inderdaad onbedoeld een gestoorde seriemoordenaar een opdracht gegeven.' Hij hief zijn handen alsof hij zich overgaf. 'Dat kun je me aanrekenen. Heb ik doelbewust je onderzoek verstoord om mezelf te beschermen? Eh... ja, dat heb ik waarschijnlijk ook gedaan. Heb ik die bewuste seriemoordenaar bijna doodgeslagen toen hij het al had opgegeven? Ja, ook, maar...' Hij keek vaag. 'Wat wilde ik ook alweer zeggen?'

Edmunds schudde zijn hoofd en pakte het dossier weer op.

'Misschien voel jij je beter,' vervolgde Wolf, 'als je weet dat Vanita me laat arresteren zodra deze zaak is afgerond. De slechterik zal boeten voor zijn zonden.'

'Daar gaat het niet om,' mompelde Edmunds.

'Wat zeg je?'

'Ik zei: daar gaat het niet om!' snauwde hij. 'Nou ja, óók. Ik vind je een in- en inslechte klootzak, die het verdient om de rest van zijn leven weg te rotten in een cel... maar daar gaat het niet om.'

Wolf merkte verbaasd op hoezeer hij klonk als Baxter.

Edmunds sloot zijn ogen en ademde helemaal uit. 'De Ragdoll-zaak was van míj,' legde hij enigszins gegeneerd uit. 'Ík heb de archieven binnenstebuiten gekeerd om Masse' vroegere slachtoffers te vinden. Ík heb bewezen dat de faustische moorden echt waren. Ík doorzag jou. Dat heb ík allemaal gedaan.'

Wolf luisterde geduldig terwijl Edmunds verderging.

'Jij had jouw glorie, jouw zaak. Ik geef toe, het was een zootje dat zijn weerga niet kende, maar toch: jij, William Fawkes, spoorde de Crematiemoordenaar op en arresteerde hem. Jij, Masse en de Ragdoll-zaak, die waren míjn moment... en dat heb jij me afgenomen.'

Edmunds had het gevoel alsof er een last van hem af viel. Het was voor het eerst dat hij had toegegeven dat zijn woede met een egoïstischer vuur brandde dan hij had voorgewend.

Wolf knikte, absoluut niet verbaasd door wat Edmunds had toegegeven. 'Jij bent de slimste van ons allemaal...'

'Doe niet zo neerbuigend.'

'... omdat je bent weggegaan,' vervolgde Wolf. 'Dit werk is...' Hij zoog zijn wangen vol. 'Het is voor niemand goed. Het is een drug, een verslaving waarvan je weet dat ze je elk moment fataal kan worden. Je raakt zo geobsedeerd door de roes dat je niet meer merkt dat het alle andere aspecten van je leven verscheurt, tot er niets over is.'

Ze deden er allebei het zwijgen toe. De waarheid in Wolfs woorden deed hen weer denken aan Finlay en de zekerheid dat, of iemand anders hem nu had gedood of hijzelf, het werk op de een of andere manier had bijgedragen aan zijn vroegtijdige overlijden.

'Ik wou dat ik het lef had gehad om weg te gaan voor het te laat was,' zei Wolf oprecht. 'Nu ís het te laat.'

'Dat kun je makkelijk zeggen als jij niet degene bent die als eerste opdracht fretten achternazit over het parkeerterrein van Sainsbury's.'

'En als tweede opdracht de mogelijke moord op een collega onderzoekt,' hielp Wolf hem herinneren.

Edmunds zag Wolfs gezicht betrekken toen hij terugdacht aan Finlay en het dossier dat hij nog maar een paar minuten geleden zo hilarisch had gevonden. Hij had de afgelopen achttien maanden gefantaseerd dat hij Wolf zou opsporen, dat hij hem uit zijn schuilplaats zou trekken en hem voor het gerecht zou brengen om zich te verantwoorden voor zijn daden. Hij had zich voorgesteld hoe zijn collega's en de media hem de lof zouden toezwaaien die hij al veel eerder had verdiend. Zo was Wolf in zijn hoofd een soort spookbeeld geworden. Maar nu hij zag hoe wanhopig de man op zoek was naar betekenis, naar demonen die er waarschijnlijk helemaal niet waren, zag hij alleen een man die alles kwijt was geraakt.

'Wat?' vroeg Wolf toen hij zag dat Edmunds hem aankeek.

'Niets.'
Ze gingen allebei weer aan het werk.
'Het spijt me van je hoofd,' mompelde Wolf.
'Is wel goed.'

Saunders probeerde door zijn mond te ademen.

De lucht in het forensisch laboratorium had altijd iets van metaal en dood in zich. De glimmende gereedschappen en de met bleekmiddel gereinigde vloeren voelden iets te vlekkeloos, als een plek die na een bloedbad te haastig is schoongeschrobd.

'Shit,' zei Joe, de kale gerechtsarts, toen hij bij het binnenkomen koffie over zijn kleren morste. 'Dat wordt een vlek.'

Saunders zag hem een vlekje van een schort vegen dat onder het opgedroogde bloed, hersenmassa en God mocht weten wat nog meer zat voordat hij doorkreeg dat hij een gast had.

'Verdomme,' bracht hij uit toen hij Saunders zag.

'Ook goeiemiddag.'

'Sorry. Ik hoopte dat je de ongrijpbare hoofdinspecteur Baxter zou zijn,' grijnsde Joe. 'Had ik ook niet mijn schone schort aan hoeven doen,' klaagde hij luidkeels.

Saunders wilde zich niet eens voorstellen hoe zijn vuile schort eruit zou zien.

'Ik zou niet te optimistisch zijn, makker,' zei hij tegen Joe. 'Voor zover ik kan zien staat daar al een behoorlijk lange rij.'

Joe negeerde de opmerking en zette zijn koffie neer, om de doos met bewijsmateriaal die Saunders had meegebracht te doorzoeken.

'Mijn favoriete bezigheid!' riep hij uit. 'Werk overdoen! Je wilt dus dat ik herbevestig dat al het forensische materiaal op zelfmoord wijst?'

'Nee,' zei Saunders. 'We willen dat je op zoek gaat naar aanwijzingen dat het géén zelfmoord was.'

'In een afgesloten kamer?'

'Ja.'

'Waarin niet aantoonbaar is gevochten?'

'Ja.'

'En waar hij het wapen zelf vasthield?'

'Ja! Vind gewoon iets!'

Opeens leek Joe diep in gedachten verzonken, alsof hem iets dwarszat.

'Wat is er?' vroeg Saunders hoopvol.

'Wat bedoelde je eigenlijk toen je zei dat er al "een behoorlijk lange rij" staat?'

Christian had alleen tijd om onderweg naar zijn volgende vergadering te overleggen. Wolf en Edmunds stonden hem op te wachten bij de liften en moesten de beleefdheden laten voor wat ze waren terwijl ze door het atrium beenden.

'Weten we zeker dat de onverwoestbare Nederlander de enige was die uit het pakhuis is ontsnapt?' vroeg Edmunds.

Christian glimlachte toen hij eraan terugdacht. Hij vertelde het verhaal al even lang als Finlay had gedaan. 'Volgens mij wel, ja,' antwoordde hij terwijl zijn entourage deuren voor hen openhield. 'Zonder dat wij het wisten was het hele laboratorium al een vuurzee. Er was ergens een blauwdruk. Zat die in het dossier? Het kwam erop neer dat alle uitgangen onbereikbaar waren op twee na, en ik weet zeker dat wij het zouden hebben gezien als iemand aan onze kant zou proberen weg te komen.'

'De overvallers hadden automatische wapens,' zei Edmunds. 'Maar na de brand zijn nog uiteenlopende andere wapens teruggevonden. We willen uitzoeken welke wapens van wie waren. Kun je iets bedenken dat ons kan helpen?'

'Nee, ik ben bang van niet,' zei Christian schouderophalend. 'Je zou aannemen dat de Nederlanders allemaal dezelfde wapens hadden. Ze leken goed in de spullen te zitten, als ik me goed herinner. Je kunt dus waarschijnlijk wel een gefundeerde inschatting maken.'

'Maar houd je het voor mogelijk dat...' begon Edmunds.

'Hoor eens,' onderbrak Christian hem tot afschuw van zijn volgelingen die stonden te wachten om hem te kunnen aanspreken. 'Ik denk dat je je tijd verdoet. Ik was erbij. Ik was de hele tijd met Fin samen. Ik zou het hebben geweten als hij er meer aan had overgehouden dan een lelijk verbrande arm. Er was geen reden waarom hij iets achter zou houden. Je zit op de verkeerde zaak... Het spijt me.'

‘Meneer.’ Een jonge man deed met een kruiperig glimlachje een stap naar hem toe. ‘We moeten nu écht...’

Christian keek hem woedend aan.

De man grijnsde, maakte bijna een buiging alsof hij zojuist een traktatie had gekregen en stapte weer achteruit.

‘Wolf, even een-op-een?’ vroeg Christian.

Edmunds liet hun wat ruimte.

‘Voor de goede verstaander: dat document dat Vanita laat opstellen heeft zoveel voorbehouden en slagen om de arm in de formulering dat ik er niet van overtuigd ben dat het zelfs maar het papier waard is waarop het wordt afgedrukt.’

‘Ik weet zeker dat ze het niet zo heeft bedoeld,’ grijnsde Wolf.

‘Vast niet. Maar als je het goedvindt, laat ik een ingewijde er met een stofkam doorheen gaan.’

Wolf knikte waarderend en Christian gaf hem een klap op zijn rug voordat hij aan zijn volgende vergadering begon.

Omdat ze de bovenverdieping van haar huis vermeed, was Maggie begonnen met het opbergen van de kerstversiering. Voordat ze weggingen, hadden Edmunds en Saunders met veel omhaal de afstervende boom naar buiten gebracht, waarbij veel meer was gevloekt (door Saunders) en gebloed (door Edmunds) dan strikt noodzakelijk was.

Terwijl Maggie voorzichtig de meer breekbare versieringen in vloeipapier wikkelde, trok Baxter de resterende decoraties van het plafond.

‘Hoe gaat het met je, liefje?’ vroeg Maggie.

‘Prima.’

Maggie ging verder met inpakken en leek alweer meer de oude. Ze had haar donkere krullen opgestoken zoals Finlay ze het liefst had gezien. ‘Ik zei toch dat hij terug zou komen,’ zei ze glimlachend.

‘Ja, dat zei je.’

‘Voor jou.’

Baxter trok tegelijk met de glinsterende sneeuwpop een stukje verf van het plafond. ‘Hij kwam alleen maar terug voor Finlay,’ zei ze op besliste toon.

'Rechercheurs,' lachte Maggie. 'Jullie zijn er zo goed in om dingen bij anderen op te merken, maar jullie zijn blind als het gaat om elkaar.'

'Waar moeten deze dozen naartoe?' vroeg Baxter om van onderwerp te veranderen. Ze liet de sneeuwpop met het stukje plafond eraan in een schoenendoos vallen.

'Naar de garage, graag.'

Toen ze met de dozen door het huis liep, dat opeens akelig groot en leeg aanvoelde, vroeg Baxter zich af of Maggie hier überhaupt zou willen blijven wonen als dit allemaal achter de rug was.

Toen ze de koude garage binnenliep, bleef ze even staan om Finlays oude Harley-Davidson te bewonderen. Ze haalde een beangstigend groot spinnenweb weg met een bezem en stapelde de dozen op tegen de achtermuur. Toen ze weg wilde lopen, zag ze iets wat ze herkende.

Haar aandacht was getrokken door een oude foto die boven in een andere open doos lag. Het was een foto van Finlay, Benjamin Chambers en Wolf die het op de een of andere manier erg naar hun zin hadden tijdens een kerstfeest op kantoor. Ze voelde een golf van verdriet toen ze naar de gelukkige gezichten keek van de twee vrienden die ze sindsdien kwijt waren geraakt. Ze keek in de doos en besefte dat Finlay hierin de inhoud van zijn bureau had geleegd toen hij een maand geleden met pensioen ging. Ze tilde de doos van de stapel en zette hem op de grond om de voorwerpen – de onzinnige oogst van jarenlange verzameldrift – stuk voor stuk te bekijken.

Er waren nog andere foto's: de schoolfoto's van de kleinkinderen, Finlay en Maggie voor het Vaticaan, een zwart-witfoto van een jonge Finlay en Christian die poseerden naast een toren van wit poeder tegen de achtergrond van een brandend gebouw.

Ze legde hem opzij.

Ze vond bontgekleurde tekeningen, pennen en potloden, een certificaat om te bevestigen dat hij (uiteindelijk dan toch) de training in politieke correctheid met goed gevolg had bijgewoond, en een brief uit 1995 waarin hem werd medegedeeld dat hij een jonge rechercheur in opleiding, ene William Layton-Fawkes, onder zijn hoede zou krijgen. Glimlachend vouwde ze een afgescheurd stukje karton open dat beschreven was met Finlays herkenbare handschrift:

Heb je 't verdomme nóg niet door?
Ik hou niet zomaar van je. Ik aanbid je, onvoorwaardelijk, niet-aflatend en zonder enige hoop.
Je bent van mij.
En geen van deze klootzakken, niets van alle afgrijselijke dingen die tussen ons zijn gebeurd, noch deze achterlijke tralies kunnen ons bij elkaar vandaan houden. Want niemand zal jou ooit, ooit van mij afpakken.

Fronsend las Baxter het briefje nog een keer. Ze voelde de wanhoop achter de woorden. Hoewel ze zich een tikje schuldig voelde dat ze zoiets persoonlijks had gelezen, knaagde het gevoel dat deze met vloeken doorspekte liefdesverklaring niet voor Maggie op papier was gezet. Ze wilde bijna dat ze het niet had gevonden. Toen vouwde ze het briefje doormidden en stopte het samen met de zwart-witfoto in haar achterzak.

7

Vrijdag 8 januari 2016
7.05 uur

'Hoe laat is het, meneer Wolf?'

Wolf kreunde en trok de kriebelende deken over zijn hoofd. Hij hoorde dat de celdeur van het slot werd gehaald, gevolgd door het geluid van voetstappen om de hindernisbaan van vuile was en dossiers heen die hij her en der op de vloer had laten vallen.

De stoorzender schraapte zijn keel.

Toen hij langzaam de deken van zijn gezicht trok, werd hij begroet door een vertrouwd gerimpeld gezicht dat naar hem glimlachte: George was de zachtaardige gevangenbewaarder van bureau Paddington Green, en de cel van twee bij drieënhalve meter was gedurende de moordzaak Wolfs onderkomen.

'Ik dacht zomaar dat je wel zou willen ontbijten,' zei George, en hij reikte hem een blad aan met glibberige, bruinige eieren en taaie toast.

'Meen je dat?' vroeg Wolf. Hij vermoedde dat er iets ernstig mis was met de kip die deze eieren had gelegd.

'Niet met je eten spelen,' zei de oudere man terwijl hij om zich heen keek naar de bende die zijn gast in de beperkte ruimte had weten te maken. 'Denk je dat je een beetje kunt opruimen voordat je gaat?' stelde hij voor.

'Geen tijd,' mompelde Wolf met zijn mond vol toast. Hij stond op om zijn broek aan te trekken.

George wendde zijn blik af. 'Dit is geen hotel, weet je?'

'Dat weet ik,' zei Wolf op defensieve toon. Hij wierp de gevangenbewaarder zijn vochtige handdoeken toe en nam toen met een vertrokken gezicht een slok van de bittere koffie. 'Twee schone graag, als je even tijd hebt.'

'Komt in orde, meneer.'

Wolf zocht door de stapeltjes op de grond en vond uiteindelijk het dossier dat hij nodig had. Hij legde het op het bed en raapte een gekreukt wit overhemd op. 'Kun jij een beetje strijken?' vroeg hij optimistisch.

'En ik ben je moeder niet.'

'Het viel te proberen,' zei Wolf glimlachend. Hij gooide het overhemd op een hoop en liep struikelend over de rotzooi naar de gang.

'Vergeet je niet iets?' riep George hem na. Hij liep achter hem aan met een dossiermap met voetafdruk in zijn hand.

Wolf was nog steeds zijn overhemd in zijn broek aan het stoppen. Hij liep snel terug naar de cel, ruilde het dossier voor zijn koffiekopje en gaf George een kus op zijn rimpelige wang.

'Bwèh!' klaagde de gevangenbewaarder, en hij wreef over zijn gezicht. 'Ik zei toch: ik ben je moeder niet!'

Wolf grijnsde. 'Tot vanavond!'

'Hoe laat kan ik je verwachten?'

'Je bent mijn moeder niet!' hielp Wolf hem herinneren toen hij om de hoek verdween.

Geërgerd pakte George het voor de helft opgegeten ontbijt op. Op weg naar buiten aarzelde hij en raapte toen, met een diepe zucht, de berg overhemden op die gestreken moesten worden.

'Waar is Christian?' vroeg Wolf, terwijl hij ging zitten. 'Hij zou hier ook zijn.'

Een advocaat die het erg met zichzelf getroffen leek te hebben, glimlachte hem toe, wat in zijn ervaring nooit een goed teken was. Vanita sloot de deur en ging bij hen aan tafel zitten.

'De hóófdcommissaris,' zei ze nadrukkelijk, 'heeft verplichtingen elders.'

Wolf bladerde door de stapel papier voor zijn neus. 'Hij wilde iemand anders hiernaar laten kijken, zei hij.'

'Ik zou niet weten waar dat voor nodig is, en hij klaarblijkelijk ook niet. Anders was hij wel hier,' antwoordde Vanita. 'Meester Briton heeft de overeenkomst zelf opgesteld.'

'Dat is nou net wat me zorgen baart,' zei Wolf, en hij leunde achterover in zijn stoel om naar de man tegenover hem te kijken. 'Mijn vader heeft me maar één goede raad gegeven. Wil je weten wat dat was?'

'Nee,' zei Vanita.

'Vertrouw nooit een man die voor elf uur 's ochtends glimlacht,' zei Wolf desondanks, en hij duwde de paperassen van zich af. 'Ik hou niet van advocaten.'

'Dat is niet erg,' grijnsde de man.

'En daarom... moet ik jou ook niet.'

'Ook best.'

Wolf boog zich verder voorover.

'Wil je horen wat er gebeurde toen ik voor het laatst in een rechtszaal was waar te veel zelfingenomen advocaten naar me grijnsden?'

De glimlach verdween.

'Ik teken niets voordat ik een second opinion krijg,' zei Wolf.

Vanita had dat antwoord duidelijk al verwacht.

'Dan spijt het me je te moeten informeren dat onze "overeenkomst" niet langer van kracht is.'

Ze keek naar de gladharige advocaat, die zijn stukken bij elkaar raapte en opstond ter verhoging van het theatrale effect.

'De Metropolitan Police dankt je voor de tip inzake Léo Dubois,' zei ze tegen Wolf, terwijl ze de deur opendeed voor twee geüniformeerde agenten die met handboeien in de hand de kamer binnenliepen.

'Hoor eens, meneer Fawkes, het is heel eenvoudig,' begon de advocaat, wiens zelfingenomenheid met de binnenkomst van de agenten meteen weer terug was. 'Geen handtekening betekent geen overeenkomst. Geen overeenkomst betekent dat u weer voortvluchtig bent. En voortvluchtig zijn betekent dat u onmiddellijk wordt gearresteerd en aan de genade van de rechter wordt overgeleverd.'

'Óf,' begon Vanita, die de slecht bij haar passende rol van de good cop speelde, 'je tekent op de stippellijn, onderzoekt de komende dagen de dood van rechercheur Shaw en hebt je onderzoek naar Dubois achter de hand als onderhandelingsmateriaal... Het lijkt mij niet zo'n moeilijke keus.'

Ze haalde een prachtige nieuwe pen uit het borstzakje van haar blouse en reikte hem aan. De advocaat spreidde de overeenkomst weer voor hem uit, geopend op de pagina waar hij moest tekenen.

Vanita had hem in haar macht, en dat wisten ze alle drie.

Wolf nam de zware vulpen van haar aan en stopte hem meteen in zijn mond terwijl hij de onbegrijpelijke laatste pagina nogmaals doorlas voordat hij onderaan zijn naam schreef.

'Ben je nu gelukkig?' vroeg hij haar, en hij bood haar de natte pen aan.

'Hou maar,' zei ze. Ze verzamelde het getekende document, haar spullen en haar stralende advocaat, om vervolgens de kamer uit te marcheren.

Baxter was als eerste bij Maggie aangekomen. De anderen kwamen pas later op de ochtend, en ze had de extra tijd gebruikt om te helpen bij het schoonmaken, een excuus om het huis grondig te doorzoeken op zoek naar een plek waar Finlay een wapen voor zijn overdreven propere vrouw had kunnen verstoppen.

Iets na halfelf hoorde ze de brievenbus klepperen en liep ze naar de voordeur om de stapel post van de deurmat op te rapen. Finlays krant lag er, een menu van Domino's Pizza, drie kaarten – ongetwijfeld gestuurd om medeleven te betonen – en een envelop met vette rode letters op de voorkant:

LAATSTE HERINNERING. MAAK DEZE ENVELOP OPEN.

Baxter legde de overige post op het tafeltje en nam de aanmaning mee de keuken in. Na enig nadenken besloot ze dat ze haar werk zou verzaken als ze niet elke aanwijzing opvolgde.

'Wil je thee, Maggie?' riep ze door de gang.

'Graag!'

Ze liet de envelop boven op de schenktuit balanceren, zette de ketel aan en zocht mokken en thee bij elkaar.

Toen ze voorzichtig de achterflap lostrok om het met rode tekst bedekte creditcardoverzicht eruit te halen, bleek de lijm ontzettend sterk. De enige transactie was een overboeking van een andere rekening, en ze hapte naar adem toen ze het verschuldigde bedrag onder aan de pagina las.

'Jezus, Finlay,' mompelde ze. Ze voelde zich licht onpasselijk worden.

Vastberadener dan tevoren doorzocht Baxter de kamers op de benedenverdieping millimeter voor millimeter. Het was immers niet meer dan logisch dat aan deze verhelderende laatste aanmaning vergelijkbare brieven vooraf waren gegaan die konden verklaren hoe haar vriend zo hopeloos diep in de schulden was geraakt. Toen ze een stoel bijtrok om boven op de keukenkastjes te kijken, vond ze alleen vettig stof en dode spinnen. Ook ontdekte ze op de bovenste planken een waar feestmaal aan voedsel waarvan de uiterste houdbaarheidsdatum was verstreken, maar verder niets. Ze stapte van de stoel en trok de plinten onder de kastjes opzij, waarbij een enorme hoeveelheid stof opwolkte.

Vervolgens liep ze de gang in en inspecteerde ze de mand met houtblokken voordat ze onder het schoenenkastje keek. Omdat ze zeker wist dat ze de woonkamer al goed had doorzocht, deed ze de deur naar de koude garage open. De dozen die Maggie en zijzelf hadden ingepakt kon ze laten staan. Ze schuifelde langs de smetteloze Harley-Davidson naar de stapel ernaast.

Ze liep terug naar de motor. Maggie had altijd al een hekel aan het ding gehad.

Baxter ging op haar hurken zitten en liet haar handen langs de op maat gemaakte satijnzwarte uitlaatschilden en de vinyl rugleuning glijden, maar vond niets afwijkends. Ze ging op het zadel zitten en inspecteerde de analoge meters voordat ze met haar hand langs de metalen rondingen van de motor streek, op zoek naar iets... wat dan ook.

Ze voelde het zadel heel licht wiebelen.

Ze sprong weer van de motor en volgde met haar vingertoppen het zadel tot ze een palletje vond. Tot haar genoegen hoorde ze een klik en kon ze de bovenkant van het zadel helemaal optillen, zodat ze het opbergvak eronder zag.

Een voor een kwam het team bij het huis aan. Iedereen eiste in de keuken een plekje op voor de verplichte mok thee en een versgebakken croissant. Saunders was zo attent geweest om nog een tas vol boodschappen mee te brengen, die hij in de kastjes opborg terwijl Edmunds zoals altijd helemaal opging in een dossier.

Christian vermaakte het gezelschap met een verhaal over hoe Finlay en hij ooit twee hele dagen hun agent in opleiding kwijt waren geweest. Maggie lachte mee alsof ze het nog nooit had gehoord. Baxter luisterde maar half en wachtte vol spanning op een goede gelegenheid om haar ontdekking met de anderen te delen.

De rammelende voordeur onderbrak Christians spraakwaterval, en even later verscheen Wolf in de deuropening van de keuken. Hij knipoogde naar Baxter ter begroeting, waarschijnlijk om haar te ergeren, wat uiteraard lukte. Ze gunde hem dat genoegen echter niet en glimlachte allerliefst terug, wat hem zichtbaar in verwarring bracht.

Wolf omhelsde Maggie en keek toen Christian aan.

'Bedankt, hè, voor daarstraks.'

'Graag gedaan.'

Wolf aarzelde. 'Het was sarcastisch bedoeld. Waar zat je in godsnaam?'

Nu wist Christian niet wat hij moest zeggen.

'Vanochtend... bij Vanita,' lichtte Wolf toe.

'Ja, dat weet ik. Ik heb Luke gestuurd... mijn advocaat,' zei Christian fronsend. 'Ik heb het vanochtend meteen met Geena doorgesproken... Was hij er niet bij?'

Wolf schudde zijn hoofd.

Christian liet zijn adem ontsnappen. 'Die vrouw is niet te geloven. Heb je getekend?'

'Wat moest ik anders?'

'Ik regel het wel.'

Toen het gesprek zijn natuurlijke eindpunt bereikte, konden ze niet meer uit onder de reden waarom vijf voormalige en huidige rechercheurs van Moordzaken in de keuken van hun oude vriend zaten. Maggie voelde de hint en excuseerde zich om bij een vriendin koffie te gaan drinken.

Zodra hij de voordeur hoorde dichtvallen, stak Wolf van wal: 'Politiekorps Strathclyde loopt te treuzelen met een aantal oude stukken,' zei hij tegen Christian. 'Denk je dat jij wat druk kunt uitoefenen?'

'Ik bel ze meteen.'

'Saunders?' vroeg Wolf.

'Het wapen is terug in het laboratorium, samen met de rest van het bewijsmateriaal. Ik heb een uur geleden nog even gevraagd. Tot nu toe wijst niets op een andere toedracht.'

'Zeg dat ze blijven zoeken,' droeg Wolf op. 'Edmunds heeft iets interessants gev...'

Op dat moment trok Baxter de stapel administratie achter haar rug vandaan en gooide hem op tafel. De rode hoofdletters op het witte papier brachten Wolf even effectief tot zwijgen als een bebloede lap.

'Finlay ging kopje-onder,' deelde ze mee.

Zelfs Edmunds keek op van zijn dossier. Deze nieuwste ontwikkeling ging voor.

'Dit duidt op minstens een ton aan schulden,' legde ze uit.

Iets noopte haar om Wolfs kant uit te kijken, maar ze had er onmiddellijk spijt van; hij zag eruit alsof de bodem uit zijn bestaan was gevallen.

'Voor zover ik heb kunnen achterhalen,' vervolgde Baxter, 'heeft Maggie geen idee.'

Christian schraapte zijn keel. 'Moet ze... het weten?'

'Ze dreigen beslag te leggen op het huis. De meeste schulden lijken betrekking te hebben op haar particuliere ziektekostenverzekering. Dan is er natuurlijk de verbouwing, en er is een flink bedrag uitgegeven aan de nieuwe auto.'

Wolf pakte een van de aanmaningen op en wendde zich tot Christian.

'Wist jij hier iets van?'

Hij schudde zijn hoofd.

'Heeft iemand al naar Finlays levensverzekering gekeken?' vroeg Edmunds.

'Betalen ze als het zelfmoord is?' vroeg Christian hem.

'Hangt ervan af,' antwoordde Edmunds, die naar de toren van schulden op de tafel keek. 'Meestal komen ze op den duur toch wel over de brug.'

Wolf verfrommelde de rekening en gooide de prop op de grond. 'Dit bewijst niets.'

'Hou je mond, Wolf,' mompelde Baxter.

'Hij had toch...'

'Hou gewoon je mond.'

'Maar stel dat...'

'Will!' riep ze gefrustreerd. Ze keek hem aan en hield voor het eerst sinds hij terug was zijn blik vast. 'Het is voorbij. Je moet dit accepteren. Je móét hem loslaten.'

Wolf keek naar de verslagen gezichten van zijn collega's om de tafel, griste zijn jas van het aanrecht en stormde het huis uit. De voordeur knalde achter hem dicht.

'Hoeveel?' vroeg Maggie op gespannen fluistertoon. Het theekopje rammelde op het schoteltje in haar trillende handen. Ze was teruggekomen in een stil huis en had Baxter aangetroffen, die op haar had zitten wachten naast een stapel rekeningen die onheilspellend op de keukentafel lag.

'Veel.'

'Hoeveel, Emily?'

'Veel. Maar het maakt niet uit,' zei Baxter. 'Ik heb naar Finlays verzekeringspapieren gekeken... en ik weet vrij zeker dat het allemaal kan worden betaald.'

Maggie staarde wezenloos voor zich uit.

'Hij zei altijd dat alles werd gedekt door onze particuliere zorgverzekering.'

'Hij wilde dat je de allerbeste zorg kreeg.'

'Ik zou liever willen dat hij er nog was.'

Baxter weigerde weer te gaan huilen. Het voelde de laatste tijd toch al alsof ze de helft van de dag liep te janken.

'Denk je... Denk je dat hij daarom... dat hij...'

Baxter knikte en moest haar ogen droogvegen.

Maggie begon verstrooid door de stapel te bladeren, waarbij

ze de oude foto van Finlay en Christian voor het brandende pakhuis bovenhaalde.

'Sorry, die hoort er niet tussen,' zei Baxter. Ze voelde zich schuldig omdat ze de foto zonder toestemming uit een doos had gehaald.

Maggie reikte haar glimlachend de foto aan. Ze moest denken aan hoe ze de arm van haar man had verbonden toen ze elkaar voor de allereerste keer zagen. Maar toen fronste ze en pakte ze een smoezelig stukje karton op met Finlays slordige handschrift.

Heb je 't verdomme nóg niet door?

Baxter sprong uit haar stoel en reikte over tafel, maar Maggie hield het kattebelletje net buiten haar bereik en las het met gefronste wenkbrauwen door.

'Maggie, niet doen!' hijgde Baxter, en ze gooide haar thee om toen ze uit alle macht probeerde haar lange benen tussen de bank en de tafel uit te krijgen.

Maar het was al te laat.

Maggies ogen vlogen langs de zes regels. Toen vouwde ze het briefje op en gaf het terug aan Baxter.

'Ik vind het zo vreselijk erg... Hè, waarom lach je nou!' zei Baxter, in verwarring gebracht.

'Ik zat net te denken dat hij vier pond in de vloekenpot had moeten doen en een draai om zijn oren had gekregen als hij er nog was.'

'Schreef hij... dat voor jou?' vroeg Baxter.

'O, vast en zeker niet. Ik heb het nog nooit gezien.'

'Maar...' Baxter was verbijsterd over Maggies duidelijke gebrek aan interesse in Finlays hartstochtelijke liefdesverklaring aan een onbekende derde. 'Ben je niet... verdrietig? Niet dat ik dat zou willen.'

'Nee, liefje.'

'Nieuwsgierig dan?'

'Nee, liefje. Wat het ook is, ik weet zeker dat er een logische verklaring voor is... Wacht, ik pak even een dweiltje,' zei ze, en ze stond op.

‘Maar het is zijn handschrift!’ flapte Baxter eruit. Ze kon zich niet inhouden.

‘O, dat lijdt geen twijfel.’

‘Hoe kun je het dan niet willen weten?’

Maggie lachte en pakte Baxters handen vast. Ze voelde dat haar vriendin wilde horen dat Finlay nog steeds de man was voor wie ze hem had gehouden. Maggie viel moeiteloos terug in de moederrol die haar de afgelopen week was ontnomen en was blij dat alles weer even bij het oude was.

‘Emily, als er iets is op deze wereld wat ik zeker weet... waar ik zonder een seconde te aarzelen mijn leven om zou verwedden... dan is het dat Fin zoveel van me hield als iemand maar van een ander kan houden.’ Ze kneep hard in Baxters handen en keek haar toen glimlachend aan. ‘Wil je nog thee?’

8

Vrijdag 9 november 1979
11.10 uur

Christian zuchtte gefrustreerd.

Hij ging rechtop zitten en gaf zichzelf een pets in het gezicht om zijn dagdroom van zich af te schudden.

'Ik krijg die verpleegster maar niet uit mijn hoofd,' vertelde hij, terwijl Finlay hen door Cochrane Street in Glasgow reed en er motregen over de voorruit zwom. Het deprimerende uitzicht lokte zijn gedachten naar elders. 'Hoe heette ze ook alweer? Megan? Mandy?'

'Maggie,' antwoordde Finlay kortaf, waarmee hij zijn aantal gesproken woorden voor die dag in de dubbele cijfers bracht.

'Maggie!' Christian knikte. 'Natuurlijk. Mooie Maggie met haar weelderige kont!'

Finlay verstrakte en moest zich op zijn tong bijten. Ze naderden het adres dat op een stukje papier was gekalkt en rechtop werd gehouden door een stratenboek met ezelsoren.

'Oooh! Dát is een lekker ding!' zei Christian, terwijl hij zoals gewoonlijk naar een voetgangster keek. Door de stad rijden was bij hem altijd een mooiemeidensafari.

Finlay had het helemaal gehad. 'Ze heeft een hoop meer te bieden dan haar "weelderige kont"!'

Christians interesse was gewekt en hij keek om naar de vrouw die ze net waren gepasseerd.

'Niet zij!' snauwde Finlay. 'Maggie!'

Christian begreep er niets van. 'Hoe bedoel je, een hoop meer... Haar tieten en zo?'

'Wat ben je toch een verschrikkelijke klootzak!'

'Wat heb jij in godsnaam?'

'Niks.'

De lange rij auto's kwam tot stilstand bij een kruising.

'O! Wacht eens even,' zei Christian. 'Ik snap het al: jíj vindt haar leuk!'

Finlay gaf geen antwoord.

'Dat is het, hè?' Hij lachte hardop, wat Finlay nog nijdiger maakte en Christian een dreun tegen zijn nieren opleverde. 'Het spijt me. Ik mag niet lachen,' zei hij, terwijl hij over zijn zij wreef. 'Ik denk dat je waarschijnlijk maar gewoon uit moet gaan van je kracht.'

'Hoe bedoel je?'

'Ik bedoel,' zei Christian met een zelfgenoegzaam lachje, 'dat je misschien enige kans zou maken als ze een hond en een roodwitte stok bij zich zou hebben.'

Die opmerking kwam hem op een echte stomp in zijn onderbuik te staan.

Christian dook naar adem happend en proestend in elkaar en liet zijn voorhoofd tegen het dashboard rusten. Op hetzelfde moment verscheen er een enorme barst in de voorruit boven zijn hoofd.

Finlay keek niet-begrijpend van de aan flinters geschoten hoofdsteun naar de talloze breuklijntjes die zich vanuit één rond gat vertakten over het glas.

'Fin!' brulde Christian, en hij trok zijn partner naar beneden toen kort na elkaar nog drie kogels de carrosserie van hun patrouillewagen raakten.

Op straat zochten mensen gillend dekking.

Finlay en Christian keken elkaar onder het dashboard aan.

'Haal ons hier weg!' brulde Christian.

Finlay kwam zo ver omhoog als hij durfde, reikte naar de versnellingshendel aan de stuurkolom en zette de auto in zijn achteruit. Hij gaf vol gas, de auto schoot weg en knalde tegen de vrachtwagen achter hen. Bij de botsing begaf de verzwakte voorruit het en regende het glas over de motorkap en het dashboard.

Er klonken nog twee metalige plopgeluiden toen het schieten werd hervat.

'Wegwezen, Fin!'

De versnellingsbak van de Rover knarste erbarmelijk en de banden slipten op het natte asfalt toen Finlay uit de file wegreed en op de andere weghelft terechtkwam. Omdat hij de beschadigde auto amper onder controle kon houden, schoten ze de stoep op en denderden ze over George Square, waarna ze tegen het bronzen beeld van Thomas Graham tot stilstand kwamen.

Met bloedend hoofd reikte Christian naar de radio op de met glas bedekte vloer. Toen hij hem naar zijn mond wilde brengen, bungelden de darmen van de zender-ontvanger nutteloos aan de andere kant van het snoer.

'We staan er blijkbaar alleen voor.'

'Hier kunnen we in elk geval niet blijven,' zei Finlay.

Hij probeerde zijn ontzette portier open te duwen, maar het verbogen metaal was niet in beweging te krijgen, terwijl het portier aan Christians kant werd geblokkeerd door de voet van het standbeeld.

'Hierheen!' riep Christian. Hij maakte gebruik van het tijdelijke respijt terwijl de schutter herlaadde om door de afwezige voorruit over de knetterende motorkap te klimmen.

Finlay klom achter zijn partner aan het plein op, dat aan alle kanten door gebouwen was omgeven. De kerkachtige toren van het stadhuis stond als een onheilspellend omen afgetekend tegen de donkere lucht. Ze zochten beiden dekking achter een boom.

'We moeten bij een telefooncel zien te komen!' hijgde Finlay.

'Overkant van het plein,' riep Christian terug toen het schieten weer begon. 'Wat is er deze week in godsnaam aan de hand?' schreeuwde hij boven het lawaai uit.

'Karma,' antwoordde Finlay toen de schutter even pauzeerde, en hij wierp zijn partner een beschuldigende blik toe.

'Neuh,' lachte Christian. 'Daar geloof ik niet in.'

Opnieuw echoden er schoten tussen de gebouwen.

'Waarom vertel je hém dat niet!' riep Finlay terug.

De takken boven hun hoofd trilden synchroon met de harde knallen en om hen heen vielen de verkleurde bladeren als kastanjebruine sneeuw.

'Hé!' siste Christian.

Finlay keek op naar de vele ramen die uitkeken op het plein terwijl de weinige burgers zichzelf in veiligheid brachten. Er was een griezelige stilte over het plein neergedaald.

'Hé!' riep Christian luider.

'Wat? Ik denk na.'

'Luister... Hij vuurt in salvo's van acht. Dan is het even stil terwijl hij herlaadt.'

'Geweldig.'

'Ik kan het halen,' zei Christian.

'Nee... dat kun je niet.'

Christian bond zijn haar in een staart en keek verlangend naar de telefooncel aan de overkant van het plein.

'Ik ga,' zei hij op besliste toon, en hij ging klaarstaan. Het schieten begon weer.

Stof stoof omhoog van het beton om hen heen, en op het verlaten plein kwamen steeds meer afgevuurde kogels te liggen.

'We blijven hier!' schreeuwde Finlay. 'Er komt wel hulp!'

Het was weer stil.

'Volgende magazijn,' fluisterde Christian.

'Je gaat het niet redden!'

De schutter begon weer te schieten. Hij richtte nu beter, want naast hun hoofd versplinterden stukjes boombast.

'Dat zijn er vijf!' riep Christian. 'Zes!'

'Christian!'

'Zeven!'

Finlay stak zijn arm boven het maaiveld uit om zijn impulsieve vriend vast te pakken – te laat.

'Acht!'

Christian sprong op en rende over het plein.

'Stomme...' schold Finlay, en hij keek hem na toen er opnieuw een schot klonk.

Vervolgens klonk er een gil van pijn en viel Christian op de natte stenen.

'Christian!' brulde Finlay, die niet kon bewegen zonder hetzelfde lot over zich af te roepen.

'Christian?!'

'Negen!'

'Wat?'

'Negen!'

'Ik versta je niet!' riep Finlay hem toe. 'Maar dat waren er négen, eikel!'

'Ik ben geraakt!'

'Wat?'

'Ik ben geraakt!'

'Ben je geraakt? Ik kom naar je toe!'

Finlay rende van dekking naar dekking en bereikte uiteindelijk de laatste boom, waar hij vers bloed op de grond zag glinsteren. Hij moest nog minstens tien meter afleggen om het standbeeld te bereiken waar Christian achter was gekropen.

De schutter was weer even gestopt. De stilte was even geruststellend als een haai die onder water verdwijnt.

Finlay pakte de grootste steen die hij kon vinden en wierp hem in de richting van waar hij vandaan kwam. Hij legde de kortste afstand in enkele seconden af terwijl het geluid van zijn afleidingsmanoeuvre weerkaatste op het ingesloten plein. Christian lag in een plas bloed en hield beide handen stevig op zijn rechterbil.

'Ik zei toch dat je het niet zou redden,' zei Finlay constructief, en hij keek vol afschuw toe. 'Ben je in je... kont geschoten?'

'Er is erg veel bloed!'

'Nou ja, je bent ook in je kont geschoten!' redeneerde Finlay.

Vanuit het zuiden hoorden ze sirenes dichterbij komen.

'We moeten het bloeden stelpen,' kreunde Christian.

'Ik ga niet aan jouw kont zitten!' zei Finlay, maar Christian gaf geen antwoord, omdat hij zojuist buiten bewustzijn was geraakt. 'Wat heb ik toch een rotleven,' mompelde hij, en hij drukte met tegenzin zijn handen op het gat in de broek van zijn partner.

Hij keek angstig op naar de ramen, en ineens drong het tot hem door dat deze confrontatie tussen een gek met een geweer en de bleke billen van zijn roekeloze vriend wellicht het beste was wat hem had kunnen overkomen... omdat hij nu misschien Maggie zou terugzien.

Toen ze de deuren naar de Spoedeisende Hulp openstootten, zag Finlay haar meteen, nog net zo mooi als hij zich herinnerde. Zelfs de halfgevulde ondersteek in haar handen kon daar niets aan afdoen.

'Neergeschoten!' zei de jongste ambulancemedewerker trots, waarmee hij Maggies aandacht trok terwijl ze in ijltempo doorliepen.

Finlay haalde zijn hand van de bil van zijn vriend en zwaaide met een bebloede hand naar haar.

Ze liep snel naar hen toe. 'Wat is er gebeurd?' vroeg ze.

'Schotwond,' mompelde Christian, die op zijn buik op de brancard lag. 'In mijn kont.'

'En deze jongen is niet van zijn zijde geweken,' liet de andere ambulancemedewerker haar met opgetrokken wenkbrauwen weten. 'We hebben echt gezegd dat we het wel aankonden, maar hij moest en zou mee.' Toen ze opnieuw dubbele deuren bereikten, draaide hij zich om naar Finlay. 'Hiervandaan kunnen we wel zonder je.'

Finlay keek toe terwijl ze Christian een andere kamer in reden.

'Ik vind het lief dat je niet van zijn, eh... zijde wilde wijken,' zei Maggie.

'Nou ja, hij is wel mijn beste vriend, hè?'

'Kom maar mee, dan zullen we jou even opfrissen,' zei ze, en ze ging Finlay voor door de gang, waarbij hij manmoedig probeerde niet naar haar billen te kijken. 'Ik weet zeker dat hij er weer helemaal bovenop komt.'

'Wie? O, Christian! Dat mag ik wel hopen.'

Ze kwamen bij een wastafel waar ze voorzichtig zijn handen waste onder de kraan, zodat het fijne web van scheurtjes zichtbaar werd dat was gesponnen door de verbrijzelde voorruit. Hij wist vrij zeker dat zijn handpalmen zouden moeten steken, maar het enige wat hij voelde waren haar zachte handen in de zijne.

'Wat fijn dat dit is gebeurd,' begon hij zenuwachtig.

'Fijn?'

'Nou ja, niet fijn, natuurlijk. Ik wil alleen maar zeggen dat ik... blij ben.'

'Blij?'

'Ja.'

'Dat je vriend is neergeschoten?'

'Nee. Dát natuurlijk niet,' zei hij.

'Dat mag ik hopen.'

De potige Schot bloosde als zijn zestienjarige zelf toen hij Jessica Clarke had uitgenodigd voor het schoolbal. Had zij toen maar ja gezegd, dan had hij meer aan die herinnering gehad terwijl hij voortmodderde; maar er was geen weg terug.

'Ik bedoelde... dat het fijn is om jou te...'

'Maggie!' Er was een zenuwachtige verpleegster in de deuropening komen staan.

Finlay wierp haar een woedende blik toe.

'Ze hebben je onmiddellijk nodig bij Grote Trauma's!'

'Sorry!' Maggie glimlachte naar Finlay, droogde haar handen af en liep snel achter haar collega aan.

'Ik... Ik wacht hier wel op je, oké?' riep hij haar na. Het water druppelde van zijn handen op de vloer van de gang.

'Op mij?' lachte ze, en ze draaide zich om om achteruit te lopen, aangezien ze niet kon blijven staan. 'Alsof je bij hem bent weg te slaan!'

'Bij wie? O, Christian!' besefte hij, maar ze werd al opgeslokt door de klapdeuren.

Finlay stopte het zakje voor bewijsmateriaal in zijn zak en betwijfelde of ze wijzer zouden worden van de met billenbloed besmeurde kogel. Hij stampte op de peuk van de zoveelste sigaret, zijn vierde tijdens het gesprek dat hij ijsberend over het parkeerterrein van het ziekenhuis met zijn hoofdinspecteur voerde.

Een eerste doorzoeking van de gebouwen langs George Square had op een leegstaande etage twee lege hulzen opgeleverd die de schutter blijkbaar tijdens zijn haastige vertrek over het hoofd had gezien en die erop wezen dat hij daarvandaan had geschoten. Ze bespraken de reële mogelijkheid dat het incident op de een of andere manier te maken had met de drugsvangst op de scheepswerf van vier dagen eerder, en de al even reële mogelijkheid dat de aanval was gericht op het politiekorps van Strathclyde als zodanig. Finlay en Christian hadden in een herkenbare patrouillewagen gereden en de afgelopen maanden was er een forse stijging te zien geweest van spontaan geweld tegen geüniformeerde agenten.

Ze hadden geconcludeerd dat ze er waarschijnlijk toch nooit achter zouden komen.

Finlay beloofde de met schimpscheuten doorspekte 'beste wensen' van de afdeling door te geven en liep weer naar binnen, waar hij Maggie onbedaarlijk lachend aantrof om iets wat Christian had gezegd. Ze zagen hem geen van beiden in de hoek staan.

'Wat sta jij daar achter mijn rug te doen?' vroeg Christian met gespeelde bezorgdheid.

'Zit daar maar niet over in,' antwoordde Maggie, die nog nagiechelend het bebloede verband weghaalde. 'Het ziet ernaar uit dat je blijft slapen.'

Christian keek schalks naar haar om. 'Ik hoef je niet eens eerst mee uit eten te nemen of zoiets?' vroeg hij.

'In het ziekenhuis,' verduidelijkte ze smalend, en ze trok opzettelijk met de oude leukoplast een laagje huid weg. 'Je mag je verheugen op een nacht lang in flessen plassen, met elk uur een bloeddrukmeting en het romantische verzoekplatenprogramma op de ziekenhuisradio. Geniet ervan!'

'En heb jij vannacht toevallig nachtdienst?' vroeg hij.

'Nee.'

Hij ging weer platliggen. 'Jammer,' zei hij met een zeurstem.

'Voor jou misschien. Ik ga uit.'

'Uit? Wat ga je doen? Afspraakje?'

Maggie ging verder met waar ze mee bezig was alsof ze hem niet had gehoord.

'Met wie? Is het vast? Vriendje? Verloofde? Bén je er nog?' vroeg hij, omdat hij onder zijn middel weinig voelde.

'Ik ben er nog. Ik wacht alleen tot je iets vraagt wat je wél wat aangaat.'

Finlay schraapte zijn keel.

Maggie keek schuldbewust naar hem op.

'Hoe gaat het met hem?' vroeg hij.

'Hij is irritant.'

'Hé!' klaagde Christian.

'Maar het komt wel weer goed.'

'Mooi. Dus volgende week staat?' vroeg Christian aan haar.

Finlay had het gevoel alsof hij een stomp in zijn maag had gekregen, maar toen keek zijn partner hem aan. 'Maggie komt met een paar collega's mee naar onze werkborrel.'

Finlay keek hem verdwaasd aan. 'Onze wát?'

Christian sloeg zuchtend zijn ogen op en draaide zich om naar Maggie. Ze hief geërgerd haar armen toen het verband op de grond viel en zijn blote billen voor de hele zaal zichtbaar werden.

'De afspraak staat dus?' vroeg hij haar opnieuw.

Ze snoof gelaten, met geveinsde irritatie. 'Ja. Dat moet dan maar.'

9

Vrijdag 8 januari 2016
12.43 uur

Baxter ontgrendelde haar Audi A1 en stapte in. Ze probeerde niet te kijken naar de ontbrekende lak of de schade aan de voorbumper waar ze nog steeds niets aan had gedaan sinds ze twee weken geleden doelbewust tegen een muurtje aan was gereden.

'Sorry, Blackie,' zei ze schuldbewust, en ze gaf de auto een klopje op het dashboard.

Ze was nog twee rondes thee bij Maggie gebleven voordat ze aanstalten maakte om te vertrekken. De ochtend was haar emotioneel veel zwaarder gevallen dan ze liet merken.

Het was allemaal de schuld van Wolf.

Ze hadden ieder het schokkende nieuws over Finlays overlijden aanvaard met het gebruikelijke vertoon van stoïcijnse terughoudendheid, wat het ook mocht zijn dat ze diep in hun hart voelden, en ze hadden hun verdriet een positieve draai gegeven door Maggie en de familie op alle mogelijke manieren te helpen. En toen was daar Wolf, die met zijn gebruikelijke charme hun leven binnenbanjerde en zijn eigen onopgeloste problemen meebracht, verpakt als twijfelachtige theorieën en gebracht met precies genoeg overtuiging om in ieder van hen een sprankje hoop te laten opleven – hoop dat Finlay níét het gevoel had gehad dat hij niemand in vertrouwen kon nemen, haar na de laatste keer dat ze elkaar zagen níét een seconde langer had omhelsd in de wetenschap dat het de laatste keer was.

Ze vloekte op fluistersterkte toen ze besefte dat ze weer zat te huilen. Ze trok de zonneklep naar beneden om de schade aan haar make-up op te nemen en zag in het spiegeltje een man dichterbij komen op de sjokkende manier van een veel langere man, terwijl de wind zijn jas achter hem deed opbollen als de cape van een superheld, ongetwijfeld precies de reden waarom hij hem droeg. Ze zag Wolf het gammele hekje om Maggies tuin opendoen en naar binnen gaan.

'Klootzak,' gromde ze, en ze gooide haar portier open.

Toen ze de gang binnenstampte, hoorde ze zware voetstappen op de overloop.

'Wolf!' brulde ze naar boven.

Maggie begon zich af te vragen wie er allemaal bij haar in huis waren en kwam in de deuropening van de keuken staan.

'Het is goed, Maggie,' zei Baxter, die al op weg naar boven was. 'Wolf!'

Toen ze bovenkwam, zag ze hem midden in de kale kamer zitten met zijn rug naar haar toe en zijn hoofd in zijn handen.

'Wat doe jij hier?' Ze stapte door de versplinterde deuropening.

'Ik dacht dat ik iets over het hoofd had gezien... Dat was niet zo.'

Wolf had de omgevallen stoel weer rechtop gezet op de bebloede vloerdelen, precies op de plek waar Finlay aan het eind van zijn leven moest hebben gezeten. Hij zag er verslagen uit.

'Ik bedoelde eigenlijk: waarom ben je überhaupt teruggekomen?' vroeg Baxter. 'We redden het prima zonder jou... We waren zelfs beter af zonder jou.'

Wolf keek naar haar op en knikte.

'Nou?' drong ze aan.

'Ik dacht... dat ik kon helpen.'

'Helpen?' Baxter lachte honend. 'Het enige wat je hebt bereikt is dat Maggie nu langer in de ellende zit. Alsof ze niet al genoeg heeft doorstaan!'

'Hij zou zich nooit voor zijn hoofd schieten!' Wolf zei het op luidere toon, maar zelfs hij klonk niet langer overtuigd.

Baxter liep snel naar de kapotte deur en deed hem dicht.

'Sst! Je maakt jezelf... belachelijk,' zei ze. 'En je hóórt in de gevangenis. Je weet toch dat je in dit verhaal niet de goeie peer bent, hè? Je bent niet de onbegrepen held. Je bent niet een of andere getergde ziel die naar verlossing zoekt. Je bent gewoon een zielenpoot die iedereen om je heen in je val probeert mee te sleuren.'

Hoewel hij volkomen gewend was het mikpunt te zijn van Baxters tirades, leek Wolf enigszins van zijn stuk gebracht.

'Verdomme, Wolf,' snauwde ze. Omdat ze het niet kon verdragen dat hij met zijn felblauwe ogen als een verdwaalde pup naar haar opkeek, draaide ze zich weer om naar de deur en duwde op de deurklink...

... en probeerde het opnieuw.

'Shit.'

'Is er iets?' vroeg Wolf.

'Nee.'

Er klonk een harde knak.

'Shit!'

'Laat mij eens proberen,' zei Wolf. Hij stond op, maar zag er al aanzienlijk minder zelfverzekerd uit toen ze hem de afgebroken koperen deurknop aanreikte. 'Ik kan dit.'

Baxter stapte opzij en sloeg haar armen over elkaar.

Wolf liep naar de deur. Hij keek van de deurknop in zijn hand naar het gat waar die uit kwam en vervolgens naar Baxter, die een 'nou, toe dan'-gebaar naar hem maakte. Hij overwoog hoe hij het zou aanpakken, nam een besluit, draaide zich weer om naar de versperde uitgang, hief zijn handen en bonkte toen zo hard als hij kon op het hout.

'Maggie! Maggie!'

Even later hoorden ze beweging aan de andere kant van de deur.

'Will?' riep Maggie.

'Maggie?' riep Wolf. 'We zitten ingesloten.'

'O, jeetje.'

'Zit aan jouw kant de deurknop nog in de deur?'

'Ja.'

Wolf wachtte, maar er gebeurde niets. 'Maggie?'

'Ja?'
'Kun je eraan draaien?' vroeg hij geduldig.
'O, ja hoor.'
Er gebeurde niets.
'Kun je de deurknop draaien?'
'Ja.'
Er gebeurde nog steeds niets.
'Maggie?' vroeg Wolf, nu met achterdocht in zijn stem.
'Ja?'
'Wil je aan de deurknop draaien?'
'Nee.'
Het geluid van haar voetstappen op de trap doorsneed de geladen stilte in de kamer. Wolf keek Baxter aan en glimlachte.
Ze keek erg kwaad.
'Over vijf minuten laat ze ons er wel uit,' zei hij zelfverzekerd.
De voordeur sloeg dicht.
'Tien, hooguit.'
Ze hoorden de motor van de Mercedes op de oprit aanslaan.
'Nee, hè!'
Hij stapte opzij toen Baxter zijn kant uit beende en haar vingers in het gat duwde waar eerst de deurknop had gezeten. Toen dat geen effect had, zakte ze door haar knieën en probeerde ze van onderen af de deur open te trekken. Ze ging er met haar volle gewicht aan hangen, maar het enige wat ze bereikte, was dat er een barst ontstond die als een bliksemschicht het stucwerk naar beneden doorkliefde.
'Je sloopt de hele muur als je niet uitkijkt,' zei Wolf, en hij ging op de stoffige vloer zitten.
'Aarggh!' riep Baxter gefrustreerd.
Ze stoof naar de andere kant van de kamer en liet zich onder het raam op de grond zakken.
'Misschien,' begon Wolf, 'is dit een goed moment om...'
'Hou alsjeblieft je mond,' onderbrak ze hem.
Ze sloot haar ogen en leek vastbesloten in slaap te vallen.

Inmiddels waren er vijfendertig minuten verstreken.
Baxter had hardnekkig de hele tijd haar ogen gesloten gehou-

den, al raakte ze steeds geïrriteerder door het zachte gesnurk van Wolf, die bijna onmiddellijk in slaap was gevallen.

Ze kroop in elkaar tegen de kou en deed voorzichtig één oog open. Hij zat nog op precies dezelfde plek tegen de muur, met zijn hoofd achterover en zijn mond open. Hij zag er uitgeput uit, zelfs tijdens zijn slaap, en verwaarloosd, met zijn slordig geknipte baard, ongekamde haren, de van zijn schouders afhangende jas. Hij was niet langer de indrukwekkende verschijning die hij altijd zo moeiteloos was geweest. Het leek alsof dat vuur dat hem door de jaren heen zoveel hartzeer had bezorgd, ten langen leste was gedoofd. Onwillekeurig bedacht ze dat ze precies hetzelfde had gedacht van Lethaniel Masse, gekleed in zijn blauwe overall en met handboeien vastgezet aan een tafel in de Belmarsh-gevangenis.

Zelfs de felste branden zijn uiteindelijk gedoemd om zichzelf te smoren.

Hij zag er vredig uit. Ze stak haar hand uit naar een losliggende schroef en wierp die door de kamer heen naar hem. Tot haar tevredenheid raakte ze hem tegen zijn voorhoofd. De schroef stuiterde over de vloer en zij deed weer alsof ze sliep.

'Wat...' klaagde Wolf. Met zijn hand tegen zijn hoofd keek hij verward om zich heen.

'Kun je een beetje stiller doen?' vroeg Baxter. 'Er zijn hier mensen die proberen te slapen.'

Wolf gaapte luid. 'Mag ik iets zeggen?'

'Absoluut niet.'

'Ik zeg het toch. Je hebt helemaal geen recht om zo pissig op me te zijn.'

'Echt? Is dát je openingszin?'

'Je bent kwaad omdat ik ben weggegaan... Maar jij zéí dat ik moest gaan!' zei Wolf, niet zozeer kwaad als wel geërgerd. 'Want ik meen me te herinneren dat een zeker iemand zo ongeveer lag leeg te bloeden op de grond en dat ik een vrij goede imitatie gaf van de "onbegrepen held" door de bereidheid te tonen mezelf over te geven om jou te redden. Jíj zei dat ik moest gaan!'

'Is het dan nooit in je domme hoofd opgekomen dat je me héél misschien überhaupt nooit in die situatie had mogen brengen?!'

wierp Baxter tegen, niet zozeer geërgerd als wel kwaad. 'Ik heb achttien maanden niets van je gehoord!'

'Wat verwachtte je dan?' vroeg Wolf met stemverheffing. 'Na alles wat je op het spel had gezet om me te helpen? Ik wist dat ze op de loer zouden liggen.'

'Heb jij enig idee wat ik de afgelopen maand heb doorgemaakt?'

Wolf deed zijn mond open om antwoord te geven, maar knikte alleen verdrietig. Zijn blik werd getrokken door haar hechtingen en de talloze schrammen in haar gezicht.

Baxter liet haar hoofd in haar handen zakken.

Wolf stond aarzelend op om naast haar op de grond te gaan zitten.

'Die avond...' zuchtte hij, en hij steunde zijn hoofd tegen de muur, 'toen je op het nieuws was... ik krijg dat beeld niet uit mijn hoofd: hoe je daar stond... hoog boven de stad, met alleen een paar gebroken glasscherven tussen jou en de wereld beneden.' Hij keek gepijnigd. 'Hij zei dat ik uit de buurt moest blijven.'

'Finlay?' vroeg Baxter, duidelijk gekwetst.

'Ik wilde met hem afspreken. Dat wilde hij niet. Hij zei dat je iemand had... Thomas?'

Ze gaf geen antwoord.

'Hij vertelde dat je een nieuwe partner had, die CIA-agent en Edmunds en...' Heel even klonk Wolfs stem schril. 'Hij zei dat je altijd op hem en Maggie zou kunnen rekenen.'

Ze moesten allebei even diep ademhalen.

'Wist je het daarom zo zeker?' vroeg Baxter.

Wolf haalde zijn schouders op.

'We hebben allebei door de jaren heen genoeg zelfmoorden meegemaakt,' begon ze, 'om te weten dat mensen een goede show kunnen opvoeren. Maar dan kan er op de achtergrond evengoed iets spelen... iets wat er al de hele tijd was.'

Wolf knikte en staarde naar de bloedvlekken op de vloer in het midden van de kamer... Hij fronste.

'Wat?' vroeg Baxter.

Hij keek naar de vloer waar ze op zaten, en toen hij op zijn knieën ging zitten draaiden de radertjes in zijn hoofd op volle toeren.

'Wat?' herhaalde ze.

'Waarom zit er een verhoging in deze kamer?' vroeg hij retorisch, en hij reikte naar een beitel en stak die tussen de vloerdelen.

'Wolf!'

De houten plank kwam aan één kant omhoog, zodat hij zijn vingers eronder kon steken en hem ondanks Baxters tegenwerpingen omhoog kon trekken.

'Ben je nou blij?' vroeg ze toen, zoals te voorspellen was, alleen de houten steunbalken en metalen buizen onder de vloerdelen te zien waren. 'Jezus! Net als ik denk dat ik tot je doordring... Wat doe je nou weer?!'

Hij was een stuk opgeschoven en stak de beitel in de nauwe gleuf tussen de planken.

'Finlay heeft dit zelf gebouwd!'

De plank versplinterde toen hij hem omhoogtrok en er weer alleen steunbalken tevoorschijn kwamen.

'Wolf,' zei Baxter zacht. Ze kon niet kwaad op hem worden toen ze zijn wanhopige laatste poging zag om het verlies dat ze allemaal hadden geleden enige betekenis te geven. 'Finlay heeft zich zélf het leven benomen. Hij heeft ons allemaal achtergelaten, niet alleen jou.'

Wolf leek haar niet eens te horen. Hij was in een hoek gaan zitten, had nog twee vloerdelen weggehaald en was bezig met een derde.

'Toen je wegging,' begon Baxter, die nooit had verwacht het verhaal te kunnen vertellen, 'vertelde Finlay dat hij het gevoel had dat hij een zoon...'

Ze zweeg abrupt toen ze de blik op Wolfs gezicht zag terwijl hij zonder enige moeite een vierde plank optilde, alsof die helemaal nooit was vastgespijkerd. Hij stond weer op en wreef zich over zijn stoffige kin.

'Denk jij ook dat dat bloed is?' vroeg hij nonchalant.

Baxter liep langzaam naar de lege ruimte die hij aan het licht had gebracht, slechts vier planken breed en hooguit dertig centimeter diep. Te oordelen naar de rechte lijnen en het glanzende metaal was het duidelijk dat Finlay deze ruimte had gecreëerd met een specifiek doel in gedachten, vermoedelijk een veiliger plek om een vuurwapen en een groeiende verzameling aanmaningen te verbergen.

Op de metalen bodem zaten flauwe rode vegen.

'Plek voor één persoon, net aan,' merkte Wolf op, en hij liep naar het raam met een verwarrende mengeling van woede en opluchting. 'Denk jij ook dat Finlay hier misschien toch niet alleen was?'

Baxter was sprakeloos.

'Kun jij alsjeblieft de technische recherche laten komen?' vroeg hij, terwijl hij zijn eigen telefoon pakte. 'En ik moet praten met de agent die het eerst ter plaatse was.'

'Tuurlijk,' antwoordde ze, zonder haar blik te kunnen afhouden van de kleine, lege ruimte die álles veranderde en waar ze de hele tijd overheen waren gelopen. 'Wie bel jij?'

'Vanita,' zei Wolf met zijn telefoon tegen zijn oor. 'Ze moet weten dat ik nog niet naar de gevangenis kan... Ik denk dat we op zoek moeten naar een moordenaar.'

10

Vrijdag 8 januari 2016
13.37 uur

Thomas keek met open mond op naar de afbrokkelende St Paul's Cathedral, en er spatte voor minstens twee pond vijftig aan Zweedse gehaktballetjes op het trottoir. De stukken plastic die als verband over een wond hingen, maakten lawaai toen ze opbolden en weer samenfrommelden. De wind die brullend de ruimtes en zalen van de weelderige basiliek vulde blies een hinderlijke drone naar buiten.

Hij was niet van plan geweest om de plek hoog boven de stad te bezoeken, wist zeker dat zich al genoeg nieuwsgierige toeristen in de directe omgeving zouden verdringen, totdat hij toevallig langs de krater liep die door de ontploffing was ontstaan. Het beton leek te zijn opengebroken alsof er een vulkaan tot uitbarsting was gekomen en puin en rotsen de lucht in had gespuwd. Toen Thomas besefte dat hij in de buurt was, was de nieuwsgierigheid hem te veel geworden en had hij de belachelijk dure wrap die hij bij Pret A Manger had gekocht meegenomen naar de hoofdact.

Had hij dat maar niet gedaan.

De verwoesting had geen filmische glamour, de menigten die de wereld door het scherm van hun mobiele telefoon aanschouwden gaven geen enkele blijk van camaraderie, er waren geen hedendaagse kunstenaars met spatels en excentrieke sikjes of baarden zorgvuldig bezig met het restaureren van het schitterende gebouw – er waren alleen de sombere nasleep van geweld en een zee van bouwvakkers die hun bij Greggs gekochte twaalfuurtje zaten te eten.

Baxter had hier deel van uitgemaakt.

Thomas kreeg weer een knoop in zijn maag toen hij terugdacht aan de chaos van een stad die verdronk in sneeuw. En nu hij dit trieste toneel met eigen ogen aanschouwde, voelden de verhalen over die surreële nacht eindelijk echt.

Het was gemakkelijker te negeren dat in het kielzog van elk goed afgelopen sprookje ergens in de bossen het lichaam van een verslagen monster ligt te rotten.

Omdat hij verder liever in zalige onwetendheid verkeerde, baande hij zich een weg door de menigte en kwam weer op Ludgate Hill uit. Toen hij weer adem kon halen, liep hij in de richting van zijn afspraak, waar hij om twee uur werd verwacht. Halverwege de straat bleef hij voor een juwelierszaak staan en herinnerde hij zich dat Baxter een van haar oorbellen, die ze overigens zelden droeg, ergens in St James's Park was kwijtgeraakt. Hij speurde de etalage af, maar had geen idee hoe ze eruitzagen en was zich ervan bewust dat de berg ongeopende kerstcadeautjes voor zijn vriendin met de dag groter werd. Het was een tussen-de-middagritueel geworden: op zoek gaan naar iets wat haar misschien een beetje zou opfleuren, om haar te laten merken hoeveel ze voor hem betekende, iets wat het misschien zelfs kon opnemen tegen die belachelijke pinguïnknuffel die ze in haar bed moest en zou hebben.

Hij nam een besluit, waarvan hij alleen zeker wist dat het waarschijnlijk een uitglijder zou zijn, en liep naar binnen.

'Hoofdinspecteur Baxter,' zei Joe smalend toen hij met zijn koffertje in zijn hand bij Maggie de gang in liep. 'Als ik niet beter wist, zou ik gaan geloven dat je me ontwijkt.'

'Je weet niet beter,' liet Baxter hem weten. 'Dat is precies wat ik deed.'

Joe maakte een miauwgeluid en liep achter haar de trap op.

'Je hoeft niet tegen je gevoelens te vechten,' zei hij tegen haar. 'We weten allebei dat er iets tussen ons is.'

'Er is heel véél tussen ons... en dat wil ik daar graag houden.'

'Maar je verzet is wel tanende,' zei hij glimlachend. 'Dat kan ik merken.'

Ze liepen de lege kamer binnen, waar Christian al op hen wachtte.

'Neem me niet kwalijk, opa,' zei Joe, die de hoofdcommissaris van de Metropolitan Police blijkbaar niet herkende, en hij zette zijn koffertje naast het gat in de vloer.

Achter hen klonken zware voetstappen op de trap, en vervolgens verscheen Wolf in de deuropening met zijn telefoon in zijn hand.

'Ik probeer nog steeds de agent te pakken te krijgen die als eerste ter plaatse was,' liet hij weten, terwijl hij naar het midden van de kamer liep. 'Mijn gedachten tot dusverre zijn dat onze moordenaar...'

'Hypothetische moordenaar,' preciseerde Christian.

'... Finlay net heeft doodgeschoten... Hij heeft beneden foto's van Maggie gezien, heeft overal haar spullen gezien en weet dus dat er elk moment iemand thuis kan komen. Hij... veegt het wapen schoon, plaatst het in Finlays hand en legt hem zo neer dat het op zelfmoord lijkt. Hij...'

'Of zíj, seksistische klootzak die je bent,' onderbrak Baxter hem.

'... sluit de deur, leegt een bus kitmiddel om de deuropening... klimt in de ruimte, trekt de losse planken over zich heen en wacht op wat komen gaat.' Wolf leek even te verdwalen in zijn eigen verbeeldingskracht.

'Hallo,' zei Joe glimlachend.

'Ha. Hai,' antwoordde Wolf verstrooid. 'Nou, wat vinden jullie ervan?'

Christian keek bedenkelijk, Baxter sceptisch.

'Ik denk dat je iets bent vergeten,' zei Christian. 'Het sms'je dat hij mij heeft gestuurd. Dat komt neer op een zelfmoordbrief.'

'Je zei dat hij je een paar minuten daarvoor had geprobeerd te bellen?' vroeg Wolf.

'Dat klopt.'

'Misschien belde hij omdat hij je hulp nodig had...'

Christian leek misselijk te worden. 'Zeg dat alsjeblieft niet.'

'... en toen de situatie wanhopiger werd, moest hij het stille alarm plaatsen.'

'Zou hij écht de tijd hebben genomen om mij tussendoor te sms'en?'

'Misschien,' mompelde Baxter, die voor zich uit staarde. 'Als hij zeker wist dat hij ging sterven.'

Ze vielen alle drie stil, terwijl Joe, die niets merkte, luidruchtig zijn koffer vol speeltjes uitpakte.

'Oké. Wat hebben jullie voor me?' vroeg hij toen hij een wegwerpoverall had aangetrokken, het elastiek van zijn mondkapje straktrok en een troosteloze blik wierp op het haarnetje dat hij niet nodig zou hebben. Hij klikte zijn zaklantaarn aan, ging op zijn buik liggen en stak zijn hoofd onder de planken. 'O ja! Absoluut bloed!' kondigde hij aan en hij maakte een gebaar naar Christian. 'Scalpel... Scalpel!' blafte hij, toen de hoofdcommissaris niet in actie kwam.

Hoewel hij zichtbaar in de verleiding kwam om iets te zeggen, reikte Christian de woest gebarende arm het gewenste voorwerp aan.

'Doosje!' beval Joe, en hij knipte met zijn vingers.

Opnieuw gehoorzaamde Christian met tegenzin.

Ze hoorden hoe het doosje werd verzegeld. Joe gaf het hem terug zonder omhoog te komen.

'Bingo! Zo te zien heeft iemand hier met zijn voeten langs geschampt!' Hij schreeuwde, hoewel dat nergens voor nodig was. 'Ja, er heeft hier wel degelijk iemand gelegen. We hebben haren... misschien ook kledingvezels.' Hij klom uit het gat en trok het mondkapje omhoog naar zijn glimmende hoofd. 'Zijn Saunders en Edmunds er vandaag?'

'Ze halen oude dossiers op uit Schotland,' antwoordde Wolf. 'Hoezo?'

'Ik heb ter uitsluiting van jullie allemaal DNA-monsters nodig,' legde hij uit. 'Hoe eerder hoe beter.'

Baxters telefoon ging over. Ze keek naar het scherm.

Holly (Dierenartsassistente/Sletterige vriendin)
☎ Inkomend gesprek

Dat moest ze toch maar eens aanpassen in haar telefoonlijst.

Ze liep snel naar de overloop voordat ze de oproep aannam.

'Hi. 'k Heb het een beetje druk. Alles in orde?' vroeg Baxter, zorgvuldig formulerend. 'Wát heeft hij... Oké. Kalm aan. Ja... Ik kom zo snel als ik kan. Oké. Dag.'

Iedereen keek haar vol verwachting aan toen ze weer binnenkwam.

'Alles goed?' vroeg Wolf haar.

'Er is iets gebeurd,' zei ze, terwijl ze haar spullen bij elkaar zocht.

'Iets wat belangrijker is dan dit?' vroeg Wolf op uitdagende toon.

'Eh, ja,' antwoordde ze op weg naar de deur.

'Ik ben hier toch nog wel even bezig,' zei Joe, waarmee hij de stijgende spanning in de kamer wegnam.

'En...' hielp Christian Wolf herinneren, 'jíj moet naar die persconferentie.'

Hun ontdekking had Wolf iets meer tijd opgeleverd en Vanita ertoe aangezet Wolfs betrokkenheid bij de zaak formeel aan te kondigen. Ze vond het begrip 'consultant' vaag genoeg om de unieke, ingewikkelde en ongetwijfeld controversiële details van hun contract af te dekken en had besloten om de aanvallen van de media voor te zijn.

'Ik wil met plezier nog even bij Maggie blijven,' zei Christian erachteraan.

Zoals te begrijpen was, had deze laatste ontwikkeling in de zaak haar het meest aangegrepen, en niemand wilde haar in die toestand alleen laten.

'Moet jíj daar niet bij zijn?' vroeg Baxter. Ze bleef in de deuropening staan.

'Wat zou híj daar moeten doen?' vroeg Joe.

Christian negeerde hem. 'Dit is Vanita's feestje,' zei hij. 'Ze mag zelf de kaarsjes uitblazen... Trouwens, ze zegt wat ik haar opdraag.'

'Nogmaals,' begon Joe, die begrijpelijkerwijs bezorgd begon te kijken, 'wat zou híj daar moeten doen?'

'Na u, meneer de hoofdcommissaris,' zei Joe, die onder aan de trap met nog meer gereedschap in de houding stond.

Baxter had afscheid genomen van Maggie en liep de keuken uit.

'Je had me verdomme wel even mogen waarschuwen!' siste Joe naar haar terwijl ze langs hem liep. Hij salueerde met kaarsrechte rug toen Christian de laatste treden af liep, met Wolf vlak achter hem. 'Fawkes,' zei hij met een professioneel knikje.

'Labmans.'

Joe ging weer aan het werk, en Christian liet hen uit. Hij gaf Wolf nog wat laatste adviezen over wat hij de pers beter níét kon vertellen.

Ze stapten alle drie de kou in.

'Pas vandaag goed op haar,' zei Wolf, die even bleef staan om met Christian te praten.

'Als je nog een lift wilt naar het bureau, Wolf: we gaan nú,' blafte Baxter, die naar haar auto beende.

'Doe ik,' verzekerde Christian hem. 'Je kunt beter gaan.'

Terwijl Wolf snel achter Baxter aan liep, verdween Christian weer naar binnen en deed de deur achter zich dicht.

'Verdomme!' zei hij zodra hij het portier opendeed en keek naar de wolk die aan Baxter ontsnapte toen ze haar adem uitblies.

'Wat nu weer?'

'Ben mijn jas vergeten.'

Baxter sloeg zuchtend haar ogen op, stapte in en zette de motor aan.

'Kun je niet héél even...' begon Wolf voordat hij werd bespat met vuile sneeuwbrij toen Baxter gas gaf. Het portier aan de passagierskant zwaaide dicht toen ze slippend de hoek om reed. Met een overweldigend gevoel van déjà vu veegde hij zijn natte broek af en liep over het pad terug naar het huis.

Hij greep de deurklink vast en knalde pijnlijk tegen de dichte deur aan.

'Au!' jammerde hij, en hij wreef nog over zijn hoofd toen Christian in de deuropening verscheen.

Het duurde even voordat de enigszins verdwaasde Wolf kon praten. 'Ik ben mijn...'

Christian reikte hem glimlachend de versleten zwarte jas aan.

'Bedankt, hè.'

Andrea Hall glimlachte in Camera 1. In de schaduw erachter stonden vage gedaanten.

Het ON AIR-lampje ging uit toen de studiolampen weer aangingen, en het statische publiek kwam onmiddellijk in actie.

'Wil iemand alsjeblieft die afgrijselijke autocue nakijken?!' brulde ze naar niemand in het bijzonder.

Ze dronk het laatste slokje van haar koude koffie en stond op van achter de tafel, toen er een wolk haarspray op haar af snelde waarin zich vermoedelijk haar styliste ophield, die 'hun' trendsettende rood-met-blonde kapsel behandelde met een eerbied die anderen alleen voor een sculpturaal meesterwerk konden opbrengen. Het was beslist evenveel waard, aangezien het Andrea in één klap van bekende nieuwslezeres had getransformeerd tot stijlicoon.

'Wie komt er straks?' vroeg ze aan haar veelgeplaagde assistente.

'Een of andere bisschop om geld te bedelen voor de restauratie van St Paul's.'

Ze onderdrukte een geeuw.

'Hoe heet die projectontwikkelaar ook alweer?' vroeg Andrea aan haar. 'Die figuur die de rest wil slopen om kantoren te bouwen?'

'Hammond.'

'Ja, die. Vraag hem er ook maar bij. "God tegen uitschot", dat moet minstens een paar minuten vermaak opleveren.'

De cameraploeg was al bezig met de voorbereidingen voor het volgende interview. Andrea stapte opzij, zodat haar collega haar plaats voor de camera kon innemen. De streng uitziende vrouw ging zitten en werd onmiddellijk bepoederd.

'En, hoe ga je het aanpakken?' vroeg ze. Ze vertrok haar gezicht, wat haar lelijk maakte. De twee vrouwen mochten elkaar niet, maar waardeerden elkaars meedogenloosheid. 'De wolf is weer op jacht? De roedel kan niet zonder zijn alfapoedel?'

'Ik heb geen idee waar je het over hebt.'

De ogen van de vrouw begonnen te stralen, al was het belangrijkste streven van haar beroepsgroep om mensen dingen te vertellen die ze nog niet wisten.

'Je ex. Hij is terug. Hij is gezien met de commissaris en Emily Baxter in Muswell Hill.'

'Muswell Hill?' Andrea wist precies waar hij dan naartoe zou gaan. Ze greep naar haar tas.

'Moet gaan.'

'Om vier uur heb je een afspraak met Elijah,' hielp haar assistente haar herinneren.

'Verzet die maar.'

'En hoe zit het met "God tegen uitschot"?'

'Ik ben op tijd terug,' stelde Andrea haar gerust, en ze deed haar jas aan. 'O, en zeg tegen Jim dat hij een zielloos kantoor tekent met een basiliek erbovenop... en ik wil een tekening van God achter een bureau op de bovenste verdieping. Dat krijgt de gemoederen wel in beweging,' zei ze glimlachend voordat ze snel de deur uit liep.

De hemel was opengegaan.

Verdwaald in een woud van stenen kruisen liep Baxter tussen een legioen met mos overgroeide engelen door, op zoek naar Rouche, Holly of zelfs maar de auto, toen de grond onder haar voeten wegzakte.

Zelfs als ze de recente gebeurtenissen buiten beschouwing liet, waren er weinig plekken die ze liever zou mijden dan een kerkhof tijdens een onweersbui.

Ze raakte bijna een laars kwijt in een modderplas en stond op het punt om uit pure frustratie tegen een grafsteen te schoppen, toen ze besloot dat dát te ver ging, zelfs naar haar maatstaven. Toen ze om zich heen keek in een poging zich te oriënteren en een paar rijen verderop een lange gestalte met een capuchon zag staan, werd ze overvallen door de irrationele neiging zich te verstoppen.

'Kom op, Baxter, doe 's volwassen,' mompelde ze tegen zichzelf, maar toen ze wilde roepen, aarzelde ze en vroeg ze zich af waarom iemand in de ijskoude regen zou blijven staan.

Voorzichtig kwam ze iets dichterbij, baggerend door de modder tussen de graven terwijl ze zich probeerde te herinneren welke kleren Holly had gedragen. De gestalte verdween uit beeld en verscheen weer toen ze langzamer ging lopen. Hij verroerde zich niet, ook al viel de regen nu zo hard dat ze amper haar ogen open kon houden.

Baxter werd afgeleid en gleed uit, zodat ze een paar meter van de vreemdeling in een bult modder belandde.

Aan haar kortstondige paniek kwam even snel een einde toen ze besefte dat de met een mantel omhulde man uit steen was gehouwen en over een van de graven gebogen stond – het toonbeeld van wanhoop. De lege capuchon omhulde een gapende donkere leegte waar een gezicht had moeten zitten, alsof het beeld zich uit de mantel had losgerukt. Ze keek nog dieper in het gat en wist zeker dat ze een paar ogen zag...

'Emily?'

Baxter gilde.

Holly gilde nog harder.

'Jezus!' hijgde Baxter met haar hand op haar hart.

Met een zenuwachtig lachje stak Holly haar een hand toe. 'Ik geloof niet dat ik je ooit eerder heb horen schreeuwen,' zei ze, terwijl ze Baxter overeind trok.

'Ik heb gewoon echt helemaal niks met engelen.'

'Ik heb ze gevonden... Nee, niet hém,' zei Holly er snel achteraan toen er een hoopvolle blik op het gezicht van haar vriendin verscheen.

Baxter volgde haar, waarbij ze in het voorbijgaan één oog gericht hield op het beeld in de mantel. Ze liepen naar een rij eenvoudige grafstenen, uniforme marmeren platen met ingetogen inscripties. Halverwege bleven ze bij een van de bescheiden graven staan:

Sophie		Elliot
Rouche	&	Rouche
31/07/1982 – 07/07/2007		08/01/2001 – 07/07/2007

Mijn alles

Ongeveer een minuut lang zeiden ze geen van beiden iets. De twee woorden die in de steen waren gegraveerd vormden een hartstochtelijker liefdesverklaring dan alle engelen en versierde kruisen bij elkaar. Een vers boeket verloor zijn blaadjes in de slagregen. Ernaast zat een speelgoedwalrus die duidelijk uit dezelfde verzameling kwam als Frankie de Pinguïn.

'Hij is hier geweest,' zei Holly. 'Het is haar verjaardag.'

Baxter had er niet bij stilgestaan. Sinds Finlays dood was ze elk besef van de dagen van de week kwijt. Het voelde allemaal als één lange, nare droom. Elke woede die ze misschien voor Rouche had kunnen voelen, verdween onmiddellijk.

'Kom mee,' zei ze. 'Ik weet waar hij is.'

Met de verwarming op de hoogste stand reed Baxter hen door de vervallen buitenwijken van de stad. Het verbaasde haar dat Holly gelijk had gehad met het kerkhof, dat zij er überhaupt van had geweten. Zelf was ze zo afgeleid door alles wat er speelde, dat ze helemaal niet had gemerkt dat Rouche en haar schoolvriendin naar elkaar toe waren gegroeid. Nu ze eraan dacht, lag het voor de hand – Holly die op afwijkende tijden bij haar appartement kwam aanzetten, de paniek in haar stem toen ze ontdekte dat hij weg was, de voor haar werk wel heel uitbundige hoeveelheden make-up die ze altijd droeg.

Baxter nam zich nogmaals voor om de gegevens van haar vriendin in haar telefoon aan te passen. Ze was blij dat Rouche en Holly goed met elkaar konden opschieten, maar als ze bedacht waar ze nu net vandaan kwamen, betwijfelde ze of Rouche haar vriendin ooit zou kunnen geven wat zij wilde.

'Hij is stervende, Emily,' zei Holly geëmotioneerd. 'Ik zie het gebeuren, dag in dag uit. We moeten hem naar een ziekenhuis brengen.'

Baxter, die besefte dat ze geen woord tegen elkaar hadden gezegd nadat ze bij het kerkhof waren weggereden, keek haar vriendin van opzij aan. Haar korte blonde haar zat even onberispelijk als altijd, terwijl zij er zelf eerder uitzag als een verzopen rat.

'Kunnen we nog een ander antibioticum proberen?'

'Als hij sepsis ontwikkelt, kunnen alle antibiotica van de wereld hem niet meer redden,' zei Holly gedecideerd. 'We hebben het hier wel over bloedvergiftiging.'

'Ik ken iemand... een verpleegster.' Baxter had Maggie er niet bij willen betrekken, maar vroeg zich nu af of het wellicht een welkome afleiding voor haar kon zijn om voor Rouche te zorgen.

'Nee,' zei Holly met stemverheffing. 'Hoor eens, wij zijn vriendinnen en ik ben waarschijnlijk nog altijd net ietsje banger voor je dan de anderen...'

'Wie is er bang voor me?'

'... maar wat jij doet, betekent zijn dood.' Holly trotseerde de blik op Baxters gezicht. 'Rouche wilde zich veertien dagen geleden al overgeven. Alleen jouw egoïsme weerhield hem daarvan.'

'Ik probeer hem te beschermen!'

'Nee, je probeert hem vast te houden, en dat is niet hetzelfde. Ik zou hem nog liever laten opsluiten.'

'Ben je ooit in een gevangenis geweest?' vroeg Baxter op neerbuigende toon.

'Dat niet,' gaf Holly toe terwijl ze de deprimerende High Street achter zich lieten en sneller konden rijden. 'Maar wel naar een kerkhof.'

Het was al nacht toen ze aankwamen bij het verwaarloosde huis van de familie Rouche. De regen viel nog steeds met bakken uit de hemel. Baxter stapte uit en ging Holly voor op de steile oprit naar het huis. Sinds haar laatste bezoek was er een stevige metalen deur in gezet, die inmiddels was bedekt met de eerste weinig fantasierijke graffiti – een belofte om mettertijd de rest van het vergeten huis onder te kalken. Schuilend onder de weelderig groeiende klimop duwde Holly tegen de deur, die tot haar verbazing openzwaaide.

'Ik ga in de achtertuin kijken,' zei Baxter tegen haar.

Ze perste zich langs de vuilcontainers en liep over het pad langs het huis naar de verwilderde achtertuin, waar een warme gloed uit het plastic raam van het speelhuisje straalde. Ze glimlachte opgelucht en liep door het lange gras, bukte om haar hoofd niet te stoten aan het portiekje en klopte op het deurtje voordat ze naar binnen ging.

Rouche zag er volkomen uitgeput uit. Hij zat achterover met zijn hoofd tegen de muur van het lege huisje. Zijn grijze stoppels maakten hem ouder, en in een poging om zijn temperatuur omlaag te brengen had hij zijn overhemd losgeknoopt, zodat een klein deel van zijn talloze wonden te zien was.

'Hai,' zei hij op vermoeide toon.

Baxter trok het deurtje dicht om de regen buiten te sluiten en kroop de kleine ruimte in, waarbij ze probeerde niet de brandende kaarsen om te schoppen. Nadat ze zich er snel van had vergewist dat er geen spinnen zaten, maakte ze het zichzelf gemakkelijk en pakte Rouche' hand even vast. 'Je bent een oetlul.'

Hij lachte en hield zijn borst vast toen die meer pijn begon te doen.

'Je weet toch dat ik je hier... vandaag naartoe zou hebben gebracht... als je me dat had gevraagd?' vroeg ze, waarmee ze duidelijk maakte dat ze het belang van de datum besefte.

Het ging harder regenen. Het dunne dak klonk niet alsof het zou houden.

'Je hebt het al druk genoeg,' zei Rouche.

Ze zou hem nog wel eens vertellen dat hij geen idee had hóé druk... dat Wolf vanaf het begin gelijk had gehad.

'Holly is hier ook,' vertelde ze. 'In het huis. Je weet dat ze je aardig vindt, hè?'

Rouche gaf geen antwoord, maar probeerde met een grimas van pijn verder overeind te komen.

'Blijf maar zitten,' zei Baxter, maar hij dwong zich rechtop te gaan zitten om haar aan te kunnen kijken.

'Ik vind het zo erg,' zei hij.

‘Wat vind je erg?’

‘Alles... Dat ik ons in deze problemen heb gebracht... Dat ik jullie zo tot last ben... Alles.’

‘Emily?’ riep Holly vanuit de tuin.

‘Ik ben hier!’ riep Baxter terug, en ze kroop naar voren om het deurtje weer open te duwen voordat ze Rouche zo innig omhelsde als ze durfde. ‘Je bent niemand tot last,’ zei ze. ‘We doen dit samen. En je hoeft je nergens voor te verontschuldigen... echt, nérgens voor.’

11

Vrijdag 8 januari 2016
17.23 uur

Andrea had het duurste boeket in de winkel gekocht, waarbij ze was vergeten dat ze het ding ook nog op de een of andere manier moest zien kwijt te raken op de passagiersstoel van haar babyblauwe Porsche. Ze haalde het beledigend algemene kaartje met *Beste wensen* eraf voordat ze het naar de voordeur droeg en aanbelde.

Er ging een licht aan en ze hoorde voetstappen dichterbij komen.

'Hai, Maggie,' zei ze glimlachend, toen ze de verbaasde blik van de andere vrouw zag.

'Andrea!' riep Maggie net iets te opgetogen uit.

'Voor jou.'

'Ze zijn prachtig. Kom binnen, het regent.' Maggie trok met moeite de productie van een fors uitgevallen bloemperk door de deuropening en ging Andrea voor naar de keuken. Daar zette ze de ketel aan en begon in de gootsteen met de bloemen te frutten. 'Toevallig wilde ik je vandaag net schrijven... om je te bedanken... voor je kaart.'

Andrea had op het werk een bericht gekregen van ene Thomas Alcock, die de weinig benijdenswaardige taak op zich had genomen om contact op te nemen met Finlays lange lijst vrienden en bekenden. Ze had Wolfs mentor al in geen jaren meer gezien, niet sinds het incident op zijn vijfenvijftigste verjaardagsborrel, maar ze had het altijd goed met hem en Maggie kunnen vinden, en het nieuws had haar oprecht verdriet gedaan. Ze had een voor haar doen oprecht kaartje geschreven en dat samen met haar persoonlijke contactgegevens in een envelop gestopt.

Maggies spiegelbeeld in het donkere raam keek bezorgd. Ze begon een vaas te vullen met water, maar deed toen de kraan dicht. Ze droogde haar handen af aan een theedoek en draaide zich om naar haar onverwachte bezoekster.

'Vergeef me dat ik het vraag,' zei ze, 'maar ben je hier als vriendin... of als journalist?'

'Als vriendin,' antwoordde Andrea oprecht.

Dat was voor Maggie voldoende. 'Het spijt me,' zei ze.

'Dat hoeft niet. Het verbaast me dat je me überhaupt binnen hebt gelaten.'

'Ben je op zoek naar Will?'

'Dat klopt. Was hij hier?'

'Ja, maar hij is alweer een paar uur geleden weggegaan, ben ik bang.'

'Hoe...' Andrea aarzelde, zich ervan bewust dat haar recente verraad haar het recht ontzegde om de vraag zelfs maar te stellen. 'Hoe gaat het met hem?'

Het was een lastige vraag om antwoord op te geven. Als ze eraan terugdacht, kon Maggie zich geen tijd herinneren dat Wolf níét een of andere persoonlijke of werkgerelateerde ramp boven het hoofd hing.

Ze haalde haar schouders op. 'Will is nu eenmaal Will.'

Het antwoord leek Andrea zowaar enige troost te bieden. In de knusse keuken raakten ze aan de praat boven een mok thee, en op een gegeven moment barstte Maggie in huilen uit en vertelde ze dat de politie de dood van haar man niet langer onherroepelijk als zelfmoord beschouwde.

'Wie zou Fin nou iets willen aandoen?' had ze met betraande ogen verbijsterd uitgeroepen.

Twintig minuten later besefte Andrea dat ze weer de studio in moest. Ze reikte over tafel en pakte Maggies hand. 'Wat kan ik voor je doen?' vroeg ze.

Maggie begon haar hoofd al te schudden om het aanbod af te slaan toen ze op een idee kwam.

'Zeg het maar?' vroeg Andrea. 'Ik doe het.'

'Will.'

'Wat is er met Will?'

'Hij heeft onze hulp nodig.'

'Hij haat me.'

'Hij zou jou nooit kunnen haten,' lachte Maggie.

Andrea was zo beleefd om er niet over in discussie te gaan.

'Ze denken dat ik ze niet kan horen praten,' zei Maggie. 'Maar ik hoor ze wel. Zodra dit allemaal achter de rug is, gaat Will rechtstreeks naar de gevangenis. Laten we proberen dat te voorkomen, goed?' stelde ze ondeugend voor.

'Zo te horen heb je een plan?'

Maggie maakte een vaag geluid.

'Ik vraag me nog steeds af of hij me ooit zal vergeven.'

Maggie gaf haar geruststellend een klopje op haar arm. 'Neem het maar aan van iemand die ouder en wijzer is. Je zou versteld staan van alle dingen waar een vriendschap tegen bestand is.'

'Zo te zien heb ik je weer eens onderschat, Fawkes,' zei Vanita. Ze ontblootte haar tanden voor de spiegel om te zien of er lippenstift op zat, terwijl Wolf en zij stonden te wachten tot de persconferentie begon. 'Je had de hele tijd al gelijk.'

Hij gaf geen antwoord, vond het niet iets om blij mee te zijn. Hij keek de zaal in, die vol zat met afgestompte journalisten die hierheen waren gestuurd om weer eens een aankondiging te verslaan van de camerageile commissaris van de Metropolitan Police.

Vanita wreef met haar duim een roze streepje weg en woelde door haar gitzwarte haren. 'Hoe zie ik eruit?'

Het voelde als een strikvraag, dus zei Wolf niets.

'Dank je,' zei Vanita glimlachend. Blijkbaar beeldde ze zich een compliment in. 'Ben je zover?'

'Denk 't wel.'

'Fawkes, dit is mijn werk,' zei ze op zelfingenomen toon tegen hem. 'Als ik het goed doe, kap ik alles wat ze kunnen bedenken bij voorbaat af, zodat er tegen de tijd dat we aan de vragen toe zijn alleen nog een verblufte stilte valt. Dus... ben je zover?' vroeg ze nogmaals, alsof ze net zo'n kleedkamer-in-de-rust-peptalk uit een Amerikaanse sportfilm ten beste had gegeven.

Wolf haalde zijn schouders op. 'Denk 't wel,' herhaalde hij.

Vanita gaf het op. 'Je gulp staat open,' liet ze hem weten, terwijl ze de deur opensmeet en vol zelfvertrouwen de zaal in liep.

Een fotograaf met een zenuwachtige vinger werd beloond met een actiefoto van de twee keer in ongenade gevallen ex-rechercheur die zijn rits omhoogtrok voordat hij op zijn dooie gemak naar voren liep.

De menigte begon hem te herkennen toen hij langsliep. 'Dat is William Fawkes!'

Wolf hield zijn blik gericht op de lege stoel naast Vanita.

'Moet hij geen handboeien om?' vroeg iemand.

Hij weerstond de verleiding om de middelvinger van zijn niet-geboeide hand naar de luidruchtige vrouw op te steken.

'Toen hij dik was, zag hij er veel sexyer uit,' zei iemand op de compleet uit mannen bestaande voorste rij.

Wolf struikelde over zijn eigen voeten en buitelde richting de tafel, waar hij ging zitten terwijl hun gehoor uiteenlopende opnameapparaten boven hun hoofd hield, alsof ze bij een rockconcert zaten. Vanita schraapte haar keel, bedankte de pers dat die op zo korte termijn was gekomen en stak toen haar zorgvuldig opgestelde communiqué af.

'En er zijn nieuwe aanwijzingen aan het licht gekomen met betrekking tot de vermeende zelfmoord van de gepensioneerde rechercheur Finlay Shaw, wiens dood nu als verdacht wordt beschouwd...'

Het had weinig zin om te proberen Finlays identiteit te verhullen, laat staan het feit dat hij schijnbaar de hand aan zichzelf had geslagen. Foto's van Wolf, Baxter en de hoofdcommissaris voor het huis deden al de ronde, wat wilde zeggen dat de buren waren benaderd, die zichzelf ongetwijfeld allemaal de gewetensvraag stelden hoeveel hun loyaliteit aan Maggie waard was.

'Rechercheur Shaw zal uiteraard bij velen van u bekend zijn van zijn bijdrage aan de Lappenpopzaak,' vervolgde Vanita, die duidelijk aanstuurde op Wolfs aanwezigheid naast haar.

'Hij was die bibberende oude knar die met een brandweerwagen van het dak van de ambassade moest worden gered,' voegde Wolf er met een spottend lachje aan toe.

Er klonk gegrinnik uit de zaal.

'Juist,' zei Vanita, die de draad van haar verhaal kwijtraakte. Nu alle blikken in de zaal op Wolf waren gericht, leek het haar een goed moment om de knuppel in het hoenderhok te gooien. 'William Fawkes zal gedurende het onderzoek met de Metropolitan Police samenwerken in een adviserende rol, en zijn uitgebreide ervaring en lange samenwerking met het slachtoffer inzetten om de zaak snel op te lossen. Zijn input is al van onschatbare waarde gebleken.'

Mensen begonnen vragen te roepen, maar Vanita ging onverstoorbaar door. 'Op dit moment kunnen we geen nadere details verstrekken over het doen en laten van voormalig rechercheur Fawkes gedurende de afgelopen achttien maanden.'

Het publiek kreunde ontevreden.

'Dit in het belang van het lopende onderzoek!' Vanita moest nu schreeuwen om zich verstaanbaar te maken. Ze ving Wolfs blik op. 'U kunt er zeker van zijn dat u mettertijd volledig en waarheidsgetrouw zult worden ingelicht. Dat gezegd hebbende... zijn er nog vragen?'

Elke hand in de zaal ging omhoog.

Wolf was vergeten dat hij voor een open microfoon zat en vloekte zacht... maar wél over de speakers.

'Jezus!' hijgde Vanita toen ze Christians kantoor binnenstapte. 'Je liet me schrikken. Ik dacht dat je al weg was.'

Christian wreef in zijn ogen en begon in de lades te zoeken naar een papieren zakdoekje.

Vanita haalde er eentje uit haar handtas en liep naar hem toe.

'Dank je,' zei hij, en hij veegde zijn tranen weg. Toen hij zag dat ze naar de verschoten polaroidfoto's op zijn bureau keek, pakte hij er een op en gaf hem haar aan. 'Dat ben ik... rechts,' zei hij.

Ze trok haar wenkbrauwen op. 'Mooie paardenstaart.'

'Het was een andere tijd,' lachte Christian. 'Fin staat links, even onweerstaanbaar als altijd, en dat is zijn vrouw, Maggie, tussen ons in.'

Vanita glimlachte en gaf hem de foto terug.

'Ik... ik had vandaag op zijn zachtst gezegd níét zo'n goede dag,' gaf hij toe.

'Hij was je vriend,' zei Vanita. 'Ik, daarentegen, ben geen vriendin. Daarom ben ik rationeel bekeken niet de meest aangewezen persoon om hierover mee te praten.'

'Dat begrijp ik,' zei Christian, en hij ging wat rechter op zitten.

Het was geen geheim dat Vanita een gooi had gedaan naar de functie van hoofdcommissaris nadat ze erin was geslaagd Christians voorganger te laten ontslaan tijdens de stoelendans die volgde op de rampzalig verlopen Lappenpopzaak.

'Misschien moet je er even tussenuit,' stelde ze licht ironisch voor. 'Aan Christian denken. Wat afstand nemen.'

Hij grijnsde. 'O, Geena, ik zou je hete adem in mijn nek te veel missen. Trouwens, hoe is de persconferentie gegaan?'

'Zoals te verwachten was.'

'Zo erg?'

Ze liet het dossier dat ze bij zich had in zijn bakje vallen en liep naar de deur. 'Fijne avond,' riep ze. 'En pas goed op jezelf.'

'Gaan we elkaar nu openlijk bedreigen?' vroeg Christian. 'Ik heb zeker het memo over het hoofd gezien.'

Ze draaide zich weer naar hem om. 'Integendeel. Een zeer intelligent en duidelijk zeer gevaarlijk iemand heeft ontzettend veel moeite gedaan om de dood van Shaw op zelfmoord te laten lijken. We hebben zojuist openbaar gemaakt dat we jacht maken op deze persoon. Iemand die nooit van plan is geweest om op de vlucht te slaan. Wie weet hoe hij of zij reageert?'

Christian keek bezorgd.

Vanita glimlachte naar hem. 'Fijne avond dan!'

Wolf nam nog een hap van zijn pizzapunt terwijl hij voor het armoedige afhaalrestaurant rondhing. Aan de overkant van de straat stak een felverlicht billboard duidelijk af tegen zijn troosteloze omgeving:

RaGDoLL

Met wolven vang je wolven
Televisiepremière – zondag 28 februari om 20.00 uur

De poster alleen al maakte duidelijk dat de productiemaatschappij zich bepaalde vrijheden had veroorloofd. Zo bleek Wolf te worden opgevoerd als een mannelijk model. Hij ging gekleed in een nachtblauw pak en zijn *pecs* deden bijna de knoopjes van zijn overhemd springen. Aan de ene kant stond een fel uitziende vrouw, met over elkaar geslagen armen en haar rug naar hem toe. Aan de andere kant nam een symmetrisch opgestelde, bloedmooie roodharige vrouw dezelfde pose aan.

Wolf nam zich voor om tegen de tijd dat het zover was in de gevangenis te zitten en kuierde in de richting van zijn thuis, bureau Paddington Green. Hij werd verwelkomd en de cellen in gezoemd, waar de eerste agressieve dronkaards van de avond al binnenstroomden. Hij deed de deur achter zich dicht en zag zijn vers gestreken overhemden langs de muur hangen. George had zelfs een beetje opgeruimd.

Hij kon het beeld van zijn op televisie uit te zenden alter ego niet van zich af schudden. Daarom liet hij de laatste pizzapunt liggen en drukte zich zeven keer op. Bij de achtste keer voelde hij een pijnscheut. Hij stond op en liep met zijn hand op de verrekte spier naar de spiegel. Omdat hij zich niet langer hoefde te vermommen, liet hij zijn handen door zijn rommelige baard glijden en pakte hij zijn scheerapparaat op.

Saunders was in slaap gevallen voor de televisie, waarvan het geluid uit stond. Naast zijn stoel lagen drie lege bierflesjes en de restanten van zijn bezoek aan Burger King om elf uur die avond.

Edmunds en hij hadden die dag koeriersdiensten verricht. Ze waren in twee vliegtuigen gestapt, hadden drie veiligheidscontroles doorstaan en hadden ruzie gekregen met iedere Schotse dienstdoende douaneambtenaar, om de uit elkaar vallende dozen met bewijsmateriaal uit het politiehoofdkwartier in Dalmarnock te kunnen ophalen. Aangespoord door Wolfs ontdekking had

Edmunds voorgesteld dat ze zo veel mogelijk uit hun reis zouden halen door twee mensen te horen die te maken hadden met een van de oude zaken. Geen van beide onbehulpzame mannen had iets waardevols bijgedragen, en door de tijd die ze in hun gezelschap verspilden, misten ze hun geboekte retourvlucht.

Iets na drie uur bewoog Saunders in zijn slaap en zetten de bewegingssensoren de buitenverlichting voor zijn raam aan, zoals altijd wanneer er iemand thuiskwam. Er klonk een zachte tik en het regende glas op het asfalt. Hij kwam kreunend overeind en verzwikte bijna zijn enkel toen hij op een van de lege flesjes stapte. Hij stommelde naar het raam en keek rillend uit over het parkeerterreintje. Omdat de ruit besloeg, wilde hij net weer gaan zitten toen er een alarm afging en oranje lichten over de natte straat flitsten.

'Niet weer, hè!' riep hij. Hij griste zijn sleutels van het aanrecht, wapende zich met een cricketbat en rende de gang in.

Slechts gekleed in sokken, een boxershort en een T-shirt vloog Saunders de trap af en de kou in. Het was inderdaad zijn auto die om hulp riep; maar er was verder niemand op het parkeerterrein. Hij klikte het alarm uit en kwam voorzichtig dichterbij, want er glinsterde glas onder het portier aan de bestuurderskant. Het handschoenenkastje stond wijd open en de inhoud lag over de stoelen verspreid. Zijn navigatiesysteem was verdwenen. Hij was zo dom geweest het ding op de ruit te laten zitten, te moe om goed na te denken nadat hij Edmunds thuis had afgezet.

Hij besloot dat hij er midden in de nacht weinig aan kon doen, maar controleerde wel een voor een de deuren, waarbij hij erachter kwam dat de achterklep openstond.

'Eikels,' mompelde hij zacht. Hij drukte de klep dicht en ging terug naar binnen.

12

Zaterdag 9 januari 2016
7.53 uur

Hoe vaak Baxter ook aan Thomas vroeg om op een andere zender naar het nieuws te kijken, Andrea Halls smetteloze smoeltje leek zo ongeveer in het scherm van hun televisie te zijn gebrand. Op weg naar de keuken pakte ze de afstandsbediening op. Haar duim hing al boven de uitknop toen ze het gele T-shirt herkende dat de vrouw droeg. Baxter had ergens onder in haar kast precies zo'n zelfde kledingstuk liggen:

De WOLF moet LOS!

Het was wel duidelijk dat de bekende nieuwslezeres, die zich door een interview met een monotone politicus worstelde, de campagne waarmee Wolf jaren eerder zijn vrijheid en zelfs zijn baan had teruggekregen, nieuw leven had ingeblazen. Op de ochtend dat de Crematiemoordenaar voor het laatst in actie was gekomen, was de breed in de media uitgemeten onbezonnen daad, die in eerste instantie Wolfs lot had bezegeld, een wanhopige heldendaad geworden. Buigend voor een publiek protest tegen een rechtssysteem dat een roofzuchtige seriemoordenaar door zijn vingers liet glippen, hadden de autoriteiten 'hun standpunt heroverwogen', en de campagne had Wolf afgeschilderd als een ware verdediger van het volk.

Baxter wist dat de waarheid ergens in het grijze schemergebied ertussenin lag.

'Goedemorgen,' zei Thomas glimlachend vanuit de deuropening. Hij had zijn ochtendjas en zijn belachelijke pantoffellaarzen nog aan. Baxter zette de televisie uit en nam de kop koffie aan die hij haar gaf toen ze bij hem in de keuken kwam staan.

'Ik ben hartstikke laat,' zei ze ter begroeting, en ze zette de koffie weer op het werkblad om haar laarzen aan te trekken die ze daar gisteren had uitgeschopt.

'Waarvoor? Voor het werk waarvoor je je ziek hebt gemeld?' Thomas hield haar een chocoladebroodje voor.

Ze nam een hap zonder te kijken.

'Ik zag dat die Fawkes terug is,' zei hij, terwijl hij een rietje in haar zwarte koffie liet zakken.

'Ja,' antwoordde ze. Ze zoog slurpend koffie op en knoopte haar jas verder dicht. 'Dat wilde ik je nog vertellen.'

Thomas wuifde het weg. 'Kun je dat aan?'

Ze had nooit tegen Thomas gelogen over haar ingewikkelde relatie met Wolf, maar ze had hem beslist niet het hele verhaal verteld.

'Prima,' zei ze. Ze stond op en gaf hem een kus op zijn wang.

Op weg naar de voordeur zag ze dat er nog een prachtig verpakt doosje op de stapel cadeautjes onder de boom bij was gekomen.

'Ik wilde de boom vandaag maar eens naar het grofvuil brengen,' zei Thomas toen hij haar zag kijken. 'Hij begint te stinken.'

'Morgen?' stelde ze voor.

Er verscheen een brede grijns op zijn gezicht. 'Is het dan eindelijk Kerstmis?' vroeg hij.

Baxter kon een glimlach niet onderdrukken. Ze knikte.

'Braadstuk voor het avondeten?' vroeg Thomas.

'Dat is je geraden.'

'*The Santa Clause 2: The Mrs Clause*?' riep hij haar opgewonden na.

'Zolang we daarna maar naar *Home Alone* kijken,' riep ze terug, en ze trok de voordeur open.

'Moet ik mijn moeder uitnodigen?'

'Néé!'

Binnen New Scotland Yard moest Wolf te allen tijde worden begeleid. Gelukkig kwam hij daar tegelijk met Saunders aan, die hem aanmeldde. Ze liepen samen door de hal toen Saunders' collega op hen afkwam.

'Alles goed, makker?' brulde Saunders. 'Mis je me al?'

'Kom je dan net binnen?' Blake bleef staan om een praatje te maken. 'Het was me eerlijk gezegd ontgaan dat je er niet was.'

Hij wendde zich tot Wolf en knikte ter begroeting. 'Gecondoleerd met Finlay,' zei hij, en hij stak zijn hand uit.

Wolf gaf hem een hand en stopte het felgekleurde plakbriefje dat hem zojuist was aangereikt in zijn zak.

Saunders trok zijn wenkbrauwen op. 'Wil ik dit weten?'

Blake keek hem aan. 'Waarschijnlijk niet,' zei hij.

In het forensisch laboratorium stonden Wolf, Baxter, Edmunds, Christian en Saunders allemaal te wachten tot Joe terugkwam. De sfeer was ongemakkelijk. Het was onmogelijk te negeren dat het lichaam van hun vriend in diezelfde ruimte lag, achter een van de eenvormige vriezerdeuren.

Onwillekeurig gleed Baxters blik steeds weer naar Wolf. Hij leek een compleet andere man dan de dag ervoor: gladgeschoren en gekleed in een mooi wit overhemd dat niet open puilde bij de knoopjes. Hij zag eruit als de Wolf die ze zich van heel vroeger herinnerde... van voor de Lappenpopzaak... voor de Crematiemoordenaar... voordat alles zo gruwelijk uit de hand was gelopen.

Ze zag dat hij naar het felgekleurde stukje papier in zijn hand keek, maar vroeg er niet naar. In plaats daarvan richtte ze haar aandacht op Saunders, die er belabberd uitzag, zelfs voor zijn doen.

'Je ziet er belabberd uit... zelfs voor jouw doen.'

'Zware nacht,' zei hij geeuwend en met donkere kringen onder zijn ogen. 'Mijn auto is weer eens opengebroken.'

Baxter wilde iets zeggen.

'Maak je geen zorgen,' vertelde Saunders. 'Edmunds heeft alle bewijsstukken eruit gehaald toen ik hem thuis afzette.'

'Nou, dat is een hele opluchting,' zei Christian, die had meegeluisterd.

'Daarmee is mijn ruit nog niet heel en heb ik mijn navigatie nog niet terug,' merkte Saunders op. 'Maar fijn dat jij tevreden bent.'

De deur zwaaide open en Joe kwam binnen met een apparaat dat hij voor hen neerzette.

'Welkom! Welkom!' begroette hij hen enthousiast. 'Ik ga bij jullie allemaal wat wangslijm en vingerafdrukken afnemen. Maar voordat ik daarmee begin: het was een interessante avond...'

Hij liep snel naar een laptop naast een stapel uitdraaien.

'Ten eerste heb ik ontdekt van wie het bloed onder de vloerdelen is.'

'Nu al?' vroeg Edmunds.

'Ja. Het is namelijk Finlays bloed.'

Christian schraapte zijn keel. 'En hoe helpt ons dat?' vroeg hij.

'Niet, eerlijk gezegd,' gaf Joe toe. 'Al komen de kledingvezels die ik erin heb aangetroffen niet overeen met wat Finlay droeg toen hij stierf.'

'Dus...' begon Christian, die probeerde te begrijpen waar het rare mannetje zo opgetogen over was. 'Je denkt dat ze van iemand anders afkomstig zijn?' vroeg hij ten overvloede.

'Dat klopt,' zei Joe, knikkend en grijnzend als een malloot terwijl hij het volgende punt op zijn agenda aanstipte. 'Bedenk wel dat we tot nu toe alleen hebben bewezen dat zich nog iemand bij Finlay in die afgesloten kamer kán hebben bevonden en dat er op enig moment iemand in die verborgen ruimte heeft gelegen. Maar nú weten we dat iemand met het bloed van een vermoorde man op zijn of haar kleren in die verborgen ruimte heeft gelegen en zich met Finlay in die afgesloten kamer kan hebben bevonden... Zien jullie het verschil?'

Het onbegrip was van alle vijf gezichten af te lezen.

'Er is een verschil,' verzekerde Joe hun.

'Als ik even advocaat van de duivel mag spelen,' zei Christian, 'kunnen de vezels niet toch afkomstig zijn geweest van Finlay, toen hij op een eerdere dag iets anders droeg? Misschien toen hij de ruimte daar aanbracht?'

'In theorie wel... maar ik denk het niet,' antwoordde Joe weinig behulpzaam. 'Dat brengt me bij mijn volgende punt.' Hij trok een paar wegwerphandschoenen aan en legde een replica van een wapen, dat qua grootte vergelijkbaar was met het wapen dat naast Finlay was gevonden, op een platte schaal. 'Wolf...'

'Labmans?'

'Kun je alsjeblieft hier komen staan en dit wapen oppakken?'

Wolf liep gehoorzaam naar Joe toe. Hij klemde zijn vingers om de kolf en ondersteunde het wapen met zijn andere hand, zodat hij zijn vinger om de trekker kon leggen.

'Geweldig,' zei Joe glimlachend. 'Leg maar weer neer... Oké. Moeten jullie eens kijken.'

Hij deed de lichten uit en knipte toen een uv-lamp aan, die in zijn hand zoemde als een lichtzwaard. Het groepje mensen liep dichter naar de paarse straling die het duister op een afstand hield. Op zowel de kolf als de loop van het wapen lichtten Wolfs vingerafdrukken fel op.

'Mooi, hè? Kijk nu eens naar Finlays wapen na dezelfde test.' Joe draaide de laptop naar hen toe. Op de kolf was een relatief rechte rij vingerafdrukken te zien, terwijl de trekker een gedeeltelijke, vage afdruk vertoonde. 'Ligt het aan mij, of is dat iets te netjes?'

'Vooral voor een man die de hele avond zwaar heeft gedronken,' merkte Edmunds op.

'Dat vond je in eerste instantie niet,' zei Baxter op beschuldigende toon.

'Hij hád het wapen zo kunnen oppakken, wat het meest waarschijnlijke scenario leek toen hij in een afgesloten kamer werd aangetroffen,' zei Joe schouderophalend. 'Maar jullie vroegen me te zoeken naar alle aanwijzingen die iets anders suggereerden, dus meende ik dat ik het best ook andere mogelijkheden kon opperen.'

Baxter fronste, maar had geen weerwoord.

'En hetzelfde geldt voor het lijk,' vervolgde hij, zonder te merken dat zijn gehoor onaangenaam werd getroffen door zijn gevoelloze formulering. 'De kleine verwondingen die aanvankelijk zijn afgedaan als doe-het-zelfschrammen en -builen kúnnen gewoon doe-het-zelfschrammen en -builen zijn. Het enige significante letsel is aan het neuskraakbeen, maar dat heeft niets te betekenen, aangezien Finlay bijna net zo vaak in zijn gezicht is gemept als Saunders.'

Hij lachte. Niemand lachte mee.

'Hoe dan ook, iemand heeft verdomd veel moeite gedaan om zijn of haar sporen te verdoezelen. Er ís sprake van moord, maar dat is momenteel het enige wat we weten. Heel eerlijk gezegd weet ik niet of ik nog veel meer kan ontdekken.'

'Hoe spectaculair de moordenaar het ook heeft aangepakt, dit verandert niets,' zei Wolf toen hij de betrokken gezichten van de anderen zag. 'We gaan gewoon door met waar we mee bezig zijn: het motief en het wapen. De rest doet er niet toe.'

Vanuit New Scotland Yard was Christian naar Muswell Hill gereden om te kijken hoe het met Maggie ging. Zij had hem verteld dat ze van plan was het huis te koop te zetten als het onderzoek achter de rug was; ze had uitgelegd dat ze het niet zou kunnen verdragen er te blijven wonen en dat ze nooit haar kleinkinderen in die kamer zou laten spelen, zoals Finlay voor ogen had gehad. Christian had haar beloofd dat hij haar zou helpen het huis te verkopen en een eigen plek te vinden, als het zover was. Vervolgens had hij, in een noodlottige poging haar op te fleuren, een van zijn naar eigen zeggen beroemde Marmite-omeletten gemaakt. Hij smaakte zo mogelijk nog walgelijker dan de naam deed vermoeden.

'Geen liefhebber, dus?' vroeg hij, terwijl hij de restanten van de omelet in de afvalbak schraapte.

Maggie dronk ondertussen haar derde glas water.

'Dat is het niet. Ik krijg gewoon de smaak niet uit mijn mond,' zei ze lachend.

'Weet je, menig bofkontje heeft 's ochtends een van mijn omeletten voorgezet gekregen.'

'Is er ooit eentje teruggekomen?'

Christian moest even nadenken. 'Nu je het zegt...'

Maggie barstte in lachen uit.

Ze stond op en liep naar de gang. 'Ik heb iets voor je,' zei ze.

Even later kwam ze terug met een kartonnen doos die was bedrukt met het logo van de Metropolitan Police Service en waar met een dikke rode stift het woord BEWIJS op was geschreven.

'Wat is dat?' vroeg Christian fronsend.

'O, sorry voor de doos. Fin jatte ze altijd van het werk. De garage staat er vol mee. Het zijn een paar oude foto's, wat aandenkens aan de politie, een paar knipsels. Ik dacht dat jij ze misschien wel wilde hebben.'

Hij pakte de doos aan. 'Weet je het zeker?' vroeg hij.

'Het zijn maar spullen,' zei Maggie. 'Hij zit er zelf niet tussen.'

Om kwart over twaalf nam Christian afscheid van Maggie en liep hij met zijn doos vol aandenkens de zon in. Een van de buren had klaarblijkelijk vijftig pond verdiend door de pers te tippen, want er stond een legertje journalisten om zijn Lexus heen.

Hij vertrok zijn gezicht tot een glimlach en liep naar de auto.

'Meneer de hoofdcommissaris, zijn er al doorbraken in de zaak?'

'Tja, weet je, daar kan ik niets over zeggen,' zei hij grinnikend, en hij probeerde met één hand het achterportier te openen.

'Wat zit er in de doos? Zijn er nieuwe aanwijzingen gevonden?'

'Daar kan ik ook niets over zeggen,' antwoordde Christian. 'Sorry, mag ik er even langs?' vroeg hij, en hij perste zich langs een cameraman naar het portier aan de bestuurderskant.

'Meneer de hoofdcommissaris, wat zou u tegen de moordenaar van rechercheur Shaw willen zeggen?'

Christian stapte in en trok het portier dicht. Hij startte de motor en liet het raampje zakken om antwoord te geven.

'Een boodschap? Ik zou... Ik zou zeggen... dat Finlay... Hij was mijn...'

'Meneer de hoofdcommissaris?' drong de verslaggever aan toen zijn stem verflauwde.

'Finlay had beter verdiend,' zei hij afwezig, klem tussen zijn gedachten en de vraag. 'Zowel hij als Maggie had betere kansen verdiend dan het leven hun heeft geboden. En de zielige lafaard die verantwoordelijk is voor zijn dood verdient het om voor eeuwig in de hel te branden voor wat hij of zij heeft gedaan... Meer heb ik niet te zeggen.'

Christian liet het raampje omhoogkomen en reed langzaam bij het verblufte journaille vandaan.

13

Zaterdag 9 januari 2016
12.30 uur

Wolf bekeek zichzelf in de getinte ruit van een Honda Civic.

Hij las opnieuw het adres dat Blake voor hem had opgesnord en keek weifelend omhoog naar het appartementje. De conciërge zat vanuit de hal naar hem te kijken, bijna tot actie aangespoord door Wolfs twintig minuten durende besluiteloosheid. Dus ging hij met een bosje benzinepompbloemen in de hand de draaideur door en liep naar de balie.

'Ashley Lochlan, alstublieft.' Hij wierp een blik op zijn verfrommelde plakbriefje. 'Appartement 114.'

De man achter de balie leek niet genegen zich overmatig in te spannen en pakte de hoorn van de telefoon op alsof die van lood was.

'Uw naam?'

Wolf begon te antwoorden en hield zich toen met een glimlach in. 'Fawkes,' zei hij. 'Gewoon Fawkes.'

Eindelijk herkende de man hem. Hij ging rechtop zitten en toetste het nummer in, opgewonden dat hij een rol speelde in het herenigen van de enige overlevenden van de Lappenpopmoorden.

'Ik ben bang dat er niet wordt opgenomen,' zei hij tegen Wolf. Hij klonk een stuk beleefder nu hij wist dat hij een min of meer beroemd man tegenover zich had. 'Maar... en dat mag ik u eigenlijk niet vertellen' – hij leunde samenzweerderig over de balie – 'er is een speeltuintje aan het eind van de straat. Best kans dat u hen daar aantreft.'

Wolf beloonde de man, die gelukkig zowel geld voor een buskaartje als onwillige selfies als betaling accepteerde, en begaf zich op zijn aanwijzingen naar de ingang van een aangenaam uitziend speelterrein. Met kloppend hart wandelde hij verder en scande de gezichten van de kleumende ouders tot hij haar zag. Ze was nog even mooi als hij zich herinnerde. Van onder een ijsmuts vielen haar lange blonde haren over haar schouders. Ze zat op een bankje te lachen terwijl een goedgeklede man speels een jongetje ronddraaide.

'Hij gaat vrij gemakkelijk over zijn nek!' waarschuwde ze de man in haar zachte Edinburghse accent.

Wolf was er geen seconde van uitgegaan dat zij ooit zou wachten tot hij misschien terugkwam. En hij had niet het idee dat hij de paar dagen die ze samen hadden doorgebracht nieuw leven kon inblazen door opeens voor haar neus te staan. Hij had alleen maar willen uitleggen wat hij had gedaan, waarom hij geen contact met haar had opgenomen. Hij vond dat ze daar in elk geval recht op had.

Hij kwam dichterbij.

Ashley hoopte maar dat Jordan niet over Teds suède schoenen zou overgeven, maar ze hield zich afzijdig. Ze had hem nog nooit zo gelukkig gezien.

Ze trok net de rits van haar jas verder omhoog toen er iemand naar de afvalbak naast haar liep. Toen diegene daar net iets langer bleef staan dan natuurlijk aanvoelde, begon ze zich met een vragende glimlach die kant op te draaien...

'Mamma! Kijk!' lachte Jordan, die al groen in zijn gezichtje leek te worden.

'Ja, liefje. Ik kijk!' riep ze terug.

Toen ze omkeek, zag ze een grote man in een lange zwarte jas weglopen, en vervolgens zag ze het goedkope boeket uit de bovenkant van de afvalbak steken.

Ashley moest opeens aan iets... aan iemand denken. Ze glimlachte.

Edmunds was bij Joe achtergebleven om de bewijsstukken uit de vijf archiefdozen te catalogiseren. Bij elk nieuw, verzegeld voorwerp werd Joe opgewondener, en het duurde niet lang voordat hij op elk apparaat in het laboratorium tegelijk tests uitvoerde en snel van het ene apparaat naar het andere liep.

Edmunds' telefoon begon te zoemen. Hij haalde het apparaat tevoorschijn en zag Thomas' naam op het scherm. Omdat hij zich diep in de krochten van New Scotland Yard bevond, liep hij naar de andere kant van de ruimte, zich ervan bewust dat Joe luisterde naar elk woord dat hij zei.

'Hai. ... Nee, maakt niet uit. ... Oké? ... Oké? ... je hebt wát? ... Vanavond?'

Edmunds keek om en fronste naar Joe, die geen moeite deed om te verhullen dat hij stond te luistervinken. Op zachtere toon zei hij: 'Het is niet zo. ... Het is niet zo goed getimed. ... Ja, dat weet ik wel. ... Dat weet ik óók. Ik vind alleen het moment niet juist. ... Ja, nou ja. ... Dag.'

Hij keek op het scherm, schudde zijn hoofd en ging weer zitten. Even later pakte hij zijn mobiele telefoon weer op om een sms'je te typen:

Sorry. Kunnen we er een andere keer over praten?

Edmunds negeerde Joe's nieuwsgierige blikken en probeerde zich op zijn werk te concentreren, maar zijn gedachten keerden onmiddellijk terug naar het telefoongesprek en de nieuwste dreigende ramp.

'Verdomme,' fluisterde hij, en hij wreef in zijn ogen.

Baxter had het grootste deel van de middag Go Fish, een variant op jokeren, zitten spelen met Rouche. Finlays lievelingsspelletje was nu een vast onderdeel geworden van haar bezoekjes. Misschien wilde ze alleen maar dat het zo was, maar hij had iets meer de oude geleken, dus had ze besloten niet te beginnen over de onderwerpen die tussen hen in hingen – bloedvergiftiging, orgaanfalen en een gevangenisstraf van tien jaar. Het duurde nog iets meer dan een uur voordat Holly zou komen, dus maakte ze een boterham voor hem klaar voor ze naar huis ging.

Wolf zat op het muurtje van Maggies voortuin te kijken hoe alle kleur uit de lucht trok toen hij een stel koplampen de hoek om zag komen. Er stopte een auto vlak voor het huis en een nog jonge man stapte uit. Hij droeg jeans met gaten en liep op sneakers.

'Agent Randle?' vroeg Wolf onzeker. Hij zag er eerder uit als een student dan als een politieman.

'Ja,' zei hij glimlachend, en hij liep naar Wolf toe om hem een hand te geven.

'Fijn dat je op je vrije dag kon komen. Ik ben William Fawkes.'

'Ik weet wie u bent.'

'Ik zal je niet lang ophouden. Kun je stap voor stap met me doornemen wat je hebt gedaan toen je hier op oudejaarsavond aankwam?'

'Natuurlijk,' zei Randle vriendelijk. 'Al weet ik niet of ik u meer kan vertellen dan al in mijn proces-verbaal staat.'

Wolf haalde zijn schouders op. 'Doe het toch maar.'

'Goed, ik reageerde op een oproep van de meldkamer, omdat onduidelijk was hoe het met de bewoner ging, en parkeerde vrijwel op dezelfde plek als vandaag,' begon hij, terwijl hij het tuinpad op liep. 'Boven brandde licht, dus belde en klopte ik aan. Vervolgens riep ik mijn naam en functie door de brievenbus. Toen er niemand reageerde, probeerde ik de voordeur, maar die zat op slot.'

'Op slot? Dat weet je zeker?'

'Ja, dat weet ik zeker. Op dat moment besloot ik de deur open te trappen.'

'Hoe hard?'

'Eén enkele trap,' zei Randle, en hij wees naar de moet onder de deurkruk.

Wolf maakte de deur open en ze stapten de gang in.

'Ik riep opnieuw en controleerde alle kamers op de begane grond een voor een. Daarna liep ik naar boven.'

Toen ze de trap op liepen, kraakte het hout onder hun voeten.

'Ik stak overal mijn hoofd om de open deur en ontdekte toen dat deze deur afgesloten was.'

Wolf knikte, duwde de deur naar de plaats delict open en liep naar binnen. De jonge man liep achter hem aan en keek verbluft naar de aan het licht gebrachte ruimte in de vloer.

'We denken dat hier nóg iemand was,' legde Wolf uit. 'Randle?'

'Ik... ik heb er geen moment aan gedacht om...' Zijn stem stierf weg.

'Dat zou niemand doen. Zit er niet over in. Niemand neemt je iets kwalijk,' stelde Wolf hem gerust. 'Wat gebeurde er toen?'

Randle sloot zijn ogen terwijl hij probeerde zich zijn handelingen voor de geest te halen. 'Toen ik de deur had geforceerd, zag ik het lichaam op zijn buik liggen, met het wapen ernaast. Ik... voelde of hij een hartslag had en liep toen de kamer uit om het overlijden te melden.'

'Laat maar zien.'

Ze gingen terug naar de overloop en Wolf liep achter hem aan de trap af en naar de auto.

'Ik heb het hiervandaan gemeld.'

'Stond de voordeur toen ook zo wijd open?' vroeg Wolf.

Randle knikte.

'Ben je op enig moment weggelopen?'

'Nee.'

Wolf keek om naar het huis. Het was onmogelijk dat iemand ongezien de voordeur uit had kunnen vluchten.

'En toen?'

'Eh... toen kwam de hoofdcommissaris hier aan.'

'Oké. Uit welke richting?'

Randle wees de straat in.

'Hij leek heel erg van streek. Hij kwam naar me toe en zei alleen... "Finlay?" En toen ik mijn hoofd schudde, rende hij het huis in.'

'Waar was jij toen?'

'Nog steeds hier, tot mijn collega's aankwamen.'

'En toen?'

'We gingen allemaal naar binnen.' Randle liep terug naar de gang. 'De hoofdcommissaris zat boven aan de trap. Hij leek in shock te zijn. Ik nam hem mee naar de keuken en bood aan iets te drinken voor hem te maken. Hij bedankte ervoor, dus controleerde ik alle kamers, deuren en ramen... Eerlijk gezegd probeerde ik vooral om de rechercheurs niet voor de voeten te lopen.'

'Iets gevonden?'
'Alles was dicht.'
Wolf gebaarde naar de achterdeur. 'Zat de sleutel zo in het slot?' vroeg hij.
'Ja. Absoluut afgesloten en vergrendeld aan de binnenkant.'
'Heb je de garage ook gecontroleerd?'
'Ja.'
Wolf wreef over zijn gezicht. Hij was geen cent wijzer geworden en kon geen vragen meer bedenken.
'Denkt u echt dat het moord was?' vroeg Randle.
'Ja... En ik ben niet de enige.'
'Dat zou betekenen dat de dader urenlang onder de vloer heeft gelegen, toch?'
Wolf keek hem aan, even in verwarring gebracht. Hij was alle snippers informatie nog aan elkaar aan het passen.
'Ik zou het hebben gezien als iemand door de voordeur was vertrokken,' vervolgde Randle hardop denkend, 'en alle andere uitgangen zaten op slot. Om de deur aan de binnenkant af te kitten, moet hij of zij de hele tijd in die kamer zijn geweest. Toen ik de deur openbrak, toen de hoofdcommissaris kwam aanrennen, de recherche, de patholoog-anatoom.'
'Maar zonder een spoor na te laten,' mompelde Wolf, die hoofdpijn begon te krijgen.
'Eh... wat zei u?'
'Niets. Dank je wel, agent Randle. Je hebt me zeer goed geholpen.'

14

Zaterdag 9 januari 2016
20.05 uur

Thomas had flink uitgepakt voor hun verlate kerstdiner.

Terwijl het buiten langzaam maar zeker donkerder werd, hadden Baxter en hij met Bing en Mariah op de achtergrond veel te veel gedronken, nog veel meer gegeten en bijna de tent afgebrand met een te hevig vonkende Christmas cracker. Omdat het onbegonnen werk was om de keuken op te ruimen, hadden ze de boel de boel gelaten en hun pyjama aangetrokken om dicht tegen elkaar en Echo aan naar de film te kijken.

Thomas stond op om opnieuw Febreze te spuiten over de boom die bij wijze van versiering ook al luchtverfrissers aan de takken had hangen.

'Cadeautjes?' stelde hij hoopvol voor.

Baxter kwam tot leven. Ze zette de film op pauze, vulde hun glazen bij, nam haar plek in op de vloer en reikte naar de prachtig ingepakte laatste aanvulling boven op de stapel.

'Bewaar die maar liever tot het eind,' raadde Thomas aan.

Baxter legde het pakje opzij en trok een ander cadeau open.

'Cluedo,' zei ze op bedrukte toon.

'Ja. Want... jij bent immers rechercheur, en zo.'

Ze knikte bemoedigend. 'De lol van mijn werk in de aangename ambiance van eigen huis en haard.'

De gemoedelijke sfeer sloeg een beetje om.

'Open deze maar,' zei ze.

'Sokken!'
'Voor aan je voeten.'
'Geweldig. Nu jij weer.'
'Oorbellen! Gouden oorbellen... zoals mijn moeder ze voor me koopt.'
'Je mag ze ruilen, maar je vertelde dat je er een was kwijtgeraakt in de sneeuw.'
'Een van de weinige positieve gevolgen van die nacht,' mompelde Baxter. 'O, die daar!'
Thomas trok het papier eraf en keek fronsend naar een paar smaakvolle pantoffels.
'Wat heb je toch tegen mijn pantoffellaarzen?!'
En zo ging het nog een hele tijd door.

Een verkeersbord gaf aan dat hij Epping Forest had bereikt, en Christian merkte onmiddellijk dat hij ontspande, zoals altijd wanneer hij naar huis reed. Gelegen aan de verste uiteinden van het wijdverspreide Londense metronetwerk, was het schilderachtige marktplaatsje zijn toevluchtsoord voor de beklemmende wolkenkrabbers en dichtgeslibde straten van de hoofdstad. Vervuld van spijt over zijn uiterst onprofessionele reactie voor de camera's op wat een eenvoudige vraag had moeten zijn, was hij naar zijn lievelingsrestaurant gereden en had hij in zijn eentje aan zijn vaste tafeltje gegeten, voordat hij naar zijn enorme huis met zeven slaapkamers in de bossen reed.

Hij hield halt bij een minirotonde en zag dat een auto met felle koplampen achter hem stopte. Christian zwaaide om zich te verontschuldigen dat hij zonder aanleiding was blijven staan, zette de auto in de eerste versnelling en reed weg. Hij wist dat hij niet bijster goed reed en probeerde zich uit alle macht te concentreren. Hij gaf richting aan en sloeg tussen de donkere bomen door af naar links. Even later gleed er een baan wit licht over zijn dashboard. De auto achter hem reed het gat dicht. Christian fronste en ging iets harder rijden, maar de twee felle zonnen in zijn achteruitkijkspiegel volgden en verblindden hem toen hij over het lange stuk open weg reed.

Vanuit de andere richting kwam een auto dichterbij.

De auto achter hem kwam dichterbij, kleefde even aan zijn bumper, haalde toen in en spoot weg. Christian zag dat het een of andere zwarte Mitsubishi was, maar kon het model niet thuisbrengen en had aanleiding noch energie om het kenteken te onthouden. Hij ging weer langzamer rijden en legde de laatste minuten van zijn reis af.

Christian sloeg af naar zijn straat en drukte op de knop voor het elektrische hek, een tot in de puntjes gechoreografeerde nachtelijke routine, terwijl hij langs de ruime huizen van zijn buren reed. Onder een hemel vol sterren, een aanblik die weinig Londenaren ooit te zien kregen, streek omgevingslicht langs de muren en haalde stukken tuin naar voren alsof het kunstwerken waren.

Toen hij naar zijn oprit draaide, baadde hij opeens in puur wit licht...

Hij hoorde een krachtige motor op schorre toon toeren draaien, het gillen van doorslippende banden, en vervolgens raakte zijn hoofd het glas. De auto schokte. Afgebroken metaal viel kletterend op straat toen de zwarte auto een paar meter achteruitreed.

Christian was amper nog bij bewustzijn toen hij uit zijn stoel werd getrokken en tussen de twee auto's in op de grond werd gegooid, zodat hij aan weerszijden werd verblind door koplampen toen de gewelddadige aanval begon. Twee gestalten zonder gezicht schopten en sloegen hem vanaf beide kanten. Het enige wat hij kon doen was zijn armen om zijn hoofd slaan en zich tot een bal oprollen terwijl hij bad dat het snel voorbij zou zijn. Toen een van zijn belagers op zijn borst stampte en Christian zijn ribben voelde breken, schreeuwde hij het uit en besefte hij dat ze pas zouden stoppen als hij dood was. Buiten zichzelf maakte hij felle schopbewegingen en wist zo onder de achterste auto te komen. Hij verloor een schoen aan een graaiende hand toen een belager probeerde hem terug te trekken.

Hij hijgde, bewasemde het warme chassis en zag een paar zwarte laarzen om de wagen heen lopen. Ze waren wel zo ervaren dat ze niet het risico namen dat iemand hun stemmen kon horen. Hij hoorde ze in code naar elkaar fluiten. Terwijl een van hen zijn zwaargehavende auto doorzocht en de inhoud van de kartonnen doos op straat smeet, klom de ander achter het stuur en gaf gas, zodat de motor alleen in toom werd gehouden door de handrem.

Omdat hij geen andere keus had, kroop Christian onder de auto vandaan en strompelde in de richting van zijn elektrische hek, dat al langzaam dicht zwaaide.

Het portier van de auto achter hem sloeg dicht.

Hij hoorde voetstappen achter zich die sneller waren dan de zijne. Wanhopig liet hij zich door de steeds smallere kier vallen, en luttele seconden later viel het zware hek ratelend dicht.

De gestalte keek hem door de tralies aan en zwaaide pesterig met een breekijzer terwijl hij de bescheiden afzetting tussen hen in bekeek. Christian lag amper een meter bij zijn belagers vandaan. Hij wist dat hij uitgeput was en dat hij niet eens zou proberen te vluchten als ze besloten over het hek te klimmen.

Blauwe zwaailichten verlichtten de hemel boven het donkere bos.

De man had ze ook gezien en floot op zijn gemak naar zijn partner. Vervolgens stapten de twee schaduwen in hun beschadigde wagen en reden op agressieve wijze achteruit.

Toen het witte licht van Christian af gleed, had hij het gevoel dat het tij keerde.

Terwijl de auto wegscheurde en de rode achterlichten om de hoek verdwenen, ging hij op zijn rug liggen wachten tot er hulp arriveerde. Hij stond zich toe te geloven dat hij de ochtend misschien toch zou halen en keek met meer waardering op naar de sterrenhemel dan ooit tevoren.

Baxter keek verbluft naar de ingelijste foto van Edmunds, Tia en Leila. Thomas en zij hadden besloten om hun gekibbel over elkaars cadeautjes af te wisselen met het afkraken van de cadeautjes die ze van anderen hadden gekregen.

'Waarom zou ik dit willen hebben?' vroeg ze. 'Ik ben zijn oma niet.'

Thomas pakte het lijstje van haar aan, keek ernaar en vertrok zijn gezicht.

'Ik vind het eigenlijk wel... Ja,' gaf hij toe, en hij legde het neer.

'Mag ik dit al openmaken?' vroeg ze, terwijl ze het in de winkel ingepakte cadeautje ophield, al verwachtte ze er op basis van haar eerdere cadeautjes niet veel van. 'Het is de laatste.'

'Ga je gang.'

Ze trok voorzichtig het lint los en liet een klein doosje uit het papier glijden. Verbaasd trok ze het deksel open en hapte naar adem toen ze de prachtige diamanten ring in het doosje zag. Ze merkte niet dat Thomas op één knie ging zitten, waarbij een scherp knappend geluid deed vermoeden dat Edmunds' familieportret eronder lag. Voorzichtig nam hij het doosje van haar aan, haalde de ring eruit en reikte die aan terwijl ze hem met open mond aankeek.

'Emily Lauren Baxter... Ik heb me nog nooit zo zorgen gemaakt of geërgerd, en me zo ontmand, overbodig of ontoereikend gevoeld als de afgelopen negen maanden met jou. En zo wil ik me de rest van mijn leven voelen. Wil je met me trouwen?'

Baxter zat als verstijfd.

Het kostte Thomas moeite om zijn hoopvolle glimlach vol te houden, niet in de laatste plaats omdat zijn knie nat aan begon te voelen. Hij begon zich af te vragen of Edmunds gelijk had gehad. Bijna een uur lang had hij geprobeerd Thomas het idee van zijn aanzoek uit zijn hoofd te praten, had hij zitten uitleggen dat Baxter het gebaar niet zo zou opvatten als hij, Thomas, het zag, dat ze het zou beschouwen als weer iets erbij op haar waslijst van beslommeringen.

Haar telefoon ging over.

Baxter stond verdwaasd op en liep de keuken in, terwijl Thomas geduldig in zijn vernederende houding bleef zitten.

'Baxter. ... Shit! ... Is hij? ... Ik kom eraan!'

Ze liep terug naar de zitkamer en glimlachte haar vriendje ongemakkelijk toe.

'Ik, eh... ik moet gaan. Maar eh... weet je... Dank je wel.'

Ze stak gul beide duimen omhoog en rende toen naar boven om zich aan te kleden.

15

Zaterdag 9 januari 2016
21.39 uur

'De Wolf moet los, man!' blèrde een dronken vent toen Wolf door de ingang van het King George-ziekenhuis rende en de borden naar de Spoedeisende Hulp volgde.

Maggie was er al en omhelsde hem zodra hij de wachtkamer binnenstapte. Het was duidelijk dat ze had gehuild.

'Hoe gaat het met hem? Zei je nou dat hij was... aangevallen?' vroeg Wolf.

Ze knikte en liep met hem naar een rijtje lege stoelen.

'Hij maakt het goed. Een paar gebroken ribben, en hij heeft een flinke klap voor zijn hoofd gehad. Verder alleen schrammen en blauwe plekken... Heel véél schrammen en blauwe plekken,' vertelde ze, duidelijk nog steeds overstuur.

'Mogen we hem zien?' vroeg hij.

'Ze zeiden dat ik straks naar hem toe mag.'

Wolf pakte haar hand vast en maakte zich op voor een lange avond op een ongemakkelijke stoel.

Baxter en Saunders zaten aan weerszijden van Wolf. Ze keken ieder met dezelfde wezenloze blik in hun ogen naar de televisie zonder geluid, terwijl Maggie een paar minuten bij Christian mocht zijn. Details over het incident voor het huis van de hoofdcommissaris hadden de BBC op tijd voor het tienuurjournaal bereikt. Opnames met de camera van een mobiele telefoon, gemaakt vanuit een raam van een van de woningen ertegenover, legden de gebeurtenissen na de komst van de hulpdiensten vast. Christians Lexus was nauwelijks herkenbaar en lekte olie, wat provisorisch werd ingedamd om de bandensporen veilig te stellen die getuigden van wat er was voorgevallen.

'Jezus,' mompelde Saunders. Vervolgens herhaalde de BBC beelden die eerder op de dag waren gemaakt: Christian die een doos met bewijsmateriaal op zijn achterbank zette voordat hij zijn door alle zenders verspreide boodschap aan Finlays moordenaar uitsprak. 'Typisch de pers... Creëer een probleem... en film wat er daarna gebeurt.'

Wolf noch Baxter gaf antwoord; ze hoorden hem niet eens.

'Ik ga Edmunds bellen,' deelde ze hun mee, en ze stond op. Ze had niet gewild dat hij zich verplicht zou voelen de avond in de wachtkamer van een ziekenhuis door te brengen. Hij was tenslotte geen rechercheur meer, en ze wist dat de zaak toch al enorm ten koste ging van de tijd die hij aan zijn gezin kon besteden.

'Hé,' fluisterde Saunders toen Baxter verdwenen was. 'Wolf? Wolf!' herhaalde hij, en hij stootte hem aan om zijn aandacht te trekken.

'Wat?'

'Gaat het?'

'Ja. Ik... ik zit ergens mee.'

'Ik wilde hier niet mee komen waar de anderen bij waren,' begon Saunders, en hij boog zich naar Wolf toe. 'Maar eh... ik ben bijna de hele middag bezig geweest met een tijdlijn voor de nacht dat Finlay overleed.'

'Werd vermoord,' verbeterde Wolf.

'Oké. Werd vermoord. Ik heb de verklaringen van Maggie en de hoofdcommissaris doorgenomen, en' – hij keek een beetje schuldig dat hij ermee kwam – 'er klopte iets niet.'

'Zeg het maar.'

'Volgens de administratie van het taxibedrijf hebben zij de hoofdcommissaris niet na middernacht naar Finlay gebracht.'

Wolf knikte, maar leek niet verrast of verontrust.

'Waarschijnlijk heeft hij een ander taxibedrijf gebeld,' redeneerde Saunders. 'Maar ik moet wel de naam weten. En nu kan ik hem daar niet naar vragen, of wel?'

'Ik praat wel met hem,' zei Wolf terwijl de televisie opnieuw beelden van Christians zwaar beschadigde auto voorschotelde. 'Kunnen we aan Finlays noodoproep komen?'

'Het was een stil alarm,' zei Saunders op een toon alsof Wolf niet goed snik was.

'Dat kunnen we maar beter extra controleren.'

'Ik zal zien wat ik kan doen,' zei Saunders, en hij zakte weer onderuit op zijn stoel.

Maggie had ermee ingestemd om zich door Saunders naar huis te laten rijden, op voorwaarde dat Wolf bij de Spoedeisende Hulp achter zou blijven. Omdat Baxter niet was teruggekomen van haar telefoongesprek, had hij een rustig hoekje van de wachtkamer voor zichzelf opgeëist en geprobeerd te slapen.

Hij werd met een schok wakker toen hij geschreeuw hoorde – iets waar hij na een jaar in het gezelschap van Léo Dubois en zijn anarchistische netwerk van huurlingen toch heus aan gewend was. Intuïtief had Wolf zijn armen naar zijn hoofd gebracht, aangezien nog steeds al zijn dromen over niets anders gingen dan de uiterst gewelddadige manieren waarop zijn bendegenoten hem hadden afgetuigd.

Een vrouw met weeën werd door haar paniekerige man binnengereden en meteen door een stel deuren weggeleid.

Wolf keek op zijn horloge. Tamelijk zeker dat hij zijn veertig minuten voor die nacht wel had gehad, stond hij op en besloot hij zijn benen te strekken. Hij doolde door de stille gangen, waar plassen licht onder dichte deuren lagen. Tijdens zijn doelloze omzwervingen was hij niemand tegengekomen. Het was even rustgevend als aan het eind van een zware nachtdienst het licht van de opkomende zon over de stad te zien stromen – alsof je een gevaarlijk beest zag slapen.

Toen hij langs de deuren naar de kapel liep, keek hij naar binnen en zag hij tot zijn verbazing een bekende op de voorste rij zitten.

'Baxter?' vroeg hij, en hij klopte beleefd aan voordat hij de knus verlichte ruimte betrad.

Ze vouwde het vodje papier in haar handen dicht en keek hem aan.

'Hè? Ja, best,' antwoordde ze, alsof hij had gevraagd of het goed ging.

Fronsend trok Wolf de deuren dicht en ging aan de andere kant van het gangpad zitten. Hij keek naar het levensgrote en wasachtige Jezusbeeld dat tussen hen in aan een kruis was genageld. Eronder lag een verzameling papieren propjes – een aanwijzing dat Baxter God de Zoon als schietschijf had gebruikt.

'Ik dacht dat je al weg was,' zei hij.

'Ik moest ergens over nadenken.' Ze legde haar hoofd in haar handen en ademde diep uit.

'Kun je thuis niet nadenken?'

'Thuis kan ik niet nadenken,' antwoordde ze.

Wolf knikte en keek weer naar het groteske beeld dat voor hen stond. De kunstenaar had het nodig gevonden het uitgemergelde lichaam te verfraaien met straaltjes donker bloed, om de mate van zelfopoffering, en daarmee hun schuld aan de Almachtige God, nog duidelijker over te brengen: handpalmen vertoonden scheuren rond metalen spijkers, doornen drukten diep in de huid, de gebroken voeten waren dertig centimeter boven de vloer aan elkaar vastgespijkerd.

Een moordenaar die een verwrongen boodschap stuurde – de eerste Lappenpop.

Baxter had niet bewogen.

'Wil je dat ik je met rust laat?' vroeg Wolf.

Ze hief haar hoofd en glimlachte hem flauwtjes toe. 'Nee.'

Hij vatte dit op als een uitnodiging en haalde een handjevol Starbucks-bonnetjes uit zijn zak.

'Hoeveel punten als je zijn hoofd raakt?' vroeg hij.

'Vijf. Drie voor de luier.'

'Ik geloof dat zoiets een lendendoek heet.'

Baxter trok een gezicht dat aangaf dat het haar maar matig kon schelen.

'Tien als je propje op zijn hoofdband blijft liggen.'

'Doornenkroon,' mompelde Wolf terwijl hij propjes van zijn bonnetjes maakte. 'Tien punten!' riep hij na zijn derde poging.

'Je zit in een andere hoek dan ik,' snauwde Baxter, competitief als altijd. 'Je speelt vals.' Ze stond op, liep het gangpad in en ging op de grond zitten.

Ze keek Wolf verwachtingsvol aan.

'Prima... Is 't nu wel eerlijk?' vroeg hij. In het smalle gangpad drukte zijn heup tegen de hare, maar Baxter maakte geen bezwaar en het spel ging in stilte verder.

'Denk je... Denk je dat ik ooit in staat zou zijn tot het hele vadergebeuren?' flapte hij eruit, omdat hij nog steeds Ashleys verrukte gezicht voor zich zag terwijl die fatterige idioot haar zevenjarige, bijna kotsende zoontje over zijn schouder liet bungelen.

'Wil je dáárover praten?' vroeg Baxter. 'Hoor eens, Wolf, normaal gesproken komt alles al veel te hard bij me binnen, en nu ben ik ook nog eens behoorlijk teut.'

Wolf bekeek haar aandachtig terwijl ze opnieuw mikte. Die achteloze opmerking getuigde misschien van meer zelfkennis dan alles wat hij haar ooit had horen zeggen. Hij besefte hoeveel er in zijn afwezigheid was veranderd. Hoezeer zíj was veranderd. Doordat hij veel dichter bij haar zat dan gewoonlijk kon hij de talloze schrammen onder haar make-up bekijken, en hij voelde de gebruikelijke knoop van schuldgevoel in zijn maag, omdat hij er niet voor haar was geweest.

'Tja,' zuchtte hij. 'Nee, ik ook niet.'

Baxter liet haar hand zakken en draaide zich naar hem om.

'Denk je dat ik ooit een zelfs maar half geschikte echtgenote zou kunnen zijn?'

Helaas verried Wolfs blik vol afschuw zijn antwoord voordat de rest van hem de nodige tact bijeen kon rapen.

'Tja,' lachte Baxter verbitterd. 'Ik ook niet.'

'Heeft Timothy je een aanzoek gedaan?'

'Thomas.'

'Die had ik niet zien aankomen. Wat had Timothy daarover te zeggen?'

'Er is geen Timothy, alleen een Thomas.'

'En híj heeft een aanzoek gedaan?' Wolf klonk verbaasd.

'Ja.'

'Aan jou?'

'Ja. Aan mij!' snauwde ze. 'Je zult dit misschien moeilijk kunnen geloven, Wolf, maar eigenlijk ben ik heel lief en leuk in de omgang... stomme lul.'

Ietwat beledigd mikte Wolf op Jezus. 'Drie punten!'

'Dat was een dijbeen.'

'Wat?!'

'Dat was hooguit de bovenkant van het dijbeen.'

'Ben je nou helemaal? Dat was honderd procent goddelijke teelbal!'

'Best,' gaf Baxter toe, 'ik hield de score toch al niet bij.'

Alles was nu echt anders.

'Wat ga je doen?' vroeg Wolf.

'Ik heb echt geen idee. Het was allemaal leuk. Alles ging prima. Ik snap niet waarom hij zo nodig...' Haar stem stierf weg en ze schudde haar hoofd. 'Heeft iedereen zo'n ingewikkeld leven?'

Wolf haalde zijn schouders op en wreef daarbij tegen de hare.

'Ik weet nog dat Chambers en ik het een keer...' begon ze, 'hadden over onze verwachtingen en dromen, wat we van het leven verlangden.'

Wolf zei niets, verbaasd dat ze Chambers zelfs maar bij naam noemde waar hij bij was.

'Ik zal iets gezegd hebben als: een mooie nieuwe auto en een tuin voor Echo. Maakt niet uit. Maar weet je wat hij zei? Waar hij meer naar verlangde dan naar wat ook ter wereld?' Baxters ogen begonnen te glinsteren bij de herinnering. 'Hij wilde zich vervelen. Dat was alles. Hij wilde alleen een klein, alledaags bestaan, één nacht doorkomen zonder wakker te worden uit nachtmerries, één gesprek voeren met Eve waarin hij haar zijn onverdeelde aandacht kon schenken. Destijds kon ik er helemaal niets mee.'

Ze liet de rest van haar propjes op de grond vallen. De wedstrijd was afgelopen.

'Er bestaat geen gelukkige afloop,' besloot ze, terwijl ze naar de plaats delict voor in de kapel keek. 'Niet voor mensen als wij. Er was geen gelukkig einde voor Chambers of Eve. Zelfs niet voor Finlay.' Ze begon te huilen. 'Nu heeft Maggie ook geen leven meer. Wat kunnen wij dan verwachten?'

Wolf pakte haar hand stevig vast.

'We zijn vervloekt,' fluisterde ze. 'Ons leven is een aaneenschakeling van dood en pijn, en we verdienen het om eenzaam te zijn.'

Toen ze in huilen uitbarstte, sloeg Wolf zijn armen om haar heen en omhelsde haar stevig.

'Jij bent niet vervloekt,' zei hij op zachte toon. 'Jij bent voor mij de leukste mens die op deze planeet rondloopt, en jij kiest voor dit leven vol dood en pijn om het anderen te besparen, want jij bent sterker dan iedereen bij elkaar. En als je dienst erop zit, verdien jij je gelukkige afloop meer dan wie ook.'

Baxter wriemelde zich los. Ze zocht in haar zak naar een zakdoekje en glimlachte naar Wolf. Ze zag er in al haar ellende prachtig uit: haar bloeddoorlopen ogen waren ingekaderd door zwarte vegen, haar niet gestylede haren vielen als een waterval over haar rug, haar rode lippen weken iets van elkaar terwijl ze haar ademhaling tot bedaren bracht...

Wolf boog zich naar haar toe, zonder te beseffen dat hij bewoog...

Baxters elleboog scoorde een onaanvechtbare driepunter waarbij de tranen hem in de ogen sprongen. 'Verdomme, Wolf?!' riep ze, en ze stond op terwijl hij zich op zijn zij liet rollen.

Hij hield met een van pijn vertrokken gezicht zijn zij vast. 'Het spijt me,' zei hij. 'Je bent met Timothy.'

'Thomas!'

'Kunnen we dit niet gewoon vergeten? Ik ging op in het moment, en jij zag er zo mooi uit, en zo verdrietig en... Het spijt me.'

'Na alles waar we net over hebben gepraat!' Ze zou hem niet toestaan het leven dat ze zonder hem had opgebouwd te verpesten.

'Ik denk dat ik moet overgeven,' waarschuwde Wolf, die nog steeds kronkelde van de pijn.

'Jij... hebt mij... verlaten!' zei Baxter gekwetst. 'Jij wilde mij niet.'

Hij keek verward.

'Meer dan een jaar, Wolf!'

'We hebben het hierover gehad,' zei hij, en het lukte hem om overeind te komen. 'Ik wilde wel terugkomen.'

'Onzin. Je was gewoon te laf om onder ogen te zien wat je had aangericht.'

'Daar gaat het niet om.'

'En ondertussen werd Finlay vermoord. Ik heb ternauwernood een afgrijselijke zaak overleefd. En waar zat jij? Je verstopte je. Wat heb jij nu helemaal moeten doormaken?'

Wolf stond moeizaam op. 'Als ik bij je had kunnen terugkomen, had ik dat wel gedaan.'

'Eerlijk gezegd geloof ik geen woord van wat je... Wat doe je nou?'

Hij begon zijn overhemd open te knopen.

'Wolf?'

Hij liet het overhemd van zijn schouders glijden. Het viel op de grond en hij draaide haar zijn rug toe.

Ze hapte naar adem.

Zijn huid was een palet van paarse en blauwe tinten. Een groot deel van zijn zij was bezaaid met gruis, het vlees zat vol krassen en zag er hard uit. Langs de andere kant van zijn rug liep een slordige rij krammen omhoog, die ongetwijfeld al lang geleden hadden moeten worden verwijderd. En precies in het midden van zijn rug prijkte een bekend brandmerk:

L.A.D.

Eigendom van Léo Antoine Dubois. De verbrande huid was zwartgeblakerd en dood – een herinnering aan iedereen die vergat waar zijn of haar loyaliteiten lagen.

'Als ik bij je had kunnen terugkomen, had ik dat wel gedaan,' herhaalde Wolf. Hij draaide zich naar haar toe en glimlachte verdrietig. 'Dood en pijn, toch?'

Heel langzaam liep Baxter naar hem toe.

'Shit,' mompelde ze zacht.

'Ik weet het,' zei hij, niet op zijn gemak. Zijn golvende haar hing in zijn ogen en een stoppelbaard bedekte zijn kin.

'Wat ruik je lekker,' zei ze met trillende stem.

'George heeft aftershave voor me gekocht.'

'Wie is George?'

'Dat doet er nu niet toe.'

Ze ademde diep in, maar deed toen een stap achteruit. 'Ik ga weg.'

'Oké.'

Ze tilde haar tas op en zette vijf passen door het gangpad, om daarna te blijven staan. 'Shít!'

Wolf keek in verwarring gebracht toe hoe ze zich omdraaide en weer naar hem toe liep.

'Shit! Shit! Shít!' Ze keek hem recht aan en er lag een gepijnigde uitdrukking op haar gezicht terwijl haar innerlijke strijd voortduurde.

Wolf glimlachte nerveus terug.

'Nee. Weet je wat? Nee!' zei ze op besliste toon.

Ze draaide zich met een ruk om en stormde op de deur af.

Wolf bukte zich om zijn gekreukte overhemd op te rapen.

'Shit.'

Nog voordat hij weer rechtop stond, was Baxter tegen hem op gesprongen en sloeg ze haar lange benen om zijn middel. Ze kuste hem ongeduldig, en hij wankelde achterwaarts tegen het beeld aan, dat tergend langzaam heen en weer zwaaide... om vervolgens met een luid gekraak om te vallen.

Ze verstarden allebei en draaiden zich net op tijd om, om het hoofd van Jezus onder een kerkbank te zien rollen.

'Dat is toch geen voorteken, hoop ik?' vroeg Wolf, die haar nog steeds vasthield.

'Neuh,' zei ze, en ze blies hijgend hete adem over zijn gezicht.

Ze draaide zijn kin weer naar haar toe en drukte toen haar lippen op de zijne terwijl hij haar op de vloer van de kapel liet zakken.

Baxter trok de jas van Lethaniel Masse over haar schouder.

Even later vlogen haar ogen wijd open en ging ze rechtop zitten. Wolf lag zacht naast haar te snurken.

'Néé!' riep ze uit, en ze kroop onder de geïmproviseerde deken vandaan om haar ondergoed te pakken, dat om onverklaarbare reden drie rijen verder naar achteren lag.

Terwijl ze zich zo snel mogelijk aankleedde, klonken er stemmen op de gang en rolde er piepend een karretje langs. Ze stapte over de onthoofde Jezus, greep haar tas beet en glipte door de deuren. Haar ogen beschermend tegen het zachte ochtendlicht volgde ze de weg terug via de wachtkamer van de Spoedeisende Hulp naar het parkeerterrein.

'Emily!' riep iemand haar na. 'Emily!'

Toen ze zich omdraaide, zag ze dat Maggie achter haar aan naar buiten liep, en ze kamde snel met haar vingers door haar verwarde haar, maar dat deed niets af aan de mascara die over haar wangen was uitgelopen.

'Maggie!' zei ze blij verrast.

Haar vriendin nam haar van top tot teen op. 'Gaat het een beetje, liefje?'

'Met mij? Prima,' grijnsde Baxter, die ook lippenstift op haar tanden had.

'Nou ja... het spijt me dat ik het zeg, hoor, maar je ziet eruit alsof je door het struikgewas bent getrokken.' Toen Baxter niet reageerde, begon ze over iets anders. 'Heb jij Will gezien?'

'Nee. Niet gezien.'

'Hij beloofde me dat hij zou blijven,' zei Maggie zichtbaar gekwetst.

'Hij is ook gebleven, maar...'

'Maar... jij hebt hem niet gezien,' maakte Maggie de zin slim af.

'Dat is correct,' antwoordde Baxter, alsof ze terechtstond.

'Besef je dat je blouse loshangt?'

Baxter keek naar haar halfslachtige poging om zich aan te kleden en zuchtte.

'Kom maar hier,' zei Maggie, en ze liep met Baxter bij de ingang vandaan. Ze knoopte haar blouse opnieuw dicht, veegde de meeste mascara van haar gezicht en probeerde haar haren in toom te krijgen.

'Ik denk dat ik een verschrikkelijke fout heb gemaakt,' fluisterde Baxter, en ze keek wezenloos voor zich uit.

'Het is alleen een fout als je het niet wilde,' zei Maggie, die wonderen verrichtte met een nat doekje en haar borstel voor noodgevallen.

'Ik heb alles kapotgemaakt.'

'Zo!' zei Maggie, en ze nam haar werk bewonderend op. 'Prachtig!' Ze legde geruststellend een hand op Baxters arm. 'Het leven is veel te kort om spijt te voelen. Als Thomas van je houdt, zal hij het je vergeven. En als Will en jij bij elkaar horen, heb je de eerste stappen gezet.'

'Maar Thomas... Je kent hem niet. Hij is zo aardig en geduldig, en hij is gul en knap; hij is model geweest voor de catalogus van Littlewoods... én hij is aardig...'

'Dat had je al gezegd.'

'Wat moet ik nu doen?'

'Dáár hoef ik mij gelukkig niet druk om te maken.'

Baxter zag er verslagen uit.

'Als de tijd rijp is,' verzekerde Maggie haar, 'weet je zelf wat je moet doen. Het klinkt misschien raar, maar met Fin was er een ogenblik, één kort ogenblik, toen ik het gewoon wist... Het komt vanzelf.'

16

Vrijdag 16 november 1979
21.18 uur

'Barkeeper!' brulde Christian door The Clyde and Ship Inn aan Bridgegate. 'Hou de vaart erin!'

De norse Schot achter de bar schudde zijn hoofd.

'Best. Oké,' snoof Christian, die met veel omhaal een handjevol bankbiljetten uit zijn portefeuille haalde en met onvaste tred naar de bar liep. Hij smeet het stapeltje op minachtende wijze voor de man op de bar. 'En een rondje voor elke klootzak die hier staat!' riep hij, iets waarvoor hij in de drukke pub veel bijval kreeg. Hij wuifde en boog voor het applaus.

'Weet je nog dat ik het je moest vertellen als je je als een lamlul gedraagt?' vroeg Finlay zacht. 'Nou... je gedraagt je momenteel als een lamlul.'

Christian grijnsde zijn vriend dronken toe en kneep in zijn hangwang.

'Rustig maar. We hebben iets te vieren! Je ziet er trouwens goed uit,' zei hij met een hoofdknik, onder de indruk van het feit dat Finlay de moeite had genomen om voor deze gelegenheid een overhemd aan te trekken. Hij stak een verse sigaret op en liep weg.

Zuchtend liep Finlay achter zijn partner aan naar hun hoek van de rokerige ruimte, waar Maggie en vijf van haar collega's zich konden verheugen in de onverdeelde aandacht van het voltallige Team Berovingen van Glasgow.

Christian drong zich langs zijn collega's om weer naast haar te gaan staan.

'Zo te zien ben je aan een nieuw glas toe,' zei hij nadrukkelijk tegen French, die haar tijdens zijn afwezigheid gezelschap had gehouden.

'Bied jij dat aan?'

'Nee.'

Beide mannen aan weerszijden van Maggie zetten zich schrap.

'Zo te zien ben je zelf ook aan een nieuw glas toe,' zei ze tegen Christian, die verbaasd naar zijn nog halfvolle bierglas keek. Ze pakte het uit zijn hand, boog haar hoofd achterover en dronk het in vijf teugen leeg.

'Brave meid!' Christian klapte in zijn handen, zodat ze onder de as kwam te zitten. 'Verdomme... Sorry!' zei hij, en hij probeerde de as met zijn hand weg te vegen.

'Is niet erg,' zei Maggie glimlachend. Ze excuseerde zich om haar lievelingsjurk schoon te gaan maken.

Finlay zag haar door de menigte heen zigzaggen en het damestoilet in gaan, waarbij hem opviel dat de strik in haar haren precies dezelfde kleur blauw had als haar ogen. Hij keek van de andere kant van de snookertafel naar Christian, die het op zich had genomen om in Maggies afwezigheid haar knapste vriendin te vermaken en haar moeiteloos inpalmde, al was hij nog zo dronken. Hij zag haar handen elk excuus aanvatten om zijn arm aan te raken en was zich plotseling intens bewust van de leegte om hem heen.

'Hai, held.'

Finlay draaide zich om en zag Maggie glimlachend naar hem opkijken.

Haar vriendin lachte snerpend en de helft van alle klanten draaide zich om naar het geluid.

Christian had zijn armen om haar middel geslagen en ze deden een of ander drinkspelletje.

Maggie fronste.

'Hij is... Hij is vanavond wel bijzonder... onhebbelijk,' zei Finlay tegen haar. De moeite die het hem kostte om niet te vloeken of schelden was uitputtend.

'Maakt niet uit,' zei Maggie, terwijl ze hem weer aankeek. 'Ik praat sowieso liever met jou.'

Er verstreken tien minuten waarin Christian nog een groot glas bier dronk, twee sigaretten rookte en een telefoonnummer op zijn onderarm rijker werd. Omdat hij zich afvroeg waar Maggie was gebleven, stommelde hij de pub door en zag hij haar naast Finlay bij de jukebox staan.

'Daar zijn jullie!' zei hij stralend. 'Iemand nog iets drinken?'

'We hebben nog, dank je wel,' antwoordde Maggie, en ze hief haar glas. 'Fin heeft net nog gehaald.'

Ze draaide zich weer om naar Finlay om verder te praten.

Ietwat in de war gebracht stevende Christian naar de bar.

'Whisky, goede man,' vroeg hij de barman, terwijl de jukebox met een klik van plaat wisselde. 'Wat een nummer!' riep hij opeens, en hij sloeg zijn drankje in één keer achterover voordat hij weer naar Maggie strompelde. 'Je móét met me dansen.'

'Ik sta even met Fin te kletsen,' zei ze glimlachend.

'Ja, oké, maar dit is dus wel... mijn lievelingslied.'

'Ze zei nee,' zei Finlay met waarschuwende blik.

Christian hief gelaten zijn armen en draaide zich om, maar greep toen Maggie bij haar pols.

'Toe nou!'

'Nee, Christian!'

Finlay liep om haar heen...

'Christian, je doet me pijn!'

... en schoof hem met kracht tegen de bar, waarmee hij ieders aandacht trok.

'Buiten, jongens,' beval de barman.

'Hoeft niet,' zei Finlay, die Christian recht aankeek. 'Mijn vriend hier heeft gewoon wat te veel gedronken. Het is klaar, toch?'

Christian haalde nog een sigaret uit zijn zak en gaf zichzelf een vuurtje.

'Toch?' herhaalde Finlay.

'Ja.' Christian haalde zijn schouders op en zag zijn collega's smalend lachen nu hij op zijn plek werd gezet waar iedereen bij was. ''k Wilde toch al niet met dat mokkel dansen.'

Finlay had nog nooit iemand zo hard geraakt en was verbaasd dat Christian opkrabbelde nadat hij tegen een tafel aan was gevallen. Hij wreef zich over zijn kaak, raapte zijn sigaret van de grond, pakte een omgevallen barkruk en haalde naar Finlay uit. Hij sloeg hem tegen de grond op hetzelfde moment dat hun collega's zich naar hen toe haastten om de ruzie te beëindigen. Toen Christian probeerde French te slaan, die Wicks drankje over hem heen gooide én over de verpleegster met wie hij had staan flirten, ontstond er een tweede knokpartij, zodat de vaste klanten zich geroepen voelden om in te grijpen.

'Ik bel de politie!' brulde de barman.

'We zijn er al, zak!' liet iemand hem weten.

Er vloog een kruk over de bar, die de glazen plank en alles erop brak, terwijl Finlay weer overeind kwam en het gevecht beëindigde door Christian met een linkse hoek knock-out te slaan.

'Je leert het ook nooit,' zei hij tegen zijn bewusteloze vriend.

Met bebloede neus liep Finlay terug naar Maggie en stak haar zijn hand toe. Zij legde aarzelend haar hand in de zijne en samen liepen ze snel door de glas-in-looddeuren de koude novembernacht in.

Nadat hij zich op het openbare toilet aan Saltmarket had opgeknapt, trakteerde Finlay Maggie op een avondje uit dat hij zich niet echt kon veroorloven. Ze hielden een taxi staande en haalden op de een of andere manier La Costiera over om open te blijven terwijl ze een dessert bestelden. Hij nam haar mee uit dansen in Satellite City en gaf haar daarna zijn jas aan toen hij haar langs de rivier naar huis bracht.

Uiteindelijk kwamen ze aan bij de voordeur van het huis dat Maggie deelde, het enige huis in de donkere straat waar het brandende licht liet zien dat haar huisgenoten op haar wachtten. Finlay zwaaide naar een van de boze gezichten die op hen neerkeken.

'Dus...' begon hij ongemakkelijk.

'Dus...' zei Maggie glimlachend.

'De ruzie in de pub daargelaten was dit een ontzettend leuke avond.'

Ze boog zich voorover en gaf hem een kus op zijn wang. 'Er is iets wat ik niet eerder wilde vertellen, omdat ik onze avond niet wilde verpesten en omdat ik het zo naar mijn zin had.'

'O... ké?'

'Over een paar weken begin ik in een nieuwe baan,' vertelde Maggie.

'Oké?' Finlay knikte mee en ontspande al iets.

'In Londen.'

'Londen?'

'Het spijt me dat ik er niet eerder iets over heb gezegd.'

Finlay leek in gedachten verzonken toen hij de straat in keek.

'Fin?'

'Kom mee,' zei hij, en hij stak haar opnieuw zijn hand toe om met haar naar een telefooncel te lopen.

'Wat zijn we aan het doen?' vroeg ze.

Hij belde een nummer dat hij uit zijn hoofd kende en wachtte op de piep. 'Baas. Met Finlay Shaw...'

'Je belt toch niet je baas?!' fluisterde Maggie vol afschuw, en ze probeerde de hoorn af te pakken.

'Ik neem ontslag. Bel me als u dit hoort.' Hij stond op het punt de hoorn neer te leggen, maar veranderde van gedachten, en zei: 'Ik wil trouwens graag een overplaatsing naar Londen... vanwege een meisje.'

Hij legde neer.

'Fin, ben je gek geworden?!'

Hij keek haar aan. 'Hoor eens, ik wil je niet onder druk zetten... Ik weet niet of het tussen ons iets wordt... en eerlijk gezegd weet ik niet veel van Londen... en heb ik geen idee of ik er kan werken,' legde hij uit, zoekend naar woorden om zijn gevoelens onder woorden te brengen. 'Ik weet alleen dat jij het risico waard bent.'

17

Zondag 10 januari 2016
9.10 uur

Baxter zat op de grond onder Thomas' regendouche met de ring die hij haar had gegeven in haar vuist. Het gevoel van het warme water dat op haar hoofd hamerde leek de gedachten die ze nog niet wilde laten doordringen op afstand te houden. In de loop van de afgelopen veertig minuten waren haar vingertoppen gerimpeld, en Thomas had al twee keer op de deur geklopt om te controleren of het wel goed met haar ging.

Ze reikte omhoog, draaide de kraan dicht en voelde de koude lucht op haar natte huid. Binnen enkele seconden begonnen haar gedachten weer te malen. Omdat ze ze niet kon verdragen, draaide ze de kraan weer open en liet het tumult wegzakken tot ze alleen nog de regen hoorde.

'De Wolf moet los, man!'

'Is die vent hier nog steeds?' vroeg Wolf fronsend toen Maggie en hij terugliepen naar de Spoedeisende Hulp.

Er was hun verteld dat Christian naar een eigen kamer was verplaatst en dat ze hem na het ontbijt zouden mogen bezoeken, wat hen ertoe had gebracht om zelf in de cafetaria te gaan ontbijten. Wolf had Maggie gevraagd waarom ze dat sluwe glimlachje niet van haar gezicht leek te kunnen krijgen, maar ze had alleen geantwoord dat ze blij was dat het beter ging met Christian.

Ze kwamen het kamertje binnen. Wolf trok een ontspannen

gezicht om niet te laten merken hoe heftig de aanval op de hoofdcommissaris was geweest. Hij leefde met hem mee en herinnerde zich het bange voorgevoel waarmee hij zelf voor het eerst in de spiegel had gekeken om de schade op te nemen. Christian bleek echter in opperbeste stemming. Met z'n drieën praatten ze een kwartiertje over van alles en nog wat. Maggie had nog meer oude foto's gevonden om hen mee te vermaken.

'Maggie, ik wil niet rot doen...' begon Wolf.

'Maar jullie hebben politiezaken te bespreken,' maakte ze de zin voor hem af. Zo te horen werd ze het beu om steeds maar uit kamers te worden verbannen.

Wolf knikte schuldbewust.

'Zeg maar niets meer.' Ze stond op. 'Je vindt me in de wachtkamer.'

Ze omhelsde Christian voorzichtig en liet hen alleen.

'Nieuws?' vroeg Christian hoopvol. Een van zijn ogen zat dicht en hij had schaafwonden van de airbag.

'Niets nieuws,' antwoordde Wolf. 'Wie zit er op jouw aanval?'

'Ze hebben een kaartje achtergelaten.' Christian maakte een gebaar naar het kastje naast zijn bed.

'Ik neem wel contact met hen op.'

'Graag... Maar ik neem aan dat Maggie dáár niet de kamer voor uit hoefde?'

'Dat klopt,' zei Wolf. 'Saunders heeft je terugreis naar Finlays huis niet bevestigd gekregen door het taxibedrijf. Misschien heb je een ander bedrijf gebruikt dan je in je verklaring noemde, of...'

'Ja. Kunnen we het daarop houden?' onderbrak Christian hem, met een blik naar de open deur.

Wolf stond op om de deur dicht te doen.

'Ik had gehoopt dat dit niet uit zou komen,' zei Christian. 'Maar dat was blijkbaar wishful thinking. Ik heb zelf gereden.'

Wolf keek niet vreemd op van dat antwoord.

'God mag weten hoeveel alcohol ik die avond in mijn bloed had,' vervolgde Christian. 'Ik zag dat sms'je, raakte in paniek en sprong in mijn auto zonder erover na te denken. Will, doe met deze informatie wat je moet doen... Ik geef toe dat het beneden de maat was.'

Wolf dacht even na en stond op. 'Een ander taxibedrijf,' concludeerde hij, en hij knoopte zijn jas dicht. 'Dat dacht ik al.'

Baxter verstrakte toen ze een autoportier dicht hoorde slaan.

Ze schoof haar koffiekopje een stukje naar rechts, maar besloot toen dat het eerst op een betere plek had gestaan en schoof het weer terug. Ze ging rechtop zitten en keek naar de voordeur terwijl een slechte uitvoering van Ed Sheerans 'Lego House' steeds luider klonk.

'Brr!' zei Thomas huiverend. Hij veegde zijn voeten op de mat en legde zijn sleutels neer voordat hij haar in de gaten kreeg. 'Je bent thuis! Je zult wel blij zijn dat de boom het huis uit is,' deelde hij haar mee. Hij sloot zijn ogen en ademde gretig in. 'Ruik eens hoe fris... O, ik denk dat Echo ergens heeft gepoept.'

Dat was inderdaad het geval.

Thomas liep langs de kwebbelende televisie en kuste haar op het voorhoofd. Baxter liet hem begaan zonder een spier te vertrekken.

'Koffie?' bood ze aan.

'O, kut,' zei Thomas, en hij ging aan tafel zitten zonder zelfs maar zijn windjack uit te trekken. 'Wat is er?' Hij pakte haar hand, die ze daarna langzaam uit de zijne liet glijden. 'Emily, wat is er?'

Baxter schraapte haar keel.

'Weet je hoe we allemaal van die mensen hebben?' begon ze dubbelzinnig. Ze zag er beroerd uit. 'Die éne? Degene die kon wegkomen?'

'Ik... dénk het wel,' antwoordde hij, inmiddels even bleek als zij.

'Bijvoorbeeld die medestudente over wie je me vertelde,' zei Baxter, terwijl ze probeerde zich het verhaal voor de geest te halen. 'Gemma Huppeldepup?'

'Gemma Holland!' zei Thomas. Het lukte hem niet het zonder een grijns te zeggen.

'Precies. En ook al wonen wij nu samen en hebben we ons eigen... ding, hoe zou jij je voelen als ze hier nu naar binnen liep?'

'Ik weet tamelijk zeker dat zij nu een hij is,' zei Thomas.

Baxter snoof. 'Oké. Slecht voorbeeld. Maar voor mij is William Fawkes... Wolf... degene die "is weggekomen",' legde ze uit, en ze keek hem recht aan. 'En de reden waarom ik gisteravond niet thuis ben gekomen, is dat' – ze haalde ter versterking diep adem – 'ik bij hem was.'

Thomas keek niet-begrijpend.

'Ik gebruik het woord "bij" hier in de Bijbelse zin,' verduidelijkte ze.

'Ik denk niet dat je dat zo kunt zeggen.'

'Oké. Maar desondanks...'

'Jij bedoelt "bekennen" in de Bijbelse zin van het woord.'

'Ik denk niet dat het veel uitmaakt.'

'Nee,' stemde hij met een verloren blik in zijn ogen toe. 'Waarschijnlijk niet.'

'Ik kan je laffe excuses geven: dat ik me overvallen voelde door jouw aanzoek, of dat ik gisteravond te veel heb gedronken. Ik kan aanvoeren dat alles wat me de afgelopen maand is overkomen me te veel is geworden. Maar meer dan dat zouden het ook niet zijn: excuses.'

Thomas knikte terwijl er een ongepast vrolijke reclame uit de televisiespeakers blèrde.

'Ik ben begonnen mijn spullen in te pakken,' ging ze verder, en ze legde het doosje met de ring op tafel.

Ze schoof het naar hem toe. 'Deze zul je wel terug willen hebben.'

Hij keek ernaar en keek toen weer naar haar. 'En dat is het dan?'

'Nou ja, ik dacht...'

'Maak mij niet verantwoordelijk. Ik meende het toen ik zei dat ik de rest van mijn leven met jou wil doorbrengen. Als jij dat niet wilt, mag jij met de bijl zwaaien. Neem me niet kwalijk,' zei hij, en hij stond op.

'Waar ga je naartoe?'

'Naar buiten.' Thomas was het toonbeeld van zelfbeheersing toen hij naar de bank liep en de afstandsbediening oppakte, omdat hij de nieuwste reclameboodschap nog onverdraaglijker vond dan de vorige.

'Waarheen?'

'Stukje lopen,' antwoordde hij verstrooid, terwijl hij tevergeefs op verschillende knoppen drukte. Uiteindelijk smeet hij het zwarte doosje door het scherm, waarmee het probleem leek te zijn opgelost. 'Neem me niet kwalijk,' herhaalde hij tegen een verbijsterde Baxter. Toen hij de deur uit liep, liet de televisie nog steeds een elektrisch gezoem horen.

Wolf had eindelijk een douche kunnen nemen, wat prettig was voor hem en nog veel prettiger voor iedereen om hem heen. Saunders en hij hadden die middag de rechercheur van de regionale politie gesproken die het onderzoek naar de aanval op Christian leidde. Hoewel het natuurlijk afschuwelijk was dat de hoofdcommissaris van de Metropolitan Police zelf slachtoffer was geworden van zo'n misdrijf, was het ook best handig. Geen moeite was de rechercheur te veel. Hij wrong zich in de gekste bochten om hun tegemoet te komen en leek bijkans in vervoering te geraken bij de gedachte dat een ander korps zich met zijn werk zou bemoeien.

Er was echter nog maar weinig te melden. De Mitsubishi was uitgebrand teruggevonden op een ruiterpad in de buurt van Hatfield, waarna de technische recherche het wrak doorpluisde. Nadat de resolutie van de opnames met de telefoon van de buurman was verhoogd, was alleen vastgesteld dat de twee mannen vrijwel zeker mannen waren, beiden langer dan een meter tachtig en gespierd. Ze waren blijkbaar ervaren genoeg om hun sporen uit te wissen. De resterende wrakstukken waren allemaal verzameld en meegenomen om als bewijs te worden ingeboekt.

De veel aangenamer ruikende Wolf sloeg een handdoek om zijn middel en liep halfnaakt door bureau Paddington Green om de nacht in zijn cel door te brengen.

Edmunds was elk besef van tijd kwijt. Hij werkte bij het licht van een lamp met een kapotte voet die hij aan het handvat van zijn grasmaaier had vastgetapet. Terwijl Tia en Leila naar de zondagmiddagfilm zaten te kijken, was hij naar de schuur gegaan om verder te werken. Hij schreef een kattebelletje om zichzelf eraan te herinneren dat hij nog meer dossiers moest opvragen over de groep die vanuit het pakhuis op de scheepswerf had geopereerd. Het Narcotica-team had geheel afzonderlijk een onderzoek uitgevoerd, waarvan hij nu dacht dat het direct verband hield met hun eigen onderzoek. Hij leunde achterover en rekte zich uit, waarbij zijn gewrichten bevredigend knakten, toen er een gil uit het huis klonk.

Hij schopte zijn kruk om, vloog de schuurdeur uit en de donkere achtertuin door.

'Alex! Alex!' riep Tia, die het keukenlicht had aangedaan. Ze hield een huilende Leila in haar armen.

Zodra hij bij de keukendeur was, begreep hij waarom ze zo ontzet was: op het linoleum tussen hen in tekenden zich natte afdrukken van een laars af die vanuit de woonkamer kwamen en een rondje door de keuken maakten voordat ze uit het zicht verdwenen.

'Er was iemand in huis!' hijgde ze, terwijl ze Leila op en neer wiegde om haar rustig te krijgen.

'Blijf hier,' zei Edmunds. Hij trok de besteklade open en pakte een mes.

Hij stapte door de deuropening en voelde zich misselijk worden toen hij de route zag die de indringer had genomen: om de bank heen waarop zijn verloofde en hun dochter hadden liggen slapen. Toen hij een vreemde geur opsnoof, vloog hij de trap op, achter de voetstappen aan. Hij controleerde de kasten en rende toen naar beneden, waar de geur sterker werd. Toen hij de gang in liep, klonk daar een borrelend en sissend geluid. De drie dozen met bewijsmateriaal waren op elkaar gestapeld. Ze leken te smelten.

Hij liep voorzichtig langs de sissende toren, controleerde de badkamer rechts van hem en liep toen de voortuin in. Hij rende het tuinpad af, maar zag nergens iets of iemand bewegen op de beijzelde straat. Hij bleef bijna een minuut staan kijken voordat hij weer naar binnen liep. Hij gaf een trap tegen de restanten van de dozen in de hoop nog iets te redden. Terwijl hij snel naar zijn gezin liep, pakte hij zijn telefoon en belde Baxters nummer.

'Zuur?' vroeg Saunders terwijl Joe hurkte boven de smurrie op Edmunds' vloer.

Joe schudde een potje, hield het op tegen het licht en zag de ronddraaiende vloeistof langzaam rood worden. 'O, absoluut,' antwoordde hij, en hij kwam weer overeind.

Edmunds keek vol walging toe. 'Ze liepen met dit spul waar Leila bij was.'

Tot Wolfs verbijstering pakte Baxter Edmunds' hand vast. Ze was straal langs hem gelopen en had daarna ieder oogcontact vermeden.

'Zijn ze bij haar moeder?' vroeg ze.

Edmunds knikte.

'Dus... we denken nu allemaal dat het openbreken van mijn auto meer was dan het openbreken van mijn auto, toch?' vroeg Saunders. 'Ik... de hoofdcommissaris... nu Edmunds... We zijn het haasje.'

'Dat betekent dat we dichterbij komen,' zei Wolf.

'Dichter bij een vriezer in het mortuarium, misschien,' mompelde Saunders.

Iedereen keek hem fronsend aan.

'Wat nou?' vroeg hij onschuldig. 'Ik zeg het maar.' Hij veranderde van onderwerp en zei tegen Baxter: 'Wolf zei dat afgelopen nacht niet echt het lange wachten waard was.'

'Au!' klaagde Edmunds toen ze haar nagels in zijn hand drukte.

'Gewoon de hele tijd wachten op iets wat toch niet ging gebeuren,' verduidelijkte Saunders, die zich bewust werd van de plotselinge omslag in de sfeer. 'Ongemakkelijk,' vervolgde hij, niet wetend of hij moest blijven praten of juist zijn mond houden.

'Wat heeft hij je precies verteld?!' vroeg Baxter, die nu wel degelijk oogcontact maakte met Wolf.

Iedereen keek weer naar Saunders zonder echt te begrijpen wat hij verkeerd had gezegd. Dat gold ook voor Saunders zelf.

'Eh... hij zei dat hij een tukje wilde doen, maar dat het niet wilde lukken.'

Baxters mond viel open van woede.

'Ik denk,' begon Wolf, die eindelijk begreep waar het over ging, 'dat hij het heeft over de nacht die we op de stoelen in de wachtkamer hebben doorgebracht.'

'Eh... ja,' zei Saunders, zichtbaar in verwarring gebracht.

'O,' zuchtte Baxter. 'Ik ben niet de hele nacht gebleven.'

'Ze ging om ongeveer...'

'Elf uur?' opperde ze.

'Twee.' Wolf keek haar kwaad aan. 'Twee over elf.'

'Blij dat je mijn doen en laten niet precies bijhoudt!' zei Baxter met een gemaakt lachje.

'Ik zou niet durven!' antwoordde Wolf, waarmee hij op de onnatuurlijkst denkbare manier een einde maakte aan het ongemakkelijke gesprek. Hij wist niet zeker of er zoiets bestond als 'achterdochtige stiltes', maar als ze bestonden, was dit er beslist een van. Hij veranderde snel van onderwerp: 'Ik vraag me af wat er aan belangrijks in die dozen zat.'

Joe blies zijn wangen bol en keek naar de plas slijm bij zijn voeten.

'Daar zullen we helaas nooit achter komen,' zei hij.

18

Maandag 5 november 1979
(Guy Fawkes Night)
21.14 uur

Finlay viel met een smak op de grond en schaafde zijn handpalmen aan het beton. De rook in zijn longen verstikte hem langzaam maar zeker, en hij had moeite om adem te halen. Terwijl de eerste pijnprikkels door zijn handen schoten, baadde één kant van zijn lichaam in een verwarmende gloed.

'Fin!' brulde Christian ergens achter hem. Zijn stem werd steeds luider. 'Fin, sta verdomme op!'

Christian strompelde langs, te zwaarbeladen met ettelijke kilozakken wittig poeder die hij boven op hun groeiende berg liet vallen. Finlay ging op zijn knieën zitten en zocht de zakken die hij had laten vallen bij elkaar.

'Hoeveel zijn het er nog?' vroeg hij proestend toen Christian naar hem toe rende om te helpen.

Christian gaf geen antwoord, maar duwde hem alleen de opgeraapte zakken in de armen.

'Hoeveel nog?' herhaalde Finlay.

'Ik ga weer naar binnen!' riep Christian, die zijn ogen moest afschermen toen er aan de achterkant van het gebouw iets ontplofte.

'Hoeveel?!' drong Finlay aan, maar zijn partner rende alweer terug naar de laadkade. 'Aaargh!' riep hij gefrustreerd toen hij zijn bijdrage op de berg heroïne liet vallen en er half tegenaan viel.

Uitgeput duwde hij zich af en haastte zich terug om te helpen met de rest. Toen hij zich door het vervormde metalen luik wrong en om het wrak van de bestelbus liep, verstijfde hij, omdat hij niet begreep wat hij zag. Hij stond onder aan de metalen trap waar Christian de lading zakken naar hem toe had gegooid... maar er waren geen zakken meer.

Het karretje was weg.

Christian was weg.

'Verdomde idioot die je bent!' spuwde Finlay, al bijna halverwege de steile trap die hem naar de brand voerde.

De koele laadkade had Christian een vals gevoel van veiligheid gegeven. Doordat de metalen constructie als een enorme oven fungeerde, liep het zweet hem in de ogen toen hij de platte kar naar de nevel aan het eind van de gang trok. Tegen de tijd dat hij langs de achterste deuropening liep, werd de hitte zo ondraaglijk dat hij overwoog om te keren. Toen hij zijn bestemming bereikte, kostte het hem moeite om de kar over het lichaam in de deuropening te trekken en trok hij het per ongeluk van zijn plek.

Hij viel in de ruimte erachter en hoorde de luchtdeur achter zich dichtvallen.

'Shit!' riep hij.

De hele achtermuur stond in lichterlaaie. Hij voelde zijn ogen branden.

Hij trok zijn sjaal over zijn neus en mond en begon de keurige stapels geld op het karretje te gooien. Nog geen halve minuut later was hij terug bij de hermetisch afgesloten uitgang. Hij legde zijn handen om de metalen hendel en hoorde het sissen van zijn blaartrekkende huid voordat hij de pijn ervan voelde. Hij schreeuwde het uit en draaide zich weer om naar het vuur, gehypnotiseerd door de manier waarop het leek te rollen en het plafond wegvrat terwijl het zijn kant uit kwam.

Toen kreeg hij een idee. Hij pakte het vuurwapen dat Finlay hem had toevertrouwd en richtte op een scharnier...

'Christian!'

'Fin!' riep hij hoestend. 'Fin, ik zit hier vast.'

Er klonken diverse luide dreunen toen Finlay tevergeefs probeerde de deur aan de andere kant open te krijgen.

'Fin, snel!' riep hij wanhopig voordat hij verward naar zijn versperde ontsnappingsroute keek; hij hoorde het sissen van ontsnappende lucht, voelde warmte langs zijn oren strijken.

Achter hem klonk een harde klap.

Christian draaide zich snel om en maakte oogcontact met een zwaargewonde man van zijn leeftijd, of iets jonger. Aangezien hij vrijetijdskleding droeg, maakte hij duidelijk deel uit van de bende in het pakhuis en niet van de plegers van de mislukte overval. De vreemdeling leek al even verbaasd om hem te zien. Toen ze beiden van de schok waren bekomen, keken ze naar elkaars wapen en nam hun instinct het over...

Ze hieven tegelijkertijd hun wapen, maar Christian schoot als eerste.

Met een mengeling van afschuw en verbazing zag hij hoe de gespierde jonge man achterover tegen de muur viel en het wapen uit zijn handen liet glijden toen hij op de grond zakte. Aan de andere kant van de deur had Finlay het schot gehoord, en in paniek riep hij Christians naam. Met een brul slaagde hij er uiteindelijk in om met zijn naakte arm het gloeiend hete metaal open te schuiven. Terwijl hij met moeite de deur openhield, ging zijn blik van zijn partner naar het wapen in diens hand en naar de tegen de muur gezakte man.

'Voel of je een hartslag vindt!' droeg hij Christian op, die wezenloos voor zich uit stond te kijken. 'Kijk of hij nog leeft!' riep hij. Hij legde het lichaam weer in de deuropening en kwam zo ver de ruimte in als hij durfde.

Met een schok kwam Christian in actie. Hij liet het wapen vallen en rende naar het lichaam, terwijl het brandende plafond overal om hem heen naar beneden begon te komen. Hij voelde zich misselijk toen hij zag dat de ogen van de vreemdeling hem volgden, want hij had zijn besluit al genomen. Omdat hij wist dat Finlay stond te kijken, legde hij twee vingers tegen de hals van de man en voelde de gelijkmatige hartslag onder de huid.

'Het spijt me,' fluisterde hij voordat hij zich omdraaide naar zijn partner. 'Hij is dood!'

'Kom op dan!' brulde de Schot, die inmiddels weer bij de deur stond.

‘Het geld!’ riep Christian hem na.

‘Laat maar liggen!’

‘Fin!’

‘Laat het liggen!’

Christian greep het handvat van de kar vast en probeerde die in zijn eentje door de smalle deuropening te trekken.

‘Fin! Help me!’ Hij trok als een bezetene, maar het lukte hem niet de wielen over de metalen rand te tillen, en hulpeloos keek hij toe toen twee pakken geld van de kar vielen en onmiddellijk door de vlammen werden verzwolgen. ‘Fin!’

Opeens stond hij weer naast Christian, met zijn grote handen om het metalen handvat. Samen gaven ze de zware kar een laatste ruk en trokken hem de oven uit.

Finlay stond aan het water naar het vuurwerk te kijken.

Na alle foto’s en bravoure was Christian ergens in zijn eentje gaan zitten, in een vergeefse poging zijn verbonden hand te ondersteunen. Maar hij was niet naar hem toe gelopen.

Hun collega’s liepen doelloos rond en vermaakten zich door toe te kijken terwijl de brandweer zijn werk deed of door de kogelgaten in hun Ford Cortina te bewonderen, vooralsnog in serene onwetendheid van wat Christian en hij in de kofferbak hadden gestopt... van wat ze hadden geflikt. Hij had zich nog nooit zo vervreemd gevoeld van hen, van al die mensen met wie hij al jaren samenwerkte; een beslissing, genomen in een fractie van een seconde, had alles op zijn kop gezet. Kon hij de auto maar het vuur in duwen, het geld verbranden, zijn schuldgevoel en schaamte wegbranden.

‘Er zou alleen as zijn overgebleven als wij het niet hadden meegenomen.’

‘Anders bergen ze het voorgoed op bij het bewijsmateriaal.’

‘Niemand weet dat we het hebben. Het is een misdrijf zonder slachtoffers.’

Christians woorden tolden door zijn hoofd. Maar dit wás helemaal geen misdaad zonder slachtoffers. Een van die verkoolde lichamen was hun aan te rekenen.

Finlay trok het wapen uit zijn tailleband. Hij pakte de kolf met een schone zakdoek vast, om niet nog meer vingerafdrukken toe te voegen. Hij wist niet waarom hij het had opgeraapt, want hij wist tamelijk zeker dat het anders zou zijn verkoold.

Voor alle zekerheid, waarschijnlijk.

Uitkijkend over het donkere water bedacht hij hoe snel het ene bedrog tot ander bedrog kon leiden en begon hij de loop schoon te vegen. Maar toen hield hij daarmee op, al begreep hij zelf niet precies waarom.

Hij vouwde het wapen snel in zijn zakdoek en stak het in de tailleband achter zijn rug. Toen volgde hij de rest van de vertoning met zijn hand onder zijn gewonde arm.

19

Maandag 11 januari 2016
8.02 uur

Tegen de tijd dat Joe Pink Floyds *Dark Side of the Moon*, Led Zeppelins *III* en Katy Perry's *Teenage Dream* in hun geheel had beluisterd, viel hij rond drie uur op een van de brancards in slaap. Nadat hij de schoonmaakster de volgende ochtend de schrik van haar leven had bezorgd, trok hij het witte laken van zich af en klom van de brancard, op zoek naar cafeïne.

Met waterige oogjes controleerde hij alle tests die hij de vorige avond in gang had gezet. Als een nerdy zombie liep hij van werkplek naar werkplek, bladerde paperassen door en typte lethargisch zoekvragen in op computerterminals... totdat hij bij zijn vierde beeldscherm aankwam. Joe was op slag klaarwakker en zette zijn koffie neer. Hij pakte de stapel uitdraaien op en liep door het forensisch laboratorium heen en weer, een spoor van papier achterlatend.

'Ik. Ben. Geweldig!' stelde hij vast. Hij schoot de deuren uit en kwam in botsing met de toch al schrikachtige schoonmaakster, die hem niet had horen aankomen omdat ze liep te stofzuigen.

Rouche draaide het helder verlichte raam de rug toe. Omdat hij de slaap in rap tempo voelde wijken, draaide hij zijn kussen om en strekte zijn benen. Zijn naakte voet raakte iets stevigs dat boven op het dekbed lag. Nadat hij het even met zijn tenen had verkend, kon hij het nog niet duiden – en hij kwam overeind om te ontdekken dat hij Holly een schop in haar gezicht had gegeven.

Ze bewoog in haar slaap en hij trok snel zijn voet terug.

'Hai,' zei ze glimlachend, terwijl ze door haar korte blonde haar woelde.

Ze lag opgerold als een kat aan het voeteneind van zijn bed en zag er volkomen uitgeput uit. Toen ze na haar werk was komen kijken hoe het met hem ging, hadden ze een heerlijke maaltijd van spaghetti op toast en een butterscotchtoetje uit een pakje gedeeld. Het kaasplankje was vervangen door een ietwat onappetijtelijke handvol tabletten en daarna had ze hem ingestopt.

'Sorry,' zei ze, terwijl ze in haar gekreukte uniform rechtop ging zitten. 'Ik heb mijn ogen maar een paar seconden dichtgedaan.'

Rouche vond het vreselijk. De verzorging van een snel verslechterende patiënt naast een fulltimebaan eiste duidelijk haar tol. Holly was van nature aardig, het type dat naïef genoeg was om te geloven dat ze een verschil kon maken in deze barre wereld, en hij begon het gevoel te krijgen dat Baxter en hij die kant van haar karakter uitbuitten.

Hij ging helemaal rechtop zitten. 'Waarom neem je niet eens een avond vrij?' stelde hij huiverend van pijn voor. 'Ga erop uit... Naar de film... misschien een hapje eten bij Frankie & Benny's, of wat jullie op die leeftijd tegenwoordig ook doen.'

'De film en Frankie & Benny's?' zei Holly lachend. 'Is dat jouw idee van een avondje uit?'

'Het klinkt momenteel wel erg aantrekkelijk,' zei hij met een flauw glimlachje.

'Ja... Vind ik eigenlijk ook wel.'

'Doe het dan,' zei Rouche op een toon die energieker was dan ze de afgelopen dagen van hem had gehoord. 'Ik zou graag meegaan, maar je weet het: FBI... helikopters... achtervolgingen... vuurgevecht... dood.'

Lachend klom ze van het bed. 'Hoe voel je je?'

'Zal ik je eens wat zeggen? Goed. Geweldig zelfs.'

'Meen je dat echt?'

'Zeker,' antwoordde Rouche, en hij schoof langzaam naar de

rand van het bed. 'Ik ga een ontbijtje voor je maken.'

'Daar komt niets van in.'

Hij liet zijn voet bungelen alsof hij elk moment uit bed kon komen. 'Beloof je dat je vanavond iets voor jezelf gaat doen?' vroeg hij.

Holly twijfelde hevig.

Uiteindelijk kwamen ze overeen dat Holly hem zou bellen voordat ze uitging en weer zodra ze thuiskwam. Ze beloofde ten minste drie gin-tonics te drinken, op voorwaarde dat Rouche die avond groente zou eten. Hij zou verder te allen tijde in de slaapkamer blijven, maar mocht dan wel met Holly ontbijten in de keuken – met diverse voorbehouden met betrekking tot brand, de post ophalen en op televisie naar *Bargain Hunt* kijken.

Voordat ze bezwaar kon maken, droeg hij de gebruikte bordjes naar de gootsteen en vond hij zelfs de begintijden van een afschuwelijke vrouw-wordt-verliefd-op-de-orgaandonor-die-haar-leven-kan-redden-film waarbij het vooruitzicht van een vuurgevecht met de FBI nog vrij gunstig afstak.

'Ik moet gaan!' zei Holly toen ze zag hoe laat het was. Ze zocht haar spullen bij elkaar. 'Doe rustig aan.'

'Doe ik,' beloofde Rouche, en hij liep nadrukkelijk met haar naar de deur.

Ze omhelsden elkaar, voor het eerst, alsof ze niet gewend waren een hele dag van elkaar gescheiden te zijn. Holly leek oprecht blij.

'Ik kan gewoon niet geloven hoe anders je vandaag bent!' zei ze.

Rouche wuifde haar na toen ze de trap af huppelde. Maar zodra hij de deur dichtdeed, liet hij zich naar adem happend en kreunend van pijn op de grond zakken. Door de moeite die het hem had gekost om de schijn op te houden, had hij geen adem kunnen halen. Hij zag zijn pijnmedicatie op het aanrecht staan, maar kon zich er niet toe zetten om overeind te komen. Dus zat hij daar maar op te kijken naar het papieren zakje, tot het beeld vervaagde in zijn tranen.

‘Waar ben je in hemelsnaam mee bezig, William?’ vroeg Maggie terwijl het theewater kookte in de keuken. ‘Ik heb het ijskoud!’

Wolf zat gehurkt naast de open voordeur en speelde met het slot.

‘Sorry. Het duurt niet lang meer,’ zei hij. ‘Dat beloof ik.’

‘Is er iets met de deur?’

Wolf bewoog de deurklink op en neer om het mechanisme te controleren. Hij haalde zijn schouders op en duwde de deur dicht.

‘Afgelopen week bleef het slot opeens hangen. Ik wilde gewoon controleren of ze goed werk hebben geleverd toen ze er een nieuwe deurpost inzetten... Ik wil zeker weten dat we naar binnen kunnen als je ons ooit nodig hebt.’

‘Je bent een lieve jongen.’

Hij keek haar weifelend aan.

‘Nou ja, je bent in elk geval lief voor mij,’ zei ze glimlachend. ‘Wil je thee?’

‘Ik zal eerst even de vuilcontainer aan de weg zetten,’ zei hij, en hij liep naar de keuken om de halflege vuilniszak te pakken.

Hij ontgrendelde de ouderwetse achterdeur en trok hem achter zich dicht. Toen hij de vuilniszak in de rolcontainer had gegooid, liep hij door de tuin, die aan weerszijden door flinke struiken aan het oog werd onttrokken, naar het hek aan de achterkant. Hij stapte over het lage muurtje en tuurde over de afrastering de lege woning erachter in. Toen hij zich ervan had vergewist dat er niemand in de buurt was, klom hij over het waaibomenhouten hek en maakte een onelegante landing in de tuin.

‘Shit,’ kreunde hij.

Zijn telefoon begon te trillen in zijn zak. Omdat hij nog niet in beweging wilde komen, graaide hij ernaar, al keek hij niet reikhalzend uit naar een gesprek met Baxter, nadat ze ervandoor was gegaan. Hij slaakte een zucht van opluchting toen hij zag wie hem belde: ‘Saunders?’

‘Alles kits? Joe zegt dat hij iets heeft.’

‘Wie?’

‘Labmans.’

‘Aha.’

'De hoofdcommissaris wil op de hoogte worden gehouden, dus zien we elkaar om halfeen in het ziekenhuis.'

Wolf keek op zijn horloge. 'Tot dan.'

'Ik heb Finlays noodoproep,' vertelde Saunders toen Wolf en hij de hoek omsloegen naar weer een identieke gang. 'Hij duurt vierentwintig seconden. De telefoniste vraagt welke nooddienst hij wil bereiken, zegt tweemaal dat ze hem niet kan horen, vraagt dan om te hoesten of op de hoorn te tikken als hij niet kan praten. Er klinken twee duidelijke tikgeluiden en dan wordt de verbinding verbroken. Je kunt nergens uit opmaken of het Finlay is die om hulp vraagt, of... iemand anders.'

'Hm,' antwoordde Wolf.

'Ik heb het doorgestuurd naar techneut Steve om de geluiden te versterken, maar denk niet dat we er al te veel van moeten verwachten.'

Ze liepen de privékamer binnen en ontdekten dat ze de laatsten waren.

Christian zat tegen de kussens aan met de knop voor zijn morfinepomp in zijn hand. Zijn diverse vitale functies werden voor iedereen duidelijk weergegeven op het scherm achter hem. Baxter had strategisch de achterste hoek opgeëist en kon zo voorkomen dat ze met iemand oogcontact moest maken of praten. Edmunds, die zo stom was geweest om over Thomas' rampzalige aanzoek te beginnen, zat in de hoek ertegenover verontwaardigd te zijn. En Joe, die van dit alles niets merkte, stond als een idioot te grijnzen om zijn eigen genialiteit.

'Ah! Fawkes en Saunders. Ga zitten,' begroette hij hen, en hij gebaarde naar het voeteneind van het bed.

Christian liet zijn duim boven de morfineknop rusten. 'Liever niet.'

'We blijven wel staan,' zei Wolf.

'Zoals je wilt... Iedereen tevreden?' begon Joe, die de sfeer in de kamer volkomen verkeerd interpreteerde. 'Oké. Nou, een paar jaar geleden heb ik een aanvraag gedaan voor een driedimensionaal karteringssysteem voor oppervlaktestructuuranalyse, dat ze me eigenlijk niet wilden geven, omdat...'

Baxter gaapte luid.

'Oké. Het kan jullie niet schelen. Maar voor de leek komt het neer op gezichtsherkenning voor voorwerpen... Voorwerpen als... kogels,' zei Joe glimlachend. 'Gisteren heb ik de hele dag het bewijsmateriaal uit de oude dossiers van Finlay en meneer de hoofdcommissaris ingevoerd. Het duurde even, maar ik heb eindelijk een treffer.'

Hij hield een doorzichtig plastic zakje omhoog waar een handjevol metalen voorwerpen in zat. 'Bewijsstuk a: zes van de vele kogels die in 1979 op Guy Fawkes Night zijn verzameld na de overval op het pakhuis aan de Clyde. Alle zes afgevuurd met hetzelfde wapen.'

'Hoe weet je dat?' vroeg Saunders.

'Grootte en merk van de kogel?' suggereerde Edmunds.

'Als ik me het goed herinner,' onderbrak Christian hem, 'waren er die nacht flink wat vuurwapens in gebruik en vuurden ze een enorme hoeveelheid kogels af.'

'Ik ben blij dat je het vraagt,' zei Joe, die er ook echt blij uitzag, tegen Saunders. Hij pakte een uitvergrote foto van een kogel, waarop bontgekleurde strepen willekeurige delen van de groeven in de kogel markeerden.

'Kleine afwijkingen in de loop. Die laten tijdens het afvuren minuscule krasjes achter op het metaal; altijd dezelfde... een geëtste vingerafdruk, zou je het kunnen noemen.'

'Ik wil niet lullig doen, makker,' begon Saunders, die zich van zijn beste kant wilde laten zien waar de hoofdcommissaris bij was, 'maar de logica dicteert dat degene die dit wapen vasthield toch enkele schoten moet hebben afgevuurd voordat hij of zij zelf werd geraakt, tenzij het een schutter van niks was. Waarom is dit nieuws?'

'O, dat was niet wat ik wilde vertellen,' zei Joe. 'Dit was maar een inleiding.' Hij hield diverse andere foto's van kogels omhoog, stuk voor stuk met al even bontgekleurde strepen. 'Daarna zijn we op zoek gegaan naar de meest frequente butsen.'

'En jullie hebben ze gematcht met Finlays wapen?!' flapte Edmunds er opgewonden uit.

'Eh... nee,' zei Joe. Hij klonk een tikje ontmoedigd. 'Dat zou echt geweldig zijn geweest.' Hij hield nog een zakje met bewijsmateriaal op waar één enkele verkleurde kogel in zat. 'Bewijsstuk b,' kondigde hij aan. 'De b van bips. Dit is de kogel die zich enkele dagen later op George Square in de linkerbil van deze geweldige man heeft geboord...' Hij gebaarde naar Christian, die wuifde alsof hij een prijs had gewonnen. 'Hij komt voor tweeënnegentig procent overeen!'

Zijn toehoorders keken enigszins verveeld.

'Begrijpen jullie nu waar ik naartoe wil?'

Zijn toehoorders keken nog steeds enigszins verveeld.

'Echt niet? Dit wil zeggen dat het wapen dat deze kogels afvuurde op beide plaatsen delict aanwezig was! Maar hoe kwam het daar?'

Edmunds en Wolf antwoordden tegelijkertijd: 'De Nederlander.'

'De onverwoestbare man met het matje.'

Joe had duidelijk op dit moment staan wachten. Hij hield nogmaals het zakje met de billenkogel omhoog.

'Je bedoelt de geklopte mat die al twee dagen dood was toen deze kogel werd afgevuurd?!' Hij begon opgewonden te worden. 'Conclusie: de Nederlander was niet de enige die de brand op de scheepswerf heeft overleefd... Er is nog iemand weggekomen.'

'Dat is onmogelijk,' zei Christian, die er nog beroerder uitzag dan vijf minuten geleden.

Wolf keek zijn kant uit en zag op de monitor dat zijn hartslag omhoogging.

'Alles, echt álles, is terug te voeren naar dat pakhuis,' zei Joe zelfverzekerd. 'Het gaat om die zaak. En wie die geheimzinnige tweede overlevende ook moge zijn, hij of zij is nu onze hoofdverdachte.'

20

Maandag 5 november 1979
(Guy Fawkes Night)
21.16 uur

De hemel stond in brand.

Terwijl hij machteloos lag te kijken naar de vonken die om hem heen ontbrandden als op de luchtstromingen dansende vuurvliegjes, hoorde hij het metalen skelet van het gebouw kreunen. Op minder dan vijf meter afstand stonden de restanten van de torenhoog opgestapelde bankbiljetten in lichterlaaie. Er waren alleen geblakerd papier en as van over. Wreed genoeg had de kogel zijn hart gemist, maar was deze onder zijn schouderblad blijven steken, zodat hij veroordeeld was om levend te verbranden.

Een generale repetitie voor zijn volgende bestemming.

Om hem heen kwamen nog steeds stukken plafond naar beneden, zodat hij een laatste blik op de sterren kon werpen. En vervolgens zong het instortende gebouw zijn zwanenzang.

De grond rommelde onder hem.

De deur van de luchtsluis werd uit zijn sponning gerukt.

Hij deed zijn ogen dicht en liet zich vallen.

Toen hij tussen het puin op de vloer van de werkplaats lag, vroeg hij zich af of God het misschien iets te veel naar zijn zin had. Met nog altijd gesloten ogen, wenste hij dat er een einde aan kwam toen het laatste van de enorme vaten vlak bij hem ontplofte.

'Toe dan,' fluisterde hij. 'Toe dan!'

Hij voelde een koele windvlaag tegen zijn nek en deed zijn ogen open. In de hoek van de ruimte waar de twee muren op elkaar aansloten, was een smalle opening ontstaan. Hij graaide naar zijn handvuurwapen dat naast hem lag en sleepte zich de nacht in. Toen hij naast het donkere water lag, verlichtten veelkleurige explosies de nachtelijke hemel, en toen hij de draadomheining bereikte, pulseerde een zee van blauwe zwaailichten tegen de vrachtcontainers.

Bij alle licht en vuurwerk viel één bescheiden flits in het niet: die van de camera die het gloriemoment van Finlay en Christian vastlegde: de grootste drugsvangst van het politiekorps van Strathclyde in decennia, een anderhalve meter hoge berg heroïne. En het onderschrift bij de foto zou de namen vermelden van de twee mannen die ervoor verantwoordelijk waren dat die heroïne niet op straat zou worden verhandeld.

21

Dinsdag 12 januari 2016
9.06 uur

'Hé! Hé! Hé!' riep een bazige vrouw toen Wolf en Maggie langs de verpleegkundigenbalie liepen. 'Alle bezoekers moeten hun naam invullen,' vertelde ze hun voordat ze verderging met haar telefoongesprek.

Dit hoorden ze voor het eerst. Gehoorzaam liep Wolf naar het boek dat trots de namen vermeldde van iedereen die de pech had het horkerige mens op zijn of haar pad te vinden. Hij nam de lijst door en pakte de balpen op. Maar toen bedacht hij zich, scheurde de vorige bladzijde uit het boek en stak voor de goede orde ook de pen in zijn zak.

'William!' fluisterde Maggie.

'Sorry. Ik was gewoon niet bijster gecharmeerd van de manier waarop ze je aansprak,' zei hij, terwijl hij haar wegleidde voordat iemand iets merkte.

Christian werd uit het ziekenhuis ontslagen, en Wolf had aangeboden om met Maggie mee te gaan toen ze hem ophaalde. Als rechtgeaarde verpleegster had ze de achterbank van haar auto ingericht als ambulance. Uiteraard. Met Wolf achter het stuur lieten ze eindelijk de stad achter zich en reden ze de zonovergoten B-wegen op die het bos doorsneden. Christians aanwijzingen waren overbodig geworden toen ze de eigen weg in draaiden waar het verbrande rubber op het beton en het vergeten glas dat glinsterde in de zon hun de weg wees. Toen ze het hek door reden, zagen ze een elegant maar modern huis met twee verdiepingen, een naar Scandinavische stijl gebouwde combinatie van hout en glas die was ontworpen om de indruk te wekken dat ze organisch tussen de omringende bomen was gegroeid.

'Wauw,' zei Wolf, al was zijn mening mogelijk enigszins gekleurd doordat hij momenteel in een cel woonde.

Wolf parkeerde de auto en Christian reikte hem de sleutels aan en gaf hem de code voor het alarm, dat schril door de minimalistische woning snerpte. Zodra hij de drempel over was, stond Christian erop zelf de deur dicht te doen. Hij controleerde tweemaal of de deur goed dichtzat voordat hij de klink omhoogklikte. Vervolgens schoof hij aan de boven- en onderkant de grendels erop. Maggie en Wolf bleven geduldig staan wachten.

'Vergeef me mijn paranoia,' zei hij. 'Ik denk dat het wel even zal duren voordat ik me hier weer veilig kan voelen... Ga jullie gang,' vervolgde hij terwijl hij hen naar de woonkamer begeleidde.

Een glazen wand over de hele hoogte van het huis keek uit op de onberispelijke tuin die alleen door een ouderwets houten hek werd gescheiden van het bos erachter. De gaanderij boven hen leek te zweven en vestigde de aandacht op het schitterende gewelfde plafond.

'Lieve hemel, Christian,' zei Maggie ademloos. 'Ik vond je oude huis al zo mooi! Woon je hier helemaal in je eentje?'

'Helaas, ja.' Hij vertrok zijn gezicht van pijn toen hij moeizaam in zijn lievelingsstoel ging zitten, en Maggie liep snel naar hem toe om te helpen. 'Will, laat je 't me alsjeblieft weten als er nieuwe ontwikkelingen zijn?'

Wolf stond nog steeds naar het bos te kijken en liet de winterzon op zich inwerken. 'Hè, wat?'

'Nieuwe ontwikkelingen,' herhaalde Christian. 'Hou je me op de hoogte?'

'Je hoort 't als eerste.'

'Dat gaat echt niet gebeuren!' snauwde Maggie. 'Jij houdt bedrust, beste man.'

'Best! Oké!' gaf hij toe, en hij gaf Wolf een speelse knipoog terwijl Maggie in de weer ging met kussens en medicijnen. Ze vond het duidelijk heerlijk dat ze nodig was en nu eens niet het gevoel had dat ze iemand tot last was.

'Ik moet gaan,' meldde Wolf. Hij trok zich met moeite los van de ramen en liep naar de deur. 'Ik neem wel een taxi naar het station.'

'Weet je het zeker?' vroeg Maggie. 'Ik kan je ook brengen.'

'Nee,' zei hij glimlachend. 'Hou jij maar een oogje op Christian.'

De hangende bloemenmanden zwaaiden zacht heen en weer in de wind – winterplanten klommen omhoog om zo veel mogelijk zonlicht op te vangen en verstikten elkaar: overlevingsdrang in al zijn wrede glorie. Epping moest wel het vreemdste metrostation zijn waar Wolf ooit was geweest, minder leeggelopen zwembad, meer parkpaviljoen, goed verzorgd, zonder een spoor van afval of mensenmassa's.

Hij stapte in de wachtende trein en sloot zijn ogen terwijl om hem heen het treinstel geleidelijk volliep en ze afdaalden naar de stad.

Wolf stapte uit op station St James's Park, liep de trap op en legde de korte afstand af naar New Scotland Yard. Hij had zich nog maar net aangemeld bij de receptie en te horen gekregen dat hij op begeleiding moest wachten toen verschillende gewapende politiemensen zich mobiliseerden.

'Arresteer die man!' blafte een van hen en hij wees naar de drukke hal.

Wolf was wel in de stemming om te zien hoe vijf verveelde diplomatenbeveiligers een of andere nietsvermoedende idioot tegen de grond zouden drukken en draaide zich om om te zien om wie het ging, wat de zaak een stuk gemakkelijker maakte voor de vijf verveelde diplomatenbeveiligers, die hem onmiddellijk tegen de grond drukten.

Je kon het Wolf amper kwalijk nemen dat hij het gevoel kreeg dat het allemaal niet opschoot toen hij opnieuw in de boeien werd geslagen en in precies dezelfde stoel in exact dezelfde verhoorkamer kwam te zitten als een week geleden. Gelukkig duurde het niet lang voordat Vanita naar binnen stapte om tegenover hem aan tafel te gaan zitten.

'Laten we dit kort houden, oké, Fawkes?' zei ze ter begroeting. 'Ik wist wel dat je het niet zou volhouden. Ik wist wel dat je het niet zou kunnen laten om de voorwaarden van onze overeenkomst aan je laars te lappen. Het verbaast me alleen dat het nog zo lang heeft geduurd. Mijn complimenten.'

'Dank je,' zei Wolf knikkend, oprecht trots op zichzelf. 'En puur uit nieuwsgierigheid, van welke "aan mijn laars gelapte" voorwaarden ben je op de hoogte? Ik bedoel, over welke voorwaarden heb je het precies?' Hij sloeg geërgerd zijn ogen op, al aanzienlijk minder trots op zichzelf.

Vanita sloeg haar dossier open. 'Zaterdagavond heb je je om negen uur tweeënveertig onttrokken aan het huisarrest in de jou ter beschikking gestelde accommodatie en ben je pas de volgende middag teruggekomen.'

'Omdat ik voor Christian... de hoofdcommissaris in het ziekenhuis was,' hielp hij haar op scherpe toon herinneren.

'Daarna,' ging Vanita verder, 'lukte het je om je maar liefst víér uur lang te gedragen voordat je je opnieuw aan het huisarrest onttrok.'

'Om naar de plaats delict bij Edmunds thuis te gaan!' Wolf raakte langzamerhand gefrustreerd. 'Het is misschien moeilijk voor te stellen voor iemand die net weer een prettig lang weekend heeft...'

'Ik was naar een cursus.'

'... maar soms, heel soms, besluiten die verdraaide misdadigers op de gekste tijden om hoofdcommissarissen halfdood te slaan en bijtende zuren over bewijsstukken te gieten!'

Vanita's zelfingenomenheid nam alleen maar toe toen ze zijn irritatie opmerkte.

'Konden de anderen het niet alleen af?' vroeg ze, terwijl ze de bladzijde omsloeg. 'En nu is aan het licht gekomen dat rechercheur Aaron Blake vrijdagmiddag een onnodige, en daarmee onwettige, zoekopdracht heeft gedaan om aan de huidige contactgegevens van een zekere Ashley Lochlan te komen.' Ze keek hem aan. 'Echt, Fawkes? Iemand van de Lappenpoplijst! Je moet hebben geweten dat ze in onze systemen boven zou komen?'

Wolf deed zijn mond open om in discussie te gaan...

'En tot slot,' onderbrak ze hem met iets van weerzin tegen wat er zwart-op-wit voor haar lag, 'beweert de kapelaan van het King George-ziekenhuis dat hij je poedelnaakt in de kapel heeft aangetroffen' – ze fronste – 'naast een onthoofd beeld van Onze Heer en Verlosser Jezus Christus.' Ze trok haar wenkbrauwen op. 'Heb je daar een verklaring voor?'

Opnieuw deed Wolf zijn mond open... deed hem weer dicht... en schudde zijn hoofd.

'Ik zal je bijdrage aan het onderzoek inzake Finlay Shaw uitvoerig opnemen in mijn verslag. Dag, Fawkes.' Ze stond op om weg te gaan.

'Ik moet Baxter spreken!'

'Gaat niet gebeuren.'

'Dan wil ik mijn advocaat spreken.'

Twintig minuten later werd Wolf begeleid naar een lege ruimte om zijn telefoontje te plegen. De agent ging op de gang op wacht staan; zijn schaduw bleef zichtbaar in de kier onder de deur.

Wolf verfrommelde de contactgegevens voor advocatenkantoor Collins & Hunter, het eerste dat hem te binnen was geschoten en voerde een van de weinige telefoonnummers in die hij nog uit zijn hoofd kende. 'Maggie? Met Will. Wil je iets voor me doen?'

'De haren die onder de vloerdelen zijn aangetroffen waren van de hoofdcommissaris en Baxter,' meldde Joe. 'Niet heel verrassend aangezien zij de meeste tijd in die kamer hebben doorgebracht.'

Baxter, Edmunds en Saunders waren samengekomen in het forensisch laboratorium en hadden besloten niet op Wolf te wachten, die nu ruim een halfuur te laat was.

'Hoe zit het met de laarsafdrukken bij Edmunds thuis?' probeerde Baxter.

'Man. Maat 45. Lage wreef. Niets bijzonders.'

Ze humde ontevreden. 'En het zuur?'

'Ik ben nog steeds bezig met tests om te bepalen wat het precies is – waarschijnlijk een eigen mengsel. Als ik dat weet, kunnen we er héél misschien achter komen waar het vandaan komt... of niet.'

'Prima. Edmunds en ik hebben nog een ochtend op deuren kloppen voor de boeg. Kijken of iemand iets heeft gezien wat ons misschien kan helpen. Saunders, als jij...'

Er klonk een klap toen Blake snel het laboratorium in liep. Zenuwachtig keek hij naar het blad dat hij zojuist op de grond had gegooid en waar hij vervolgens in was gaan staan. 'Zijn dat... hersenen?' vroeg hij.

'Nu niet meer,' zei Joe op afkeurende toon.

'God, ik vind het hier echt vreselijk!' jengelde Blake, en hij veegde zijn schoen af aan een schoon stuk vloer.

'Voel je vrij om uit de buurt te blijven... wanneer je maar wilt.'

Blake wendde zich tot Baxter. 'Sorry dat ik je moet onderbreken, baas.'

'Wat is er?'

'Wolf.'

'Wat is er met hem?'

'Hij is gearresteerd... Snap je... opnieuw.'

22

Dinsdag 13 november 1979
19.24 uur

'Niet bewegen, liefje,' zei ze. Het kostte haar moeite om midden in hun sjofele keukentje de verbandgaasjes van zijn huid te trekken.

Hij klemde zijn tanden op elkaar en nam nog een flinke slok bier.

'Wat heeft die dokter met je gedaan?' zei ze op afkeurende toon.

'Hij is nooit veel waard geweest... Daarom heeft hij waarschijnlijk patiënten als ik,' grapte hij, en hij kuste haar overal op de met naaldwonden bedekte binnenkant van haar arm.

'Ik moet me concentreren.'

'Ik ook,' zei hij, en hij trok haar op zijn schoot.

'Ik probeer je te behandelen!' zei ze lachend.

'Nou, ik probeer jóú te behandelen!'

Er werd op de deur geklopt.

Ze vielen stil, onmiddellijk op hun hoede, en stonden op.

'Ga naar de slaapkamer,' fluisterde hij, terwijl hij zijn pistool oppakte. 'Ja?!'

'Ik ben het, klootzak. Dillon! Laat me binnen!'

Hij ontspande en verborg zijn wapen onder het overhemd op de tafel voordat hij ging opendoen.

'Wauw! Je ziet er verschrikkelijk uit,' zei Dillon tegen zijn overhemdloze vriend, toen die de deur achter hem op slot deed.

'Jij ook. Wat heb jij voor excuus?'

Er kwam een einde aan de spanning toen beide mannen in lachen uitbarstten.

'Lorna,' zei Dillon glimlachend, toen hij haar in de deuropening van de slaapkamer zag staan.

'Biertje?'

'Nou, lekker.'

Toen ze langs hem liep om naar de koelkast te lopen, zag ze de kolf van een pistool onder zijn jasje uit komen, maar reageerde niet. Ze voelde zijn ogen branden toen ze twee biertjes pakte en terugliep.

'Dank je,' zei Dillon, proostend met zijn flesje voordat hij een slok nam.

'Wat brengt jou hier, Dillon?' vroeg hij, terwijl hij een van de ernstiger brandwonden op zijn arm bestudeerde.

'Kan iemand niet gewoon bij zijn oude vriend langsgaan die, als je de verhalen moet geloven, dood zou moeten zijn?' antwoordde hij, om op serieuzere toon verder te gaan: 'Alles ligt op zijn gat. De baas is... op oorlogspad. Het pakhuis... De brand... De politie... We zijn alles kwijt.'

'En ik probeer de boel weer op orde te krijgen.'

'Was je daarom vrijdag op dat plein?'

'De drugs zijn we kwijt. Maar het geld niet. Dat kan ik nog terughalen.'

'Eerlijk gezegd heeft de baas voor een, eh... andere aanpak gekozen.'

'Dat helpt mij niet bepaald om het weer goed te maken?'

'Nee... Vast niet.'

Toen Dillon naar zijn pistool reikte, sloeg Lorna haar bierflesje op zijn hoofd stuk. Ze sprong op zijn rug, maar hij had amper hinder van haar tengere gestalte toen ze met haar bloedende handen rode vegen over zijn jas maakte. Hij schoof haar ruw tegen de muur en haalde zijn wapen tevoorschijn op het moment dat de eerste kogel zich door zijn schouder boorde. Hij schreeuwde het uit van de pijn en hief opnieuw zijn wapen toen er nog twee schoten werden afgevuurd.

Dillon viel naast Lorna op de keukenvloer. Zij bewoog evenmin.

'Liefje? Liefje?' hijgde hij. Hij legde het pistool neer en stapte over zijn vriend heen, wiens ogen braken. 'Het is niets,' zei hij tegen haar, en hij oefende druk uit op de kogelwond in haar bovenbeen.

Hij reikte naar voren en doorzocht Dillons kleren tot hij de autosleutels vond.

'Oké schat, ik heb je vast. Ik heb je. Hou je maar aan mij vast,' fluisterde hij, terwijl hij haar optilde. 'Alles komt goed.'

23

Dinsdag 12 januari 2016
18.04 uur

Er sloeg een deur dicht, zodat Wolfs spiegelbeeld in de grote ruit even vervormde. Nadat hij urenlang had vastgezeten in de verhoorruimte was hij even opgelucht als verbaasd om een vriendelijk klinkende stem in de gang te horen.

'Waarom neem je niet even koffiepauze?' suggereerde de stem, op een toon die subtiel aangaf dat het eigenlijk helemaal geen suggestie was.

Hij keek vol verwachting naar de deur toen Christian naar binnen strompelde. Wolf vroeg zich af hoeveel maatpakken een man in hemelsnaam nodig kon hebben. De hoofdcommissaris zou er onberispelijk als altijd hebben uitgezien, ware het niet dat zijn gezicht bont en blauw was.

'Ik ben zo blij je te zien!' zei Wolf. 'Maar je hoefde toch niet helemaal hierheen te komen?'

Christian glimlachte, wat zo te zien pijn deed. 'Nou ja, ik bedacht dat een persoonlijke aanpak in dit geval wel vruchten zou afwerpen,' zei hij. Hij liep naar de tafel om de microfoons en het opnameapparaat uit te zetten. 'Vanita in de bocht, zeker?'

Wolf knikte en de handboeien schraapten achter zijn rug tegen de metalen stoel.

'Blijf rustig zitten. Ik regel het wel.' Christian draaide zich om naar de deur.

'Er is nog iets!' flapte Wolf eruit, met een achterdochtige blik naar de doorkijkspiegel.

'Er zit daar niemand,' stelde Christian hem gerust, en hij liep terug naar de tafel. 'Ik heb gekeken.'

Wolf ontspande iets. 'Ze hebben me gefouilleerd toen ze me arresteerden, maar ik weet vrij zeker dat ze het niet hebben gevonden.'

'Gevonden? Wat?'

'Borstzakje.'

Verbaasd tastte Christian in Wolfs schijnbaar lege borstzakje, maar toen raakten zijn vingertoppen de kleine plastic rechthoek.

'Ik zei het toch,' zei Wolf met een glimlach van opluchting toen hij Christian de geheugenkaart in zijn hand zag bestuderen.

'Wat is dit?'

'Alex Edmunds is een zeer voorzichtig man,' begon Wolf. 'En in zijn bij nader inzien niet zo paranoïde paranoia besloot hij een avond lang foto's te maken van elk bewijsstuk dat in die dozen zat voordat ze werden vernietigd.'

Christian keek verbluft. 'Dus... we hebben het nog? Álles?'

Wolf knikte bevestigend. 'Alles,' zei hij. 'Je moet snel een kopie...'

Zijn stem stierf weg toen Christian zijn hand tegen zijn voorhoofd hield alsof hij daar pijn had.

'Gaat het een beetje?' vroeg Wolf, die machteloos toekeek toen de hoofdcommissaris naar de spiegel wankelde. Hun spiegelbeeld rimpelde als een rusteloze vijver toen hij ertegenaan leunde. 'Christian? Zeg eens iets. Wat is er?'

Hij spitste zijn oren om te verstaan wat de oudere man stond te mompelen en trok tevergeefs aan zijn handboeien, niet in staat om te helpen. Na enige tijd zette Christian zich af tegen de spiegel en stommelde als een dronkenman op hem af.

'Christian?' vroeg Wolf bezorgd voordat hij met stoel en al tegen de grond werd geslagen en niets had aan zijn geboeide handen toen zijn hoofd de vloer raakte. Amper bij bewustzijn keek hij op naar de altijd zo waardige man die door de kleine kamer ijsbeerde: rusteloos... in paniek... wanhopig.

'Verdomme! Ik heb dit niet gewild. Ik heb verdomme nooit...'

Wolf dobberde in de duisternis die hem aan de rand van zijn gezichtsveld opwachtte. Hij wist niet precies hoeveel tijd er was verstreken sinds hij op het koude linoleum was gevallen. Zijn hoofd voelde alsof het open was gebarsten. Hij proefde bloed in zijn mond en zag wazig, terwijl de oorsuizingen aanzwollen tot een crescendo.

Uiteindelijk herwon Christian zijn zelfbeheersing in voldoende mate om zich te concentreren op zijn meer onmiddellijke problemen. Hij boog zich over Wolf heen, die hem wazig aankeek.

'Waarom kon je die zaak niet gewoon met rust laten?' vroeg Christian op smekende toon. 'Waarom kon je het niet gewoon accepteren? We hadden vrienden kunnen worden.' Wat hij zei was absurd; zijn stem klonk gespannen en er stonden tranen van wanhoop in zijn ogen. 'Ik denk dat Fin dat zou hebben gewild.'

Wolf zei niets.

Christian gaf hem een vriendelijk klopje op zijn schouder en hield de geheugenkaart voor Wolfs gezicht. 'Je onderzoek,' zei hij.

Wolf kreunde toen hij de plastic kaart zag versplinteren en breken.

'Is het nu voorbij?' vroeg Christian hem. Wolfs woedende blik was op hem gericht. 'Ik ben bang dat ik het je moet horen zeggen. Is. Het. Nu. Voorbij?' Hij bracht zijn oor naar Wolfs lippen.

'Zak in de stront.'

'Ik wist dat je dat zou zeggen,' zei Christian met een trieste glimlach. Hij hief zijn hoofd, beet zijn tanden op elkaar en sloeg Wolf opnieuw, zodat die buiten bewustzijn raakte.

Toen hij bijkwam, zat hij weer rechtop en depte Christian met een bebloede zakdoek zijn gezicht – nog een schoongeveegde plaats delict.

'Kijk me aan,' zei Christian gebiedend. Hij knipte strijdlustig met zijn vingers. 'Kijk me aan!' Hij greep Wolf bij zijn stoppelige kin, trok zijn gezicht omhoog en keek hem recht in de brandende ogen. 'Het bewijs is weg. Je team krijgt morgenochtend een andere opdracht. Het forensisch onderzoek levert niets bruikbaars op. En jij... jij brengt de nabije toekomst achter de tralies door. Het is voorbij.'

24

Woensdag 13 januari 2016
10.20 uur

Vanuit haar ruime kantoor bezag Vanita de opwinding op straat: Andrea Halls campagne 'De Wolf moet los' was flink op dreef.

Ze had hun laatste ontmoeting nog niet verwerkt – een televisie-interview dat een dieptepunt in haar carrière vormde en waarvan ze 's nachts nog wel eens wakker lag – maar kon onmogelijk vaststellen of de destructieve journaliste zich onder de menigte bevond. Rood leek de dominante haarkleur onder de zwerm demonstranten die rond de ingang van New Scotland Yard zoemde. Vanuit de behoefte zichzelf opnieuw uit te vinden aan de hand van elke voorbijgaande trend had dit volgzame volk mevrouw Halls kapsel, haar kleding en blijkbaar ook maar meteen haar persoonlijke waarden gekloond.

Vanita verstrakte toen ze hoorde dat haar gast uit zijn stoel opstond om naast haar aan het raam te komen staan. Ze zag zijn spiegelbeeld een slok koffie nemen.

'Allemachtig,' zei Wolf, al even ontstemd als Vanita bij het zien van een straat vol exen. 'Wat zijn het er veel.'

'Inderdaad.'

'Dat kan toch niet goed zijn.'

'Nee, klopt,' beaamde ze. 'Nou, eh... succes, hè.'

Wolf had zich nooit een scenario kunnen voorstellen waarin hij zich na een aansporing om het kantoor van zijn commissaris te verlaten twee keer zou bedenken, maar nu bleef hij naast haar staan treuzelen.

'Heb je voor vanavond nog iets leuks op het programma?' probeerde hij. 'Ik heb een lekker recept gezien voor een citroenkiprisot...'

'Fawkes,' onderbrak Vanita hem, terwijl ze uit het raam bleef kijken.

'Geena?' zei hij met een vriendelijke glimlach.

'D'r uit.'

Andrea was net bezig met een soundcheck toen er opeens een brul van opwinding uit de menigte opsteeg. Ze wierp de microfoon naar haar cameraman, Rory, wiens misvormde handen een moedige maar vergeefse poging deden om hem te vangen, en begon zich door de blokkade te wringen die ze zelf had opgeworpen.

Van alle kanten klonk wolvengehuil.

'Daar is hij!' gilde een hem onbekende vrouw in buitensporige verrukking.

'De Wolf moet los!'

Andrea drong met moeite naar voren en zag hoe een schuw ogende Wolf zich naar een wachtende taxi haastte.

'Will!' riep ze, maar ze werd volkomen overstemd door de demonstranten. 'Will!'

Ze liep vast op de territoriale voorste rij en zag dat hij even bleef staan om naar de onstuimige menigte te kijken.

'Neem me niet kwalijk!' brulde ze, en ze werkte zich met haar ellebogen door de mensen heen. 'Will!'

Een portier sloeg dicht.

Toen ze net te laat met grote moeite de straat bereikte, zag Andrea de taxi om de hoek verdwijnen.

Volgens Wolfs berekening genoot The King & Country in Oxford Street de eer de op negen na beste pub te zijn aan de Topshopkant van de straat (en dat kwam alleen doordat iemand ooit zijn glas had gepikt in de Nag's Head). Dat betekende in elk geval dat het er rustig was, zonder meutes brallende City-ballen die op de stoep stonden te drinken, precies zoals de daklozen die ze minachtend wegwuifden alsof ze irritante vliegen waren.

Toen het buiten al donker begon te worden kwam het hele team bij elkaar in een kleverig zitje achter in het sjofele etablissement.

'De Nag heeft tenminste een flipperkast,' merkte Saunders op.

'Serveren ze hier plakstiften?' vroeg Baxter toen de helft van de wol op haar mouw aan tafel bleef kleven.

'Hoor eens, we zijn hier juist omdat het zo achenebbisj is!' legde Wolf uit. Hij merkte net te laat dat de eigenaar glazen ophaalde van de tafel naast hen. Hij vertrok zijn gezicht en keek toen quasi-onschuldig naar het plafond. 'Staat hij nog te kijken?' vroeg hij Edmunds uit zijn mondhoek zonder een spier te vertrekken.

'Ja.'

Wolf bleef stoïcijns omhoogkijken.

'Je wéét toch dat hij geen T-Rex is, hè? Hij kan je gewoon zien,' fluisterde Edmunds. 'Oké... Hij is weg.'

Terwijl Joe tevergeefs probeerde een vetvlek van zijn glas te poetsen, zonk Saunders, die leek te denken dat ze een avondje gingen stappen, een borrelglaasje whisky af in zijn verse glas bier. Toen ze Wolf eindelijk aan het woord lieten en hij verslag deed van wat er de dag ervoor was gebeurd, bleef iedereen verbaasd zwijgen.

'Dus...' begon Saunders, die moeite had het verhaal te volgen, 'die geheugenkaart was bluf?'

'Klopt,' antwoordde Wolf.

'En hoe wist je Vanita over te halen om je te laten gaan?' vroeg Edmunds.

'Ik deed een beroep op haar ware aard,' zei hij met een stalen gezicht, en hij nam een slok bier. 'Ik vertelde haar dat ze hoofdcommissaris kon worden als ze me de zaak liet afronden.'

'Maar... de hoofdcommissaris is dus...?' vroeg Joe, die dacht dat hij het verkeerd begrepen moest hebben.

'Ik ben bang van wel.'

'Menéér de hoofdcommissaris?'

'Ja!'

'Maar...' zei Edmunds, 'Christian kwam toch pas ter plaatse toen de politie er al was?'

'Klopt,' zei Wolf knikkend.

'Dús...'

'Hij heeft zich in die verborgen ruimte onder de vloer geperst,' begon Wolf. 'Hij hoort dat agent Randle de kamerdeur intrapt en dan naar beneden gaat, zonder eraan te twijfelen dat Finlay zich alleen in die kamer bevindt. Christian kruipt uit de ruimte en legt de vloerdelen weer op hun plek. Hij sluipt de trap af en ontsnapt door de achterdeur terwijl Randle het incident doorgeeft aan de meldkamer. Dan klimt hij over het tuinhek, loopt door de tuin van de buren en "arriveert" aan de voorkant om zijn loeisterke alibi zeker te stellen. Hij is als eerste in huis, vergrendelt de achterdeur opnieuw en wist zo zijn sporen uit... Simpel.'

Saunders keek hem loensend aan. 'Kun je dat stuk herhalen... toen je aan het vertellen was?'

'Nee.'

'Hoe... Wanneer wist je het?' vroeg Baxter, die even was vergeten dat ze eigenlijk niet met elkaar praatten en zich duidelijk gekwetst voelde dat ze niet op de hoogte was gehouden.

'Ik wist het niet,' zei Wolf schouderophalend. 'Althans, niet zeker. Maar ik had mijn vermoedens.' Hij masseerde zijn kaak, die nog steeds helse pijn deed. 'Het was de klink.'

'Flink?' brabbelde Saunders, die inmiddels drie whisky-duikbootjes verder was.

'Klink! De deurklink. Hij heeft de gewoonte,' legde Wolf uit, die voor zich zag hoe Christian gisterochtend zijn voordeur had afgesloten, 'om de deurklink omhoog te trekken. Daarmee sluit je de deur af.'

'"De gewoonte om de deurklink omhoog te trekken",' herhaalde Baxter, niet onder de indruk.

Wolf negeerde haar. 'In jouw proces-verbaal,' zei hij tegen Saunders, 'stond dat agent Randle de voordeur open moest trappen.'

'Wie?'

'Randle.'

'Grendel?'

'Jezus, Saunders, ga over op koffie of zo!'

Saunders hief zijn glas met een dronken glimlach op zijn gezicht.

‘Hoe dan ook, het stond erin,’ zei Wolf, die het opgaf en zich weer tot Baxter wendde. ‘Wanneer hebben Finlay en Maggie ooit hun voordeur op slot gedaan?’

‘Nooit,’ gaf ze toe.

‘En dat deden ze die avond ook niet. Maar de klink was aan de binnenkant omhooggetrokken.’

Edmunds knikte. Hij leek heel erg onder de indruk. ‘Je hebt hem compleet gecolumbood!’

‘Ja, hè?’ zei Wolf grijnzend.

‘Alleen krijgt Columbo na afloop meestal geen hengst in zijn gezicht,’ merkte Baxter op, voordat hij kapsones kon krijgen.

‘Sorry, even terug naar de hoofdcommissaris,’ begon Joe, waarmee hij het gesprek terugbracht bij de sombere clou. ‘Waarom zou hij zijn beste vriend willen vermoorden?’

Iedereen keek Wolf aan.

‘Dat weet ik niet,’ gaf hij toe. ‘En eerlijk gezegd kan het me niet schelen. Hij heeft het gedaan. En dat is wat mij betreft genoeg.’

Er viel een stilte toen iedereen een slok nam.

‘Dit is... behoorlijk heftig,’ zei Edmunds, in de hoop dat hij met die formulering de juiste balans vond tussen verontwaardiging en opwinding. ‘De hoofdcommissaris van de Metropolitan Police opbrengen voor moord.’

‘Eerder problematisch,’ verbeterde Baxter hem.

Saunders sloot zich weer bij hun gesprek aan en knikte geanimeerd. ‘Hij weet precies wat we kunnen doen en laten... We kunnen het wel schudden.’

‘Dus, wat gaan we nu doen?’ vroeg Edmunds.

Opnieuw keek iedereen naar Wolf.

‘We nemen afstand.’

‘Wat?’

‘We nemen afstand,’ herhaalde Wolf, en hij negeerde de blik vol walging die Baxter hem toewierp. ‘Zoals Saunders al zei, is hij de hoofdcommissaris. Hij kent elke mogelijke ingang die we zouden kunnen gebruiken om hem met de zaak in verband te brengen. Dit kunnen we niet winnen. Er is ingebroken in Saunders’ auto. Er was iemand in Edmunds’ huis terwijl zijn gezin lag te slapen! En dat was voordat we hem überhaupt verdachten. Hij heeft mij aangevallen in een gebouw vol politiemensen nadat ik was gearresteerd, en desondanks kan ik niets bewijzen.'

'Hij begint roekeloos te worden,' zei Baxter.

'Dat maakt hem alleen maar gevaarlijker,' wierp Wolf tegen. 'En laten we niet vergeten dat hij zijn beste vriend heeft vermoord zonder één bruikbaar spoor achter te laten. We hebben hem in de hoek gedreven. Misschien heeft Finlay die fout ook gemaakt. En niemand van ons weet hoe hij kan reageren. Het is voorbij.'

'Laten we hem dan ongestraft met de moord op Finlay wegkomen?' vroeg Saunders op uitdagende toon.

'Natuurlijk niet,' zei Wolf. 'Hij gelooft dat het bewijsmateriaal in Edmunds' huis is vernietigd. Maar ondertussen was alles wat te maken had met het pakhuis en George Square veilig opgeborgen in zijn schuur.'

'Detectivebureau,' riepen Baxter en Edmunds in koor.

'Hij denkt dat hij de overhand heeft. Als hij ook nog ziet dat we het opgeven, zal zijn arrogantie hem de das omdoen. De overgebleven dossiers en het forensisch materiaal gaan morgenochtend naar Vanita. Zij handelt de zaak verder af.'

'En dat is het dan?' vroeg Edmunds.

'Dat is het. Je kunt je gezin weer naar huis halen.'

Edmunds knikte.

'"Je kunt beter leven als een lafaard dan sterven als een held," zei mijn opa altijd,' voegde Saunders eraan toe, en hij morste zijn drankje over Edmunds. 'Zeggen ze. Ik heb de goede man nooit ontmoet. Tijdens zijn vlucht stapte hij op een landmijn. En tóch blijft het een goede raad.'

Ze keken allemaal enigszins bevreemd.

'Ik denk dat jij instemt met mijn voorstel, Saunders... Labmans?' vroeg Wolf.

Joe knikte zuinig.

Ten slotte wendde Wolf zich tot Baxter. Hij kon haar gedachten niet van haar gezicht aflezen. Het duurde even voordat ze antwoord gaf: 'Wat jou het beste lijkt,' zei ze iets te gemakkelijk.

Wolf keek haar fronsend aan.

'Wat nou? Ik ben het toch met je eens!'

'Ja, dat is het juist.'

'Zolang het maar wordt gedaan, maakt het niet echt uit wie het doet. Je hebt haar verteld wie de moordenaar is, dus kan zelfs zij er geen zootje van maken. Draag 't maar over aan Vanita. Het is voorbij.'

Wolf keek haar even achterdochtig aan, maar knikte toen. Hij hief zijn glas.

'Op Finlay!' proostte hij. Hij hoopte dat hij overtuigend genoeg had gelogen om hen allen te beschermen.

Andrea zat thuis in haar werkkamer. Ze voelde zich te midden van haar werk beter op haar gemak dan wanneer ze dwalend door het enorme huis wachtte tot Geoffrey thuiskwam. Ze stond in de wacht terwijl de telefooncentrale van New Scotland Yard haar doorschakelde naar de afdeling Moordzaken en Zware Misdaad. De telefoon werd beantwoord door iemand wiens stem ze herkende, iemand die ze al meermaals aan de telefoon had gehad.

'Mevrouw Hall! En wat kan ik vandaag voor u betekenen?'

'Wolf, sorry – William Fawkes, alstublieft.'

'Ik ben bang dat hij niet op kantoor is en dat hij niet langer in dienst is van de Metropolitan Police, zoals ik u gisteren bij mijn beste weten ook al heb verteld.'

'Geeft u hem mijn berichten überhaupt door?'

'Ik kan u verzekeren dat het uitblijven van contact geenszins is toe te schrijven aan enig verzuim van de door ons strikt nageleefde procedures, en daarmee ligt de conclusie voor de hand dat Fawkes niet van zins is om contact met u op te nemen.'

'Wie praat er nou zo?! U bent wel zó irritant!'

'Het spijt me zeer dat u het zo ervaart. Mag ik voorstellen dat u...'

'Nee, dat mag u niet. Ik spreek u morgen,' snauwde ze, en ze hing op.

Terwijl ze haar stoel op duizelingwekkende wijze liet ronddraaien, vroeg Andrea zich af of ze Maggie opnieuw moest bellen. Maar opeens bleef ze stil zitten. Ze activeerde haar mobiele telefoon en scrolde door haar uitgebreide contactenlijst, biddend dat een nummer dat ze al jarenlang niet meer had hoeven bellen haar frequente telefoonupdates had overleefd...

Tot haar stomme verbazing bleek dat het geval.

Toen Thomas thuiskwam, rook hij een brandlucht, wat kon betekenen dat het huis in brand stond, of – God helpe hem – dat Baxter weer eens stond te koken. Hij trok zijn jas uit en zette koers naar de jaren-nul-hardcore die uit de keuken kwam, waar de restanten van de het rookalarm activerende kookkunst onder zijn voet knerpten, zodat Baxter zich bewust werd van zijn aanwezigheid.

'Hai!' zei ze.

'Hai,' antwoordde Thomas, en hij omhelsde haar halfslachtig voordat hij het laatste restje wijn in een glas schonk.

'Je krijgt je lievelingsmaal,' zei ze stralend.

'De kookkunst van letterlijk ieder ander dan jij?'

Haar glimlach gleed weg.

'Sorry. Grapje. Niet grappig. Vertel eens, wat is ook alweer mijn lievelingsmaaltijd?'

'Mijn citroen-kiprisotto.'

'Jezus,' fluisterde hij een fractie te luid. 'De nieuwe One Direction?' vroeg hij spottend, terwijl hij de afschrikwekkende muziek zachter zette.

'Glassjaw,' antwoordde Baxter, die het geluid weer harder zette. 'Wijn?' bood ze aan, en ze maakte een nieuwe fles open voordat hij een slok uit zijn glas had kunnen nemen. 'Ik zat te denken...' begon ze, vast van plan om krakkemikkige bruggen te slaan zolang ze teut was. 'Mijn vriendin Avril, hè, die ziet er best leuk uit, toch?'

'Dat zal wel,' zei Thomas niet op zijn gemak.

'Zij draagt, eh... leuke vrouwelijke dingen,' vervolgde ze met opgetrokken wenkbrauwen.

'Rokken?' opperde Thomas. Hij nam eindelijk een slok wijn.

'Precies, rokken... waarom doe jij het niet met haar?'

Thomas proestte wijn over de keukenvloer. 'Pardon?!'

'Ik denk niet dat ze het naar zou vinden.'

'Nou ja, dat doet niet echt ter zake, hè? Want ik zou het misschien wél verrekte naar vinden!'

Baxter keek verdwaasd en begon te vermoeden dat ze de situatie misschien verkeerd had ingeschat.

'Ik probeer gewoon de boel gelijk te trekken... om het weer goed te maken.'

Thomas zette zijn glas op het werkblad.

'Ik heb absoluut geen behoefte om "mijn gram te halen", Emily. Ik zou willen dat dit nooit was gebeurd. Je kunt niet zomaar...' Zijn stem stierf weg en hij zag er verdrietig uit. 'Het spijt me. Ik heb niet echt trek,' zei hij, waarmee hij hun gesprek afkapte. Hij liep terug naar de woonkamer. 'Kom mee, Echo!'

De slapende kat deed zijn ogen open om naar Baxter te kijken.

'Haal het niet in je kop,' zei ze met een strenge blik.

Hij sprong van tafel en rende achter Thomas aan.

Baxter snoof. 'Verrader,' mompelde ze in haar wijnglas.

Met nog maar vijf minuten voordat zijn huisarrest inging sprong Wolf op station Edgware Road de trein uit en sprintte de trap op. Toen hij de hoek om rende, zag hij dat George als een bezorgde vader bij de ingang op hem stond te wachten. Buiten adem liep hij de trap voor het politiebureau op.

'Tien! Negen! Acht!' telde George, en hij woelde trots door Wolfs haar toen die met zeven seconden speling naar binnen stapte. 'Ik wilde net warme chocolademelk voor mezelf gaan maken. Wil jij ook?'

Wolf was te veel buiten adem om een verstaanbaar antwoord te geven.

'Ik maak ook wel een mok voor jou.'

Nadat hij tien minuten met George had gekletst toen die hem 'kwam instoppen', haalde Wolf het verkreukelde vel uit het aanmeldingsregister van het ziekenhuis uit zijn zak. Hij zocht de regel op die zijn aandacht had getrokken:

Naam	**Op bezoek bij**	**Datum**	**Aankomst**	**Vertrek**
J. Doe	Christian Bellamy	10/01/16	18:35	18:50

Wolf legde het vel papier opzij en schreef een kattebelletje aan zichzelf:

Bezoeker???
Vraag videobeelden op van zondag 18.35 - 18.50 uur

Dit was nog niet voorbij.

25

Zondag 10 januari 2016
18.42 uur

In het schemergebied tussen slapen en waken draaide Christian zich om in zijn smalle ziekenhuisbed. Toen hij zijn aan elkaar plakkende oogleden open kreeg, begon een vage gestalte vorm te krijgen. Hij bleef er even wezenloos naar liggen kijken en ging toen abrupt rechtop zitten.

Naast zijn bed zat een man naar hem te kijken. Op zijn schoot lag een bos bloedrode bloemen.

'Wist jij dat je praat in je slaap?' vroeg hij, waarop Christian zenuwachtig om zich heen keek. 'Sst, sst, rustig maar. Ik wil alleen even met je praten. Dat is alles.'

Christian kalmeerde en probeerde te ontspannen. Hij leunde achterover in de kussens.

'Weet je,' begon de man, die met zijn handen door zijn slecht geverfde haren streek, 'de jongens moesten je alleen maar een lesje leren. Als je dood bent, heb ik immers niets aan je, toch? Maar...' – hij slaakte een diepe zucht – 'de boodschap lijkt niet goed tot die knappe kop van je door te dringen. Ik kan niet toestaan dat de Metropolitan Police de gangen van mijn jongens nagaat. Je zei dat je het zou regelen, en toch...' Hij haalde zijn schouders op.

'Dat zal ik ook... ik zweer het je,' zei Christian, toen hij eindelijk zijn mond opendeed.

'Neuh. Je moet weer op krachten komen. Ik regel het zelf wel.'

'Nee!' flapte Christian eruit, voordat hij zich zijn positie herinnerde. 'Dat hoef je niet te doen. Ik ben ermee bezig. Echt.'

De potige man bleef hem even zitten aankijken. 'Als dat maar zo is,' zei hij. 'Ik wil het niet nog een keer moeten vragen. Wij kennen elkaar al zó lang. Ik beschouw je als een van mijn vrienden.'

'Dat is wederzijds, Killian.'

'Je bent belangrijk voor me, Christian. Dat weet je toch?'

Christian glimlachte.

'Maar je bent zéker niet onmisbaar.'

26

Donderdag 14 januari 2016
8.46 uur

Toen Vanita de ondergrondse parkeergarage in reed, gingen de automatische koplampen van haar auto aan. Ze ging op de voor haar gereserveerde parkeerplek staan, zette de motor uit en wilde uitstappen.

'Jezus!' Ze hapte met haar hand op haar hart naar lucht toen Christian haar liet schrikken door het portier vast te houden. Met een vriendelijke glimlach rond zijn gebarsten lippen boog hij zich naar voren om haar aan te spreken: 'Sorry, Geena. Ik wilde je niet de stuipen op het lijf jagen. Ik zag je parkeren en kwam even gedag zeggen.'

'Ik verwachtte je vandaag nog niet hier,' zei Vanita met een zenuwachtig lachje. Ze raapte haar tassen bij elkaar en stapte uit, om te ontdekken dat ze tussen zijn arm en het portier geen kant uit kon.

'Ik ben niet aan het werk... niet officieel. Ik moet alleen even een paar dingen regelen,' legde hij uit. Zijn doordringende blik gaf haar een onbehaaglijk gevoel.

'Nou. Ik ben blij te zien dat je je weer beter voelt,' zei ze glimlachend. Toen keek ze nadrukkelijk naar zijn arm. 'Neem me niet kwalijk.'

Hij leek haar niet te hebben gehoord.

'Klopt het dat je Fawkes' hechtenis gisteren hebt opgeheven?' vroeg hij.

'Ja, inderdaad.'

'Ik vroeg me zomaar af wat jou tot die... onorthodoxe beslissing heeft gemotiveerd. Niets voor jou.'

'Ik dacht dat jij er wel blij om zou zijn?'

'O, zeker. Dat ben ik ook. Ik wilde alleen weten hoe je tot het besluit was gekomen.'

Vanita moest met haar handen zijn arm opzijduwen. Ze begon naar de lift aan de achterkant van de verlaten parkeergarage te lopen.

Ze dwong zichzelf een normaal tempo aan te houden. 'Hij had, in beide gevallen, legitieme redenen om zich niet aan de voorwaarden van zijn huisarrest te houden,' legde ze uit. 'Ik vond dat hij nog één kans verdiende.'

Ze drukte op de knop en hoorde het liftmechanisme ergens boven hen zoemend in actie komen. Christian stond weer naast haar.

Hij nam haar nauwlettend op. 'Geen andere reden?'

'Zoals?'

Hij haalde zijn schouders op.

'Hoor eens,' begon Vanita, die besefte dat ze allebei de trilling in haar stem hadden gehoord, 'als waarnemend hoofdcommissaris heb ik een besluit genomen, en ik...'

'Jij vindt het wel leuk om hoofdcommissarisje te spelen, hè, Geena?' onderbrak hij haar. Zijn onuitgesproken suggestie was pijnlijk duidelijk: hij wist precies waarom ze Wolf had vrijgelaten.

Nu ze niet meer hoefde te doen alsof, keek ze hem aan en zei: 'Ik zou eraan kunnen wennen.'

Er klonk een 'ping' en de metalen liftdeuren gingen open. Ze stapten samen naar binnen.

'Ik heb vanavond een borrel bij mij thuis, om te vieren dat ik weer aan het werk ga. Het zou niet goed overkomen als je weg zou blijven.'

'Geniet maar van je vrijheid nu het nog kan...' smaalde Vanita. 'Voordat je weer aan het werk gaat, bedoel ik.'

De liftdeuren sloten en ze gingen omhoog.

'Dus, je komt?'

'Ik zou het voor geen goud willen missen.'

Ze hielden stil op de begane grond, waar nog twee mensen instapten.

'Goedemorgen, meneer de hoofdcommissaris,' zei een van hen glimlachend.

'Goedemorgen,' zei Christian met een knikje. 'Voor wat het waard is,' vervolgde hij tegen Vanita, 'denk ik dat je wat Will betreft de juiste beslissing hebt genomen. Hij moet doorgaan tot het bittere eind... waar het ook toe moge leiden.'

Toen de lift langzaam hun verdieping naderde, keek Vanita hem aan. 'Waar het ook toe moge leiden,' beaamde ze.

Baxter ging langs haar appartement om te controleren of het goed ging met Rouche. Door alles wat er speelde, had ze het gevoel dat ze hem verwaarloosde. Nu hij, zij het weinig overtuigend, deed alsof het beter met hem ging, vond ze dat hij recht had op een bezoek zonder gedoe en bezorgdheid, dus gaf ze hem in plaats daarvan een samenvatting van wat er de afgelopen dagen was gebeurd.

Hij had op haar schokkende onthullingen gereageerd zoals hij op de meeste dingen reageerde: 'Maken ze nog steeds die Kindersurprise? Zo'n verrassingsei met een speeltje erin?'

'Wat? Ja... Hoezo, wil je er een?'

Hij dacht er even diep over na. 'Nee hoor, laat maar.'

'Ik koop er wel eentje,' snoof ze. 'Dus... moordzuchtige hoofdcommissaris... heb jij nog ideeën?'

'O ja. Dat is echt vreselijk.'

Ze schudde haar hoofd. 'Nu we het daarover eens zijn, hoe gaat het met jou en Holly?' vroeg ze, waarbij ze een schoolmeisjesachtige grijns niet kon inhouden.

Rouche wuifde de vraag minachtend weg.

'Wat nou?!' zei Baxter. 'Het is wel duidelijk dat ze je leuk vindt.'

Hij deed alsof hij haar niet had gehoord.

'Ze zouden willen dat je gelukkig was,' zei ze met een blik naar de foto van Rouche, zijn vrouw en dochtertje op het nachtkastje.

'Misschien wel...' begon Rouche, die het gesprek wilde afleiden van de postume wensen van zijn omgekomen gezin, 'Holly is wellicht beter af als ze iemand vindt die ergens in de komende weken niet óf: a, doodgaat. b, in de gevangenis belandt, óf c, doodgaat in de gevangenis.'

'Doe niet zo melodramatisch,' schimpte Baxter. 'Al zou het fijn zijn als je kunt proberen in leven te blijven,' zei ze er snel achteraan. Toen haar telefoon zoemde, keek ze onwillekeurig naar het scherm. 'Verdómme!'

'Probleem?'

'Krijg nou wat!' herhaalde ze, terwijl ze het bericht dat haar boos maakte doorlas. 'Die arrogante zak geeft vanavond een borrel voor zichzelf!'

'Dat is arrogant... en zakkerig,' zei Rouche instemmend. 'En heeft hij jóú uitgenodigd?'

'Ik sta op de mailinglijst van de korpsleiding,' legde ze uit en ze kwam hoofdschuddend overeind.

'Gaat het een beetje?'

'Met mij? O, met mij gaat het prima. Ik moet alleen gaan. Míj valt de eer te beurt om Maggie te laten weten dat haar oudste vriend, de man die aan de leiding staat van het onderzoek naar de moord op haar man, de man die ze in vertrouwen heeft genomen en om wie ze geeft, feitelijk de moordzuchtige, onbarmhartige, laffe zak is die hun dit heeft aangedaan.'

Rouche keek haar begripvol aan. Even later deed hij zijn mond open om iets te zeggen.

'Als dit over dat verdomde verrassingsei van je gaat,' waarschuwde Baxter, 'weet dan dat ik je ga slaan.'

Gehoorzaam deed hij zijn mond weer dicht.

Ze wierp hem een nijdige blik toe, pakte haar tas en beende de deur uit.

Om halfeen zat Vanita achter haar bureau in een saaie salade te prikken, toen ze daarbij werd gestoord door een klop op de deur.

'Ja!' riep ze, en ze schoof haar lunch opzij. Toen ze zag dat het een van haar professionelere, en daardoor meer favoriete ondergeschikten was, ontspande ze iets. 'En wat kan ik vandaag voor je betekenen, rechercheur?'

'Ik heb een handtekening nodig, een zachter bed en een pasje om deze week op een avond naar de nieuwe film van Tarantino te kunnen gaan,' meldde Wolf, die zich langs zijn begeleider drong om bij haar bureau te komen.

'Best... Nee... En het lijkt mij wat te veel van het goede,' antwoordde ze efficiënt. Met een 'Dank je, Knuckles', stuurde ze de kortharige rechercheur de deur uit.

Wolf fronste toen de vrouw de deur achter zich sloot. 'Heet zij écht zo? Knuckles?'

'Geef hier,' zei Vanita, te moe voor zijn ongein.

Wolf liet het IC432-R, ook wel bekend als een 'kom op met die camerabeelden, smiechten'-formulier, op haar bureau ploffen, en ze ondertekende het zonder het te lezen.

'Wil je niet weten waar het voor is?' vroeg Wolf verbaasd.

'Ik neem aan dat het verband houdt met het onderzoek?'

'Klopt.'

'Onze zeer gewaardeerde leider zag me vanochtend in de parkeergarage,' legde ze uit. 'Hij weet dat de enige reden waarom ik jou zou vrijlaten is dat je me de waarheid hebt verteld, en dat ik daarin een kans zou zien om hem van zijn plek te stoten. Sinds zijn onverstandige poging me te intimideren, heb ik absoluut geen twijfel meer dat hij Finlay heeft vermoord.'

Ze gaf Wolf het ondertekende formulier terug.

'Had Baxter dit niet voor je kunnen doen?' vroeg ze, toen hij op het punt stond om weg te gaan.

'Ik wilde haar hier niet bij betrekken.'

Vanita knikte bedachtzaam. 'Het is waarschijnlijk geen geheim dat ik die vrouw niet kan uitstaan. Haar weerzinwekkende houding, de manier waarop ze is voorgetrokken...' Ze hield zich in voordat ze zich te veel liet meeslepen. 'Maar als er iemand is op het bureau die voor zichzelf kan opkomen... is zij het wel. En Alex Edmunds, hetzij in de hoedanigheid van rechercheur, hetzij als privédetective, is zijn gewicht in goud waard. Iets om bij stil te staan.'

Ze kreeg echter spijt dat ze haar mond had opengedaan toen Wolf dat als een uitnodiging opvatte om te gaan zitten. Hij keek naar de opzijgeschoven bak blaadjes tussen hen in.

'Je plant gaat dood.'

'Dat is mijn lunch.'

Hij trok een lelijk gezicht. 'Finlay heeft me ooit verteld dat er maar één ding gevaarlijker is dan iemand die niets te verliezen heeft, en dat is iemand die álles te verliezen heeft. Dit zal nog onaangenaam worden.'

'Ik ben bereid een gevecht aan te gaan, als jij dat ook bent,' antwoordde ze. 'Overigens heeft hij me uitgenodigd voor een borrel bij hem thuis, vanavond.'

De afkeer was van Wolfs gezicht af te lezen, maar toen hij sprak, klonk hij rustig: 'Er gaan veel belangrijke mensen naartoe, neem ik aan? Mensen op wie hij indruk wil maken? 't Zou een kans kunnen zijn om de druk een beetje op te voeren.'

'Of om hem zo ladderzat te krijgen dat hij de hele zaak bekent,' stelde Vanita voor.

Wolf woog zijn mogelijkheden af. 'Voel je iets voor een introducé?' vroeg hij met een ondeugende grijns.

'Niet als je van plan bent dát te dragen,' zei ze.

Hij keek naar zijn modieuze kleren en haalde zijn schouders op.

27

Donderdag 14 januari 2016
19.44 uur

De gehuurde smoking was niet bijster okselfris en liet wat bilpartij betreft weinig te raden over, maar was het beste wat Moss Bros op zo korte termijn bij elkaar kon sprokkelen. Na diverse vergeefse pogingen had Wolf zijn vlinderdas maar gewoon los om zijn nek gehangen. Hij had de moeite genomen zich te scheren en zelfs geprobeerd om zijn warrige haardos te fatsoeneren.

Vanita en hij zaten zwijgend op de achterbank van de taxi die zich een weg baande door het bos, op weg naar Christians exclusieve postcode. Toen ze eindelijk aankwamen, stond de eigen weg bezaaid met dure auto's, en hun chauffeur raakte een buitenspiegel toen hij tussen een Aston Martin en een slecht geparkeerde Range Rover door reed. Toen ze aan het eind van de oprit stopten, stond een professionele partyplanner hen op te wachten met een blad vol champagneglazen.

'Welkom!' zei ze glimlachend tussen haar klapperende tanden door toen Wolf uitstapte en het portier voor Vanita openhield. 'Mag ik uw namen?'

'Introducé,' antwoordde Wolf. 'En Geena Vanita.'

De vrouw raadpleegde haar lijst. Haar handen waren zo verkleumd dat ze er pas na verschillende pogingen in slaagde de bladzijde om te slaan. Vervolgens overhandigde ze hun allebei een champagneflûte, die als luxe variant op een stempel op de hand leek te dienen.

'Gaat u alstublieft naar binnen. U vindt Christian en zijn gasten in de woonkamer.'

Ze knarsten over de bont verlichte kiezelstenen, langs de eerste onberispelijk geklede gasten die naar buiten waren geslopen om te roken en liepen door de openstaande voordeur naar binnen.

'Wauw!' zei Vanita ademloos, die hetzelfde ervoer als iedereen die voor het eerst de prachtige ruimte zag: drie verdiepingen glas met uitzicht op de sterrenhemel, alsof je vanuit een ruimteschip naar buiten keek.

Er was ergens een vleugel vandaan gehaald; de muziek kwam amper uit boven het bulderend gelach en de snoeverij van de allerhoogste sociale klasse. Zelfs in zijn smoking was Wolf zich er pijnlijk van bewust dat hij niet tussen deze mensen paste. Zijn verweerde gezicht vertoonde niet de voortdurend minachtende blik waarmee de anderen rondliepen alsof het een uniform was.

'William Fawkes?' brulde iemand die vlak bij hem stond, waarmee hij verschillende nieuwsgierige blikken trok toen hij op Wolf afliep om hem een hand te geven. 'William "Wolf" Fawkes!'

'Fawkes, dit is Malcolm Hislop, parlementslid voor Chelsea en Fulham en vanaf mei waarschijnlijk onze nieuwe burgemeester,' liet Vanita hem weten, terwijl ze om de glimmende wang van de glimmende man heen kuste.

'Geena, altijd weer een genoegen,' zei hij plichtmatig voordat hij zijn aandacht weer op Wolf richtte. 'Ik vraag me af...' zei hij op theatrale toon. 'Misschien doe ik er wel beter aan om enige afstand te bewaren!' Tot vermaak van de steeds groter wordende kring om hen heen stak hij afwerend zijn handen omhoog, een verwijzing naar burgemeester Turnble, die voor Wolfs ogen op gruwelijke wijze van binnenuit was verbrand.

'Wordt daar nu al om gelachen?' vroeg hij Vanita verbijsterd.

Nu ze in rap tempo de aandacht trokken, was het onvermijdelijk dat Christian hen vanuit de andere kant van de kamer zag. Zijn gezicht betrok toen hij zijn ongenode gast herkende. Wolf negeerde de pretentieuze opmerkingen van de omstanders en hief zijn glas naar hun gulle gastheer. Hij zag dat Christian zich omdraaide om verder te praten, maar herkende toen een bekende die door de menigte naar hun baas toe liep.

'Neem me niet kwalijk,' zei Wolf tegen Vanita toen hij bij haar vandaan liep om de vrouw in het zwarte cocktailjurkje te onderscheppen voordat iemand anders haar in het oog kreeg.

Baxter was nog maar drie passen van Christian verwijderd toen Wolf haar vriendelijk bij de arm vatte en haar de tegenovergestelde richting uit loodste.

'Wat doe jij hier?' fluisterde hij met een gedwongen glimlach terwijl ze de drukte achter zich lieten.

'Dacht jij echt dat ik die onzinnige "we nemen afstand"-toespraak van je geloofde?' vroeg ze. Om geen achterdocht te wekken, produceerde ze een gemaakt lachje.

Het dansen was begonnen, wat het lastiger maakte om weg te komen.

'Ik probeerde je te beschermen.'

'Niet genoeg, en te laat,' zei Baxter. Ze schudde zijn arm af en draaide zich naar hem toe. 'Hij heeft Finlay gedood. Ik doe mee!'

Een belangrijk uitziende man slenterde op haar af en stak zijn hand uit. 'Mag ik...'

'Wát mag je?' vroeg Baxter fronsend, terwijl ze naar zijn gerimpelde hand keek alsof hij een dood katje vasthield.

Opeens leek de man al veel minder zelfvertrouwen te hebben. '... mag ik deze dans?'

'Nee, dat mag je niet. Opzouten, smeerlap!'

Met een verontschuldigende glimlach verliet Wolf snel met haar de dansvloer en liep naar de dichtstbijzijnde deur.

'Wolf! Waar gaan we naartoe?' vroeg ze klagend. 'Au!'

Hij liep achter Baxter aan naar binnen en deed het licht aan. Nu de deur dicht was, werd Wolf dicht tegen haar rug aan geperst. Een klein wasbakje drukte in zijn zij.

'Geweldig. We zitten in het kleinste toilet uit de geschiedenis. Ben je nu blij?' vroeg Baxter. Ze draaide zich met moeite om in de kleine ruimte, waarbij ze hem twee keer een por met haar elleboog gaf.

'Dit is geen toilet,' klaagde Wolf toen hij opnieuw een por in zijn maag kreeg. 'Dit is een kast die niet uit de kast wil komen.'

Nu ze elkaar tenminste aankeken, drukten Baxters borsten stevig tegen Wolfs borstkas. Het sierde hem dat hij echt een fatsoenlijke poging deed om er niet op te reageren.

'Wat zie je er leuk uit,' zei hij glimlachend.

'Ongepast,' snauwde ze. 'Wolf?'

'Ja?'

'Ik hoop dat dat ding dat ik voel uitsteken je telefoon is,' zei ze op gevaarlijke toon.

'Dat klopt,' verzekerde hij haar, maar meteen daarop klonk uit de binnenkant van zijn jasje een verschrikkelijk slecht getimede 'ping' om hem te laten weten dat hij een sms'je kreeg.

'Ranzig, Wolf!' snauwde ze, en ze klom op het deksel van de toiletpot om zichzelf wat ruimte te verschaffen.

'Hoezo? Je ziet er écht leuk uit!'

'Je hebt tien seconden,' waarschuwde Baxter. 'Wat doen we hier?'

'Oké. Ik kan je er niet buiten houden. En ik respecteer je besluit. Maar misschien kun je... proberen niet op te vallen? Als het ware dóén alsof je niet betrokken bent?'

'Ik ben niet bang voor hem!'

'Nou, misschien zou je wel bang moeten zijn!' Hij zei het zo hard dat ze schrok.

Hij hield verontschuldigend zijn handen omhoog en Baxter keek hem wantrouwend aan.

'Ik ga me niet verschuilen,' zei ze.

Wolfs jasje maakt opnieuw een 'ping'-geluid. Hij negeerde het en knikte, wetend dat hij haar nooit op andere gedachten zou kunnen brengen.

'Maar alleen wij tweeën. We houden de anderen erbuiten.'

'Eens.'

Er werd op de deur geklopt. Het klonk alsof het dringend was.

'Wolf?' fluisterde iemand aan de andere kant. 'Wolf?'

Hij wierp Baxter een verbaasde blik toe, draaide de deur van het slot en viel half tegen haar aan toen Edmunds het piepkleine toilet in schoot.

'Edmunds?!'

'Baxter?!'

Ze keken om Wolf heen om naar elkaar te zwaaien.

'Had ik kunnen weten,' lachte hij. Zijn magere gestalte verdronk in de goedkope smoking. 'Ik had je hiertegen willen beschermen.'

'Dat is lief van je,' zei Baxter vriendelijk. 'Maar ik red het wel, zoals altijd.'

'Dus als híj het doet is het "lief"?' vroeg Wolf geërgerd.

'Je ziet er trouwens leuk uit,' zei Edmunds tegen haar.

'Dank je.'

Wolf maakte een gefrustreerd gebaar en bezorgde hun alle drie een blauwe plek door zich naar Edmunds om te draaien. 'Ik mag hopen dat dat ding dat daar uitsteekt je telefoon is,' zei hij.

'Dat is ook zo. En ik heb je ge-sms't... twee keer zelfs. Ik wist niet waar jullie waren gebleven.'

'En ik neem aan dat jij ook geen afstand wilt nemen?'

'Natuurlijk niet. Die klootzak heeft onze vriend gedood. Iemand die voor hem werkt, of met hem samenwerkt, heeft ingebroken in mijn huis. Ik moet hieraan meewerken. Ik moet helpen. Saunders en Joe doen trouwens ook mee.'

Wolf knikte gelaten, maar keek vervolgens verbaasd. 'Joe?'

'Labmans,' verhelderde Baxter, die hurkend op de toiletpot in rap tempo haar geduld begon te verliezen.

'Heeft iemand het Maggie al verteld?' vroeg Edmunds.

'Ja, ik,' antwoordde ze.

'En hoe heeft ze... Gaat het een beetje met haar?'

'Niet echt. Ze nam het op zoals ik al had verwacht, zei dat we ons vergisten, vroeg waarom we alles nog erger probeerden te maken, beschuldigde ons ervan dat we Christian tot zondebok maakten om Wolf uit de gevangenis te houden. En toen begon alles eindelijk op zijn plek te vallen.'

'Dank je,' zei Wolf oprecht, en hij gaf haar een stoot tegen haar borst toen hij zich weer omdraaide.

'Verdomme, Wolf!' klaagde ze. 'Kun je ons gewoon vertellen wat het plan is, zodat we hier weg kunnen?'

'Christian had bezoek toen hij in het ziekenhuis lag,' legde hij uit, terwijl hij uit alle macht probeerde niet in haar jurk te kijken. 'Een paar uur later werden de dozen met bewijsmateriaal vernietigd. Ik heb zowel de pagina uit het register als de pen geconfisqueerd, en ik heb een verzoek ingediend voor de video-opnames.'

'Die bezoeker zal niet zijn echte naam hebben genoteerd,' zei Edmunds voordat hij en Baxter het tegelijkertijd uitschreeuwden, omdat Wolf zich opnieuw omdraaide.

'Dat weet ik. Maar het gaf ons wel een tijdvenster om mee te werken, een monster van een handschrift en, met een hele hoop mazzel, zijn of haar vingerafdrukken.'

Er klopte iemand op de deur.

'Sorry!' 'Hier zit al iemand!' 'Opzouten!' riepen ze tegelijkertijd.

'Ik heb zitten denken,' begon Edmunds op zachtere toon, 'we hebben steeds aangenomen dat de inbraak in Saunders' auto, de aanval op Christian en de inbraak in mijn huis door dezelfde mensen zijn uitgevoerd. Wetende wat we nu weten, lijkt het nogal contraproductief dat de hoofdcommissaris halfdood is geslagen.'

'Misschien om ons op een dwaalspoor te brengen,' opperde Baxter.

Edmunds leek niet overtuigd. 'Daar waren veel gemakkelijker en minder pijnlijke manieren voor geweest. Je hebt zijn auto gezien, zijn gezicht... Hij had dood kunnen zijn.'

'Heb jij nog ideeën?' vroeg Wolf hem.

Baxter was stomverbaasd. Blijkbaar was het zelfs tot hém doorgedrongen hoe waardevol Edmunds kon zijn.

'Iemand speelt met de hoofdcommissaris onder één hoedje, en iemand anders valt hem aan. En de dreiging van die ander heeft hem er waarschijnlijk toe gedreven om zijn beste vriend te vermoorden. Ik heb al meer dossiers opgevraagd over de bende die vanuit het pakhuis opereerde. Degene die aan die brand is ontkomen mag dan niet de moordenaar van Finlay zijn geweest, maar het lijdt voor mij geen twijfel dat hij of zij er op de een of andere manier bij betrokken is.'

Baxter zwol van trots: Edmunds was evenveel waard als de rest van hen bij elkaar.

'Wat wil je dat ik doe?' vroeg ze aan Wolf. 'En draai je níét om.'

'Motief,' antwoordde hij met zijn rug naar haar toe. 'Er is op die scheepswerf iets gebeurd waar we niet van weten. Finlay zat financieel aan de grond. Er werd al bijna beslag gelegd op zijn huis, terwijl Christian duur doet in een kast van een villa. We moeten de hiaten invullen.'

'Prima.' Baxter klom al van de toiletpot. 'Zullen we dan maken dat we hieruit komen en onrust gaan stoken?'

Wolf knikte. 'Waarom ook niet?' zei hij.

Ze vielen de gang in en negeerden de vragende blikken van de andere gasten, maar beseften al snel dat ze die avond niet de enige doorn in Christians vlees waren...

Op de dansvloer stond iedereen stil.

De muziek was gestopt.

Ieders ogen waren gericht op hun gastheer, die midden in zijn schitterende zaal stond, en op de slordig geklede vrouw die hem zojuist in zijn gezicht had geslagen.

'Maggie!' hijgde Baxter. Ze drong zich door de verblufte gasten om haar naar buiten te brengen. Bij Maggie aangekomen, zag Baxter dat ze volkomen verdwaasd leek, net als Christian, die geschokt zijn hand tegen zijn wang hield en eruitzag als een man wiens wereld zojuist was ingestort. Toen Maggie in snikken uitbarstte, probeerde hij zelfs een hand naar haar uit te steken. Baxter sloeg de hand weg en liep met haar huilende vriendin naar buiten.

Het duurde even voordat Christian zich herpakte. Hij schraapte zijn keel en zei glimlachend: 'Het spijt me, beste mensen. Alsjeblieft, drink, dans en heb lol. Ondertussen ga ik op zoek naar ijsblokjes voor mijn wang!'

Zenuwachtige lachjes maakten plaats voor het geroezemoes van gesprekken die opnieuw opstartten, en de eerste tinkelende noten van de piano vulden de stiltes ertussen. De nog steeds ietwat verdwaasde Christian liep bijna tegen Edmunds aan.

'Meneer de hoofdcommissaris,' zei Edmunds spottend, en hij knikte kort voordat hij terugliep naar Vanita, die het blijkbaar geweldig vond om hem te zien.

Christian liep verder naar de bar. Hij voelde de ogen van zijn roddelende gasten bij elke stap in zijn rug branden. Net toen hij de barman wilde roepen, overhandigde iemand hem een theedoek vol ijsblokjes.

'Dank j...' begon hij, en hij keek op om te ontdekken dat Wolf boven hem uittorende. Hij lachte verbitterd. 'Jullie hebben 't Maggie verteld?'

'En jij klinkt verbaasd?'

'Dat ben ik ook,' – hij liet zijn stem zakken tot mompelsterkte – 'omdat jullie zo dom zijn om niet naar mijn waarschuwing te luisteren.' Hij drukte de ijskoude theedoek tegen zijn gezicht.

Wolf keek Christian woest aan. 'Ik heb er wel degelijk naar geluisterd,' zei hij. 'En luister jij nu maar naar mij. Verstop je maar in je mooie paleisje tussen de bomen. Nodig alle stroopsmeerders en huichelaars uit die je kunt vinden. Voer ze je dure drank en je onophoudelijke leugens... Het is niets dan brandhout voor de dag dat ik het plat kom branden.'

Christian dacht even over Wolfs dreigement na.

'Maggie is veilig,' zei hij. 'Je hebt mijn woord. Wat de rest van jullie betreft...' Hij schudde spijtig zijn hoofd.

Wolf legde een grote hand op zijn schouder en boog zich voorover om in Christians oor te fluisteren: 'Ik weet wat er in dat pakhuis is gebeurd.'

En na het uitspreken van die leugen gaf hij de hoofdcommissaris een Finlay-waardige mep op zijn rug en liep weg.

'Gaat het een beetje?' vroeg een gast die Christian groen in het gezicht zag worden.

Christian gaf geen antwoord, maar keek Wolf na. Edmunds en Vanita stonden hem aan de andere kant van de kamer boos aan te kijken toen Baxter terugkwam nadat ze Maggie had weggebracht.

'Zeg,' drong de oudere heer aan, 'gaat het wel goed, Christian?'

'Ja... Ja, alles gaat prima. Dank je, Winston. Het is de gebruikelijke druk die functies als de onze met zich meebrengen. Je weet hoe het is,' zei hij glimlachend, terwijl hij hen nog steeds zag kijken. 'De wolven draaien om ons heen.'

28

Zondag 18 november 1979
17.07 uur

Het eerste uur van hun dienst was de toon waarop Christian en Finlay met elkaar praatten stroef geweest. Ze repten met geen woord over hoe ze elkaar hadden toegetakeld. Christian liep flink mank en een wijnrode plek op zijn kaak duidde op een breuk, terwijl Finlays neus voor de zoveelste keer van richting was veranderd, met – ook voor de zoveelste keer – twee blauwe ogen als bijkomende schade.

'Wat eten we vanavond?' vroeg Christian, die plankgas gaf toen hun nieuwe patrouillewagen moeizaam de heuvel in de Cathkin Braes op reed.

'Zal me jeuken,' antwoordde Finlay.

Christian had het helemaal gehad. Hij gaf een draai aan het stuur, sneed roekeloos de bocht af en stuiterde over de berm naar de fraaie, maar beruchte openbare buitenseksplek. Finlay keek onverstoorbaar toe hoe zijn partner hen beiden bijna doodreed. Christian kwam slippend tot stilstand, zette de motor af, stapte uit en ging op de warme motorkap zitten. De wind zwiepte door zijn lange haren en hij bracht zijn handen bij elkaar om een sigaret aan te steken. Voor hen viel de schemering in boven de mistige stad.

Finlay stapte uit en kwam naast hem zitten.

'Ik was jaloers,' zei Christian, zijn blik gericht op het uitzicht. 'Ik had te veel gedronken... zoals gewoonlijk. Ik was een complete lamlul... zoals gewoonlijk. En het spijt me vreselijk... en dat zou best eens een eerste keer kunnen zijn.'

Finlay zei niets.

'Maggie is...' Christian schudde zijn hoofd en glimlachte. 'Zoals zij is er maar één, en jullie hebben echt iets samen. Ik was jaloers. Maar daarom hoef je nog niet weg te gaan!'

'Doe ik ook niet.'

'Weggaan?'

'O, ik ga wel weg. Ik neem het eerste het beste vliegtuig uit deze kleddernatte klotestad en daar zal ik geen spijt van krijgen,' legde Finlay uit. 'Maar dat heeft niets met óns te maken. Maggie vertrekt... en ik ga met haar mee.'

Christian knikte.

De zon brak door en even baadde de enorme grijze puist in het Schotse landschap in het licht.

'Ik heb het geld in tweeën gedeeld,' zei Christian. Hij gooide zijn opgebrande peuk in de struiken en stak een nieuwe sigaret op.

'Hou 't maar,' antwoordde Finlay.

Christian kreunde.

'Ik wil er geen cent van hebben,' hield Finlay vol. 'Maar wat er die nacht is gebeurd... en het feit dat je dat geld hebt, neem ik mee in mijn graf. Dat beloof ik je.'

'Daar maak ik me geen zorgen om!' lachte Christian. 'Je hebt mijn leven gered!' Hij sloeg zijn arm om Finlays schouders en schudde hem hartelijk door elkaar. 'Ik vertrouw jou meer dan wie ook. Ik wil alleen dat je het goed hebt.'

'Ik wil het geld niet,' herhaalde Finlay, die de al te vriendschappelijke arm afschudde.

'Ik heb de afgelopen paar dagen veel over integriteit nagedacht,' begon Christian. 'Dat dat geen constante is, geen vooraf op een gegeven niveau vastgestelde karaktertrek. Integriteit is meer een... streven, waarbij er altijd een spanningsveld bestaat ten opzichte van het echte leven – dat ons op de proef stelt, ons belazert, terwijl het ondertussen achter de schermen voortdurend zoeken is naar een evenwicht tussen integriteit en datgene wat we willen – en dat allemaal terwijl we van onszelf willen denken dat we integer zijn... Het is gewoon een zootje.'

'Ik vraag me af,' zei Finlay peinzend, 'hoe dom de dingen zijn die je níét zegt?'

'Ik wil alleen maar zeggen... dat het leven lang duurt. De helft van het geld is van jou, of je het nu wilt of niet, en de dag dat het leven eindelijk jouw integriteit murw heeft gebeukt, hoef je er alleen maar om te vragen. Akkoord?'

'Dat gaat niet gebeuren.'

'Geef me dan maar mijn zin. Akkoord?'

'Ja... best.'

29

Zaterdag 16 januari 2016
11.01 uur

Het complete ontbonden team had zich verzameld in de achterste hoek van de pub. Sommigen waagden zich zelfs aan de heerlijkheden op het deprimerende ontbijtmenu van The King & Country. Terwijl Wolf probeerde iets ondefinieerbaars uit zijn koffie te vissen, begon Saunders aan zijn uitgebreide Engelse ontbijt. Het kon Edmunds ondertussen niet ontgaan dat Baxter aan haar beha zat te trekken, en vervolgens zag hij dat Joe het ook opmerkte.

Hij gaf haar subtiel een por.

'Sorry,' fluisterde ze. Zo te zien zat de beha haar nog steeds niet lekker.

Wolf was in zijn smoking komen opdagen om waar voor zijn geld te krijgen. Hij schraapte zijn keel en stond op.

'Goedemorgen allemaal,' zei hij. 'Ik hoop dat jullie allemaal lekker' – hij keek rond over de tafel vol weggeduwde borden – 'zitten. Edmunds, Labmans en ik zijn gisteren druk in de weer geweest om voor jullie een presentatie in elkaar te draaien, compleet met A3-vellen, schokkende onthullingen, verschillende kleuren stiften en zelfs de iPad van Edmunds' verloofde.'

'Maar laat alsjeblieft niemand dat tegen haar zeggen,' zei Edmunds erbij. Hij zag met angst en beven hoe hard Wolfs onhandige vingers het scherm raakten.

'Videobeelden uit het ziekenhuis van Christians geheimzinnige bezoeker die een geheimzinnig bezoek aflegde,' kondigde Wolf aan. Hij hield de iPad omhoog zodat iedereen kon meekijken.

De video werd stilgezet toen de bezoeker recht de camera in keek. Vervolgens werd het beeld groter en draaide het nodeloos rond, om vervolgens over het scherm te stuiteren omdat Wolf zich te veel door de mogelijkheden van zijn nieuwe speeltje had laten meeslepen.

Baxter keek hem woedend aan.

'Ik heb niet eens geluidseffecten gebruikt,' zei hij opgewonden toen het beeld eindelijk tot stilstand kwam...

Boe!

'O ja, dat heb ik wel!' gaf hij toe.

Het beeld toonde een man die ongeveer even oud was als Finlay, maar beter gekleed en met veel donker achterovergekamd haar.

'Dát...' liet Wolf hun weten, 'is Killian Caine, het hoofd van de bende die opereerde vanuit het pakhuis op de scheepswerf. Zijn cv: de productie van drugs, afpersing, talloze beschuldigingen van geweldpleging, betrokken bij diverse moorden... een klootzak tot op het bot. En toch bezoekt hij hier onze hoofdcommissaris van politie die kort daarvoor bruut op zijn falie heeft gekregen. Vreemd, toch?'

'En dit,' zei Edmunds, die een serie foto's op tafel legde, 'zijn de bendeleden die we kennen.'

'Wat hebben die rode kruisen te betekenen?' vroeg Saunders met volle mond.

'Dat ze bij de brand in het pakhuis zijn omgekomen.'

'En...' Saunders slikte en stak een vinger op. 'Waarom liggen er kaartjes met namen tussen?'

'Omdat we van sommige bendeleden niet weten hoe ze eruitzien,' antwoordde Edmunds, die zich afvroeg wat Saunders anders had verwacht. 'Voor zover ik kan achterhalen, is dit zijn hele netwerk.'

'Wat wil zeggen dat de vent die uit het pakhuis ontsnapte een van hen moet zijn!' kondigde Saunders aan, die dacht dat hij zojuist de hele zaak had opgelost.

'Eh... ja,' zei Edmunds met alle geduld dat hij kon opbrengen. 'Kortom, de huurlingen en de brand hebben minstens de helft van Caines bende het leven gekost.' Edmunds haalde de doorgekruiste foto's van de tafel. 'Ik ben begonnen de dossiers van de rest te lichten, en' – hij legde zijn hand over een van de oude politiefoto's – 'déze man is één week na de brand vermoord. En over hem laat ik Joe aan het woord.'

Joe probeerde even theatraal op te staan als Wolf en Edmunds hadden gedaan, maar tevergeefs: hij zat stevig ingeklemd tussen de tafel en de muur.

'Tijdens de autopsie werden er twee kogels uit het lichaam gehaald. En ik dacht, barst, ik heb dit jaar toch niks te doen, en heb ze door mijn machines gehaald. En raad eens? Weer dezelfde groeven. Ze kwamen uit hetzelfde wapen.'

'Denk je dat onze verdachte zijn eigen medewerker heeft doodgeschoten?' vroeg Baxter.

'Klopt.'

'En,' onderbrak een opgewonden Wolf hen, die duidelijk op dit moment had staan wachten, 'er was een getuigenverklaring van iemand die de plaats delict ontvluchtte.' Hij vouwde zijn vingers om het bovenste A3-vel . 'Wat me ertoe noopte dit te maken...'

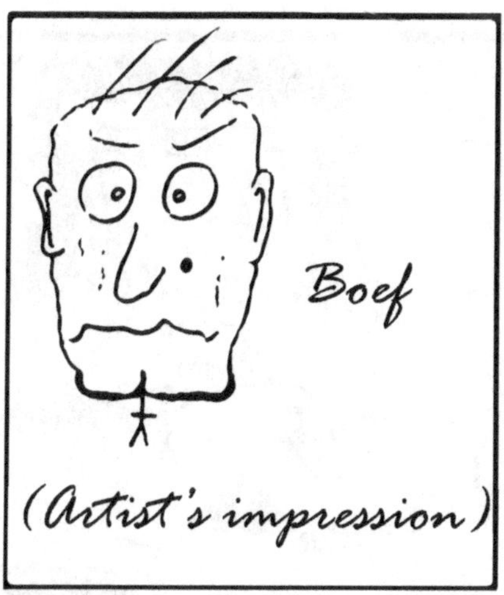

Eén moment lang zweeg iedereen.

Saunders deed zijn mond open, maar kwam erachter dat zelfs hij sprakeloos was.

'Eén vraag, Wolf?' begon Baxter.

'Ja?'

'Wat ís dat in godsnaam?!'

Saunders keek schuins naar de tekening. '"Artist" is wel een beetje te complimenteus,' gaf hij toe.

'Hij lijkt niet op een van de foto's,' zei Edmunds zo bemoedigend als hij maar kon.

'Wat wil zeggen dat we deze weg kunnen halen,' zei Wolf. Hij raapte de foto's van Caines bende van tafel en liet alleen de gezichtloze namen liggen.

'Ik wil dit goed begrijpen,' zei Saunders, die zichtbaar in verwarring was gebracht. 'Heeft hij zijn bendelid neergeschoten vóór of nádat hij op het plein Finlay en de hoofdcommissaris onder vuur nam?'

'Vrees niet, mijn vergeetachtige vriend!' zei Wolf glimlachend terwijl hij weer naar zijn stapeltje A3-vellen reikte. 'Want ik heb voor ons allemaal deze handige tijdlijn gemaakt om ons bij de les te houden...'

'Je spoort niet, Wolf,' zei Baxter.

Edmunds leek nauwelijks onder de indruk en Saunders lachte luid.

'Zou deze informatie niet effectiever over te dragen zijn met een diagram of tabel?' vroeg Joe.

'Ik heb hier toevallig wel heel veel tijd en moeite in gestoken,' zei Wolf beledigd. Maar toen dacht hij daar even over na. 'Met "heel veel" bedoel ik... Hoe dan ook, er is nog een tekening, mocht iemand interesse hebben?'

Saunders was de enige die zijn hand opstak.

'Hoe zit het met die tekening van het konijn?' vroeg Baxter, die zelf niet wist waarom het haar iets kon schelen.

Wolf haalde zijn schouders op. 'Ik kan nu eenmaal waanzinnig goed konijnen tekenen.'

'Lang verhaal kort,' zei Edmunds, die besloot lijn in de bijeenkomst te brengen. 'Op basis van de beschrijving heb ik het aantal overgebleven namen teruggebracht, details verzameld uit snippers proces-verbaal om hun verschillende botsingen met de wet sinds 1979 te traceren, en kan nu met redelijke zekerheid zeggen dat de man die uit het pakhuis is ontsnapt... Eoghan Kendrick is.'

'Zaak gesloten!' lachte Saunders, en hij schudde Joe ruw door elkaar.

'Dat zou zo zijn,' beaamde Edmunds, 'ware het niet dat "Eoghan Kendrick" een valse naam is... en dat de echte man mét de valse naam van de aardbodem is verdwenen. Als we samenvatten wat we zeker weten en enkele onverantwoorde en ongefundeerde aannames doen,' zei Edmunds, 'is dit wat we hebben.'

Hij schoof Wolfs tekeningen opzij en hield zijn eigen, veel professioneler opgezette vel omhoog:

- Er is iets gebeurd in dat pakhuis
- Eoghan Kendrick weet wat er is gebeurd
- Eoghan Kendrick werkte voor Killian Caine
- Killian Caine heeft Christian in het ziekenhuis bezocht (en hem waarschijnlijk in elkaar laten slaan)
- Christian is onwaarschijnlijk rijk
- Iemand uit Eoghan Kendricks team heeft geprobeerd hem te vermoorden
- Eoghan Kendrick is na dat incident verdwenen

'Ziet iemand een manier om die punten met elkaar te verbinden tot een samenhangende theorie?' vroeg hij.

Ze keken allemaal een beetje moeilijk terwijl ze over de onoplosbare puzzel nadachten.

'Ik denk dat ik het weet,' zei Saunders. Hij wreef over zijn kin. 'Christian ís Eoghan Kendrick!'

'Iemand anders een idee?' vervolgde Edmunds ongeduldig.

'Zeg jij het nou maar gewoon,' zei Baxter pesterig.

Edmunds probeerde te doen alsof hij haar niet begreep, maar gaf het op.

'Oké, ik heb een theorie,' gaf hij toe. 'Wat er die nacht ook is gebeurd, Christian en Finlay wilden het geheimhouden. Maar waar ze niet op rekenden, was dat Eoghan Kendrick aan de brand is ontsnapt. Hij vertelt het zijn baas, Killian Caine, die het gebruikt om Christian onder druk te zetten. Misschien wilde Finlay de openbaarheid zoeken, of hij besloot Christian ermee te chan...'

'Dat zou Finlay nooit doen,' onderbrak Baxter hem.

'Laat hem uitpraten,' zei Wolf.

'En daarom hebben ze hem vermoord,' ging Edmunds verder. 'Eoghan Kendrick probeerde zijn fout in het pakhuis recht te zetten, maar dat lukte niet, waarop Caine hem wilde laten uitschakelen. In plaats daarvan schiet Eoghan Kendrick zijn moordenaar dood en verschuilt zich. Kortom: de enige manier om erachter te komen wat er die nacht is gebeurd, is Eoghan Kendrick vinden.'

'Als hij nog leeft,' merkte Saunders op, die intussen Joe's bord verder leegat.

'Als hij nog leeft,' beaamde Edmunds. 'Er is nog iets: zelfs als Christian eerder niet wist dat iemand anders aan de brand is ontsnapt, dan weet hij het nu beslist wel. En hij weet ook dat wij naar die man op zoek zijn. Daarom moeten we aannemen dat ook Caine en zijn mannetjes naar hem op zoek zijn. De vraag is alleen wie Kendrick het eerst vindt.'

Na afloop van de bespreking ging Edmunds naast Baxter zitten, die nu met een van pijn vertrokken gezicht onbeschaamd over haar linkerborst streek.

'Zo te zien heb je vandaag wat problemen,' zei hij tactvol. Hij keek vlug of Joe niet aan de andere kant van de bar zat te gluren.

'Lijken ze groter dan anders, denk je?' vroeg ze.

Edmunds bleef vastberaden haar blik vasthouden. 'Ik zou het niet weten.'

'Je kijkt niet eens!'

Met een diepe zucht keek hij naar haar borsten.

'Volgens mij zien ze er nog hetzelfde uit als altijd... Eet je dat niet op?' vroeg hij met een hoofdgebaar naar de tosti die ze had besteld, om maar van onderwerp te veranderen.

'Nee,' zei ze met een vies gezicht. 'Hij ruikt bedorven.'

Edmunds pakte de tosti van haar bord, rook eraan en nam toen een hap.

'Heb je vandaag hulp nodig?' vroeg ze hem.

'Ja, prima,' zei hij met volle mond. 'Alleen moet ik onderweg wel een paar dingen halen voor Leila.'

Bij Boots waren de framboos-granaatappelsmoothies uitverkocht.

Je kon Baxter niet nijdiger krijgen.

De puisterige jonge man die het koelvak bijvulde had het misschien niet helemaal verdiend om het mikpunt te zijn van haar felle woede, of van de wel zéér openbare les over vraag en aanbod waarin ze uitlegde dat als in elke winkel in het land de framboos-granaatappelsmoothies elke dag uitverkocht waren, iemand met de goddelijke macht om daar beslissingen over te nemen misschien, héél misschien, voorzichtig kon overwegen om er wellicht wat meer in het koelvak te zetten. Ze kreeg echter spijt toen zijn lip begon te trillen en hij wegrende om een potje te gaan janken in het magazijn, wat haar op haar beurt aan het huilen maakte terwijl ze stond te wachten tot Edmunds zijn boodschappen had gedaan.

Even later verscheen hij aan het einde van een gangpad. Zijn gezicht betrok toen hij zijn vriendin in tranen zag en hij haastte zich naar haar toe.

'Baxter! Wat is er gebeurd?'

'Niets. Ik was alleen... Het spijt me.'

'Het hoeft je niet te spijten. Het is mijn schuld. Ik had niet... daarnaartoe moeten gaan.'

'Wat ís er toch met me?' zei ze lachend, en ze veegde haar tranen weg.

Edmunds wilde iets zeggen... keek naar het pak wegwerpluiers in zijn armen... en keek toen weer naar Baxter.

'Wat nou?' vroeg ze.

Hij keek een beetje ongemakkelijk.

'Wát?!'

'Eh, ben je moe?'

'Altijd.'

'Hoe voelen je borsten nu?'

'Heel raar.'

'Is er nog ander eten dat je sinds heel kort niet meer lekker vindt?'

'Misschien.'

'Ga je nog midden in Boots in huilen uitbarsten?'

'Zou heel goed kunnen.'

'Gefeliciteerd.' Edmunds duwde Baxter het pak luiers in de armen en maakte dat hij wegkwam.

30

Zaterdag 16 januari 2016
15.23 uur

Achter zijn oude bureau bij Moordzaken en Zware Misdaad zat Wolf zich af te vragen of hij het aandurfde een Cadbury's Double Decker op te eten die al sinds ruim voor de Lappenpopmoorden in zijn la zat. Hij keek naar de amper leesbare t.h.t.-datum die waarschijnlijk al een aanwijzing op zich zou moeten zijn.

FEB 2015

Met een mond vol chocola ging hij verder met de klus waar hij mee bezig was: belgegevens en gps-informatie opvragen die onder Christians mobiele nummer waren opgeslagen zonder degenen die hem daarbij hielpen te laten weten wie de eigenaar van de telefoon was. Dat bleek nog lastiger dan hij al had verwacht.

Om 15.42 uur was hij zonder Vanita's goedkeuring nog geen steek opgeschoten en kreeg hij zelf een telefoontje dat hem de rillingen bezorgde.

'Mam? ... Hoe bedoel je, je bent er over een uur? Wáár ben je over een uur? ... Hoezo? ... Nee, natuurlijk vind ik dat leuk. Ik vroeg me alleen... ... Wát heeft ze gedaan?' Hij tandenknarste. 'Ja. Wat aardig van haar! ... Nee, ik woon daar niet meer,' legde hij uit, terwijl hij koortsachtig nadacht over waar hij zijn ouders naartoe kon sturen. 'Ik app je het adres wel. A.P.P! Ik app je het adres!'

Enkele mensen die bij hem in de buurt zaten te werken keken zijn kant uit. Wolf mimede het woord sorry.

'Oké. Oké. Dat is nog eens leuk. Ik zie jullie straks. Dag!'

Hij hing op, propte de rest van de wit uitgeslagen chocola in zijn mond en liet zijn hoofd in zijn handen zakken.

Edmunds had nog nooit eerder tegen Baxter geschreeuwd, en het voelde voor hen allebei een beetje raar.

Ze hadden in zijn schuur geprobeerd te werken aan een aantal dossiers. Het was onvermijdelijk dat hun gesprek een andere wending had genomen. Baxter had in tranen toegegeven dat ze een afschuwelijke vergissing had begaan door met Wolf te vrijen. Wat haar sierde, was dat ze het al wel aan Thomas had verteld. Dat was tenminste iets, maar wat minder voor haar pleitte was het besef dat ze waarschijnlijk zwanger was.

Edmunds voelde zich rot en zuchtte: 'Ga je het hem vertellen?'

'Wie?'

'Thomas.'

Ze haalde haar schouders op. 'Het zal op een gegeven moment wel ter sprake komen, als ik er een klein boos baby'tje uit pers.'

Edmunds' telefoon ging. Hij keek naar het scherm en wierp Baxter toen een zenuwachtige blik toe. 'Ik moet even...' Hij maakte de zin niet af, maar verdween door de deur.

Tijdens de minuut die voorbijging, lukte het Baxter haar zelfbeheersing terug te krijgen en bedacht ze een uitstekende manier om Edmunds op zijn nummer te zetten, zodat hij niet het gevoel zou hebben dat hij had gewonnen. Toen hij echter met een onthutst gezicht terugkwam, was ze haar vernietigende opmerking alweer vergeten.

Hij borg zijn telefoon op. 'Dat was Wolf,' legde hij uit. 'Hij stelde allemaal onsamenhangende vragen over Thomas en jou. Waar jij nu woonde en of je je appartement had verhuurd of niet.'

Baxter ging met een bezorgd gezicht rechtop zitten. 'En wat heb je hem verteld?'

Edmunds had de blik in zijn ogen van een man die weet dat

er geen juist antwoord mogelijk is. 'Ik... heb hem... de waarheid verteld, toch?' antwoordde hij.

Baxter sprong van haar kruk en rende de schuur uit.

'We moeten hem tegenhouden!' riep ze over haar schouder naar haar beduusde vriend. 'Bel hem onderweg maar!'

'Dank je wel, reservesleutel!' zei Wolf dankbaar tegen zijn reservesleutel, blij om te ontdekken dat hij nog steeds op de buitendeur van Baxters appartement paste. De sleutel was een van de weinige dingen die hij had bewaard, een aandenken aan een vorig leven.

Hij had zijn moeder het adres aan Wimbledon High Street ge-sms't en had toen de eerstvolgende metro naar het zuiden genomen. Hij beklom de trap naar de overloop, pakte een verweerde sleutel en maakte de deur open...

Meteen rook hij de stank van infectie.

'Jezus, Echo!' klaagde hij. Hij kwam de woonkamer binnen en greep een bus luchtverfrisser die daar stond.

Met zijn mouw over zijn neus keek Wolf van het werkblad in de open keuken, dat vol stond met verband en medicijnen, naar het vrolijke briefje met *beker Cookie Dough in de vriezer!* en naar de halfnaakte, gewapende man die in de slaapkamerdeur naar hem stond te kijken. Met een onmannelijke gil stak Wolf zijn handen omhoog en spoot een flinke dosis rozengeur de lucht in.

'Jij bent Wolf, zeker?' vroeg de zwetende en asgrauwe Rouche glimlachend, en hij liet zijn wapen zakken om tegen de deurpost te zakken.

'Klopt,' antwoordde Wolf verbaasd. Hij liet langzaam zijn handen zakken. 'En jij bent zeker de zombie die officieel bekendstaat als Damien Rouche? Ik zag je op het nieuws. Leuk om kennis te maken.' Zijn blik viel op het zwart geworden woord op Rouche' borstkas waar bloed uit sijpelde.

'Ik weet het. 't Ziet er niet best uit, hè?'

'De stank is erger,' verzekerde Wolf hem, en hij hoopte dat Rouche niet had gemerkt dat hij hem al ruim twintig seconden subtiel met rozengeur stond te bespuiten.

'Is Baxter er ook?'

'Nee. Maar ze heeft me wel degelijk alles over je verteld... dat je hier woont... op de vlucht voor de politie... en zo,' loog Wolf met een half oog op zijn horloge. 'Dit is waarschijnlijk een goed moment om je te laten weten dat er elk moment gasten binnen kunnen komen.'

'Gasten?' vroeg Rouche. Hij zag Wolf door de kamer lopen en foto's weghalen van Baxter-in-verschillende-stadia-van-chagrijnigheid-omdat-er-een-foto-van-haar-werd-genomen.

'Ja. Maar dat is niet erg. Je hoeft niets te doen... alleen vertellen dat jij mijn goede vriend en medebewoner' – hij wierp Rouche een lange en indringende blik toe – 'Haywood bent.'

'Haywood?'

'Je hebt zeker geen bovenkleding, hè?' vroeg Wolf terwijl hij ramen openzette en opruimde.

'Die komt steeds onder het bloed te zitten,' antwoordde Rouche gegeneerd.

'Misschien een rood shirt?' stelde Wolf voor. De intercom zoemde. 'O shit! Oké. De voorstelling kan beginnen!'

Ergerlijk genoeg stond er een auto op Baxters plek geparkeerd, dus liet ze Blackie achter op de inrit en Edmunds op de passagiersstoel. Ze rende haar gebouw binnen, vloog de trap op en haar appartement in. Toen Wolf met open mond naar haar omkeek, stormde ze op hem af.

'Waar denk jij dat je mee bezig bent?!'

Hij zag er zenuwachtig uit. 'Baxter, ik...'

'Denk jij nou echt dat je, na alles wat je me hebt aangedaan, hier gewoon maar binnen kunt vallen en...'

'Baxter, als je even...'

'Jij verziekt mijn hele leven. Besef je dat? Je hebt álles al verpest!'

'Baxter, mijn ou...'

'Ik ben over tijd, Wolf!' schreeuwde ze overstuur.

'Over tijd? We hadden toch helemaal niet afgesproken dat je hier...'

'Nee, achterlijke idioot! Over tijd. Een nette manier om te

zeggen dat ik een buik vol benen heb ofwel: je hebt me met kind geschopt... je weet wel, zwanger!'

'Mazzeltof!' klonk een stem vanaf de bank.

Ze kromp ineen en draaide langzaam haar hoofd, zodat ze meneer en mevrouw Fawkes naar hen zag kijken. Ze zaten rustig naast Rouche, die tactisch een zitplaats naast een open raam had gekozen.

'Beverly!' zei Baxter stralend.

'Barbara,' verbeterde Wolf.

'En Bob!'

'Bill.'

'Wat een onverwacht genoegen! Kan ik jullie iets aanbieden?'

'Nee. Nee,' antwoordde meneer Fawkes. 'Haywood heeft goed voor ons gezorgd.'

Ze vroeg maar niets meer.

'Ben jij zwanger?' flapte Wolf eruit toen het nieuws eindelijk indaalde.

'Ja!' grijnsde Baxter, die nu een enigszins manische indruk maakte.

'En... we weten absoluut zeker dat het niet van Thomas kan zijn?' vroeg hij hoopvol.

'Heel zeker! Want Thomas heeft de boel laten doorknippen.'

Wolf keek haar vol afschuw aan. 'Zoals bij... een eunuch?'

'Nee, zoals bij een sterilisatie, verdomme, jij' – ze keek naar zijn meeluisterende ouders – 'minkukel.'

'Wij Fawkesen zijn erg vruchtbaar,' viel William senior vanaf de bank bij. Zijn vrouw knikte instemmend.

'Getver, pa!'

'Nou, dat is het soort informatie dat van tevoren wellicht nuttig zou zijn geweest!' zei Baxter op luide toon.

'Ik bedoel maar, Will was echt een ongelukje!' zei meneer Fawkes erachteraan.

'Dat wist ik niet, pa.' Wolf zag er ietwat gekwetst uit. 'Fijn dat je dit met me hebt gedeeld.'

'En, wat brengt jullie naar Londen? En dan vooral: naar Wimbledon?' vroeg Baxter, die moeite had haar zelfbeheersing te bewaren.

‘*The Lion King*,’ antwoordde mevrouw Fawkes.

‘*The... Lion King*?’

Ze knikte.

‘Het was zo raar. Ik zat een paar dagen geleden met Ethel te kletsen toen de telefoon ging, en tot mijn verbazing was het Andrea... Ken jij Andrea?’

‘En óf ik Andrea ken!’

‘Nou ja, zij had twee vip-tickets gekregen, en een overnachting in een chic hotel... en toen dacht ze aan ons. Is dat niet geweldig?’

‘Goh, nou!’

Baxter en Wolf stonden nog na te denken over de motivatie van zijn ex-vrouw toen er op de deur werd geklopt.

‘Ik ga wel!’ zei Rouche, die allang blij was dat hij weg kon.

Nu het gesprek een beetje geforceerd werd, luisterde iedereen hoe Rouche hun onbekende bezoeker begroette.

Het klikken van hoge hakken kwam dichterbij...

‘Andrea!’ riep mevrouw Fawkes blij. ‘Dus je hebt mijn berichtje ontvangen?’ Ze stond op om Andrea een kus op haar wang te geven.

‘Inderdaad!’ Andrea draaide zich om naar Wolf en glimlachte omdat ze hem eindelijk had gevonden. ‘Will.’

Baxter was sprakeloos van woede terwijl Wolf stapje voor stapje achteruit de kamer verliet. Op de trap klonk het geluid van rennende voetstappen. Rouche gaf het op en hield de deur open voor Edmunds, die slippend tot stilstand kwam in de volle kamer.

‘Andrea is onderweg!’ kondigde hij zwaar hijgend aan. Toen hij zijn eclectische gehoor nader bekeek, besefte hij dat hij te laat was. ‘Wacht eens... was dat... Rouche?’ vroeg hij aan Baxter op een toon die aangaf dat hij zich verraden voelde.

‘Hai!’ wuifde Rouche vermoeid, en hij zag Andrea’s ogen oplichten toen ze eerst de naam en toen de sterk vermagerde CIA-agent zelf herkende.

‘Ik wilde niet dat je nog meer geheimen voor me hoefde te bewaren,’ zei Baxter schuldbewust tegen Edmunds.

‘Waarom ga je niet zitten, liefje?’ zei Wolfs vader tegen Andrea. Hij had niets meegekregen van het moeizame gesprek dat in het midden van de kamer plaatsvond. 'We hebben iets te vieren! Will en Emily krijgen een baby!'

Andrea keek hen met een zelfvoldaan lachje aan. 'O, écht?' vroeg ze. 'Een baby? Dat gebeurt meestal als gevolg van... seks. Ja, ik weet dat dit misschien lijkt op mijn "nou ja, ik wist het wel"-gezicht, maar ik verzeker je dat dit voor de volle honderd procent mijn "wat een leuke verrassing"-gezicht is.'

'Al die Botox maakt het verschil waarschijnlijk moeilijk te zien,' redeneerde Wolf.

'Will!' zei zijn moeder verontwaardigd.

'Nou, gefeliciteerd,' zei Andrea. 'Ik ben heel, héél blij voor jullie allebei.'

'Ik ga even liggen,' meldde Rouche, die er nu echt genoeg van had.

'Truste, Haywood!' riep meneer Fawkes hem na.

Baxter nam Edmunds apart en Wolf liep op Andrea af, waarbij hij zijn vader onderbrak, die net in geuren en kleuren was begonnen uit te leggen waarom de Fawkesen zo vruchtbaar waren.

'Mag ik je even lenen?' vroeg Wolf haar.

Andrea knikte en kwam bij hem in het keukengedeelte staan. Ze zag er vreemd uit: jonger, nog steeds mooi, maar anders dan hij zich haar herinnerde; ze leek een variatie op haarzelf die uit een alternatieve werkelijkheid voortkwam. Jammer genoeg was ze niet minder koppig dan hij zich herinnerde.

'Heb jij mijn ouders naar Londen gehaald?'

'Jij belde steeds niet terug!'

'Ik ging je uit de weg! Dat doen mensen nu eenmaal als ze iemand ontwijken!' fluisterde Wolf. 'Het staat zo ongeveer op pagina één van *Ontwijken voor Dummies*: bel hem of haar níét terug!'

'Ik ben hier niet om ruzie te maken,' zei ze op rustige toon. 'Ik wil je helpen.'

'Wat helpen?'

'Jou.'

'Mij helpen met wat?'

'Met alles. Ik vind het zo vreselijk van Finlay. Echt waar. En ik wil gewoon... ik wil sommige van mijn eerdere indiscreties ten opzichte van jou goedmaken.'

Wolf schudde zijn hoofd.

'Echt waar! Kijk...' Ze ritste haar jas open om het geactualiseerde felgele campagne-T-shirt te laten zien en, indirect, de nieuwe borsten eronder:

De WOLF moet *weer* LOS...!

'Zie je dat ik nog wat ruimte heb gelaten voor de volgende keer dat jij op spectaculaire wijze je leven tot een hel maakt?' vroeg ze vriendelijk.

'Stop ze...' Wolf verbeterde zichzelf snel. 'Stop dat T-shirt weg.'

'Wat ben je toch onvolwassen,' zei Andrea, maar toen ontspande haar gezicht in een brede glimlach en omhelsde ze hem stevig. 'Doe dat nooit meer!' fluisterde ze in zijn oor. 'Ik heb me vreselijk zorgen om je gemaakt.'

Wolf negeerde de hoopvolle blik op het gezicht van zijn moeder en drukte haar op zijn beurt voorzichtig tegen zich aan.

'Het is wel goed,' zei Edmunds tijdens zijn onderonsje met Baxter waarbij zij zich afvroeg waar die foto van haar in Mexico was gebleven. 'Het overviel me alleen. Meer niet.'

'En hoe had je precies kunnen helpen? Nergens mee. Daarom heb ik je er ook niet over verteld.'

'Gedeelde smart...' begon Edmunds.

'Maakt medeplichtig,' maakte Baxter af, waarmee ze de ronde had gewonnen.

'Hij ziet er vreselijk uit.'

'Hij is aan de beterende hand,' zei Baxter, zelf niet overtuigd door haar woorden.

'En je plan was... wat precies?'

'Rouche in veiligheid brengen. Hij herstelt, laat zijn baard staan en leeft nog lang en gelukkig.'

'Ik dacht dat gelukkige aflopen niet bestonden,' zei Edmunds, waarmee hij Baxter citeerde en op zijn gemak ronde twee won.

'Hij zegt dat hij zich al beter voelt,' hield ze vol. Ze moest harder gaan praten om niet te worden overstemd door Wolfs vader aan de andere kant van de kamer.

'Zelfs al gaat het beter... en dat gaat het,' begon Edmunds, die zich afvroeg waarom hij altijd met het slechte nieuws op de proppen moest komen, 'dan nog hebben we nu een groot probleem.'

Hij keek bezorgd in de richting van Andrea, die zeer tegen haar zin tussen Bill en Barbara ingeklemd zat.

'Ik praat wel met haar.'

'Rouche wordt gezocht voor moord, en dat maakt jou medeplichtig.'

'Wat wil je dan dat ik doe? Het is wél Rouche,' zei ze.

'Je kunt de gevangenis in draaien!'

'Híj belandt in de gevangenis!'

'Ik zeg alleen maar dat enige afstand misschien een goed idee is. Als ze erachter komen dat hij in jouw appartement woont...'

Baxter knikte om te beamen dat hij een punt had, maar zei: 'Hoor eens, het is Rouche. Hij blijft. Dat ben ik hem verschuldigd.'

Edmunds keek opnieuw naar Andrea. 'Je moet haar niet vertrouwen.'

'Doe ik ook niet,' verzekerde ze hem, en ze haalde diep adem voordat ze op de roodharige journaliste af stapte. 'Hai,' zei ze, waarmee ze meneer Fawkes halverwege zijn tirade over de wegwerkzaamheden aan de M4 onderbrak. 'Kunnen we even praten?'

Met een bezorgde blik stond Andrea op en liep ze achter Baxter aan naar de gang, de enige overgebleven plek voor een onderonsje.

'Als dit om jou en Wolf gaat,' zei Andrea op voorhand, 'dan heb ik echt geen enkele...'

'Daar gaat het niet om.'

Ze keek verrast. 'Waar gaat het dan wel om?'

'Je bent een zielloze, schaamteloze, dood en verderf zaaiende überbitch, en als je in dit tempo doorgaat met faceliften, komt het teken van het beest straks precies in het midden van je strakke voorhoofd te staan.'

'Oké,' antwoordde Andrea. Ze was wel voor ergere dingen uitgemaakt.

'Maar wat wij ook voor problemen met elkaar mogen hebben,

die hebben niets te maken met Rouche. Hij is een goeie vent die alles al kwijt is ge...'

'Ik zal je geheim niet verraden,' onderbrak Andrea haar. 'Ik weet dat je vindt dat ik je tijdens de Lappenpopmoorden heb verraden, en tot op zekere hoogte is dat ook zo, maar de waarheid is dat ik besloot om níét uit piëteit voor onze nieuwe vriendschapsband een volkomen zinloos offer te brengen. Dat had ik kunnen doen, maar daarmee had ik mijn carrière door het toilet gespoeld en dan zou je me nog steeds niet bijster aardig hebben gevonden.'

'Bespaar me het "als ik het niet had gedaan, had iemand anders het wel gedaan"-verhaal.'

'Mijn baas had iemand in de studio ernaast klaarzitten om precies dezelfde woorden op te lezen die ik heb opgelezen. Het spijt me, maar als ik nu voor die keus stond, zou ik niets anders doen.'

Baxter lachte verbitterd en liep naar de deur.

'Gefeliciteerd,' flapte Andrea eruit. 'Dat meen ik echt.'

Om de een of andere reden bleef Baxter staan en draaide ze zich om.

'Will wilde met mij geen kinderen,' vervolgde ze. 'Ik ben blij dat hij ze met jou wel wil.'

'Ondanks wat algemeen wordt aangenomen,' zei Baxter op beschuldigende toon, 'was het een eenmalige, levensverwoestende vergissing.'

'En wat zei hij toen hij erachter kwam?'

'Ik lees een beetje tussen de regels door. Zoals ik het nu inschat? "O kijk, mijn kreng van een ex is net binnen komen lopen, wel tien seconden nadat Baxter het me heeft verteld, en we hebben nog geen kans gekregen om het te bespreken."'

Andrea keek schuldbewust. 'O.'

'Ik wil er eigenlijk niet over praten,' zei Baxter, 'en al helemaal niet met jou.'

'Ook best,' zei Andrea op vriendelijke toon. 'Laten we het dan over iets anders hebben. Bijvoorbeeld hoe Damien Rouche ertoe kwam jouw appartement te kraken.'

Baxter schudde haar hoofd. 'Als je over de baby had gepraat, had je meer kans gemaakt,' antwoordde ze. Ze draaide Andrea de rug toe en liep naar binnen.

Baxter keek verbaasd toe terwijl de ene bliksemflits na de andere dezelfde plek raakte, een brug tussen hemel en aarde die de lucht doorkliefde om het deksel van een Gü-chocoladepuddinkje te verschroeien. Ze was vergeten de aluminiumfolie te verwijderen voordat ze het in de magnetron zette en stond op het punt er iets aan te doen toen het apparaat haar de moeite bespaarde door de zekering te laten doorslaan.

'Alles goed, daar?' riep Thomas, die in zijn badmintonkleding was thuisgekomen en Baxter de zoveelste geïmproviseerde maaltijd zag opwarmen.

'Prima!' loog ze. Ze zette de twee puddinkjes op bordjes en droeg ze naar de tafel, waarbij ze zichzelf het niet-opgewarmde exemplaar toebedeelde. Ze ging weer zitten, wilde een slok wijn nemen en bedacht dat dat waarschijnlijk niet zo'n goed idee was.

Ze zette het glas weer neer.

'Lekker, hoor,' zei Thomas. Hij glimlachte naar haar en pakte de fles. 'Kan ik je bijschenken?'

Baxter legde haar hand over het glas.

'Nee... dank je. En toevallig wilde ik het daar net over hebben. Ik heb... nieuws.'

'O?' antwoordde Thomas, die net haar hand vastpakte. Onbewust verstevigde hij zijn greep.

'Hoor eens, ik ben niet zo goed in dit soort dingen, maar... ik, eh...'

Aan de andere kant van de tafel begon haar telefoon te zoemen.

'Ik hou van...'

Onwillekeurig keek ze naar het scherm.

'...Wolf.'

Thomas liet haar hand los. 'Je houdt van... Wolf?'

'Wat? Nee! Ik hou van jou. Ik hou van jóú! Wolf belt gewoon weer eens op een vreselijk slecht...' Haar hand bleef boven de trillende stoorzender hangen.

'Maar je gaat nu niet opnemen... toch?'

'Het is mijn werk. Momentje,' zei ze verontschuldigend voordat ze opnam. 'Je timing is weer geweldig, Wolf. Wat moet je?'

Thomas snoof luidruchtig en sloeg zijn armen over elkaar.

'Op Christians telefoon is niets raars gevonden. "Geen data over locatie. Geen andere dan de gebruikelijke telefoontjes of contacten die niet te herleiden zijn,"' las Wolf hardop voor. 'Het was sowieso een gok. Hij is te voorzichtig om een spoor achter te laten.'

'Had dit niet kunnen wachten?'

'Het is voor Finlay,' zei hij op gekwetste toon.

'Sorry,' zuchtte ze. 'Je hebt gelijk. Dan zal hij waarschijnlijk ook niet online gezeten hebben.' Ze glimlachte naar Thomas maar kreeg een boze blik terug.

'Toch moet hij met íémand contact houden,' zei Wolf. 'De nacht dat er bij Edmunds werd ingebroken, lag hij in het ziekenhuis, en ik zie hem niet echt zelf Saunders' Škoda openbreken.'

'Kunnen Killian Caine en zijn mannetjes dat hebben gedaan?'

'Nee. Ik denk dat Edmunds gelijk heeft. Het lijkt niet echt hun stijl. Waarom zou je de moeite nemen om rond te sluipen als je een nacht eerder de hoofdcommissaris van politie op zijn donder hebt gegeven waar getuigen bij waren?'

'Hij moet dus nog een andere telefoon hebben.'

Thomas' geduld was op. Hij pakte zijn lepel en begon aan zijn dessert.

'Ligt voor de hand,' beaamde Wolf. 'En die moeten we vinden. Hij ligt óf bij hem thuis, óf op kantoor.'

'Dat is inbraak,' merkte Baxter op.

'Alleen als we gepakt worden. Ik ken de code voor zijn alarm,' zei Wolf. 'Ik doorzoek het huis wel, maar Saunders en jij zijn de enigen die binnen New Scotland Yard overal mogen komen. En van jullie tweeën heb jij het voordeel dat je niet Saunders bent.'

'Tegen die logica kan ik niets inbrengen. Ik zal zien wat ik kan doen.'

'Bedankt. Zeg... denk je dat we misschien ook moeten praten over...'

Baxter verbrak de verbinding.

'Je toetje zal nu wel koud zijn,' zei Thomas.

'Daar twijfel ik niet aan,' mompelde ze. Ze pakte haar wijnglas op, keek er verlangend naar en zette het weer neer.

‘En... je grote nieuws?’ hielp hij haar herinneren, alsof hij de beul vroeg om op te houden met het slijpen van zijn bijl.

Baxter deed haar mond open, schoof een volle lepel koude pudding naar binnen en schudde haar hoofd. ‘Niet belangrijk.’

31

Maandag 18 januari 2016
9.35 uur

Baxter had zich zelden zo ver in het hol van de leeuw gewaagd.

Ze was al verschillende malen bij Vanita op het matje geroepen, en in vergelijking met de evenwichtige anarchie die bij Moordzaken en Zware Misdaad heerste werkten de stille gangen haar elke keer weer op de zenuwen.

Wolf had van zijn nieuwe hartsvriendin Vanita gehoord dat ze om halftien een bespreking met de hoofdcommissaris had, wat betekende dat hij een halfuur niet in zijn kantoor zou zijn. Gewapend met een belangrijk uitziende map liep Baxter blakend van zelfvertrouwen langs de bureaus. De verschillende assistentes en managers gingen volkomen op in hun eigen triviale werkzaamheden en besteedden nauwelijks aandacht aan haar. Ze wierp een snelle blik naar links, om er zeker van te zijn dat het kantoor leeg was, en naar rechts, om te controleren of iemand naar haar keek, en liep toen snel naar binnen.

‘Oké,’ fluisterde ze terwijl ze met bonzend hart rondkeek in Christians weelderig ingerichte kantoor, waar de geur van leer en hout een harmonieus geheel vormde met het omfloerste zonlicht dat tussen de op een smalle kier gezette lamellen door naar binnen viel.

Ze liep naar het grote bureau en trok de bovenste lade open.

In Epping Forest liep Wolf al een uur door Christians huis.

Het beschadigde elektrische hek stond ver genoeg open om zich erdoor te persen, en na een testikel kneuzende klimpartij over een muur had hij de achterdeur bereikt. Met minimale schade forceerde hij het slot, en vervolgens rende hij naar de hal om de vijfcijferige code voor het alarm in te toetsen. Niets wees erop dat Christian hier een halve week geleden een borrel had gegeven. In de enorme ruimte verwarmde een winters zonnetje het vloerkleed, de stoelen en de bank. Schaakstukken stonden gevechtsklaar in het midden van een koffietafel en de vleugel was nergens te bekennen, zodat Wolf zich begon af te vragen of hij het hele gebeuren had gedroomd.

Toen hij zeker wist dat hij de grootste slaapkamer goed had doorzocht, liep hij naar de stemmig verlichte inloopkast, waar twee rijen kostuums de wacht hielden boven bijpassende schoenen.

Enigszins van zijn stuk gebracht, keek Wolf op zijn horloge en ging hij aan het werk.

Om 9.52 uur had Baxter elke lade in het bureau, het opengeklapte koffertje ernaast en de zakken van de jas die aan de deur hing doorzocht. Ze besefte dat ze nog maar een paar minuten had en begon wanhopig te worden.

'Kom op nou, gladjanus. Waar is die telefoon?'

Ze liep naar de dossierkast, waar het metalen rek moeiteloos uit de behuizing gleed. Het deed haar denken aan de ordelijke lades langs de muren van het mortuarium. Ze was nog maar net begonnen met zoeken toen ze Vanita's stem dichterbij hoorde komen.

Ze verstijfde.

Christians silhouet verscheen voor het raam; hij fronste zijn wenkbrauwen tijdens zijn gesprek met zijn ondergeschikte.

Baxter kon geen kant uit. Zacht duwde ze de dossierkast dicht en keek rond, op zoek naar een plek, welke plek dan ook, waar ze zich kon verbergen – van de ramen die alleen uitzicht boden op de hemel en de loofrijke boom in de hoek naar de lange jas aan de haak naar het imposante bureau. Terwijl ze daar onbeholpen stond en nergens heen kon, besefte ze dat Vanita haar recht aankeek.

'Ik wist dat ik iets was vergeten!' hoorde Baxter haar door het glas heen zeggen. Vanita ging subtiel zó staan dat Christian met zijn rug naar het raam stond. 'Ik had die e-mail van Pearson nog met je willen bespreken.'

'Natuurlijk. Stuur maar door.'

Met haar ogen gericht op de deurklink liep Baxter achteruit bij de deur vandaan.

'Zou je het erg vinden om dat nu te doen?' vroeg Vanita. Haar toon klonk dringender dan haar bedoeling was. 'Ik heb 'm al op mijn scherm, en ik ben er al vrij laat mee.'

'Ik moet nog...'

'Zie het als een zoenoffer,' drong ze aan.

'Nou ja, als je het zo stelt, natuurlijk... Maar laat me eerst even iets pakken.' Christian draaide zich om, zwaaide de deur wijd open en keek Vanita bevreemd aan toen zij hoorbaar naar adem hapte. Hij volgde haar blik door het lege kantoor. 'Ik kom zo,' zei hij tegen haar.

Vanita stond er nog steeds toen hij de deur dichtduwde. Hij liep naar het raam en trok de jaloezieën omhoog om zich even te koesteren in de januarizon voordat hij achter zijn computer ging zitten.

Christians knie bevond zich op centimeters afstand van Baxters gezicht.

Met ingehouden adem trok ze langzaam haar gelaarsde been in en bleef ineengedoken onder het bureau zitten. Ze zag zijn dure schoen haar kant uit schuiven, leunde opzij en perste zich tegen het hout om haar lichaam van de vloer te drukken. Toen zijn voet onder haar schoof, begonnen haar benen te trillen onder de inspanning van de onmogelijke houding.

Wolf had iets gevonden wat misschien niets voorstelde, maar zeker veelbelovender was dan wat hij tot dan toe in het spaarzaam gemeubileerde huis had opgedoken: investeringscertificaten uit juni 1981. Toen hij zijn telefoon ontgrendelde om foto's te maken, zag hij opeens hoeveel later het al was.

Baxter moest uiterlijk om 9.55 uur uit Christians kantoor weg zijn. Ze had gezworen hem te sms'en zodra ze weg was, om hem te laten weten dat ze in veiligheid was.

Hij stelde een kort berichtje op:

Sta je al buiten???

Met zijn duim boven de verzendknop, vroeg hij zich af of hij haar nog een minuut moest geven of niet...

Baxter hoorde Christian vlak boven haar hoofd op zijn toetsenbord typen. De stof van zijn broek streek langs haar arm.

Ze wist dat Wolf zo onderhand op haar berichtje zou zitten te wachten. Haar telefoon drukte tegen haar heup, en ze probeerde hem er met haar wilskracht van af te houden dat hij haar zou bellen. Ze duwde drie vingers in haar broekzak en voelde het metaal tegen haar vingertoppen, maar kreeg er geen greep op. Ze duwde harder en de dunne stof scheurde, zodat haar hand weggleed en net Christians schoen raakte.

Hij hield op met typen.

Baxter durfde geen adem te halen. Haar ogen waren groot en waakzaam en haar hart bonsde hard genoeg om haar te verraden. Ze zag dat hij van houding veranderde om iets van het bureau te pakken.

'Kessie, wil je morgen alsjeblieft een tafel voor me reserveren voor mijn lunch met Malcolm Hislop?'

Baxter greep haar kans, trok de telefoon uit haar zak en scrolde van 'trillen' naar 'stil'. Seconden later lichtte haar scherm op doordat Wolfs sms'je binnenkwam. Ze drukte het tegen haar borst zodat Christian de gloed niet zag.

'Maakt niet uit waar. Verras me maar!' zei Christian grinnikend, en hij maakte een eind aan het gesprek.

Ze hoorde dat hij neerlegde en vervolgens een lade open- en dichtdeed. Hij stond op, zodat de krappe ruimte opeens baadde in het licht. Het geluid van zijn voetstappen werd zachter en er ging een deur dicht. Baxter zakte onderuit op het tapijt. Ze was misselijk omdat ze de moeilijke houding zo lang had moeten volhouden en fronste toen ze de goedkope mobiele telefoon zag die stevig aan de onderkant van het werkblad zat vastgeplakt.

Te uitgeput om zelfs maar triomf of opluchting te voelen, reikte ze omhoog en trok hem los.

Om 10.17 uur was Christian uitgepraat met Vanita en liep hij terug naar zijn kantoor toen zijn assistente hem onderschepte met een zeer welkome mok koffie en een veel minder blij stemmende stapel post.

'Lunch is morgen in de Culpeper, want er wordt zon verwacht en de groentekas op het dak is geweldig!'

'Dank je, Kessie,' zei hij, en hij nam voorzichtig de hete mok van haar aan.

'O, heb je gezien dat hoofdinspecteur Baxter iets voor je heeft afgegeven?'

Het lukte hem bijna om niets van zijn verbazing te laten merken. 'Wat zei je?'

'Emily Baxter,' legde ze uit, vermoedend dat ze weer eens een stommiteit stond te begaan. 'Ze kwam drie kwartier geleden langs en ging je kantoor binnen. Ik nam aan...'

'O, ja!' Christian glimlachte.

Zijn assistente ontspande zichtbaar.

'Ja, heb ik gezien. Dank je wel,' loog hij, en hij hield zijn glimlach vol tot hij weer in zijn kantoor was en de deur dicht had gedaan.

Snel liep hij naar zijn koffertje, waar niets mis mee leek te zijn. Het zag er onaangeraakt uit. Vervolgens trok hij een voor een de lades open, maar ook daar ontbrak niets uit. Tot slot reikte hij onder het bureau en voelde tot zijn opluchting dat de mobiele telefoon veilig op zijn vaste plek zat. Christian keek naar zijn vaste telefoon en vroeg zich af of ze hem lieten afluisteren. Het idee dat hij zo roekeloos zou zijn was een belediging. Hij dacht na over de mogelijkheid dat ze in hun wanhoop microfoons in zijn kantoor hadden geplaatst en vond dat enigszins geruststellend, want dat was immers alles wat ze hadden: hun wanhoop.

Hij trok het oude mobieltje van het hout en liep naar het herentoilet. Toen hij wat koud water in zijn gezicht had gespat, controleerde hij dat hij alleen was voordat hij ietwat aarzelend het enige nummer belde dat in de telefoon was opgeslagen. Hij kreeg meteen de voicemail.

'Ik ben het. Kun jij een probleem voor me oplossen?'

32

Maandag 18 januari 2016
18.48 uur

Rouche sliep het grootste deel van de dag, maar had voor de zekerheid de wekker gezet om de lichten aan te doen, zich snel te wassen en de ergste stank uit het appartement te krijgen voordat Holly kwam. Toen hij in de bewasemde spiegel van de aan de slaapkamer grenzende badkamer keek, herkende hij zichzelf amper nog in zijn holle ogen en ingevallen wangen...

qOq

Fier en zwart stonden de letters op zijn borst; ze zagen eruit alsof ze met viltstift waren geschreven. Rouche stak zijn hand uit om ze weg te vegen, en toen zijn natte duim het spiegelbeeld deed vervagen, kon hij zich bijna wijsmaken dat het werkte. Hij zette zich schrap en keek naar zijn borst voor zijn dagelijkse evaluatie: vlak onder de huid kronkelden opgezette blauwe aderen om het afstervende vlees heen, alsof ze zich terugtrokken van het gif dat ze met zich meedroegen.

Er klonk een geluid in de gang.

Was Holly al zo vroeg? Rouche draaide de kraan dicht, pakte een handdoek en liep naar de slaapkamerdeur. Hij fronste toen hij geklik en geschraap hoorde, graaide een trui van de vloer en trok die over zijn hoofd.

Er klonk een harde dreun en vervolgens ging tergend langzaam de voordeur open.

Hij deed een stap achteruit de slaapkamer in en zag een gezette man het appartement binnenkomen. In zijn ene hand had hij een zwaar vuurwapen en met zijn andere hand deed hij de deur achter zich dicht. Rouche keek hulpeloos naar zijn dienstwapen aan de andere kant van de kamer. Hij zag de kolf uit de holster steken en wist dat hij nooit op tijd die afstand kon overbruggen. Hij dacht na over wat hem aan hulpmiddelen ter beschikking stond: een nagelschaartje dat Baxter in het badkamerkastje had achtergelaten, diverse spuitbussen, een fles bleekmiddel... Hij kon ook de kop van zijn tandenborstel breken om er een plastic steekwapen van te maken.

Hij duwde de deur dicht toen de indringer de gang door liep. Door de kier zag Rouche dat de man midden zestig was en zijn hand over zijn neus had gelegd tegen de stank. Hij bleef voor de grote badkamer staan en duwde voorzichtig tegen de deur om zich ervan te verzekeren dat er binnen niemand stond.

Rouche stond op het punt om door de kamer te rennen, maar aarzelde – tot zijn geluk, want net op dat moment draaide de man zich om en liep de open keuken binnen, zijn wapen gericht op de woonkamer. Toen Rouche zich opnieuw schrap zette, verried een krakende plank zijn locatie. De man draaide onmiddellijk zijn hoofd en richtte zijn wapen direct op Rouche, die bewegingloos toekeek door de smalle kier tussen de deur en de deurpost.

De man liep zijn richting uit.

Rouche keek wanhopig om naar het slaapkamerraam op driehoog, zich ervan bewust dat hij na een val nooit zou kunnen wegrennen. Zelfs in zijn verzwakte toestand maakte hij een betere kans als hij probeerde te vechten. Hij zag hoe de man dichterbij kwam en alleen even bleef staan om te kijken naar de batterij medicijnen op het werkblad in de keuken.

Rouche greep zijn kans, trok de deur net ver genoeg open om naar de boekenkast te rennen. De beweging trok de aandacht van de indringer, die opnieuw ingespannen naar de slaapkamerdeur keek.

Rouche durfde zich niet te bewegen. De donkere ramen in het appartement werkten als een enorme spiegel. Omdat hij zich niet kon verbergen voor de schutter én zijn eigen spiegelbeeld, kon hij geen kant uit. Hij wist dat de man hem zou zien zodra hij zijn hoofd iets draaide. De indringer leek echter vooral bezig te zijn met de zwaaiende deur, en Rouche kon tussen het meubilair door schuifelen om te voorkomen dat de gewapende man hem zag, toen die voorzichtig de slaapkamer naderde.

Rouche zat met zijn rug naar de bank en zag zijn holster verleidelijk aan de hometrainer hangen, maar hij durfde er niet naar te reiken. Nog niet.

Holly was er al vroeg.

Ze had zich er de hele dag al op lopen verheugen om Rouche te zien en had tijdens haar lunchpauze boodschappen gedaan voor het avondeten. De wijn, kipblokjes, kaas en taart had ze in de koelkast voor de kadavers bewaard.

Omdat ze met haar gedachten elders was, was haar niet opgevallen dat de voordeur niet goed dicht was en dat er onder het opengebroken slot houtsplinters op het tapijt lagen. Ze rende de trap op, haalde haar sleutels uit haar zak en liet ze tegen de deurknop kletteren terwijl ze stoeide met de boodschappentassen. Ze duwde de deur open met haar voet en liep naar binnen. Ze deed net haar mond open om naar Rouche te roepen dat ze er was toen ze een ruwe hand voor haar mond voelde en een arm om haar borst haar belette zich te bewegen.

Ze kreeg geen adem en kon niet gillen, maar verzette zich uit alle macht.

'Sst! Sst! Ik ben het!' fluisterde Rouche in haar oor.

Holly hield onmiddellijk op met worstelen, zodat hij haar weer kon loslaten en zijn wapen weer op de gang kon richten.

Hij haalde zijn hand voor haar mond weg. 'Ga weg,' fluisterde hij. Zijn blik bleef gericht op de open slaapkamerdeur.

Doodsbang deed ze wat hij vroeg. Ze draaide zich net om naar de deur toen ze voelde dat Rouche zich bewoog. Terwijl hij een oorverdovend schot afvuurde, trok hij haar in één vloeiende beweging naar zich toe. Ze viel achterover en meteen daarop spatte een deel van de deur vlak boven haar hoofd uiteen. Rouche trok haar met zijn arm om haar hals de keuken in en vuurde van achter de keukenkastjes nog twee schoten af.

Op het geluid van Holly's angstige gehijg na werd het even stil.

Voor het eerst die dag keek Rouche haar aan en glimlachte, alsof ze rustig in het park zaten in plaats van in doodsnood te hurken in Baxters keuken. Hij kneep in haar hand, maar dook in elkaar toen drie schoten glas- en granietsplinters op hun hoofd lieten regenen.

Holly slaakte een gil en keek angstig naar Rouche, die glinsterende splinters van Baxters glasservies in zijn haar had. Hij pakte haar handen een voor een en legde ze over haar oren, knipoogde naar haar, sprong toen op en vuurde nog drie schoten af voordat hij zich op de vloer liet vallen. De indringer rende schietend naar de voordeur, waarna Holly's weerspiegeling in het raam implodeerde.

Rouche krabbelde op om hem achterna te gaan en rende vier stappen voordat hij in elkaar zakte.

'Rouche!' Holly kroop over de glinsterende scherven naar hem toe. Hij hapte naar adem en zijn ogen vulden zich met tranen terwijl hij kronkelend van pijn zijn borst vasthield. 'Rouche! Wat is er? Praat tegen me!' In paniek controleerde ze of hij ergens was geraakt, maar vond geen kogelwonden. 'Ben je neergeschoten?!'

Hij schudde zijn hoofd. 'Krijg geen... adem.'

Ze greep al naar haar mobiele telefoon toen hij het uitschreeuwde van pijn.

'Ik ga voor je zorgen,' beloofde ze met haar mobieltje aan haar oor. 'Ambulance alstublieft.'

Rouche greep haar hand vast. Zijn hoofd hing slap opzij.

'Ik regel hulp!' beloofde Holly.

Hij trok de telefoon weg. De tranen rolden over zijn wangen. 'Buiten,' fluisterde hij.

Ze begreep hem niet.

'Breng me... buiten.'

'Je kunt niet bewegen!' zei ze vol afschuw.

Hij begon zich over de vloer voort te slepen.

'Rouche!' riep ze. 'Oké! Oké!' Ze hield de telefoon weer tegen haar oor: 'Wimbledon High Street, tegenover de pub. Jullie zien ons vanzelf. Kom alsjeblieft snel. Er is een man... Ik denk dat hij doodgaat.'

Op ruim achthonderd meter afstand zag Baxter de blauwe zwaailichten boven de gebouwen uit schijnen.

Ze zette haar zwaailichten aan en gaf meer gas om het drukker wordende verkeer in te halen toen ze High Street in reed. Ruim honderd meter van haar appartement parkeerde ze fout, zette de motor uit en keek vol ontzetting naar wat zich voor haar ogen afspeelde: politiewagens hadden de weg afgezet. Ze telde vier patrouillewagens, een Gewapend Responsteam en diverse hulptroepen in burgerauto's.

Holly's paniekerige telefoontje had haar wel tot op zekere hoogte voorbereid, maar daarna was de situatie duidelijk geëscaleerd. Toen ze de aard van Rouche' verwondingen zagen, hadden de ambulancemedewerkers om politieondersteuning gevraagd voordat ze wegreden, en toen er uit die buurt ook meldingen van schoten binnenkwamen, hadden ze gewoon maar iedereen gestuurd.

Baxter pakte haar telefoon en sms'te Holly. Binnen een halve minuut zag ze haar bij de menigte vandaan lopen en over straat naar haar auto snellen. Ze controleerde eerst of niemand naar haar keek, deed toen het portier open, ging op de passagiersstoel zitten en sloeg haar armen om Baxter heen.

'Ze hebben hem meegenomen, maar wilden me niet vertellen waarnaartoe!' snikte ze. 'Ik weet niet eens of hij nog leeft!'

Baxter maakte zich voorzichtig los uit de omhelzing en keek naar haar schoolvriendin. Haar haren en kleren waren bespikkeld en haar handen zaten onder het opgedroogde bloed.

'Je bent gewond,' zei ze.

Holly schudde haar hoofd. 'Niet echt,' zei ze. 'Ik heb mijn been opengehaald aan een glasscherf.'

'Hoeveel weten ze?' vroeg Baxter, vastbesloten haar eigen bezorgdheid te onderdrukken door pragmatisch te blijven.

'Niets,' snikte Holly. 'Hij zei dat ik hem naar buiten moest brengen,' zei ze er beschaamd achteraan. 'Hij dacht aan jou, zelfs toen... toen...' Ze barstte weer in tranen uit, en Baxter moest zich inhouden om niet mee te huilen.

'Ze weten dus niets van de inbraak?'

'Nee.'

‘Ze weten niet dat ik hier woon?’

‘Natuurlijk niet.’

‘En hoe zit het met de schoten?’

‘Bijna iedereen in de straat heeft ze gehoord en gedacht dat ze uit hun eigen pand kwamen.’

‘En wie denken ze dat jij bent?’

‘Een of andere veel te emotionele voorbijganger die de ambulance heeft gebeld.’

Baxter knikte en gaf haar vriendin een bemoedigend klopje op haar arm. Tot nu toe had ze alleen maar goede antwoorden gegeven. Dit was stellig niet het moment om haar te vertellen dat ze nog een aantal keren zou moeten liegen voordat de politie klaar met haar was.

‘Hij heeft mijn leven gered,’ fluisterde Holly terwijl ze haar aankeek.

‘Het mijne ook.’

‘Ik kan niet geloven dat hij er niet meer is.’

De zwaailichten weerkaatsten in Baxters glinsterende ogen.

‘Nee...’ zei ze. ‘Ik ook niet.’

33

Dinsdag 3 mei 1994
10.04 uur

'De ziekte van Hodgkin,' zei de arts op zachte toon. 'Een vorm van kanker.'

Maggie knikte alleen maar. De onverstoorbare afstandelijkheid van een beroepsverpleegkundige zat te diep ingebakken om anders te reageren. Finlay zat er volledig lamgeslagen bij.

Wreed genoeg was het een prachtige dag en het geluid in de rustige spreekkamer was dat van de voorjaarsbries die speelde met de lamellen.

Maggie viel al sinds het begin van het jaar langzaam maar zeker af, en op haar drieëndertigste zou ze zich niet voortdurend zó uitgeput moeten voelen, wat haar ertoe had gebracht om een bevriende arts om hulp te vragen, wat snel had geleid tot het ene onderzoek na het andere en veel meer gedoe dan ze had gewild.

'Tja, Maggie, ik weet dat dit een schok voor je zal zijn... voor jullie allebei, maar ik wil dat je begrijpt dat...'

'Wat is de... de...' onderbrak Finlay hem, die niet op het juiste woord kon komen. 'Wat is de prom...'

'Prognose?' opperde Maggie glimlachend.

'Ja, dat. Wat is de promnose?'

De arts knikte. Hij had de vraag al verwacht.

'In dit vroege stadium kan ik daar niets over zeggen. We moeten tests doen...'

'Nog meer tests,' zei Finlay op afkeurende toon.

'... om uit te zoeken óf en hoever het zich heeft verspreid.' De man keek naar Maggie. 'Maar ze is een taaie, en verder gelukkig goed gezond, dus ga ik hier mijn boekje te buiten en zeg ik: "Goed."'

Maggie glimlachte haar man bemoedigend toe, die enige troost leek te putten uit de volkomen ongefundeerde en nietszeggende mening. Ze pakte zijn hand en kneep erin.

'Jullie kunnen er zeker van zijn,' vervolgde de arts, 'dat Maggie de beste zorg krijgt die onze openbare gezondheidszorg maar kan bieden.'

Finlay fronste bij die opmerking, die was bedoeld om hem te sussen. En terwijl Maggie en de arts hun gesprek voortzetten, dwaalden zijn gedachten voor het eerst sinds jaren af naar een kofferbak vol gestolen geld, waarvan de helft van hem was.

Na Finlays vertrek was Christian nog bijna achttien maanden in Glasgow blijven werken, totdat hij had besloten terug te gaan naar Essex. Met enige hulp van zijn oude vriend had hij een baan gekregen bij de Metropolitan Police. Ze hadden zelfs een tijdje op dezelfde afdeling gewerkt voordat Christian elders naar een functie in het middenmanagement solliciteerde. Ze hadden verschillende fasen van contact doorlopen, maar hadden elkaar al ruim twee jaar niet meer gesproken toen Finlay hem onverwacht belde.

Drie dagen na Maggies diagnose spraken de twee mannen af in een café. Omdat het nog steeds mooi weer was, kozen ze een tafeltje aan de rivier.

'Het leven heeft gewonnen,' meldde Finlay toen ze de koetjes en kalfjes hadden uitgemolken.

'Pardon?'

'Een kleine vijftien jaar geleden,' zei Finlay, 'heb je me verteld dat het leven op een dag mijn integriteit zou uithollen. Nou... je hebt gelijk. Het leven heeft gewonnen.'

Christian fronste zijn wenkbrauwen.

'Ik heb mijn helft van het geld nodig,' zei Finlay.

'Uiteraard. Het is van jou,' antwoordde hij. Toen vertrok zijn gezicht. 'Het is alleen niet zo gemakkelijk. Ik kan je niet zomaar even een koffertje overhandigen.'

Finlays blik werd donker.

'Maar maak je geen zorgen!' zei Christian er snel achteraan. 'Ik heb alles nog... Veel meer zelfs. Maar dat is ook een beetje het probleem. Ik heb het niet in een schoenendoos in mijn achtertuin begraven. Ik heb geïnvesteerd, in van alles en nog wat. Ik heb aandelen en obligaties gekocht... onroerend goed. Ik heb gepland voor de lange termijn.'

'Ik heb verdomme mijn geld nodig!' blies Finlay. Hij sloeg met zijn vuist op tafel, zodat hun drankjes over de rand van het glas gutsten.

'En je krijgt het ook,' zei Christian rustig. Hij glimlachte geruststellend naar een geschrokken serveerster. 'Maar we moeten het slim aanpakken. Als ik nu de helft van mijn portfolio verkoop en jou het geld geef, komt dat wel enigszins verdacht over. Denk je ook niet?'

Finlay gromde.

'Waarom denk je dat ik nog steeds zo hard werk?' vroeg Christian aan zijn vriend, die terneergeslagen over het water uitkeek. 'Wat is er aan de hand? Als je zo wanhopig bent, heb ik misschien wel wat kortlopende opties waar we geen groot verlies op maken.'

'Doe dat maar.'

Christian knikte. 'Vanmiddag nog... maar alleen als je me vertelt wat er aan de hand is.'

Finlay sloot zijn ogen om zich te vermannen. 'Het is voor Maggie...' zei hij. 'Het gaat niet zo goed met haar.'

34

Dinsdag 19 januari 2016
9.03 uur

'Wat is er gisteravond verdomme gebeurd?'

'Jij hebt tegen me gelogen, verdomme. Dát is er gebeurd!'

'Ik zei toch dat je je in moest houden, haar alleen bang moest maken. Vervolgens word ik wakker en is jouw mislukte aanslag op alle nieuwszenders.'

'Er woonde één ongewapende politievrouw. Dat zei je toch? Je had het niet over een zwaarbewapende CIA-agent!'

'Was hij in háár appartement?'

'Klopt. En samen hebben we weinig heel gelaten van die woning.'

'Wat een zootje!'

'Ik wil tweemaal zoveel geld.'

'Tweemaal?! Jij krijgt helemaal niks; de klus is niet geklaard.'

'Ik ben geraakt! Ik ging bijna dood door jou.'

'Geraakt? Is het erg?'

'Het gaat niet zo best!'

'Heb je iets nodig?'

'Nee. Ik heb het wel erger meegemaakt.'

'Goed dan, tweemaal zoveel... als je de klus hebt geklaard.'

'Afgesproken. Maar eh, als ze daar niet woont, waar is ze dan?'

'New Scotland Yard. Ik zit nu naar haar te kijken.'

'Ik kom jouw kant op.'

'Volg haar voorlopig alleen. Kijk waar ze naartoe gaat. Maar als je de kans krijgt...'

'Begrepen.'

'Zwarte Audi, ziet eruit alsof hij bij een ongeluk betrokken is geweest. Kenteken: Romeo Victor Zero Negen Hotel Charlie Golf.'

'Genoteerd.'

'Hou me op de hoogte.'

Holly had helemaal niet geslapen.

Ze had de hele nacht liggen googelen naar nieuwsberichten over Rouche, in de hoop nieuwe details te ontdekken. Ze had zich ziek gemeld op haar werk, was in opdracht van Baxter teruggereden naar het appartement en had de agent bij het politiekordon wijsgemaakt dat ze daar woonde. Ze liet zichzelf binnen en sloeg haar armen om haar lijf tegen de kou. Dat kapotte raam in de woonkamer was ze helemaal vergeten, en ze nam zich voor er plasticfolie voor te plakken voordat ze wegging. Omdat ze weinig kon uitrichten tegen de gaten in de muur op de gang, liep ze naar de keuken, waar Rouche' wapen nog op de vloer lag. Ze ritste haar rugzak open en legde het erin, waarna ze alle medicatie en verbandmiddelen erbovenop stapelde.

In de slaapkamer bekeek Holly de ingelijste foto's een voor een en pakte ze in, samen met de portemonnee, telefoon, sleutels en elk ander spoor van Rouche dat ze kon vinden.

Om 9.26 uur kreeg Baxter een dringend telefoontje van techneut Steve, die hen hielp door de bij hun zaak betrokken wegwerptelefoons te peilen. Ze liep weg uit haar bespreking met Vanita en liep naar Moordzaken en Zware Misdaad, waar ze Steve aantrof, even enthousiast als altijd over de meest banale opdrachten. Hij leidde haar een apart kamertje binnen.

'Sinds gistermiddag krijg ik elk kwartier updates van het netwerk,' begon hij. Hij liet zich weer in zijn stoel vallen en trok daarbij het met koffie bevlekte overhemd uit zijn broek, de lichamelijke tol van een zittend leven. 'Zowel over de telefoon die jij hebt gevonden, maar waarvan je niet wilt zeggen van wie die is, als over het opgeslagen nummer, waarvan je me ook niet wilt vertellen van wie het is, en dat je hebt gevonden op de telefoon die je hebt gevonden... maar waarvan je niet wilt zeggen van wie die is,' legde hij op ietwat verbitterde toon uit. 'Ben ik te volgen?'

'Nee.'

'Hoe dan ook, ze waren allebei compleet dood. Dat wil zeggen, de simkaarten en accu's waren uit de telefoons gehaald. Althans, tot negen uur vanochtend, toen ik een "ping" van de dichtstbijzijnde zendmast opving. En toen, om 9.03 uur, belde wegwerptelefoon nummer één naar wegwerptelefoon nummer twee. Tijdsduur: vijfenzeventig seconden. Locatie: ergens tussen Bow Street en Saint Martin's Lane.'

Baxter keek op haar horloge. Dat was een halfuur geleden.

'Nog iets,' vervolgde Steve. 'Dit is niet de eerste keer dat die telefoon op die locatie is gebruikt. Op 11 januari werd er in hetzelfde gebied twee minuten mee gebeld.'

'Wat wil zeggen dat je misschien hebt gevonden waar hij zit!' zei Baxter opgewonden. 'Kun je aan nog meer gegevens komen?'

'Niet zonder bevelschrift, nee. We kunnen informatie verzamelen over inkomend en uitgaand sms- en telefoonverkeer, maar niet over de inhoud van de communicatie.'

'Verrekte bureaucraten,' blies Baxter.

'Er is veel ophef geweest over schending van privacy,' zei Steve verbaasd.

'Als ze niets fout hebben gedaan, hebben ze ook niks te verbergen,' stelde Baxter. 'Hoe nauwkeurig is die locatie?'

'Dankzij het aantal zendmasten in het centrum, behoorlijk nauwkeurig. Tot op dertig meter, zou ik zeggen.'

'Oké. Ik ga erachteraan.' Ze draaide zich om naar de deur.

'Niemand vertelt me ooit iets,' flapte Steve eruit, 'maar het kon me niet ontgaan dat de locatie van de andere telefoon, de telefoon die belde... eh, hier in huis is.'

Baxter knikte bedachtzaam. 'Geloof me, hoe minder je weet...'

'Zat er dik in,' zei Steve opgewekt. 'Nou ja, goede reis!'

Hij had nog maar net zijn motor geparkeerd toen hij een gammele zwarte Audi, die beantwoordde aan Christians beschrijving, de parkeergarage van New Scotland Yard uit zag rijden. Hij zette zijn helm weer op en ging achter de auto aan. In het langzaam rijdende verkeer langs de rivier hield hij afstand, en besefte dat hij terugreed naar waar hij vandaan kwam. Toen ze, alvorens af te slaan, langs de reusachtige vaandels van *The Lion King* reden die de gevel van het Lyceum Theatre bedekten, maakte dat besef plaats voor bezorgdheid.

De Audi parkeerde in Henrietta Street, zonder zich iets aan te trekken van de dubbele gele streep, zodat hij langs de auto moest rijden om geen aandacht te trekken. Omdat hij weinig keus had en bang was haar uit het oog te verliezen, parkeerde hij om de hoek op het trottoir voor zijn pension.

Snel liep hij terug naar de kruising en zag Baxter en een man die hij niet herkende uitstappen. Ze keken omhoog naar de gebouwen langs de straat, op zoek naar iets...

... op zoek naar hem.

Hij haalde de onderdelen van zijn telefoon uit zijn leren jack, zette die in elkaar en deed hem weer aan.

'Hé, ik hoor dat Wolf en jij een welp krijgen?'

'Zak in de stront, Saunders!' snauwde Baxter voordat ze haar telefoon beantwoordde. 'Ja?'

'Baas, met Steve... techneut Steve.'

'We hebben elkaar een halfuur geleden nog gesproken. Ik weet nog wie je bent,' verzekerde ze hem terwijl ze onder alweer een strakblauwe hemel door de drukke zijstraat liepen.

'Hij heeft net zijn telefoon weer aangezet! Hij heeft maar tien seconden gebeld, maar ik heb een preciezere locatie kunnen bepalen.'

'En?'

'Hij is er nog steeds: hoek van Henrietta en Bedford Street.'

Baxter keek voor en achter zich de straat door.

'Goed gedaan,' zei ze en ze beëindigde het gesprek. Tegen Saunders zei ze: 'Hij is hier. Roep de anderen op.'

De daaropvolgende veertig minuten hadden Baxter en Saunders nuttig besteed door de hotels, pensions en cafés in de omgeving te bezoeken en te informeren naar een gezette blanke man van in de vijftig of zestig die vermoedelijk alleen reisde. Ze noteerde de gegevens van iedereen die enigszins overeenkwam met Holly's beschrijving van Christians medeplichtige.

Net nadat Edmunds had gebeld om te zeggen dat hij er over vijf minuten zou zijn, werd Baxter opnieuw gebeld door techneut Steve.

'Baxter,' zei ze op abrupte toon.

'Hij gebruikt de telefoon weer, in Henrietta Street.'

Ze floot luid om Saunders' aandacht te trekken en rende de hoek om naar de straat waar ze hadden geparkeerd. Er liepen tientallen mensen in beide richtingen: een klerenkast van een zakenman in een goedkoop pak, een enkele hipster wiens bewerkelijke baard naar Shoreditch leek te wijzen, een man in leren motorkleding, bouwvakkers met plastic helmen op...

'Waar is hij nu?!' vroeg ze aan Steve toen Saunders haar bereikte.

'Nog steeds in Henrietta Street. Hij loopt in noordoostelijke richting naar Covent Garden.'

'Kun je ons gesprek doorlussen naar de anderen?' vroeg ze, terwijl ze met Saunders door de straat liep en mensen uitsloot die een gebouw binnengingen of van richting veranderden. Ze legde haar hand in het voorbijgaan op Blackies chassis en controleerde of er al een bon onder haar ruitenwisser zat.

Saunders' telefoon ging over toen hij bij de conferencecall werd betrokken.

'Loop maar door,' adviseerde Steve.

Ze gingen sneller lopen en bereikten het grote plein van Covent Garden.

'Zo te zien is hij blijven staan,' zei Steve. 'Is er iemand blijven staan?'

In de beroemde toeristenfuik was het even druk als altijd. De overdekte markt was een eiland in een zee van kinderkopjes waarop straatkunstenaars de menigten in vervoering brachten. Baxter speurde de gezichten af zonder precies te weten naar wie ze zocht.

'Ik ben er ook!' meldde Edmunds hijgend door de telefoon. 'Ik loop bij het Royal Opera House. Waar wil je me hebben?'

'Oké. Hij is weer onderweg!' riep Steve, die wat al te opgewonden raakte. 'Richting de markthal. Hij loopt hard!'

Alle drie renden ze naar het centraal gelegen gebouw, en tussen de stenen zuilen door liepen ze naar de ruimte met het gebogen glazen dak. Ze kozen ieder een kant en verspreidden zich over de hal terwijl een strijkkwartet de mensen vermaakte die onder hen zaten te eten.

'Hij staat weer stil,' liet Steve hun weten. 'Wacht eens... Saunders, ik heb je op mijn scherm.'

'Echt waar?'

'Recht vooruit.'

Saunders gehoorzaamde en keek naar zo veel mogelijk mensen terwijl hij langs de dure winkels liep.

'Blijf lopen... Blijf lopen... Stop!'

Opnieuw deed hij wat hem werd gezegd en keek in verwarring gebracht naar de voorbijgangers.

Vervolgens keek hij over de reling voor het geval hun doelwit een verdieping lager liep.

'Hier is niemand!' Hij verhief zijn stem om boven een stel kwetterende jonge toeristen uit te komen.

'Je staat vlak bij hem! Hij zou voor je moeten staan!'

Saunders liep heen en weer over de wandelgang, wanhopig op zoek naar iemand die aan de beschrijving voldeed.

'Ik zeg toch: er staat niemand binnen een straal van drie meter bij me vandaan.'

'Bel het nummer,' opperde Edmunds, die vanaf de andere kant van de hal stond toe te kijken. 'Steve, bel dan!'

'Baas?' vroeg Steve onzeker.

'Doe het.'

Enkele gespannen ogenblikken later klonk er een gedempte melodie.

'Weg! Weg! Weg!' blafte Saunders naar een groepje schoolkinderen terwijl hij het geluid volgde naar een afvalbak. 'Hij heeft de telefoon weggegooid!' gaf hij door, en hij zocht tussen verpakkingen van etenswaren en kartonnen koffiebekers om de telefoon te pakken voordat hij de anderen naar buiten volgde.

Baxter keek wanhopig naar de mensenmassa die het centrale plein op en af liep. Haar intuïtie vertelde haar dat ze op de uitgang moest letten waardoor zij naar binnen waren gekomen, in de hoop dat wat Henrietta Street hun verdachte ook te bieden had, hem daar nog één keer naartoe kon trekken. Haar blik viel op een man in leren motorkleding en ze herkende hem als een van de mensen die ze naar het plein waren gevolgd.

'Sorry dat ik zo laat ben!' zei Wolf door de telefoon toen hij zich eindelijk bij hen voegde.

Baxter zag hem in de menigte. 'Wolf, 'n vent in zwarte leren kleding. Loopt recht op je af!'

Wolf bleef staan. Hij was dermate groot en breed dat de stroom voetgangers vanzelf voor hem week.

Op minder dan tien meter afstand keek hun doelwit hem recht aan, herkende hem en veranderde onmiddellijk van richting, maar hield zijn tempo gelijk om niet op te vallen toen hij opging in de menigte. Wolf baande zich een weg door een reisgezelschap, maar trof alleen een berg leer op de kinderkopjes aan.

'Shit! Hij heeft zijn jack uitgetrokken,' vertelde hij de anderen. 'Ik ben hem kwijt!'

Edmunds liep al achter de man aan toen hij tussen de zuilen van de kerk door naar buiten liep.

Hij hield afstand en liep achter een met brandende stokken jonglerende straatkunstenaar langs die een flink publiek had weten te trekken. Hij zag de gestalte van hun verdachte vervormen door de warmte van de brandende stokken en stond op het punt om de anderen op de hoogte te brengen, maar aarzelde.

Hij voelde woede en adrenaline opkomen toen hij zich voorstelde dat deze vreemdeling die nu tussen het publiek door liep, in zijn huis langs zijn slapende vrouw en dochtertje was gelopen met een fles bijtend zuur in zijn hand. Elke keer dat hij zich afvroeg wat er zou zijn gebeurd als ze wakker waren geworden, werd hij bevangen door nachtmerrieachtige beelden.

Toen hij op de man afrende, leidde Edmunds de straatkunstenaar af, zodat die zijn brandende stokken op de grond liet vallen.

Hij liep een aantal mensen omver, haakte zijn arm om de hals van de verdachte en trok hem naar beneden, zodat de zware man boven op hem viel. De man haalde gemeen naar hem uit, maar Edmunds gaf niet op en verstevigde zijn greep op de dikke nek.

Saunders was als eerste bij hen.

'Verdomme, ja! Edmunds heeft hem!' zei hij lachend in zijn telefoon terwijl hij over hen heen gebogen stond.

'Help eens een handje!' hijgde Edmunds, die moe begon te worden. 'Hij is verdomd zwaar!'

'O, tuurlijk,' zei Saunders, en hij zocht naar zijn handboeien. 'Sorry, hoor.'

35

Dinsdag 19 januari 2016
11.42 uur

Tegen de tijd dat Edmunds hun gevangene achter in het politiebusje liet instappen, hadden de wagens van de hulpdiensten hun eigen publiek getrokken. Onderweg naar de anderen, die zich in het winterse zonnetje warmden aan een welverdiende kop koffie, doorzocht hij snel de portemonnee van zijn arrestant.

'Joshua French,' meldde Edmunds, en hij keek met toegeknepen ogen naar het vlekkerige rijbewijs. 'Ik dacht al dat ik hem ergens van kende.'

Ze wachtten rustig tot hij verder uitweidde.

'Hij dook een paar keer in de oude dossiers op,' legde hij uit. 'Een oud-collega van Finlay en Christian in Glasgow.'

'Finlay had niet echt de beste vrienden,' zei Saunders peinzend terwijl hij het chagrijnige gezicht van de man achter de deuren van het busje zag verdwijnen.

'Hoezo, hij had óns toch?' merkte Wolf op. 'Wij hebben hem niet laten stikken. We hebben Christians medeplichtige in voorarrest. Het is nu bijna voorbij.'

'Laten we de klus dan maar afmaken,' zei Saunders. Hij goot zijn bekertje leeg en zag de koffie tussen de kinderkopjes wegstromen.

Wolf gaf hem hartelijk een mep op zijn rug en ze liepen in de richting van het wachtende politiebusje. Hij bleef staan en draaide zich om naar Baxter, die niet mee was gelopen.

'Wil jij er niet bij zijn?' vroeg hij aan haar.

'Ik wil niets liever,' antwoordde ze. 'Maar ik heb een straatkunstenaar met tweedegraads verbrandingen, een Chinese toerist met een kapotgevallen iPad en twee veerkrachtig uitziende Amerikanen die bij nader inzien niet zo goed bleken te stuiteren. Je weet wel, doodsaai hoofdinspecteurswerk. Maar ga gerust jullie gang. Ziek hem ook maar flink namens mij.'

Wolf knikte. 'Zal ik je straks bellen?'

'Doe maar,' zei ze, en ze wuifde hen uit.

Het was niet nodig geweest om met hun gevangene door de hal van New Scotland Yard te lopen, maar Wolf had drie goede redenen om dat wel te doen: ten eerste moest hij zich sowieso aanmelden. Ten tweede was hij vast van plan French in het oog te houden. En ten derde was hij gewoon in een provocerende bui.

Iedereen in het gebouw wist dat hij op de 'zelfmoord' van Finlay Shaw zat, dus twijfelde hij er niet aan dat het nieuws dat hij met een arrestant door het drukke atrium liep eerder de bovenste verdiepingen zou bereiken dan zij dat zelf konden. En dat was precies wat hij wilde. Hij wilde dat Christian wist dat het spel uit was, stelde zich genietend voor hoe die in zijn eentje in zijn kantoor zat en de deur niet uit durfde. Wolf wilde dat hij zich rot zou schamen als hij de veroordelende blikken van zijn collega's op zich gevestigd voelde. En toen ze op de lift stonden te wachten, stond hij zich zelfs toe om voor zijn geestesoog Christian te zien die in het raamkozijn klom, geen andere uitweg meer zag en zich in de richting van het veel dieper gelegen trottoir liet vallen – een gerechtvaardigd en poëtisch einde.

Toen de liftdeuren opengingen, stond Vanita hen al op te wachten. Ze had voor de rest van de dag Verhoorkamer 1 gereserveerd en haar agenda leeggemaakt. Ook had ze haar mediacontacten ingefluisterd dat er later die dag mogelijk een persconferentie zou worden gegeven.

'Ik zeg niets voordat mijn advocaat er is,' liet French hun weten. Hij leek uitermate verveeld door de hele gang van zaken terwijl ze met hem door het kantoor liepen.

'Ik ga er meteen achteraan,' beloofde Wolf, en hij duwde

French door de deur naar de verhoorkamers.

'Maar... je weet nog niet eens wie ze is...' begon French. Meteen daarop sloeg de deur voor zijn neus dicht.

Iemand met meer geduld had French' advocaat gebeld, wat de boel vertraagde, en Wolf begon rusteloos te worden. Het voelde niet goed om hier te zitten niksen terwijl hun aan te klagen moordenaar een paar etages hoger op het onvermijdelijke wachtte.

Wolf stond op. 'Hou hem scherp in de gaten,' zei hij tegen Edmunds en Saunders.

'Waar ga jij naartoe?' vroeg Saunders.

'Ik ga een stukje lopen,' antwoordde Wolf, die had besloten niets los te laten over zijn bestemming, laat staan over zijn hoop dat Christian zich liever stilletjes in zijn zwaard zou laten vallen dan zich in het zicht van de genadeloze massa's te laten afslachten.

Christian had voor zich uit zitten kijken toen Wolf op de deur klopte.

'Binnen!' riep hij, en hij pakte een stapel papier om de indruk te wekken dat hij aan het werk was.

Hij leek niet verbaasd Wolf te zien, die zijn broekzakken leeghaalde en zijn overhemd optilde om hem duidelijk te maken dat hun gesprek onder hen zou blijven. Hij deed de deur dicht en haalde demonstratief de accu uit zijn telefoon voordat hij naar het grote bureau liep.

'Ga zitten,' zei Christian op vermoeide toon, en Wolf nam plaats.

Loom zonlicht stroomde het grote kantoor binnen en de ontspannen sfeer vormde een onverwacht decor voor hun slotakte.

'Je hebt het maar druk vandaag,' zei Christian. 'Fin zei altijd al dat je scherp was.'

'Ik heb er part noch deel aan,' gaf Wolf toe. 'Het is allemaal Baxters verdienste.' Hij kon de uitdrukking op het gezicht van de hoofdcommissaris niet duiden. 'We zitten allemaal te wachten op French' advocaat,' vervolgde hij, en hij onderdrukte een gaap. 'Hij zal ongetwijfeld een deal willen maken.'

'Ongetwijfeld,' beaamde Christian.

'Dat gezegd hebbende... vroeg ik me af of je met mij naar beneden wilt komen,' zei Wolf vriendelijk.

'Nee. Dank je, maar ik blijf liever hier.'

'Oké,' antwoordde Wolf. 'Het was maar een vraag. Dan komen we je zo wel halen... Daar is het raam,' wees hij. 'Mocht je het vergeten zijn.'

De oudere man grinnikte. 'Wat denk jij eigenlijk dat ik hier ga doen?'

Wolf slaakte een geërgerde zucht. 'Het is voorbij, Christian.'

'O ja?'

'We hebben je pion afgenomen.'

'Maar daar heb je je koningin voor opgeofferd.'

Het duurde even voordat de woorden tot Wolf doordrongen.

Wolf stond op het punt om zoals altijd iets oneerbiedigs te zeggen, maar de manier waarop Christian naar hem glimlachte voelde niet goed...

Winterbloemen die elkaar verstikten om dichter bij de zon te komen...

Een dier dat in de hoek was gedreven en geen kant uit kon...

Overleven ten koste van alles.

'Wat heb je gedaan?' vroeg Wolf. De paniek maakte hem onhandig toen hij zijn telefoon weer in elkaar zette. 'Wat heb je gedaan?!'

Christian leunde achterover in zijn stoel. Hij glimlachte.

Terwijl zijn mobiele telefoon langzaam weer tekenen van leven vertoonde, vloog Wolf de kamer uit en rende door het kantoor naar het trappenhuis.

Zodra Wolf uit het zicht was, begon Christian te hyperventileren. Hij liet zich achter zijn bureau op de grond glijden en gooide zijn prullenbak leeg omdat hij het gevoel had dat hij elk moment over zijn nek kon gaan.

Baxter was best trots op zichzelf toen ze terugliep naar de plek waar ze Blackie had 'geparkeerd'. Ze had de Chinese toerist met de kapotte iPad de Apple Store op de hoek gewezen, had de twee

Amerikanen gesust met een tegoedbon voor een lunch en was alleen helemaal aan het eind uitgevallen tegen de straatkunstenaar die met een rechtszaak dreigde.

'Gelukkig voor u is dit pak van mij voor vijfentachtig procent vlamvertragend.'

'Ik weet zeker dat jij voor de volle honderd procent niet spoort.'

Daar zou ze waarschijnlijk nog wel iets over te horen krijgen.

Ze gooide haar tas op de passagiersstoel, stapte in en keek op haar telefoon om te zien of er al vorderingen waren gemaakt met French. Omdat er geen bericht was, besloot ze terug te rijden naar New Scotland Yard. Ze startte de motor, die sputterde en knarste, wat des te verontrustender was omdat ze nog niet eens was weggereden, en liet haar telefoon in haar tas vallen. Daardoor miste ze Wolfs telefoontje, dat net op het moment dat ze wegreed binnenkwam.

Ze zat vast in het eenrichtingsverkeer rondom het voetgangersgebied en kon door de drukte tijdens de lunchpauze amper harder rijden dan vijftien kilometer per uur. Toen ze eindelijk de kruising met de Strand bereikte, kwam de ware Baxter weer boven. Ze gaf agressief gas om door oranje te rijden en hoorde iets onheilspellend knappen toen ze probeerde te remmen.

Een ogenblik later had ze de scooter voor haar geraakt en raasde ze in de richting van het verkeer op de kruising. Ze hapte naar adem en trapte herhaaldelijk op het rempedaal terwijl luid claxonnerende auto's rondom haar vervaagden. Ze trok de handrem aan en kwam op wonderbaarlijke wijze heelhuids door de stroom auto's, maar reed nog steeds met hoge snelheid op het trottoir voor metrostation Temple af. Ze had geen tijd om na te denken, drukte zelf op haar claxon en hoorde het geschreeuw van de uiteenstuivende voetgangers toen de auto de brede trap af vloog en langs de muur schuurde, terwijl Baxter hem tevergeefs onder controle probeerde te krijgen. Ze greep de trillende versnellingspook en trok hem in de tweede versnelling. De motor protesteerde op hoge toon, maar weigerde vaart te minderen.

Toen de voorbumper contact maakte met het trottoir onder aan de trap, slipte de auto de vier rijen verkeer in die langs de rivier reden. Ze werd van opzij geraakt en de auto sloeg over de kop toen ze steeds opnieuw werd geraakt; ze tolde als een flipperbal tussen remmende voertuigen. De troebele rivier kwam steeds dichterbij...

De Audi kwam vlak voor de rivier knarsend tot stilstand, op zijn kop en met de verfrommelde motorkap boven het ijskoude water. De auto schommelde zacht heen en weer terwijl de eerste barmhartige samaritanen uit hun auto kwamen om haar te helpen. Baxter wist dat ze gewond was en keek verdwaasd naar het dak onder haar, waar haar telefoon lag te zoemen:

Wolf (Nieuw)
☏ Inkomend gesprek

Ze reikte ernaar... en voelde hoe de auto weggleed.

36

Woensdag 25 december 2009
Eerste kerstdag
12.25 uur

Baxter propte een handvol popcorn in haar mond, zodat er korrels langs haar geruite deken rolden en in de plooien van Finlay en Maggies gerimpelde leren bank verdwenen. Over haar kerstsokken heen zag ze hoe Harry en Marv blikken verf in hun gezicht kregen en vervolgens dreigden de 'cojones' van een achtjarige af te snijden. Het werd allemaal een tikje obscuur.

'Welke is dit ook weer?' vroeg Finlay vanuit zijn lievelingsstoel.

'*Home Alone*,' antwoordde Baxter met volle mond.

'Eén of Twee?'

'Eén. Twee speelt in New York.'

'En waar speelt deze?'

'Weet ik niet. Ik vraag me af of iemand dat wel weet. Wat maakt het ook uit.'

'Wel als het New York is, want dan is dit de tweede.'

'Het is verdomme níét de tweede!' Baxter hief geërgerd haar handen vol popcorn.

'Ophouden met kibbelen, jullie,' zei Maggie streng, al kon ze een glimlach niet onderdrukken.

Ze zag er akelig mager uit, was pas weer begonnen met chemotherapie, zodat opnieuw haar geliefde donkere haren waren uitgevallen.

Een handvol Pringles-kruimels landde in Baxters schaal. Ze

keek Wolf aan, niet in het minst onder de indruk.

'Pak zelf een bakje!' snauwde ze. Ze wierp hem wat popcorn toe, die hij tweemaal zo hard teruggooide.

'Kinderen, toch! Kinderen!' zei Maggie vermanend tegen de beide rechercheurs.

Baxter gooide nog één laatste korrel popcorn naar Wolf, waarbij ze mikte op zijn oog, en toen keek iedereen weer naar de film.

'Ik ben eens uit geweest met een vent die een blik verf in zijn gezicht kreeg,' flapte Baxter eruit, terwijl ze naar haar chocolatjes reikte.

'Arme man,' zei Maggie.

'Neuh... Hij was toch een zak.'

'Vloekenpot!' riepen Finlay en Maggie in koor, en Baxter wierp haar huichelachtige collega een vuile blik toe.

'Liep dat goed af?' vroeg Maggie.

'Niet echt... Zijn hoofd implodeerde!'

'Emily!' zei Maggie fronsend terwijl Finlay in zijn hoek zat te grinniken.

'En dat was nog niet eens het raarste,' vervolgde ze, zeer tegen de zin van Maggie in. 'Toen zijn hoofd implodeerde, werd de inhoud van het blik alle kanten op ge-uitplodeerd. Zoals in... Ik heb geen druppel bloed gezien, maar er droop wel kauwgumroze verf langs de muren en van het plafond alsof hij een buitenaards wezen was of zoiets.'

Wolf keek haar aan. 'Je lult uit je nek!'

'Vloekenpot!'

'Het is echt waar!' hield Baxter vol.

'Waar was ik dan?' vroeg Wolf.

'Geschorst.'

Hij dacht er even over na en liet al knikkend het zeer plausibele antwoord tot zich doordringen.

'Maar,' begon Baxter, 'dat was nog niets vergeleken bij de vent die...'

'Cadeautjes!' onderbrak Maggie haar. 'Zullen we wat van de cadeautjes uitpakken? Eentje moet sowieso opengemaakt worden voordat het vlekken maakt op de vloerbedekking,' zei ze met een veelbetekenende blik naar haar man.

Baxter ging opgetogen rechtop zitten, zette de film op pauze, graaide in haar snoepzak naar het eerste slecht ingepakte cadeau. Ze gaf het aan Wolf.

'O, wat vervelend,' zei hij tegen haar. 'Ik heb er helemaal niet aan gedacht om iets voor jou te kopen.'

Baxter zag er gekwetst uit.

'Negeer hem,' zei Maggie tegen haar. 'Het staat boven. Waarom haal jij het niet even op, Fin?'

Mopperend en met veel omhaal stond Finlay op uit zijn stoel, terwijl Wolf het pakpapier losscheurde.

'Nee?!' zei hij. Naar adem happend hield hij het verwassen T-shirt van Bon Jovi's *Keep the Faith*-tournee omhoog. 'Waar heb je dát gevonden?'

'eBay.'

Hij draaide zich om zodat Maggie het kon zien.

'Ik was bij dit optreden, maar kon me op dat moment geen T-shirt veroorloven.' Hij keek Baxter weer aan. 'Dat jij dat nog wist! Je luistert dus echt wel eens naar me?'

'Alleen als het niet anders kan.'

'Dank je wel.' Hij leunde opzij om haar te omhelzen, en Maggie zag hoe Baxter haar ogen dichtdeed en hem op haar beurt omhelsde.

'Jammer dat Andrea niet kon komen,' flapte Finlay er vanuit de deuropening uit. Etensgeuren volgden hem de kamer in. 'Waar zei je ook weer dat ze was?'

Wolf liet Baxter los en schoof weer naar zijn kant van de bank. 'Bij haar vader.'

'En waar woont hij tegenwoordig?'

'In de Hades,' antwoordde Wolf, die het cadeau voorzichtig over de armleuning van de bank legde. 'Bedworth. Ik had geen zin om te gaan.'

'Dat kan ik je niet kwalijk nemen... Zal ik dit dan maar naar binnen brengen?' vroeg Finlay. Hij droeg de plastic mand aan het handvat de kamer in, zette hem op de grond en maakte de vergrendeling los, zodat het pluizige katje dat erin zat het tapijt op kon lopen.

Baxters ogen lichtten op.

'Je hebt me een kat gegeven!' gilde ze als een opgewonden kind en sloeg haar armen om Wolfs hals. 'Ik kan niet geloven dat jij dat hebt gedaan!'

Maggie barstte in lachen uit toen ze haar reactie zag.

'Híj heeft dat niet gedaan,' zei Finlay verbitterd. 'Ik ben de sukkel die het beest de afgelopen twee weken te eten heeft gegeven!'

Maggie maande hem tot stilte.

'Ik vond het gewoon een naar idee dat je helemaal alleen in dat appartement zou zitten. Nu hoeft dat niet,' legde Wolf ongemakkelijk uit. 'Hij is alleen wel een kneusje. Finlay en ik hebben hem samen uitgekozen.'

Baxters glimlach werd een beetje geforceerd.

'Hoe bedoel je, een kneusje? Wat is er dan met hem?'

'Er is niets mis met hem!'

'Wolf?'

'Hij moet alleen één pil per dag...'

'Wólf?!'

'... in zijn kont.'

'Getver!' klaagde Baxter, en ze liet zich op de grond zakken om kennis te maken met haar nieuwe huisdier.

'Wacht eens,' zei Finlay trots. 'We hebben een trucje... Hallo!' riep hij naar de kat, die terugmiauwde. 'Hallo!' De kat draaide zich om en miauwde weer, zodat iedereen begon te lachen. 'Ik heb hem voorlopig "Echo" genoemd, maar je zult vast een betere naam voor hem bedenken.'

Baxter stond op en omhelsde Finlay.

'Dank je,' fluisterde ze, terwijl ze omkeek naar de kat. '"Echo" is precies goed.'

Finlay droeg Maggie de trap op naar bed.

Ze was zo lang mogelijk blijven zitten, maar was halverwege de middag in haar stoel in slaap gevallen. Hoewel Finlay volhield dat ze best mochten blijven, hadden hun gasten zich verontschuldigd en hen met rust gelaten. Baxter ging naar huis om een paar uur te slapen voordat haar nachtdienst begon. Wolf moest zowel Andrea als zijn ouders bellen. Finlay was erkentelijk en had zelfs zijn zoon gebeld om te vragen of die een dagje later kon komen.

‘Ik, eh... ik heb nog een cadeautje voor je dat ik niet wilde geven waar de anderen bij waren,’ zei Finlay zenuwachtig. Hij overhandigde Maggie een kartonnen doosje. ‘Ik weet niet of het goed is of niet... Maak maar open.’

‘Wat heb jij opeens?’ vroeg ze achterdochtig, terwijl ze het deksel openmaakte en verbijsterd naar de inhoud keek. Ze haalde de pruik met donker krullend haar eruit en begon vreselijk te lachen. ‘Wat is dat in hemelsnaam?!’

Finlay keek beledigd. ‘Ik heb er een hoop geld voor betaald!’

Maggie lachte nog harder en veegde de tranen uit haar ogen voordat ze de synthetische afropruik op haar hoofd zette, waarna ook Finlay niet meer bijkwam.

‘Ik heb mijn best gedaan,’ zei hij, naast haar op het bed. Hij lag nog te grinniken, maar was duidelijk teleurgesteld.

Maggie klemde haar arm zo stevig als ze maar kon om hem heen en liet haar hoofd tegen zijn borst rusten.

‘Mijn held,’ mompelde ze half in slaap terwijl Finlay haar arm streelde.

Hij haalde zich de schoenendoos vol bankbiljetten voor de geest die hij vanochtend had uitgepakt, de zoveelste symbolische betaling van Christian, waar nog geen halfjaar de doktersrekeningen van konden worden betaald.

‘Ik ben geen held,’ fluisterde hij zacht, en hij luisterde naar Maggies ademhaling toen de slaap greep op haar kreeg. ‘Maar ik zou het laatste levende wezen op aarde doden om jou te redden.’

37

Dinsdag 19 januari 2016
15.09 uur

Tijdens zijn sprint door de gangen naar de Spoedeisende Hulp had Thomas de handtas van een oudere dame omvergeschopt. Het was bijna het meest dramatische dat hij ooit had gedaan, totdat hij terugliep om de inhoud van de tas op te rapen en zich uitputte in verontschuldigingen. Een uitermate stekelige receptioniste wees hem in de richting van een kleine wachtkamer, waar hij erachter kwam dat Wolf, Edmunds en Maggie sneller waren dan hij.

Ondanks Saunders' tegenwerpingen had Wolf erop aangedrongen dat hij op New Scotland Yard zou blijven om een oogje te houden op Joshua French. Omdat hij Baxters vriendje niet in de ogen kon kijken, richtte hij zijn blik weer op de grond.

'Jij bent zeker Thomas,' zei Maggie. Ze stond op om hem te omhelzen. Hij zag dat ze had gehuild en deed een stap opzij voor een klunzige mannenomhelzing door Edmunds. 'Hai.'

'Alex,' antwoordde Thomas vol verwachting, terwijl zijn blik weer naar Wolf gleed, die in de hoek zat.

Zonder het zich bewust te zijn strekte hij zijn rug om iets langer te lijken.

'Zoals ik al aan de telefoon zei, heeft ze een auto-ongeluk gehad... Een erg naar ongeluk.'

'Je zei dat ze... haar uit de rivier hebben gehaald?'

'Het was een naar ongeluk,' herhaalde Edmunds. 'Ze is nog niet bij...'

'O, mijn god!'

'... maar alleen omdat ze haar onder sedatie houden tot ze de MRI hebben gedaan. Dat is normaal.'

Thomas knikte, en omdat hij verder niets te zeggen had, nam hij een stoel om eveneens hulpeloos af te wachten.

'Hoe gaat het met haar?' vroeg Saunders, die buiten de verhoorkamer stond te telefoneren. French' advocaat had bijna een uur met haar cliënt gepraat voordat ze samen met Vanita naar boven verdween.

'Hetzelfde,' antwoordde Wolf.

'Nou, misschien fleur je hier een beetje van op.' Saunders liep naar een rustig hoekje van het kantoor waar hij de deur van de verhoorkamer in de gaten kon houden. 'French is bereid alles te vertellen: hoe de hoofdcommissaris hem tweeënhalfduizend pond heeft betaald om de dozen met bewijsmateriaal op te sporen en te vernietigen, nog eens tweeënhalf om in Baxters appartement in te breken, met alle complicaties van dien, en' – hij aarzelde – 'hoe hij haar remkabels heeft doorgesneden.'

Iemand stuurde iets naar de printer, die luid begon te klikken en zoemen, zodat Saunders noodgedwongen terugliep richting de verhoorkamer.

'Wat wil hij ervoor terug?' vroeg Wolf.

'Vanita speelt momenteel handjeklap met zijn advocate. Maar hé, zodra je terugkomt, zul je de baas wel in de boeien kunnen slaan. Dat is tenminste iets, toch?'

Wolf leek zijn antwoord af te wegen. 'Hou hem gewoon maar scherp in de gaten.'

'Ja, tuurlijk.'

Om kwart voor vijf verscheen er een opgewekte arts in de deuropening.

Thomas en Edmunds stonden beiden vol verwachting op.

'Hai, ik ben dokter Young. Ik zorg voor Emily. Gelukkig kan ik melden dat er tot nu toe alleen goed nieuws is,' zei hij glimlachend. 'De MRI ziet er goed uit en we hebben een infuus aangebracht om haar temperatuur weer op peil te brengen. We laten de nekkraag alleen uit voorzorg zitten, omdat ze weer volledig bij moet zijn voordat we die kunnen weghalen.'

'Is ze al wel wakker?' vroeg Thomas.

'Ja. En als jullie willen, mag één van jullie een paar minuten naar haar toe.'

Wolf stond op uit zijn stoel...

Thomas keek naar hem alsof hij elk moment kon ontploffen.

Edmunds schudde subtiel zijn hoofd.

Maggie pakte zijn arm en trok hem zacht naar beneden.

'Oké,' zei Wolf op verontschuldigende toon. 'Ga jij maar,' zei hij tegen Thomas.

Thomas liep achter de arts aan naar een kamer waar Baxter tussen de machines en schermen lag die op haar letten. Hij vond het vreemd om haar in een ziekenhuishemd te zien. Ze leek te zijn gekrompen, en het ruimzittende kledingstuk benadrukte hoe teer en kwetsbaar ze feitelijk was.

'Ik laat jullie even alleen,' zei de arts, en hij sloot de deur achter zich.

Thomas ging naast het bed zitten en kneep in haar hand. 'Ha, meissie.'

Baxter kreunde en kneep voorzichtig terug. Hij praatte een paar minuten over koetjes en kalfjes, totdat ze weer in slaap viel. Met haar hand in de zijne keek Thomas om zich heen in de weinig inspirerende omgeving. Hij kon de verleiding niet weerstaan om de patiëntgegevens die aan het voeteneind van het bed lagen te pakken en begon te bladeren...

De arts had hun twee minuten langer gegeven dan hij had mogen doen, omdat hij het niet fijn vond om gezinsleden van hun geliefden te scheiden. Hij klopte op de deur, stapte naar binnen en trof alleen Baxter in de kamer aan.

Thomas gooide de deur open.

Wolf, Edmunds en Maggie keken geschrokken op.

'Ze is zwanger!' brulde hij tegen Wolf.

'Eh... ja,' antwoordde die niet op zijn gemak.

'Jij wist het al?' vroeg Thomas ongelovig, voordat hij Edmunds en Maggie aankeek, die er evenmin ontspannen bij zaten. 'Wisten jullie het alle drie?!'

Thomas verloor eindelijk zijn zelfbeheersing en schoof Wolf achteruit tegen de muur. Edmunds kwam snel tussenbeide.

'Geloof me,' waarschuwde Edmunds zijn vriend, 'met hém wil je echt geen ruzie krijgen.'

'Hoor eens, Thomas, ik...' begon Wolf, maar voordat hij zijn punt kon maken had Baxters zachtaardige vriendje op een omslachtige manier naar hem uitgehaald en hem, vrij onconventioneel, tegen zijn oor geslagen.

Wolf keek even verward om zich heen en zakte toen op de vloer in elkaar.

'O, jezus!' Thomas hapte naar adem en keek vol afschuw naar zijn kloppende vuist. 'Ik denk dat ik hem bewusteloos heb geslagen. Moet ik iemand gaan halen?'

'Zullen we een stukje gaan lopen?' stelde Edmunds voor. Hij leidde hem de wachtkamer uit. Maggie dronk op haar gemak van haar thee.

'Moeten we hem niet rechtop zetten?'

'Maggie is er al mee bezig,' verzekerde Edmunds hem.

Zodra Thomas veilig buiten gehoorsafstand was, stak hij zijn hoofd om de deur om Wolf aan te spreken: 'Je kunt wel weer opstaan.'

Baxter kon haar hoofd niet draaien doordat de schuimrubberen nekkraag haar dat belette, maar ze had wel weer genoeg kracht om zich op te trekken. Ze reikte naar het bekertje water naast het bed, maar gooide het om. Ze voelde nog de effecten van de narcose. Zich vermannend keek ze naar beneden om de schade op te nemen en zag ze tot haar geruststelling dat alle ledematen er nog aan zaten en de goede kant op wezen; het duurde echter niet lang voordat haar opluchting plaatsmaakte voor blinde paniek.

Ze trok de belemmerende nekkraag los en reikte naar de bel, zelf verbaasd over haar reactie. Seconden later haastte een fris ogende verpleegkundige zich haar kamer binnen en trof haar aan met beide handen over haar buik.

'Is de baby in orde? ... Ik bedoel, ik weet dat er nog niet echt een baby is, maar... komt het goed?' vroeg ze op bezorgde toon.

De vrouw wist duidelijk niet wat ze moest zeggen, behalve: 'Ik zal de arts roepen.'

Saunders zag French' advocate op hem afstormen, maar wist redelijk zeker dat hij niets aanstootgevends had gezegd binnen haar gehoorsafstand. Ze bleef vlak voor hem staan, pakte haar jas en beende zonder iets te zeggen weg.

'Waar is zij zo pissig over?' vroeg hij aan Vanita, die in een kalmer tempo kwam aanlopen.

'Ze is net vervangen door een hogergeplaatste collega,' legde ze uit terwijl ze de vrouw nakeek.

'Denkt u dat de hoofdcommissaris weer iets in zijn schild voert?' vroeg Saunders.

'Ze zei dat haar baas het raadzaam achtte om de zaak over te nemen, gezien de aard van de aantijgingen en de persoon op wie ze betrekking hebben. Plausibel, maar...' Vanita schudde bezorgd haar hoofd.

Een halfuur later werd French' nieuwe advocaat binnengeleid bij Moordzaken en Zware Misdaad. De bebaarde man had het zelfvertrouwen van een carrièreschoft en leek bijna tussen de bureaus door te zweven op een wolk van zelfingenomenheid.

'Ik haat advocaten,' mompelde Saunders.

'Iederéén haat advocaten,' zei Vanita tegen hem, en ze liep stralend op haar gast af om zich voor te stellen.

Ze liepen met hem naar de verhoorkamer.

'Meneer French... of mag ik Joshua zeggen? Ik ben Luke Preston,' zei hij glimlachend en hij zette een stap in de richting van zijn cliënt.

Saunders sneed de man de pas af. 'U staat hier wel goed,' zei hij.

De advocaat trok zijn hand in en begon zijn tas uit te pakken.

'Ik neem het over van Laura, die mij op uitmuntende wijze heeft ingelicht over wat jullie hebben besproken. Welnu... ik heb momenteel tachtigduizend dingen op mijn bordje liggen, en ik weet zeker dat jij ook tachtigduizend vragen aan mij hebt,' zei hij terwijl hij French' blik opving.

Saunders en Vanita wisten niet goed wat ze van die vreemde frasering moesten maken. Ondertussen bleef de advocaat onschuldig zijn tas uitpakken.

'Help me even herinneren... Klopt het dat je schuld wilt bekennen als enige pleger van deze misdaden, waarvoor je op zijn hoogst twee jaar de gevangenis in draait?' Opnieuw keek hij zijn cliënt in de ogen.

'Waar héb je het in godsnaam over?' snauwde Saunders, maar de advocaat ging door alsof hij niets had gehoord.

'Die bescheiden straf houdt uiteraard rekening met de redenen achter je door wanhoop gedreven vergrijpen tegen de politie, die terug te voeren zijn op je schaamteloos onrechtvaardige ontslag van bijna dertig jaar geleden.'

'Hé!' blafte Saunders, en hij sloeg tussen beide mannen in op de tafel.

Maar het was al te laat.

Ze keken allemaal naar French, zagen de radertjes draaien toen hij zijn beperkte mogelijkheden afwoog. Na een korte stilte knikte hij. 'Dat klopt... Ik wil inderdaad schuld bekennen.'

Wolf beëindigde zijn telefoongesprek met Saunders en wreef vermoeid over zijn gezicht. Hij bleef nog even in de karakterloze gang naar de grond staan kijken. Christian had French voor hun ogen afgekocht, en ze konden het op geen enkele manier bewijzen. Het leek erop dat zijn grenzeloze invloed zo ver reikte dat hij hun hele zaak tegen hem kon saboteren zonder zelfs maar achter zijn bureau vandaan te komen.

Met een geforceerde glimlach liep hij Baxters privékamer weer in.

'Goed nieuws?' vroeg ze hoopvol zodra hij binnenkwam, en haar grote ogen sprankelden van opwinding.

Hij had niet de moed het haar te vertellen, niet na alles wat ze had doorgemaakt.

'Het is nog afwachten geblazen,' loog hij, al wist hij verdomd goed dat het voorbij was.

Christian had gewonnen.

Negen dagen later

38

Donderdag 28 januari 2016
11.58 uur

Rouche was uit het ziekenhuis ontslagen, wat op zich goed nieuws was, maar dat betekende dat hij fit genoeg was om in de rechtbank van Highbury Corner te verschijnen, wat niet zo best was. Zowel Holly als Baxter had hem kort mogen bezoeken, wat ook gunstig was, maar hij zou die middag zeker in voorlopige hechtenis worden teruggezonden, wat weer niet goed was.

Al met al was het voor zijn doen een vrij normale dag.

Doordat hij een week lang bloedtransfusies en intraveneuze antibiotica had gekregen en het afgestorven weefsel was verwijderd, leek hij een stuk sterker toen hij voor de rechter stond, maar hij was nog lang niet de oude. Sinds de laatste keer dat hij zijn blauwe pak had gedragen, was Rouche ruim zes kilo afgevallen, en het hing als een zak om hem heen. Hij had zijn peper-en-zoutkleurige haar achterovergekamd, op de manier die Baxter hem leuk vond staan, en had voor de gelegenheid zelfs een daarbij kleurende baard laten staan.

De zitting was een volkomen zinloze formaliteit om kenbaar te maken wat iedereen allang wist. 'Gezien de ernst van de beschuldigingen die tegen de verdachte zijn aangevoerd en de complexiteiten met betrekking tot het uitwijzen van een Brits staatsburger in dienst van de Amerikaanse regering die een misdaad pleegt op Brits grondgebied, verwijzen wij de zaak naar de rechtbank voor strafzaken op een nader vast te stellen datum,' kondigde de rechter eentonig aan.

Baxter en Holly zaten achter in de vrij lege rechtszaal, wat hun een prachtig uitzicht bood op Rouche' rug toen ook hij genoeg kreeg van het aanhoren van zijn eigen vonnis en zo te zien werd afgeleid door een of ander zwevend pluisje.

'En gezien de aard van de beschuldigingen blijft verdachte in hechtenis en vervalt de optie om op borgtocht te worden vrijgelaten uit voorarrest.'

'Meneer de rechter,' begon Rouche' advocaat, 'we zouden willen verzoeken dat de verdachte gedurende zijn voorarrest in de Woodhill-gevangenis verblijft.'

'En de reden daarvoor is...?' vroeg de man al even lusteloos.

'Om te voorkomen dat mijn cliënt in contact komt met gevangenen bij wier arrestatie hij direct betrokken was, zowel in het belang van zijn aanstaande rechtszaak als, uiteraard, vanwege zijn persoonlijke veiligheid.'

'Een redelijk verzoek,' besloot de stugge rechter. Hij keek Rouche aan, die vrolijk glimlachte toen het zwevende pluisje recht boven het kalende hoofd van de man neerdaalde, zoals hij al had gehoopt. 'Toegestaan. De zaak is aangehouden.'

Rouche draaide zich om, om naar Holly te zwaaien. Hij knikte Baxter veelbetekenend toe en liet zich door de parketwacht wegleiden.

Wolf had Maggie naar haar afspraak in de als chic herenhuis vermomde privékliniek in een zijstraat van Harley Street gebracht. Hij ging naast de open haard zitten en probeerde een autotijdschrift te lezen waar hij vrijwel geen belangstelling voor had: hij was te zeer met zijn gedachten bij wat er in de aangrenzende kamer werd besproken om zich te kunnen concentreren.

Gezien alles wat er speelde had Maggie niemand van hen willen opzadelen met haar aanstaande afspraak. Scans en een biopsie moesten uitwijzen of de kanker in remissie was, of dat ze opnieuw chemotherapie moest ondergaan. Ze deed wel stoer, maar het was duidelijk dat het vooruitzicht om zonder Finlay nog een keer te moeten vechten voor haar leven haar doodsbang maakte. Uiteindelijk had ze Wolf in vertrouwen genomen, maar ze had hem laten beloven dat hij er met niemand over zou praten totdat de uitslagen bekend waren.

Zijn gedachten dwaalden af, bereidden hem op het ergste voor. Hij stelde zich voor hoe Maggie het slechte nieuws in ontvangst nam, nadat ze lang genoeg had overleefd om mee te maken dat de liefde van haar leven werd vermoord door de vriend die ze het meest had vertrouwd, om nu alsnog te worden opgevreten door de onvermijdelijke kanker.

Het leven was zo verrekte oneerlijk.

In een vlaag van woede smeet Wolf het tijdschrift in de haard en begon te ijsberen. De vlammen likten gulzig aan de glossy.

Vanita liep Christians kantoor binnen met het dossier waar hij om had gevraagd. Hij zat te lachen aan de telefoon en wenkte haar alsof hij een hond ontbood. Op een paar kleine korstjes na was er niets wat aan de aanval voor zijn huis herinnerde.

Sinds Joshua French' onverwachte schuldbekentenis had het leven langzaam maar zeker zijn normale loop hernomen, en waren pr-strategieën en statistieken over steekincidenten belangrijker dan het feit dat Vanita wist dat haar baas een moordzuchtige psychopaat was die nergens voor zou terugdeinzen om zijn hachje te redden.

Het leek het beste om maar te doen alsof er helemaal nooit iets was gebeurd. Ze legde het dossier voor hem neer en wilde weglopen.

'Malcolm, ik moet je terugbellen,' zei Christian en hij legde neer. 'Geena!'

Ze draaide zich weer om.

Hij hield het dossier omhoog. 'Dank hiervoor,' zei hij.

'Graag gedaan.'

'Wat is de status van de zaak-Finlay Shaw?'

Vanita verstrakte. Ze wist niet of hij gewoon zat te stangen, haar op de proef stelde of echt van het padje was.

'Pardon?' vroeg ze.

'Onze toekomstige burgemeester vroeg me waarom William Fawkes nog steeds vrij rondloopt nu het onderzoek duidelijk op een dood spoor zit.'

'Hij is niet vrij, hij is gehouden aan de avondklok, zoals hij dat al steeds was,' antwoordde Vanita, die moeite had om haar stem onder controle te houden. 'En met alle respect, misschien is dit een zaak voor onze toekomstige burgemeester.'

'Die manier van denken heeft je het hoofdcommissarisschap gekost,' verklaarde Christian.

Ze duwde haar nagels in haar handpalmen.

'Nou... praat me dan maar bij,' zei Christian. 'Wat ís de huidige status van de zaak?'

Vanita werd er bijna toe gedreven om hem te tarten, maar ze aarzelde en sloeg toen onderdanig haar ogen neer.

'Onbeslist,' antwoordde ze met zelfverachting. 'Doordat Joshua French weigert mee te werken, is het onderzoek tot stilstand gekomen.'

'En zit er nog iemand op de zaak?'

'Alleen om de puntjes op de i te zetten,' antwoordde Vanita, waarbij ze zo beleefd was om niet op te merken dat er twee i's in zijn naam zaten.

'Arresteer Fawkes dan. Dit is een bevel.'

Ze deed haar mond open om in discussie te gaan, maar eens te meer snoerde haar zelfbehoud haar de mond.

'Ja, hoofdcommissaris.'

Baxter miste Blackie.

Ze had vier jaar in haar Audi A1 gereden, had er zelfs mee op een sekteleider met terroristische motieven gejaagd en – dat was heel irritant – had haar hardloopschoenen op de achterbank laten liggen. Blackie en zij hadden samen veel meegemaakt, en ze vond dat de auto een waardiger einde verdiende dan op de bodem van de Theems.

Omdat ze zonder auto zat, moest ze met de bus naar Wimbledon. Afgezien van het feit dat dit haar dwong om drie kwartier in het gezelschap van lijperiken door te brengen, had de rit haar tijd gegeven om na te denken over haar kortdurende weerzien met Rouche. Ze kon niet onder woorden brengen wat een opluchting het was geweest om hem te zien. Negen dagen lang had de FBI al haar pogingen om hem op te sporen zo grondig tegengewerkt dat ze zich was gaan afvragen of hij nog leefde. Hij had haar tsunami van slecht nieuws opgenomen met zijn gebruikelijke onverstoorbare charme en had hun laatste paar minuten gebruikt om Baxter de laatste twee afleveringen van *The Walking Dead* te laten samenvatten.

'Dus eigenlijk is er niets gebeurd?' vatte hij samen.

'Niets.'

Na het ongeluk was Baxter weer in haar appartement gaan wonen. Thomas had nadrukkelijk gezegd dat 'ze niet weg hoefde', wat heel anders aanvoelde dan 'ik wil niet dat je gaat'. Maar al met al kon ze het hem niet kwalijk nemen. Ze had een nieuw raam laten plaatsen, had zelf met zeer matig succes de kogelgaten in de muren gedicht en was aan het schilderen om alle sporen van Rouche uit te wissen. Het zou een kwestie van tijd zijn voordat iemand op het idee kwam dat hij vlak voor haar appartement was gevonden en ging rondneuzen.

Die avond ging iets voor halfzeven de bel. Baxter legde de verfroller terug en veegde haar handen af aan haar gescheurde spijkerbroek. Glurend door het kijkgaatje zag ze Thomas staan, even onzeker van zichzelf als altijd, en deed open.

'Hai?' zei ze verbaasd.

'Hallo. Ik, eh... dacht dat je misschien wel iets wilde eten,' zei hij glimlachend, en hij hield een zak omhoog die uitpuilde van Indiaas eten. De geur maakte haar misselijk.

'O, god!' riep ze kokhalzend, en ze rende al naar de badkamer.

Vijf minuten later kwam ze terug en zag ze Thomas een van de slecht opgevulde kogelgaten bekijken. Ze was er vrij zeker van dat ze hem letterlijk op zijn tong zag bijten om niets te zeggen. Ze omhelsden elkaar alsnog ongemakkelijk en zaten even later op de met stoflakens bedekte vloer te eten.

'Weet je,' begon Thomas, en hij slikte zijn mondvol eten door, 'ze zeggen dat Indiaas eten weeën kan opwekken.'

Baxter schoof haar naanbrood en rijst weg en vroeg zich af waarom ze de afgelopen twintig minuten omzichtig het onderwerp hadden vermeden.

'God! Het spijt me echt,' zei hij. 'Ik weet niet waarom dat in mijn hoofd opkwam. Nou ja, dat weet ik wel... uiteraard, maar ik weet niet waarom ik besloot het hardop te zeggen.'

'Maakt niet uit,' stelde Baxter hem gerust. 'En ik denk dat ik me daar voorlopig geen zorgen over hoef te maken.'

Thomas keek naar haar buik.

'Je kijkt naar mijn buik.'

'Sorry,' zei hij, terwijl hij naar haar buik bleef kijken. 'Het is alleen... een beetje raar, vind je niet?'

'Ja, het is absoluut een beetje raar.'

'Ik wil dit etentje niet verpesten...' begon hij.

Baxter trok een lelijk gezicht.

'Althans, niet meer dan ik al heb gedaan,' zei hij erachteraan. 'Maar je beseft toch wel dat dit geen "ik vergeef je"-curry is? Dit is een "ik mis je"-curry. Dat is iets compleet anders.'

'Waarvan akte.'

'Je zou het hebben geweten als dit een "ik vergeef je"-curry was. Dan waren er *bhaji's* en samosa's en... ik zit te bazelen, hè?'

Baxter begon te lachen en gaf hem zonder reden een kus op zijn wang.

'Waar was dat voor?' vroeg Thomas.

'Ik mis jou ook.'

Rouche had ruim een uur bij de gevangenisarts doorgebracht. De generieke ziekenboeg vergemakkelijkte zijn gewenning aan het gevangenisleven enigszins, maar uiteindelijk kwam iemand hem ophalen.

Er was hem uitgelegd dat de ideale situatie zou zijn dat gevangenen in voorarrest gescheiden werden gehouden van gevangenen die al voor een misdrijf waren veroordeeld. Ze zouden hun eigen kleren mogen dragen en de regels waaraan ze zich moesten houden, waren flexibeler dan die voor veroordeelde misdadigers.

Vervolgens werd hem uitgelegd dat die ideale situatie niet haalbaar was.

Zoals de meesten die door de doolhof van deuren werden geleid die hen een voor een van hun vrijheid beroofden, deed Rouche erg stoer. Hij oogde kalm, zelfs wat verveeld, maar eigenlijk was hij nog nooit zo bang geweest, wist hij zelf niet of zijn fobie voor kleine ruimtes hem parten speelde of dat pure lafheid hem toeschreeuwde dat hij moest vluchten, moest pleiten, moest soebatten om weer buiten te komen.

De gevangenbewaarder bleef staan voor een van de identieke beige deuren en trok hem open.

Hoewel hij al wist wat hij kon verwachten, voelde Rouche er nog minder voor om naar binnen te gaan toen hij door de steeds wijder wordende kier keek.

De man keek hem aan.

Ongerust stapte hij over de drempel en draaide zich om, om te zien hoe de zware deur achter hem dichtging en hem insloot.

39

Donderdag 31 december 2015
(oudejaarsavond)
18.19 uur

Christian zag hoe zijn beschamende bekentenis langzaam tot zijn vriend doordrong. Hij werd er beroerd van.

'"Er is geen geld"? Wat bedoel je daar verdomme mee?' Finlays bedrieglijk rustige toon was puur omwille van Maggie, die beneden rondscharrelde.

Christian schudde zijn hoofd. 'Ik... ik weet niet wat ik moet zeggen,' zuchtte hij.

'Maar... ik heb het al uitgegeven! Ik heb overal aanmaningen liggen voor van alles en nog wat,' fluisterde Finlay in een zeldzame opwelling van paniek.

'En ik zweer je dat ik je op alle mogelijke manieren zal helpen.'

Finlay was te zeer van streek om op te merken hoezeer Christians belofte klonk als die van een politicus.

'Je zei dat je het geld voor me zou meenemen!' zei hij.

Zich bewust van Maggies aanwezigheid in huis probeerde Christian hem te sussen.

'Je zei...' vervolgde Finlay, 'dat je het geld voor me zou hebben op de dag dat ik met pensioen ging!'

'Ik weet wat ik heb gezegd... En je moet me geloven, Fin, ik heb het je al zo vaak willen vertellen, maar...'

'Hoe zit het dan met dat grote huis waar je woont?'

'Dat is niet van mij!' zei Christian met een verbitterde lach.

'Niets van dit alles' – hij trok aan zijn modieuze overhemd alsof het hem te krap zat – 'is echt van mij. Mij wordt toegestaan om er een bepaalde leefwijze op na te houden zolang Killian Caine daar baat bij heeft. Het huis wordt op een gegeven moment weer verkocht, het geld witgewassen en de boven iedere twijfel verheven huurder wordt op hun volgende project gezet.' Hij keek volkomen verdwaasd. 'Hij heeft me al heel lang geleden in zijn greep gekregen. Hij wist wat we hadden geflikt.'

'Hoe?'

'Dat weet ik niet! We hadden die avond het geld nooit moeten meenemen... Ik vind het zó erg.'

'Dan gaan we naar de politie,' zei Finlay op besliste toon. 'We gaan Caine uitschakelen.'

'Dat doe ik niet.'

'Sorry, ik zal het anders formuleren: ík ga naar de politie.'

'Als je dat deed, zou ik je zo veel mogelijk beschermen, maar dan was er nog steeds geen geld. Ik zou in de gevangenis terechtkomen en Caine zou zéker iemand op je afsturen.'

Finlay schopte tegen een van de vloerdelen die hij nog moest leggen.

'Zijn jullie wel lief aan het spelen?' riep Maggie van onder aan de trap.

'Tuurlijk!' riep Finlay naar beneden. Hij wendde zich weer tot Christian. 'Hoe moet het dan met Maggies behandeling?' vroeg hij op gespannen toon.

'We bedenken wel iets.'

'"We bedenken wel iets"?' herhaalde Finlay, niet onder de indruk. Hij dacht al na over zijn volgende stap. 'Ik ben zo terug.'

Beneden aangekomen maakte hij Maggie een compliment over haar feestjurk. Zij probeerde hem al niet eens meer over te halen om mee te gaan naar haar vrienden. Zijn vloekenpotvriendelijke beschrijving van het feest dat hij al zo'n tien jaar boycotte, luidde 'puur een excuus voor iedereen om zich allemaal tegelijk als beesten te gedragen'. Hij verdween in de garage en kwam een paar minuten later terug met een stoffige plastic tas in zijn handen. Hij hield hem buiten het zicht van Maggie en liep weer naar boven.

Hij stapte de kamer in aanbouw weer in en aarzelde even

voordat hij vroeg: 'Weet jij wat dit is?' Iets in zijn toon maakte dat Christian van de vloer opstond om te kijken. Hij wilde de tas al vastpakken, maar Finlay zei: 'Nee. Nee. Néé,' en trok de tas weg. 'Alleen kijken.'

Christian keek in de vergeelde tas en zijn ogen werden groot van verbazing.

'Dat ziet eruit als een verdomd groot pistool!'

'Dat is het ook. Maar het is niet zomaar een verdomd groot pistool,' legde hij uit. 'Dit is een moordwapen... met jouw vingerafdrukken erop.'

Christian begreep er niets van.

'Je hebt iemand vermoord, Christian, en dit is het bewijs.'

Zijn vriend voelde zich duidelijk verraden. 'En dat heb jij al die jaren bewaard?'

'Wat kan ik zeggen? Ik voelde aan mijn water dat het nog eens van pas kon komen,' zei Finlay schuldbewust. 'Ik ben niet inhalig, alleen wanhopig. Zorg dat je tegen middernacht een ton voor me hebt...'

'Ik kan echt niet...'

'... en over een week nog een ton, dan is het wapen voor jou. Dat is een fractie van wat je me verschuldigd bent, maar het is genoeg.'

'Fin, het is oudejaarsavond!'

'Weet ik. En het kan me niet schelen wat je ervoor moet doen. Voor mijn part steel je het. Zorg gewoon dat ik mijn geld krijg.' Finlay keek op zijn CASIO-horloge. 'Het is halfzeven... Je kunt maar beter opschieten.'

Iets voor middernacht stond Christian weer voor het huis. Zo te horen werden er in de straat wel tien feestjes gegeven, en vreemden maakten hem vrolijk uit voor rotte vis. Hij zag dat Finlay boven aan het werk was in de enige kamer waar licht brandde, een kaal peertje, en vroeg zich af hoe hij hem moest vertellen dat hij op zo korte termijn maar net iets meer dan een tiende van het geëiste bedrag bij elkaar had kunnen krijgen.

Terwijl het vuurwerk van de eerste ongeduldige feestganger de lucht kleurde, liet Christian zichzelf binnen en sloot de voordeur achter zich.

'Ik ben het!' riep hij.
'Boven!'
Christian liep naar boven en ging de met spaanplaat beklede kamer binnen, die er al stukken beter uitzag dan een paar uur geleden. Finlay stond op een keukenstoel om het plafond te schilderen. De vuile tas lag verleidelijk onbewaakt op de vensterbank.
Toen hij Christian ernaar zag kijken, klom Finlay van de stoel.
'Iets drinken?' bood hij aan, en hij tilde de fles whisky van de vloer.
'Best.' Christian maakte zijn jas open en haalde er vier stapels geld uit die hij tussen hen in op de vloer gooide.
Finlay gaf hem zijn whisky. 'Wat moet dat voorstellen?' vroeg hij bij het zien van de oninspirerende stapel.
'Achtduizend cash,' antwoordde Christian. 'En dit' – hij overhandigde twee bankpassen in enveloppen – 'zijn de gegevens over twee rekeningen waar niemand vanaf weet. Je kunt vijfhonderd per dag opnemen zonder dat er een haan naar kraait. In totaal is het dertienduizend tweehonderdvijftig pond.'
Met ingehouden adem wachtte hij af hoe Finlay zou reageren.
'Het is een begin. Kun je aan meer komen?'
'Ja, maar dat gaat wel even duren.'
Finlay knikte. Blijkbaar was hij tevreden. Hij knielde om het geld te pakken, legde het netjes op een stapel in een metalen ruimte onder de vloer en kwam weer overeind.
'Proost dan,' zei hij glimlachend.
Opgelucht hief Christian zijn glas. Hij nam een flinke teug.
'Je moest eens weten wat ik heb moeten doen om dat bij elkaar te krijgen...' zei hij lachend, en hij zette een stap richting het raamkozijn, maar Finlay hield hem met een hand tegen zijn borst tegen.
'Ik zei toch: het is een begin.' Hij keek zijn oudste vriend aan en de secondelange kalmte voelde al als een oude herinnering.
'Dat pistool kan mijn ondergang worden,' zei Christian.
'Dat is precies de reden waarom ik het nog even wil houden.'
'Ik zorg toch voor het geld!'
'Omdat ik het pistool heb,' merkte Finlay op. 'Het spijt me, maar je dwingt me om te kiezen tussen jou en Maggie... En ik

kies voor haar. Het pistool blijft hier.'

Christian knikte dat hij het begreep en wachtte tot hij Finlays hand voelde ontspannen voordat hij een sprong maakte naar het raamkozijn. Finlay greep een handvol van zijn kleding vast en trok hem naar achteren, zodat Christian over een verfblik struikelde terwijl de oudere man de smoezelige tas vastpakte. Maar Christian dook onmiddellijk op hem en trok hardhandig zijn arm achter zijn rug terwijl ze vochten om het wapen...

Met een doffe bons viel het op de grond.

Finlay zag zijn kans schoon en haalde zonder naar Christian te kijken uit voor een linkse hoek. Christian dook weg en trok de Schot naar de vloer. Christian rolde boven op Finlay, reikte naar de tas, voelde het harde metaal onder het plastic en wist zijn vingers eromheen te slaan. Met een wanhopige uitval greep Finlay de loop vast. Zijn vingers trilden van de inspanning toen hij het pistool naar de grond wist te drukken. Ze bleven vechten en rolden om en om in een poging de overhand te krijgen...

Het pistool ging af.

Beide mannen verslapten onmiddellijk. Toen de tas weer op de grond viel, ontsnapte er rook uit een klein gaatje in het plastic.

'Fin?' vroeg Christian. Het dode gewicht van zijn vriend drukte hem tegen de vloer. 'Fin?!' vroeg hij nogmaals. Hij raakte in paniek toen hij Finlay van zich af rolde en het rode gaatje in diens slaap zag. 'O mijn god! Fin! Fin!' Christian zocht naar een hartslag en luisterde of hij hem hoorde ademen. Een gestaag stroompje bloed kleurde de vloer onder hen rood. 'Fin?' hijgde hij, en hij liet zijn trillende hand op het bewegingloze lichaam van zijn beste vriend rusten.

Christian begon te hyperventileren en gleed tegen de muur achter hem. Zonder zijn ogen van Finlay af te houden pakte hij zijn mobiele telefoon. Hij stond op het punt om de hulpdiensten te bellen maar bedacht zich. Opeens drong tot hem door hoe de situatie zou overkomen: er waren duidelijke aanwijzingen voor een gevecht en op het wapen waarmee was geschoten zaten zijn vingerafdrukken.

Omdat hij niet goed wist wat hij moest doen, overwoog Christian om weg te gaan en het pistool mee te nemen. Maar omdat hij een van de laatste twee personen was die Finlay levend hadden gezien en omdat hij geen goed alibi had, zou het onderzoek zich ongetwijfeld toch vooral op hem richten. En als men vervolgens zijn verdachte financiële activiteiten van vanavond onder de loep nam... Met moeite wendde hij zijn blik van zijn vriend af en concentreerde hij zich. 'Denk dan na. Denk na!'

Zijn auto stond in de straat geparkeerd en hij had buiten ten minste drie mensen in verschillende stadia van nuchterheid gepasseerd. Iemand zou zich hem herinneren. Nog belangrijker was echter dat hij Maggie onmogelijk kon laten thuiskomen om haar man zo te vinden, wat het hem ook kostte.

'Kom op!' schreeuwde hij gefrustreerd tegen zichzelf. Hij moest nadenken als een politieman.

Het ontploffen van honderd vuurpijlen in de verte luidde het nieuwe jaar in en strooide met lichtpunten in de zwarte hemel achter het raam. Op dat moment had hij het: de enige manier om te voorkomen dat er vragen werden gesteld waar hij geen antwoorden op had, was te zorgen dat er geen reden was om ze überhaupt te stellen... bijvoorbeeld als voor de politie buiten kijf stond dat de dood een zelfmoord was.

Christian dacht na over de hulpmiddelen die hij kon gebruiken, keek van het pistool in de tas naar het donkere gat onder de vloerdelen, van de halflege fles whisky naar de eenzame keukenstoel en van de bus kitmiddel naar de deur zonder slot.

Met tegenzin kroop hij naar het lijk om Finlays telefoon te pakken en schoof zo snel als hij kon terug naar de muur. En zoals de explosies de hemel in lichterlaaie zetten, schoonheid geboren uit geweld, zo voerde hij het eerste deel uit van zijn wanhopige, onvolmaakte, maar op zijn manier mooie plan uit.

☏ Inkomend gesprek
Bellamy, Christian

40

Vrijdag 29 januari 2016
6.56 uur

Rouche had al uren naar het vieze plafond liggen kijken toen de eerste dreunen en stemmen het begin van een nieuwe dag aankondigden.

Hij had zijn eerste nacht overleefd.

Het was nogal teleurstellend dat zijn celgenoot geen T-Dawg of Doodshoofd heette, zoals hij had verwacht, maar gewoon Nigel. De kalende, bebrilde en te zware anticlimax van een man was weliswaar niet Rouche' eerste keus om een ruimte van zeven vierkante meter en een exhibitionistisch toilet mee te delen, maar zo te zien deed hij geen vlieg kwaad.

'Baddertijd,' zei Nigel gapend vanuit het onderste bed. Hij ging staan en trok zijn gevangenisuniform over zijn hoofd, dat er iets anders uitzag dan zijn eigen gevangeniskleding, omdat Nigel een veroordeelde misdadiger was.

Hun deur ging open en ze sloten zich aan bij de bonte optocht die richting de doucheruimtes schuifelde. Rouche gebruikte de tijd om de gezichten in zich op te nemen van de mensen met wie hij werd geacht samen te leven.

'Heb je iets nodig?' vroeg Nigel toen ze binnen waren. Poedelnaakt bood hij Rouche een al vaak gebruikt stuk zeep uit zijn toilettas aan.

'Nee... maar wel bedankt,' zei Rouche vriendelijk. Hij wendde zijn blik af toen hij Nigels pokdalige achterste zag weglopen.

Rouche wachtte tot iedereen de kleedruimte uit was en trok toen, niet op zijn gemak, zijn kleren uit, waarna hij met zijn handdoek een zo groot mogelijk deel van zijn borst bedekte. Omdat hij het onvermijdelijke niet langer kon uitstellen, volgde hij het geluid van water naar de douches. Hij koos de douche die het verst van de andere af lag, hing zijn handdoek aan de haak, drukte op de knop en stapte onder het hete water.

Hij deed zijn ogen dicht.

Het ruisen van het water overstemde het geroezemoes van de andere gevangenen. Rouche glimlachte en stelde zich heel even voor dat hij weer thuis was en het dreunen van de tienerpopmuziek door de muur naar Ellies kamer drong, terwijl Sophie zich voor de spiegel stond op te maken. Hij zag haar vervormde silhouet door het matglas en duwde tegen de deur, omdat hij niets liever wilde dan haar gezicht zien...

'Wat is dát in jezusnaam?!'

Het huis loste op toen Rouche de werkelijkheid in werd getrokken. De blikken van alle aanwezige gevangenen waren op hem gericht, op zijn borst, op de slordig in zijn huid gekerfde letters:

POP

De douchekop boven zijn hoofd viel droog, zodat Rouche zwijgend terugkeek naar zijn onwelkome publiek. Sommigen leken bang voor hem, sommigen keken boos, weer anderen toonden hun afschuw. Hij zag dat Nigel snel wegliep voordat iemand zich zou herinneren dat ze met elkaar hadden gepraat. De overige medegevangenen hielden alles wat Rouche deed in de gaten, als een roedel honden die wachtten tot hij vluchtte. Langzaam sloeg hij zijn handdoek om en liep op zijn gemak naar de uitgang. Zijn naakte voeten kletsten op de natte tegels.

Eindelijk was hij bij de deur.

Zodra hij uit het zicht was, greep hij zijn kleren van de bank en rende de kleedkamer uit.

Tia hield haar dochtertje op haar arm en drukte met haar vrije hand op een knop op haar mobiele telefoon om de gasrekening te betalen, voordat ze had gecontroleerd of er wel genoeg geld op hun gezamenlijke rekening stond.

Door het keukenraam zag ze haar verloofde de schuur uit struikelen en de rookwolk die hem achternakwam de pas afsnijden door snel de deur dicht te slaan. Ze keek onverstoorbaar toe hoe Edmunds uitgleed op het natte gras terwijl hij wanhopig probeerde om met zijn vingers gaten in het hout te dichten.

'Wat is je pappa nu weer aan het doen?' vroeg ze op vrolijke toon aan Leila. 'Als hij zichzelf weer in brand heeft gestoken, gaan we hem niet blussen, hè? Nee, niks ervan!'

Ze bedacht dat ze maar beter even kon informeren en liep de motregen in.

'Ik ben dat nest aan het uitroken,' zei Edmunds tegen haar voordat hij ontdekte dat de rook onder de deur uit kwam. 'Misschien kun je beter niet dichterbij komen,' stelde hij. 'Thomas heeft me deze methode aanbevolen.'

Tia leek niet onder de indruk.

'Alle bedrijven krijgen de eerste maanden te maken met kinderziekten,' zei hij. 'Ik regel het wel.'

Tia verplaatste Leila naar haar andere arm.

'Alle bedrijven vinden in één week tijd een horzelnest boven de printer, zien een groot stuk uit de muur vallen en ontdekken bij het opstaan dat hun bedrijfslocatie schever is dan de Toren van Pisa?' vroeg ze droogjes terwijl Edmunds zijn lichaam tegen weer een ander gat duwde.

'Ik kan ter verdediging aandragen,' begon hij, zij het afgeleid door de gaten, 'dat ik die plank in de muur alleen ben kwijtgeraakt doordat ik een steen naar het nest gooide... en het kantoor staat alleen scheef doordat ik niet besefte dat die steen bij de fundering hoorde.'

'Heeft Emily je nou al betaald?' vroeg ze voor de zoveelste keer.

Edmunds keek haar schaapachtig aan. 'Hè?'

'Heeft Emily je al betaald?'

'Nee. Nog niet. Maar dat komt wel goed.'

'Ik ga met Leila de deur uit.'

Edmunds verslikte zich toen er nog meer rook ontsnapte. 'Waarheen?'

'Dokter.'

'Waarom?' vroeg hij hoestend.

'Kinderziekten... Ik regel het wel,' zei ze terwijl ze wegliep.

'Oké. Dag!' riep hij haar na en hij voegde er vrolijk aan toe: 'Je gaat toch niet bij me weg, hè?!'

Twintig minuten later stond Edmunds weer in zijn schuur oude dossiers van Finlay in te pakken. Hij stelde vast dat hij er niets meer van kon leren en dat hij niet langer iets aan het onderzoek kon bijdragen.

Zijn hand bleef steken bij een aangrijpende politiefoto. Op de een of andere manier had de vrouw er in het echt nog afgeleefder en kwetsbaarder uitgezien. Een levenslange verslaving en een rist foute beslissingen hadden weinig meer van haar overgelaten dan een skeletachtige schim van een mens. Hij herinnerde zich haar lichaamsgeur die in de cafetaria de tafel was over gedreven, hoe ze maar kleine hapjes kon nemen van het voedsel dat haar lichaam zo vreselijk nodig had. En hij voelde zich schuldig dat hij haar verslaving had gevoed door haar de afgesproken vijftig pond te geven, wetend dat de drugs binnen een uur door haar aderen zouden stromen.

Hij stapelde de dozen aan één kant van de schuur op om ruimte te maken voor een nieuwe opdracht: het opsporen van een heerschap in pitbullsmoking dat alimentatie verschuldigd was aan twee van de drie vrouwen met wie hij vijf van zijn zes kinderen had gekregen. Volgens een van hen had hij ook de 'Xbox van de koters gejat', een teken dat er, wellicht ten overvloede, op wees dat hij te maken had met een waarachtig crimineel genie.

Met een onbevredigd gevoel over het gebrek aan resultaat van zijn vorige zaak en weinig enthousiast over de banaliteit van zijn nieuwe zaak, ging hij schoorvoetend aan het werk.

De BBC toonde een oude aflevering van *Columbo* waar Wolf op zijn oncomfortabele bed in zijn cel naar zat te kijken onder het genot van een zak light chips.

'Ik heb hem écht compleet gecolumbood!' zei hij trots terwijl hij Peter Falk aan het werk zag.

Er werd op de deur geklopt. De altijd even keurig verzorgde Wolf nam de moeite om de kruimels van zijn overhemd te schuieren terwijl hij rechtop ging zitten.

'Ik ben aangekleed!' riep hij.

George kwam binnen, op de voet gevolgd door Vanita.

'Je hebt bezoek,' zei George ten overvloede. 'Hoor eens, ik wil niet dat je je zorgen maakt of een van je buien krijgt...'

'Welke buien?'

'Ik wil alleen maar zeggen...'

'Ik kom je officieel arresteren,' zei Vanita plompverloren. 'Op bevel van de hoofdcommissaris.' Zo te zien ergerde George zich aan de botte vrouw. 'Het ruikt hier naar zweetvoeten,' merkte ze met een vies gezicht op.

'Dat zullen mijn voeten wel zijn,' zei Wolf, die de schuldige partijen correct wist te benoemen. 'Dus je komt mij arresteren?'

'Officieel,' herhaalde Vanita. 'Kun je misschien een paar stoelen regelen?' vroeg ze aan George, omdat ze het niet zag zitten op het onopgemaakte bed plaats te nemen.

Met zijn drieën vulden ze de benodigde arrestatieformulieren in, zodat ze iets had om mee naar haar baas te gaan. Toen George wegliep om fotokopieën te maken, konden Vanita en Wolf even praten.

'Ik zal dit zo lang mogelijk traineren,' zei ze, 'maar je moet er rekening mee houden dat je over uiterlijk een week wordt overgeplaatst. Ik bedoel maar te zeggen dat als je nog iets wilt doen, je dat beter nu kunt doen.'

'Ik heb het niet meer in de hand,' zei Wolf schouderophalend. Dat deed hem beseffen dat zijn vingers nog onder de chipskruimels zaten, en tot Vanita's afschuw likte hij ze een voor een af.

'Hoe dan ook, je hebt nog een week. En denk eraan dat ik je heb gearresteerd,' zei ze terwijl ze opstond. 'Ik steek mijn nek voor je uit. Als je hier het gebouw uit loopt, kan ik je niet beschermen. Dus als je dat doet, kun je maar beter zorgen dat het iets oplevert.'

De bezoektijden waren van drie tot vier uur.

Tot zijn verbazing was Rouche naar de grote open hal geroepen, waar de echte wereld botste met die van degenen die in een tijdcapsule gevangenzaten: plichtmatige verjaarsvisites van opgroeiende kinderen die elke keer weer wisten te choqueren; ouders die als een appel bij een oorlogsmonument de familieleden en buren opsomden die het afgelopen jaar waren overleden; vriendinnetjes die minder vaak kwamen naarmate het echte leven hen weglokte bij degenen die bestonden als een af en toe op te roepen herinnering.

Rouche zag Baxter zodra hij binnenkwam. Hij wuifde naar haar en begon haar richting uit te lopen toen iemand zo hard tegen zijn schouder aan liep dat hij viel.

'Mijn broer zat in die trein, vuile klootzak,' spuwde de man, die zijn hoofd had geschoren en leek te verdrinken in de bewerkelijke tatoeages die op elk zichtbaar stukje huid tot op zijn kaaklijn waren aangebracht.

'Kappen!' blafte een toekijkende gevangenbewaarder.

De man hield onschuldig zijn handen omhoog, waarbij hij nonchalant de swastika in zijn linkerhandpalm liet zien. Smalend liep hij weg. Rouche had zijn arm om zijn pijnlijke borst geslagen en kwam moeizaam overeind om naar Baxter te lopen. Toen hij zich in de stoel tegenover de hare liet vallen, keek ze hem bezorgd aan.

'Je bent al volop vrienden aan het maken, zie ik,' zei ze.

'O, ja, ze denken dat ik een...' Rouche slikte de rest van zijn zin in om haar niet ongerust te maken. 'Ze vinden me raar.'

'Je bént ook raar,' bevestigde ze. 'Die baard staat je goed,' zei ze bij wijze van inleiding voordat ze begon over de ware reden van haar bezoek. 'We zijn bezig de beste advocaat voor je te regelen die er voor geld te koop is, een rasklootzak. Hij is perfect,' zei ze. 'Ik zal mijn verhaal niet aanpassen. Ik dacht niet dat je het station uit was gekomen. Ik achtervolgde Keaton naar het park, raakte hem kwijt tijdens de sneeuwstorm en tegen de tijd dat ik hem had gevonden, was hij al dood.'

'Baxter, ik waardeer wat je probeert te...'

'Jóúw verhaal,' overstemde ze hem, 'is dat je je werk deed. Je wist je hoofdverdachte op te sporen, meende dat hij een wapen in zijn hand had en zag geen andere optie dan hem neer te schieten toen hij het niet wilde laten vallen.'

Rouche keek haar vermoeid aan. 'En de reden waarom ik drie weken lang van de aardbodem verdween, was dat...?'

'Er is geen psychiater in dit land die géén link zou leggen tussen die laatste bom en het feit dat je je vrouw en kind bij een soortgelijk incident bent kwijtgeraakt.'

'Daar wil ik hen niet voor gebruiken,' zei Rouche. De manier waarop hij het zei, maakte dat Baxter zich akelig schuldig voelde.

'Het kan me niet schelen wat jij wilt. Ik wil je in de buurt hebben. Je laat me niet in de steek... Jij was van het padje, dacht niet goed na. Je vond een plek om onder te duiken en raakte buiten bewustzijn.'

'Als we op onze leugens worden betrapt,' zei Rouche, 'beland jij ook in de gevangenis.'

Baxter haalde haar schouders op. 'Dan kun je maar beter zorgen dat je overtuigend liegt,' zei ze.

41

Vrijdag 29 januari 2016
17.21 uur

Techneut Steve kreeg niet vaak bezoek, al helemaal niet van vrouwen, en zeker niet van belangrijke vrouwen. Daarom was hij zeer verbaasd toen hij op de IT-afdeling Baxters vraag hoorde.

'Ik ben op zoek naar Steve,' zei ze.

'Naar wie?'

'Steve... Steve de Techneut.'

'O, die! In de hoek.'

Steve stond op toen ze naar zijn bureau liep en stopte snel zijn gekreukte overhemd in zijn boxershort.

'Kunnen we ergens onder vier ogen praten?' vroeg Baxter, zich bewust van de vele bebrilde ogen die vol belangstelling naar hen keken.

'Ja, natuurlijk.' Hij ging haar voor naar een lege kamer en deed de deur dicht. 'Wat is er aan de hand?'

'Als iemand zou zoeken naar bewijsmateriaal in de Lappenpopzaak... bijvoorbeeld naar een van die aangepaste telefoons, die op de een of andere manier nooit tussen de bewijsstukken terecht zijn gekomen' – hij had niet bepaald een pokerface, dacht ze – 'zou jij dan: a)mij een werkend exemplaar kunnen lenen, en b)zo discreet zijn om je mond erover te houden?'

Steve keek even verlegen als altijd, dus was het vrij lastig om zijn gedachten te peilen totdat hij antwoord gaf: 'Absoluut... En wellicht.'

Baxter fronste haar wenkbrauwen.

'Wacht. Nee. Ik bedoelde: wellicht... En absoluut,' verbeterde hij zichzelf. 'Maar wat heb ik daaraan, behalve dat ik kans loop dat ik ontslagen word?'

'Dan sta ik bij je in het krijt...'

Hij leek niet onder de indruk.

'... én ik zweer je dat ik vanaf nu in elk interview en op elke persconferentie het begrip "zelfmoordberichten" zal noemen, net zolang totdat het in alle belangrijke woordenboeken wordt opgenomen.'

Steves ogen begonnen te glimmen bij het vooruitzicht onsterfelijk te worden dankzij dat wat hij had ontdekt en waarvoor hij een naam had verzonnen: de niet-herleidbare en zichzelf wissende berichten die de mensen achter de moorden hadden gebruikt om met hun volgelingen te communiceren.

'Dat is afgesproken.'

Na zijn afspraak bij de gevangenisarts werd Rouche naar de kantine gebracht, waar hij een aantal troggen aantrof met smurrie in verschillende tinten bruin. Hoewel ze zijn eetlust niet vergrootten schepte hij er voor de kleur wat erwtjes bij en liep toen met zijn blad naar de tafeltjes. Medegevangenen zaten vanaf de drukbezette banken naar hem te kijken toen hij voorbijliep; ze schudden hun hoofd als hij op een schaarse vrije plek afliep. Hij liep door naar de achterkant van de zaal, waar een handjevol eenlingen aan een tafel zat, en herkende een van hen uit de badkamer.

Hij haalde diep adem en kwam dichterbij. 'Goedemiddag, mag ik erbij komen zitten?'

De zwaargebouwde man had zo te zien een moeilijk leven gehad. Hij was ruim in de vijftig, had diepliggende ogen en oude littekens doorkliefden de rimpels in zijn gezicht.

'Dat hangt ervan af. Ben jij een van die Poppenfiguren?' vroeg hij met een melodieuze Ierse tongval.

'Nee hoor,' antwoordde Rouche opgewekt. 'Het is eigenlijk best een interessant verhaal,' beloofde hij met een knik naar de lege plek.

De man dacht even na en gebaarde toen dat hij kon gaan zitten.

'Damien Rouche,' zei Rouche, en hij stak zijn hand uit.

De man keek om zich heen. 'Vat het niet verkeerd op,' zei hij, 'maar ik denk dat ze m'n strot afsnijden als ik jou een hand geef.'

'Zit wel goed,' zei Rouche vriendelijk. Hij pakte zijn lepel om een hap van zijn maaltijd te nemen. Met een vies gezicht duwde hij het blad van zich af.

'Je was aan het vertellen,' hielp de man hem herinneren.

'Klopt. Ik ben namelijk geen Pop, maar een agent... Nou ja, dat was ik. Bij de CIA.'

De oudere man keek zenuwachtig naar de mensen om hen heen en liet zijn stem zakken tot een gefluister. 'Dat is nog erger,' zei hij.

'Echt?' vroeg Rouche terwijl hij verstrooid nog een hap probeerde.

'Als jij een agent bent, wat doe je dan met die littekens op je borst, en waarom zit je dan bij gajes als wij opgesloten?'

'Ik werkte aan de Poppenzaak, probeerde hen tegen te houden, en de enige manier om te infiltreren was om mezelf zo toe te takelen,' antwoordde Rouche. Hij legde een hand op zijn borst om te benadrukken dat hij de waarheid sprak. 'En ik zit hier omdat ik de man achter de schermen heb achtervolgd...'

'Zou. Gebruik altijd "zou".'

'Oké. Dus ik zou de verantwoordelijke van Piccadilly Circus naar St James's Park hebben achtervolgd, waar ik hem onderuit zou hebben gehaald en die vuile klootzak vervolgens zou hebben afgemaakt met, toegegeven, een buitensporig aantal schoten in de borst. En daarom zit ik hier tegenover jou, eh...' Hij keek weifelend naar de bruine substantie.

'Beef wellington te eten,' vulde de ervaren gevangene aan.

'Daarom zou ik hier beef wellington zitten te eten,' maakte hij zijn verhaal af.

De man keek Rouche aan, wist niet wat hij van hem moest denken.

'Of misschien ben je gewoon de zoveelste corrupte smeris.'

'Wie weet.' Rouche nam een slok van zijn waterige sinaasappelsap. 'God weet dat er buiten zat corrupte agenten rondlopen.' Hij zweeg toen zijn neonazi-bekende langs de tafel liep met een aantal vriendjes op sleeptouw. 'Maar weet je? Ze krijgen altijd hun verdiende loon... al kan dat even duren.'

'Geloof je dat echt?' vroeg de man geamuseerd.

'Ik wel.'

Hij schudde zijn hoofd.

'Optimisme! Dat heb ik al een tijdje niet meer gehoord... Jij gaat het hier vast niet lang volhouden.'

'Daarom zou ik wel een vriend kunnen gebruiken.' Rouche stak opnieuw zijn hand uit. 'Damien Rouche.'

Zijn tafelgenoot aarzelde.

'Toe nou. Anders voel ik me belachelijk,' zei Rouche vriendelijk.

Met een diepe zucht, zeker dat hij er spijt van zou krijgen, nam de man de hand aan. 'Kelly,' zei hij. 'Kelly McLoughlin.'

Kon ze nog maar wijn drinken! Rond halfacht die avond zat Baxter te twijfelen aan haar verstand toen de bel ging en ze van de bank opstond om open te doen.

'Andrea.'

'Emily.'

De beroemde nieuwslezeres volgde haar naar de woonkamer, waar Baxter op de bank zakte en haar ogen dichtdeed om te vechten tegen haar misselijkheid. Andrea nam een perfecte zithouding aan op de stoel en leegde haar tas op de salontafel.

'Hoe voel je je?'

'Afschuwelijk,' antwoordde Baxter, die er belabberd uitzag vergeleken bij de voor de camera opgemaakte nieuwslezeres.

'Ik heb de spullen gebracht waar je om vroeg,' zei Andrea, die de 'De Wolf moet Los'-T-shirts in verschillende maten uitpakte voor de slotfase van de campagne.

'Bedankt,' zei Baxter zonder haar ogen open te doen. 'Vanita heeft hem nog een week gegeven.'

'En als we kunnen bereiken dat hij op vrije voeten blijft,' begon Andrea voorzichtig, 'denk je dan dat jullie...'

Baxter kreunde en wreef over haar gezicht. 'Dat we wát? En wat kan jou dat schelen?'

'Niets. Maar ik denk dat ik namens iedereen spreek die jou en

Will wel eens samen in een ruimte heeft gezien of ooit zal zien, als ik zeg dat het dansje dat jullie samen opvoeren wat belegen is geworden.'

'Ik heb een relatie met Thomas!' snauwde Baxter. Ze rolde bij haar gast vandaan in de hoop een positie te vinden die minder pijnlijk was.

'Dat weet ik.'

'Hij is zo'n lieve man.'

'En dat is Will niet,' zei Andrea knikkend. 'Maar dat is juist zijn ding, toch?'

Baxter gaf geen antwoord.

'Je weet toch waarom wij uit elkaar zijn gegaan, hè?' vroeg Andrea. 'De échte reden, bedoel ik? Dat was het onontkoombare feit dat, hoeveel hij ook van me hield, en dat dééd hij, hoe goed hij ook voor me zorgde, en dat deed hij óók, er iemand anders was van wie hij toch meer hield... en dat ben jij.'

Baxter trok een kussen over haar hoofd.

'Het gaat me sowieso niets aan. Maar waarom zou jij jezelf zo vreselijk kwellen als je toch al de juiste keus hebt gemaakt?'

Baxter kwam langzaam overeind en keek Wolfs ex aan.

'Je weet dat het heel, héél slecht gesteld moet zijn met het leven als jíj de enige bent met wie ik hierover kan praten,' zei ze met zelfspot. 'Ach wat, ik zal het je laten zien.' Ze stond op om iets uit haar jaszak te halen, gaf het opgevouwen stukje karton aan Andrea en ging weer zitten. 'Ik heb dit tussen Finlays spullen gevonden,' legde ze uit nadat ze de andere vrouw de tijd had gegeven om te lezen wat erop stond. 'Eerst liep ik ermee rond voor het geval het een aanwijzing was. Nu... weet ik niet meer zo goed waarom ik het bij me hou. Het is Finlays handschrift, maar hij heeft het niet voor Maggie geschreven. Hij hield zielsveel van haar, maar hij heeft dit niet voor haar geschreven.'

Andrea vouwde het briefje op en gaf het terug. 'Het klinkt heel... bezitterig,' zei ze.

'Klopt. En hartstochtelijk. En boos. En wanhopig. Kun jij je voorstellen dat je zóveel van iemand houdt? Dat iemand zo hevig van jou houdt? Ik moet toegeven dat ik het niet begrijp. Het brengt me aldoor aan het twijfelen.'

‘Maar Finlay en Maggie waren gelukkig,’ merkte Andrea op, ‘voor wie dit briefje ook bedoeld is geweest.’

‘Dat waren ze, ja,’ zei Baxter, waarmee ze niet dichter bij een verklaring kwam. ‘Dank je wel,’ zei ze op sarcastische toon.

‘Graag gedaan,’ antwoordde Andrea, die door de spullen op de salontafel zat te zoeken. ‘Heb jij Rouche vandaag nog gesproken?’

‘Ja.’

‘Dat is een verhaal dat je nog niet met me hebt gedeeld,’ zei Andrea ter aansporing.

Baxter twijfelde zichtbaar. ‘Kan ik erop vertrouwen dat je dit voor je houdt?’

‘Natuurlijk.’

‘Waar wil je dat ik begin?’

Andrea dacht even na. Toen zei ze: ‘Het is 21 december, avond. Londen ligt bedolven onder een dik pak sneeuw als Lucas Keaton het hek naar St James’s Park door rent...’

Baxter haalde diep adem en begon te vertellen.

De stapel opzichtige T-shirts verborg het opgewonden geflikker van een rood lampje, terwijl een apparaatje ter grootte van een handpalm meeluisterde en elk woord opnam.

42

Vrijdag 21 mei 2010
(Finlays verjaardag)
20.02 uur

'Je ziet er mooi uit,' zei Wolf tegen Andrea, die naast hem zat in de metro, en hij pakte haar hand.

'Dank je, jij ook,' zei ze glimlachend. Ze boog zich naar hem over om de das recht te trekken die hij van haar had moeten omdoen en liet daarna haar hoofd tegen zijn schouder rusten, zonder zich iets van de blikken van andere passagiers aan te trekken.

Omdat het vonnis in de Crematiemoordenzaak na het weekend gepland stond, had het enige overredingskracht gekost om Wolf het huis uit te krijgen. Maar afgezien van het feit dat ze door de achtertuin van de buren hadden moeten wegsluipen om te voorkomen dat ze paparazzi achter zich aan zouden krijgen, leek het net een gewone vrijdagavond, een hoognodige afwisseling van de eindeloze controverses en beschuldigingen die haar man de afgelopen week hadden achtervolgd.

'Moe?' vroeg Wolf. Hij kuste haar op haar kruin.

Ze knikte.

'We laten daar gewoon even ons gezicht zien. Ik zal zorgen dat je op zijn laatst om tien uur in bed ligt met een kop pepermuntthee en een aflevering van *Grey's Anatomy*.'

Ze klemde hem stevig tegen zich aan terwijl de trein haar in slaap probeerde te wiegen. 'Beloofd?'

'Beloofd.'

Ze volgden het kruimelpad van ballonnen en liepen de trap op naar het feestzaaltje bij het restaurant aan de rivier, een ongekende uitspatting voor Wolfs zuinige vriend.

Vandaag word ik 55!

Maggie ontving de gasten en omhelsde hen beiden hartelijk. 'Pak een drankje en ga lekker in het zonnetje zitten,' instrueerde ze. 'Hij zit op het terras en is al lekker teut,' zei ze met een mengeling van tederheid en ergernis. 'Zal ik die van je aanpakken?' vroeg ze aan Andrea, die haar de verjaardagskaart en het cadeautje gaf.

'Wat hebben we hem gegeven?' fluisterde Wolf op weg naar de bar.

'Een flesje van dat geurtje dat hij altijd opheeft.'

'Het geurtje van kebab en stiekeme sigaretten, bedoel je?'

Andrea lachte hardop. 'Wat ben je toch verschrikkelijk!'

Finlay en Wolf waren een drinkspelletje begonnen dat met de seconde luidruchtiger werd. Andrea en Maggie keken bezorgd toe.

'Zal ik ze uit elkaar halen?' vroeg Andrea.

'Misschien een goed idee. Het zou wel zo beleefd zijn als Fin nog met een paar andere gasten praat. Hij heeft Benjamin en Eve nog niet eens begroet,' zei Maggie, en beide vrouwen liepen naar hun mannen om hen tot bedaren te brengen.

Andrea confisqueerde Wolfs glas. 'Oké, jongens,' zei ze, 'laten we het erop houden dat de wedstrijd in een gelijkspel is geëindigd. Kom op, Will. Ik wil met je dansen.'

Andrea liep net met hem naar de dansvloer toen Baxter binnenkwam in het gezelschap van een man met slap haar. Wolf trok zich los uit Andrea's greep en wankelde hun kant uit.

'Baxter!' zei hij stralend en hij streek tijdens zijn klunzige omhelzing met zijn hand langs haar borst.

'Emily,' zei Andrea.

'Andrea,' antwoordde Baxter.

Zonder iets te merken van de ijzige sfeer bulldozerde Wolf verder. 'En jij bent zeker Gavin!' zei hij, en hij mangelde al schuddend de hand van de kleinere man. 'Wil je iets drinken?' bood hij aan.

'Ik weet zeker dat ze de bar ook zonder jouw hulp kunnen vinden,' zei Andrea met een gedwongen lachje, en ze probeerde hem weg te leiden. 'Kom op, we gaan dansen.'

'Jaah, maar...' zei Wolf, en hij trok zijn arm los, 'Baxter heeft momenteel die grote zaak.'

'Op borrels wordt er niet over het werk gepraat,' probeerde Andrea, die ieders pogingen om het niet over Wolfs recente roem te hebben erg had gewaardeerd.

'O,' begon Gavin. De manier waarop hij met zijn vingers knipte terwijl hij de gedachte probeerde terug te halen, kwam een beetje arrogant over. 'Die homo's die ze alsmaar uit de rivier halen?'

'Precies, Gav, díé zaak,' zei Wolf. 'Woensdagavond: Baxter, Chambers, de politieboot. Dat wordt een dolle boel. Ik ben jaloers.'

Gavin wendde zich tot Baxter. 'Denk je eraan dat ik graag wil dat je er donderdagochtend bij bent?' vroeg hij.

'Wat is er donderdag?' flapte Wolf eruit.

'Ik vermoed dat Gavin en Emily zachter praatten omdat dat ons niets aangaat,' snauwde Andrea.

'Maakt niet uit,' zei Gavin vriendelijk. 'Mijn moeder is een paar weken geleden overleden. Donderdag wordt ze begraven.'

'O,' zei Wolf.

'Gecondoleerd,' zei Andrea met een triest glimlachje, terwijl het haar eindelijk lukte Wolf mee te trekken.

Ruim een uur later had Andrea haar man overgehaald om haar thuis te brengen. Hij was een eeuwigheid bezig geweest om afscheid te nemen van mensen die hij de volgende dag toch weer zou zien en strompelde toen naar de wc's voor een 'laatste plasje'.

'Jij bent toch Will?' zei de zilverharige heer naast hem die zo te horen veel beter kon mikken dan hij. 'Ik ben Christian, een oude vriend van Fin.'

'*Enchanté*,' antwoordde Wolf, die gevaarlijk op zijn benen stond te zwaaien.

'Hij heeft me veel over jou verteld.'

Wolf schonk hem een dronken glimlachje.

'Nou, veel succes, maandag,' zei Christian, die op een nette manier zijn poging om een gesprek te voeren opgaf.

Wolf strompelde de zaal weer in. Zijn aandacht werd onmiddellijk getrokken door het terras, waar Baxter en Gavin stonden te ruziën. Net als de rest van de gasten deed Andrea beleefd alsof ze niets merkte, en ze deed een wanhopige poging om haar man in de richting van de trap te leiden.

'Het gaat ons niet aan, Will,' zei ze, maar hij hoorde haar niet eens, omdat hij Baxter bij haar saaie vriendje vandaan zag lopen. 'Will!' zei Andrea toen hij richting de open deuren liep. 'Will!' riep ze hem hulpeloos na.

Hij stapte naar buiten op het moment dat Gavin Baxters arm vastpakte, die hij snel losliet toen Wolf hem ruggelings tegen een tafel duwde, zodat er glazen en kaarsen over de grond rolden.

'Wolf, kappen!' brulde Baxter tegen hem toen hij opnieuw op de man afging. 'Wolf!'

Gavin ging neer als een blok en maakte zich met een hand tegen zijn bloedende neus uit de voeten.

De rest van de avond stond Wolf niet meer helder voor de geest. Hij wist nog dat Baxter razend op hem was, dat zijn collega's over het terras uitzwermden om hem van het terrein te verwijderen, dat Andrea in tranen was en de rest van de avond geen woord meer tegen hem wilde zeggen.

Maar hij herinnerde zich vooral dat hij zo naïef was geweest om te geloven dat de avond voorbij was toen hij zich op de versleten bank in de woonkamer liet vallen.

43

Zaterdag 30 januari 2016
7.06 uur

Rouche had niet meer geslapen. Het leek alsof hij de muren voelde oprukken zodra hij zijn ogen dichtdeed. Door de combinatie van het donker met het zeer krappe bovenste bed – een meter tachtig bij negentig centimeter – had het lage plafond iets van het deksel van een doodskist. Sinds hij gisteren de littekens had gezien, had zijn celgenoot geen woord meer tegen hem gezegd. Hij kleedde zich aan alsof Rouche er niet was. Toen hun celdeur openging, liepen ze in dezelfde langzaam schuifelende rij als gisteren over de metalen loopbrug in de richting van de douches.

Het leek weinig zin te hebben om zijn borst nog te bedekken, dus trok Rouche eerst zijn bovenkleding uit en trotseerde hij de blikken en verwensingen.

'Ik kan nog steeds niet geloven dat je dat jezelf hebt aangedaan,' zei Kelly, die zich naast hem stond uit te kleden.

'Nou ja, ik heb wel wat hulp gehad,' gaf Rouche toe. De betegelde kleedkamer leek in zekere zin wel op het smerige herentoilet waar Baxter creatief was geworden met een steakmes. 'Zo te zien heb je zelf ook de nodige verhalen,' zei Rouche bij het zien van Kelly's getekende lichaam.

Een groot dun litteken liep langs de binnenkant van zijn linkerarm, terwijl zijn rechterarm een oude brandwond vertoonde. Er waren nog steeds sporen van diverse slordige operaties en net boven zijn hart zat een volmaakt ronde bult.

'Hoe komt het dat jij nog lééft?' vroeg Rouche.

Kelly grinnikte. 'De meeste keren had ik iemand die van boven af op me lette.'

'Bedoel je... God?'

'Nee. Ik bedoel een scherpschutter.'

'O.'

'Ja, ik heb de meeste littekens in het leger opgelopen,' legde Kelly uit. 'Ze zien er erger uit dan ze zijn.'

'Is dat een kogelwond?'

Kelly wreef over het litteken. 'Ja. Oké, dat was behoorlijk link,' gaf hij toe.

'Dat verhaal moet je me nog maar eens vertellen,' zei Rouche terwijl hij zijn handdoek omsloeg.

'Nee... ik moet niks,' antwoordde Kelly. 'Ga maar alvast. Ik kom ook zo.'

Rouche liep achter de anderen aan door de deuropening en had amper twee stappen in de doucheruimte gezet toen iets zwaars hem raakte. Hij gleed uit op de natte vloer, viel hard en voelde overal handen toen hij over de ruwe tegels werd gesleept. Amper bij bewustzijn werd hij tegen een laag muurtje neergezet, waarna de aanval in hevigheid toenam. Hij voelde de schoppen en stompen en hoorde zijn oren suizen toen zijn hoofd de harde vloer raakte, maar kon de pijn niet echt registreren.

Kelly liep de doucheruimte binnen, merkte de gespannen sfeer op en wist meteen wat er aan de hand was. Er stond een groepje van vijf man op een kluitje en het water rond de afvoer was roodgekleurd. Hij aarzelde, wilde er niet bij betrokken raken, maar vloekte zacht.

'Bewaking!' brulde hij zo hard als hij kon. 'Bewaking!'

De mannen verspreidden zich. Een van hen bleef staan om op Rouche' weerloze lichaam te spugen.

Kelly liep zijn kant op toen de eerste gevangenbewaarders de doucheruimte binnenrenden. Terwijl de een melding maakte van het gevecht, begon een ander de doucheruimte te evacueren, omdat hij niet wist wat hij verder kon doen tot de medische bijstand er was.

Tegen het advies van de gevangenisarts in had Rouche geweigerd om ter observatie opgenomen te blijven, en om vijf voor drie strompelde hij de trap bij de ziekenboeg af naar de korte gang die naar de bezoekruimte voerde. Omdat hij maar door een van zijn opgezwollen ogen iets kon zien, moest hij spitsroeden lopen langs de gevangenen die onder aan de trap rondhingen in de hoop dat hun naam werd omgeroepen.

'Dat is nog wel het minste wat je verdient,' hoonde er een.

'Je had mazzel,' schreeuwde een ander, en hij gooide iets naar Rouche. 'Deze keer nog wel.'

Rouche negeerde hem.

Baxters gezicht betrok toen ze hem dichterbij zag strompelen. Ze zou hem zielsgraag helpen, maar wist dat ze daar geen gelegenheid toe zou krijgen.

'O god, Rouche,' hijgde ze, toen hij zich in de stoel liet vallen. 'Wat is er gebeurd?'

'Ik raakte betrokken bij een gevecht,' zei hij, om er gekscherend aan toe te voegen: 'Ik ben er niet helemaal zeker van dat ik heb gewonnen.'

'Ik haal je terug,' zei ze op besliste toon. 'We laten je elders plaatsen.'

'Nee.'

'Tot die tijd kun je in de isoleer,' vervolgde ze. 'Ik praat wel met de...'

'Nee!' snauwde hij met een klap op de tafel.

Twee gevangenbewaarders liepen hun kant uit, maar Baxter wuifde hen weg.

'Ik kán dit,' zei Rouche.

Ze wilde niets liever dan zijn hand vasthouden.

'Ik krijg je hieruit,' beloofde ze. 'Hou het nog even vol.'

Christian nam zijn telefoon op. 'Ja?'

'Andrea Hall is hier voor u, meneer,' liet een onbekende stem hem weten. Zijn secretaresse was weekend aan het vieren, iets wat hijzelf ook zou moeten doen.

'Laat haar maar binnen.' Ter ere van zijn beroemde bezoekster was Christian vandaag niet strak in het pak, maar had hij een poloshirt en een chino broek aangetrokken. 'Aha! Mevrouw Hall. Komt u binnen. Ga lekker zitten.' Hij gaf haar een hand en deed de deur voor de neus van zijn ondergeschikte dicht. 'Nou, vertelt u maar eens wat er zo belangrijk is dat het niet kan wachten tot maandag,' zei hij.

'Je moet de aanklachten tegen Will laten vervallen,' zei ze.

Christian begon hard te lachen en ging weer achter zijn bureau zitten. 'En vertel mij dan alsjeblieft waarom ik dat zou willen doen?'

'Je hebt geen bewijs tegen Will,' zei ze met een laatdunkend gebaar. 'Je hebt een van zijn beste vrienden vermoord! Hij moest wel proberen om je uit te schakelen. Zou je van hem echt minder verwachten?'

Hij verstijfde.

'Ik draag geen microfoontje,' zei Andrea. 'Als ik dat wel zou doen, zou ik mezelf medeplichtig maken. Ik ben hier om je een voorstel te doen. Het onderzoek naar de moord is dood. Het is voorbij.'

Christian knikte voorzichtig. 'Als je een hond maar vaak genoeg trapt, leert hij wel dat hij uit de buurt moet blijven,' zei hij cryptisch.

'O, de boodschap is overgekomen, hoor. Luid en duidelijk,' verzekerde Andrea hem. 'Luister, ik heb eigenlijk niets met al die vendetta's en emotionele kruistochten. Maar wat ik wel begrijp, en respecteer, is dat een man doet wat hij moet doen om zijn belangen te beschermen.'

Met een hoffelijk knikje nam Christian het compliment in ontvangst, al was hij zich er nog steeds van bewust wie hij tegenover zich had.

'Mijn voorstel is als volgt,' zei Andrea. 'Je geeft Will alleen een tik op de vingers en laat hem gaan; ik zet het gebouw niet af met een nieuwe demonstratie. En daarvoor in ruil reik ik je Emily Baxter en Damien Rouche op een dienblaadje aan. Je zult het met me eens zijn dat zij beiden inmiddels veel belangrijker zijn.' Christian boog zich geïnteresseerd naar voren toen Andrea een mobiele telefoon uit haar tas haalde. 'Een opname van een vertrouwelijk gesprek dat ik met Emily heb gevoerd over de gebeurtenissen die hebben geleid tot de dood van Lucas Keaton. Ze geeft toe dat ze ter plaatse was... samen met Rouche; dat ze heeft gezien hoe hij hun ongewapende en weerloze gevangene standrechtelijk heeft neergeschoten; dat ze in haar appartement in Wimbledon een moordverdachte heeft verpleegd om ervoor te zorgen dat hij uit de handen van de politie zou blijven.'

'Dat klinkt zeker belastend,' zei Christian, die er nu op durfde te vertrouwen dat hun gesprek niet verder zou worden gedeeld. 'Misschien zelfs te mooi om waar te zijn?'

'Ik geef alleen maar om Will. Emily Baxter heeft mijn huwelijk verziekt. Damien Rouche betekent niets voor me, behalve een geweldig nieuwsverhaal.'

'Aha, er is dus nog iets?' zei Christian, die voelde waar Andrea op aanstuurde.

'Een exclusief interview met Rouche.'

'Akkoord.'

'Voorafgaand aan de rechtszaak.'

'Dat zou lastig kunnen zijn.'

'Vanavond.'

'Nee, dat is uitgesloten.'

Andrea drukte op een knopje op de mobiele telefoon; Baxters krakende stem begon te vertellen: 'Rouche liep voor me... Het sneeuwde zo hard. Ik kon hem niet bijhouden. Ik hoorde het eerste schot... Keaton was zwaargewond, maar leefde nog toen ik bij hem aankwam. Ik probeerde het bloeden te stelpen, maar...'

Andrea drukte opnieuw op de knop om Baxters schandelijke bekentenis te pauzeren en hield de telefoon voor zijn neus. Het mobieltje zwaaide heen en weer als de pendule van een klok.

'Binnen achtenveertig uur een interview in de gevangenis met Damien Rouche en Will op vrije voeten. Dat is mijn laatste bod.'

Glimlachend keek Christian naar de onverzettelijke vrouw tegenover hem. Hij stak zijn hand uit en pakte de telefoon van haar aan.

'Hij is vergrendeld,' zei hij.

'Je hebt de opname in je bezit. Het wachtwoord volgt als je je aan onze afspraak hebt gehouden.'

'Ik mag jou wel.'

'Dat kan me niet schelen. Zijn we het eens?' vroeg Andrea.

'Ja, mevrouw Hall... We zijn het eens.'

Rouche liet zijn blad vallen, zodat zijn smakeloze, taaie stoofschotel, die ook heel goed verontrustend dikke soep kon zijn, over de vloer van de eetzaal spatte. Onder hoongelach ging hij op zijn knieën zitten om de kapotte kom op te rapen.

'Laat maar liggen!' blafte een gevangenbewaarder hem van de andere kant van de zaal toe.

Uiterst voorzichtig had Rouche net opnieuw een blad volgeladen toen iemand zijn naam riep.

Kelly keek belangstellend toe toen de gevangenisdirecteur zelf Rouche bij zich wenkte voor een onderonsje. Het gesprek duurde niet veel langer dan een minuut, waarna de ongrijpbare leidinggevende even snel verdween als hij was binnengekomen, zodat Rouche op zijn gemak kon eten.

'Wat wilde de directeur van je?' vroeg Kelly, die grimaste toen hij Rouche' bont en blauwe gezicht zag. 'Ging het over het gevecht?'

'Voor een deel,' antwoordde Rouche. Hij ging zitten. 'Hij vroeg me iets voor hem te doen... Een interview.'

'Een interview?' vroeg Kelly verward.

'Ja,' zei Rouche zonder verder uit te weiden.

'Oké? En, wat zei de dokter?'

'Dat ik klappen in mijn gezicht heb gehad... vrij véél klappen,' antwoordde Rouche. 'Ik wilde je nog bedanken. Ik hoorde dat je de bewaking hebt geroepen.'

Kelly wuifde zijn erkentelijkheid weg. 'Zelfs al had ik geen pesthekel aan die stomme naziklootzakken, en geloof me, ik kan ze niet luchten of zien... dan nog heb ik nergens een grotere hekel aan dan aan een oneerlijk gevecht.'

'En toch... dank je wel,' zei Rouche terwijl hij met moeite iets van zijn prak naar binnen werkte.

'Weet je, je moet het hun betaald zetten,' zei Kelly met een vuile blik naar de groep kaalgeschoren klonen die elkaar een paar tafels verderop stoer zaten te meppen. 'Je kunt dit soort dingen niet ongestraft laten.'

'Nee,' zei Rouche. Hij legde een flinke, met soep besmeurde plastic scherf tussen hen in op tafel. 'Dat kun je niet.'

Kelly keek aarzelend naar het armzalige wapen. 'Nou ja, als je niet kunt winnen, kun je altijd nog de boel platbranden,' zei hij glimlachend, waarmee hij het advies doorgaf dat, met wisselend succes, altijd zijn levensmotto was geweest.

Rouche knikte en legde zijn servet weer over het geïmproviseerde mes. Vervolgens leunde hij samenzweerderig naar voren.

'Hoor eens, ik heb niet heel veel tijd... We hebben iets te bespreken.'

44

Zondag 31 januari 2016
8.37 uur

'Het interview gaat door,' riep Andrea door de studio naar iedereen binnen gehoorsafstand. 'Morgenochtend heb ik om zes uur Rory, geluid en licht nodig in de Woodhill-gevangenis, voor een liveverbinding vanaf zeven uur en de ruimte om het de hele dag om het uur uit te zenden!'

'Damien Rouche? Dat was een maand geleden. Oud nieuws,' liet haar hoofdredacteur weten terwijl hij met zijn mok koffie het naast haar gelegen kantoor uit liep.

'Vertrouw me nou maar,' glimlachte Andrea naar hem. 'Wanneer heb ik je ooit teleurgesteld?'

'O, díé blik heb ik eerder gezien,' grinnikte haar chef. 'Wie heb je nu weer een oor aangenaaid?'

'Niemand die het niet allang verdiende.'

'Bewaking!' brulde Rouche. 'Kom helpen! Alsjeblieft!' riep hij radeloos terwijl het beton het wegsijpelende bloed wijnrood kleurde. Hij drukte zijn hand op de wond in Kelly's zij toen zich een menigte begon te vormen. 'Bewaking!'

Een ervaren gevangenbewaarder kwam over de volle luchtplaats aangerend. 'Achteruit!' schreeuwde hij naar de zich verdringende medegevangenen, onderweg al om versterking vragend. 'Achteruit! ... Jíj blijft hier,' zei hij tegen Rouche toen hij besefte dat die probeerde te helpen. 'Ik heb hier een arts nodig en de luchtplaats moet worden ontruimd. Er is veel bloed. Waarschijnlijk een steekwond.' Hij draaide zich om naar Rouche. 'Wat is er gebeurd?'

'Ik heb niets gezien,' antwoordde Rouche, die met zoveel luisteraars om hem heen geen andere keus had dan zich aan de ongeschreven gevangeniswet te houden. Onder zijn handen kronkelde Kelly van de pijn. 'Het komt goed,' zei Rouche tegen hem, terwijl zijn mouwen het bloed opzogen.

De versterking arriveerde en dreef de gevangenen weg om de arts ruimte te geven bij zijn patiënt.

'Hij moet onmiddellijk naar de ziekenboeg!' riep die naar de gevangenbewaarders.

Rouche veegde zijn bebloede handen af aan zijn shirt en kreeg te horen dat hij bij zijn medegevangenen aan de andere kant van de luchtplaats moest gaan staan. Daar moest hij hulpeloos toezien hoe zijn enige medestander op een brancard werd afgevoerd.

Baxter zat in bad. Terwijl ze hoopte dat een bezoek van Holly Rouche zou opmonteren, had ze van de gelegenheid gebruikgemaakt om de dag met Thomas door te brengen. Hij had al vroeg voor haar deur gestaan in een goedkoop T-shirt uit een souvenirwinkel.

I ♥ LONDON

Baxter had, uiteraard, categorisch geweigerd het hare te dragen, maar had wel ingestemd met zijn plan om alle gebruikelijke toeristenfuiken te bezoeken die inwoners van de stad doorgaans meden als de pest.

Met haar bonte muts op en dito handschoenen aan, hadden ze ruim een uur in de kou staan wachten om de Tower of London binnen te komen en de verplichte selfie gemaakt voor Buckingham Palace.

Na de lunch in het Hard Rock Café hadden ze door het park van Kensington Palace gelopen, met bekertjes afhaalkoffie om zich warm te houden. Het herinnerde hen eraan dat ondanks alle gruwelen, dood en kwaadaardigheid die aan de fundering vraten, een historische en boeiende stad vastberaden de storm zou trotseren.

Het was de beste dag die Baxter zich kon herinneren, zelfs al voordat ze het kleine zwarte doosje ontdekte dat Thomas op haar kussen had achtergelaten. Nadat ze haar verlovingsring had gepast, voelde ze dat er eindelijk een enorm gewicht van haar schouders was gevallen. Ze sloot haar ogen en dompelde haar hoofd onder water: ze had haar beslissing genomen.

Na een eenzame wandeling door de zaal vond Rouche een rustig plekje voor zijn avondmaal. Hij had opzettelijk getreuzeld om zijn aanwezigheid in de eetzaal tot een minimum te beperken. De nazi's zaten vanaf hun gebruikelijke tafel naar hem te kijken, maar verloren al gauw hun interesse toen een zwarte gevangene zo dom was te dicht langs hen te lopen, wat hem op een stortvloed van racistische beledigingen kwam te staan.

Rouche benutte deze korte onderbreking om te proberen wat eten naar binnen te krijgen. Hij had totaal geen honger. Dit keer had dat niets te maken met de pijn in zijn kaak, maar met schuldgevoel. Hij had om drie uur bij de ingang van de bezoekruimte gestaan, in de verwachting dat Baxter daar zou zijn, maar toen hij Holly bezorgd had zien rondkijken, was hij weggelopen. Hij kon het niet aan om haar zo bont en blauw onder ogen te komen. Nu had hij spijt van zijn beslissing. Hij duwde zijn maaltijd weg en zat stilletjes toe te kijken hoe de eetzaal langzaam leegliep.

De nazitafel was een van de laatste die opstond. De minder indrukwekkende leden liepen onbewust in een kring om het alfamannetje heen, verdrongen elkaar om de beste plek. Een van hen hengelde naar goedkeuring door een medegevangene tegen een muur te duwen.

Rouche trok kalmpjes een opgerolde waslap uit de tailleband van zijn broek en haalde de bebloede plastic scherf eruit. Hij nam zijn blad op, kuierde tussen de lege tafels door naar de uitgang, bleef even staan en legde het wapen op de bank waar de groep had gezeten.

Daarna liep hij onschuldig fluitend achter hen aan naar buiten.

Christian kwam in een zeer goede bui thuis.

Hij sloot de voordeur achter zich af en hield zich in toen hij instinctief de deurgreep omhoog wilde trekken, omdat hij besloot dat hij waarschijnlijk beter afscheid kon nemen van die gewoonte. Hij schakelde het alarm in en liep door de maanverlichte woonkamer, waar ijskoude regen tegen de ramen tikte. Hij schonk zichzelf een dubbele whisky in en liet zich in zijn lievelingsstoel zakken, die precies in het midden van zijn stille paleis stond.

Hoewel het zeker niet het weekend was dat hij voor ogen had gehad, was hij zijn beloftes aan Andrea Hall nagekomen door het onmogelijke interview te regelen en de ontslagpapieren voor William Fawkes in te dienen. Hij had de telefoon met de belastende opname ingeleverd als bewijsstuk en een dringende bespreking met Interne Zaken gepland over hoofdinspecteur Baxter. Ook had hij Devon Sinclair gesproken, de FBI-agent die de weinig benijdenswaardige opdracht had het Lucas Keaton-fiasco af te ronden, zowel om het goede nieuws met hem te delen als om duidelijk te maken dat hij verwachtte publiekelijk te worden bedankt voor zijn bijdrage.

Alles wat de vasthoudende journaliste morgenochtend bij Rouche los zou krijgen, zou de zaak die tegen hem liep alleen maar versterken.

Christian nam nog een slokje whisky en bekeek het schaakbord dat verwachtingsvol klaarstond op de koffietafel. Hij bedeelde elk van zijn vijanden een stuk toe en plaatste zijn eigen stukken erom heen... op één na.

Killian Caine en zijn mensen waren nog steeds op zoek naar Eoghan Kendrick, een man die waarschijnlijk niet eens meer leefde en die al ruim dertig jaar niet naar buiten was gekomen met zijn belachelijke verhaal over corrupte politiemensen en verdwenen miljoenen.

Hij was onbelangrijk.

Met het gevoel dat hij eindelijk kon ademhalen, hief Christian zijn glas naar zijn schaakbord.

'Schaakmat.'

45

Maandag 1 februari 2016
6.26 uur

Zelfs Andrea zag er moe uit, haar team nog erger, en Rory leek op sterven na dood toen een lofwaardig grondige, of gewoon anaal gefixeerde gevangenbewaarder een metalen plaat van de televisiecamera schroefde.

'Daarmee is de garantie dus naar de knoppen,' liet Rory hem met een naar koffie ruikende geeuw weten.

De man negeerde hem en trok de plaat opzij om de ingewanden van het extreem dure apparaat te controleren op iets strafbaars.

Na hun afmattend vroege start om voor zes uur bij de Woodhill-gevangenis te zijn, hadden ze de afgelopen zesentwintig minuten ongeveer drie meter afgelegd, doordat ze waren gestrand bij de beveiligde ingang, waar elk onderdeel van hun apparatuur afzonderlijk werd uitgepakt en onderzocht.

'Gaat dit nog lang duren?' vroeg Andrea pissig, zich ervan bewust dat ze over iets meer dan een halfuur een live-uitzending had.

De man keek haar kant uit, haalde zijn schouders op en begon een volgende plaat los te schroeven.

Uitputting had Rouche uiteindelijk overmand, maar na bijna vijf uur slaap was hij klaarwakker toen hij om 6.53 uur, kort voordat de ochtendroutine van de gevangenis van start ging, voetstappen zijn cel hoorde naderen. Omdat hij voor die tijd graag zijn bestemming wilde bereiken, klom hij uit zijn bed en stond hij al in het midden van zijn cel te wachten toen de gevangenbewaarder hem kwam halen.

Hij liep naast de man de trap af. Diens felblauwe uniform bood het enige sprankje kleur toen ze door het verlaten cellenblok liepen. Ze passeerden een aantal deuren die geopend en weer afgesloten moesten worden en kwamen uiteindelijk in de gang naar de bezoekersruimte. Rouche wierp een blik op de donkere ziekenboeg en zag weer de blik in Kelly's ogen toen hij de gekartelde scherf door de huid vlak onder zijn ribben duwde.

'Hé!' riep zijn begeleider, die de deur voor hem openhield.

'Sorry,' zei Rouche, blij dat hij wakker werd geschud uit de herinnering.

'Muur,' blafte de gevangenbewaarder toen ze de laatste deur bereikten. De man was dringend toe aan koffie.

Rouche draaide gehoorzaam zijn gezicht naar de bruingrijze muur terwijl de gevangenbewaarder een vijfcijferige code intikte en zijn pas door de lezer haalde voordat hij de deur opentrok. Ze betraden de bekende ruimte, waar de televisieploeg de apparatuur nog aan het opzetten was en Andrea in een zakspiegeltje haar make-up bijwerkte.

'Uw interviewkandidaat!' kondigde de gevangenbewaarder aan, duidelijk onder de indruk van de wereldberoemde journaliste.

Andrea kwam overeind en knikte bij wijze van groet naar de man die ze had verraden aan hun gemeenschappelijke vijand. Rouche reageerde zoals voor hem typerend was: met een glimlach en een opgewekt handgebaar.

Om 6.59 uur was dokter Yuán bijna aan het eind van zijn vierde achtereenvolgende nachtdienst, en hij was nog nooit zo blij geweest met het vooruitzicht twee dagen vrij te zijn en goed te kunnen slapen. Het weekend leek bij mensen altijd iets wakker te maken: de illusie dat je minder verantwoordelijk was voor wat je uitspookte, het verlangen je een uitspatting te veroorloven die je gedurende de week was ontzegd, zelfvertrouwen in overvloed – en dat was in de gevangenis niet anders dan buiten de muren ervan. Er gebeurde op vrijdag- en zaterdagnacht in de gevangenis altijd het nodige. De oogst van dit weekend: zeven vechtpartijen, één hoofdwond die externe behandeling noodzakelijk maakte, één paar doorgesneden polsen, één steekpartij.

Hij was afgepeigerd.

Tussen het opruimen voor zijn collega door, die hopelijk zou komen voordat iemand anders kans zag gewond te raken, nam dokter Yuán een kijkje bij de drie patiënten die de nacht in de ziekenboeg hadden doorgebracht. Gelukkig lagen ze allemaal nog vredig te slapen, iets wat hem alleen nog maar slaperiger maakte. Bij de warme gloed en monotone geluidjes van de apparatuur en de beeldschermen viel hij bijna in slaap in de deuropening. Toen hij wakker schrok van zijn eigen snurk, wreef de dokter in zijn prikkende ogen en besefte hij onmiddellijk dat er iets was veranderd.

Hij deed een stap naar voren, kneep zijn ogen samen om ze op het zwakke licht in te stellen en fronste toen hij naar het middelste bed keek. Zijn ogen werden groot toen hij besefte dat het leeg was.

Hij wilde zich omdraaien om weg te rennen, maar realiseerde zich niet dat er een gestalte in de deuropening achter hem was verschenen.

Kelly stapte het licht in met een groot lancet in zijn hand. 'Lijkt me geen goed idee,' zei hij kalm toen de man een snelle blik wierp op de paniekknop aan de muur. 'Maak je maar niet druk. Ik wil je geen pijn doen en dat zal ik ook niet. Zolang je maar niks stoms doet.'

De dokter stak zijn handen omhoog.

'Da's beter,' zei Kelly, terwijl hij zijn spullen van een blad naast hem raapte. 'Heb je je pasje bij de hand?'

'Ja, maar daar kom je niet veel verder mee,' antwoordde de dokter, wiens uitputting het effect van de adrenaline afzwakte. 'Ik heb maar beperkte toegang.'

'O, echt?' vroeg Kelly ongeïnteresseerd.

'Ja. Voor dit soort eventualiteiten.'

'En roken?'

'Pardon?'

'Rook je?'
De arts schudde zijn hoofd.
'Lucifers? Een aansteker?'
'Tweede la van boven,' vertelde hij Kelly, en hij wees in de richting van een kast.
Zonder zijn blik van de dokter af te wenden, liep Kelly achteruit naar het meubel en rommelde door de la tot hij de lucifers vond. Hij stak er een stuk of zes tegelijk aan en hield ze onder het rookalarm boven zijn hoofd.
'Je komt hier echt niet weg,' zei de arts, die zag hoeveel moeite het de gewonde man kostte om de vlam stil te houden.
Het schelle alarm ging af, gevolgd door een vlakbij en daarna nog een. Seconden later klonk de reactie: het beangstigende gebrul van honderden ingesloten gevangenen.
'Dan is het maar goed dat we niet uitbreken,' zei Kelly glimlachend, en hij pakte de arts stevig bij zijn arm. 'We breken in.'

'Hitte- en rooksensoren: Sector Oost!' riep een medewerker in de controlekamer en hij sprong achter zijn monitor overeind.
Verschillende videobeelden lieten zien hoe gevangenen op de loopbruggen steeds opgewondener raakten en hoe een te klein aantal gevangenbewaarders moeite had om de situatie onder controle te houden.
'We hebben dringend ondersteuning nodig!' meldde een andere medewerker via de radio. 'Al het beschikbare personeel onmiddellijk naar het cellenblok!'
De jonge man schakelde over van het beeld van Rouche tegenover Andrea en haar team naar een camera bij het cellenblok, waar de boel op het punt stond om uit de hand te lopen.
'Shit,' zei hij terwijl hij naar de schermen keek. 'We hebben beneden meer mensen nodig!'

De toenemende chaos was ook doorgedrongen tot de bezoekersruimte, en bracht bij Rouche een onwelkome herinnering aan een van de angstwekkendste beproevingen uit zijn leven naar boven. Maar deze keer, nu hij tegenover Andrea en haar televisiecamera zat, was het precies wat hij wilde. Hij keek toe hoe zijn begeleider overwoog wat hij moest doen en luisterde naar de radioberichten van zijn collega's, die paniekeriger klonken naarmate de situatie onrustiger werd.

'Blijf hier. Ik ben zo terug,' zei hij, al onderweg naar de deur.

Begrijpelijkerwijs keken Andrea en haar team bezorgd. Ze waren startklaar en negeerden hun producers die in de studio in hun oren schreeuwden waarom ze nog niets uitzonden.

Rouche kwam langzaam overeind. 'Ik denk dat het nu wel tijd is.'

Kelly leidde de arts via het trappenhuis bij de ziekenboeg naar beneden en door de eerste deur links, waar het pasje toegang door verleende. Het alarm, dat zich halverwege de gang bevond, was oorverdovend toen ze er snel onderdoor liepen en een volgende deur bereikten, ditmaal met een toetsenbord als beveiliging.

'Oké, doc,' schreeuwde Kelly over het kabaal heen. 'Jouw beurt.'

Het rode licht op het slot werd groen toen de deur openzwaaide en eerst de verbijsterde arts en daarna het getekende en gerimpelde gezicht van zijn ontvoerder verscheen.

Rouche grinnikte. 'Ik wist niet zeker of je wel zou komen.'

Kelly gaf hem het lancet en ze ruilden van plaats. Met een oprechte verontschuldiging bracht Rouche het wapen naar Yuáns keel.

'Kelly McLoughlin, dit is Andrea Hall,' zei Rouche ter introductie. 'Je kunt haar vertrouwen. Ze is een van ons. Andrea Hall, dit is Kelly McLoughlin, beter bekend als Eoghan Kendrick. Ik denk dat jullie een hoop te bespreken hebben, maar we hebben niet erg veel tijd.'

'Wij zijn er klaar voor,' zei Andrea tegen Kelly.

Hij leek onzeker en draaide zich naar Rouche. 'Ik word hier toch niet genaaid, hè?' vroeg hij.

'Nee,' zei Rouche ernstig. 'Ik zweer het. Dit gebeurt op initiatief van de commissaris van de Metropolitan Police zelf. Je neemt dit risico om een moordenaar te grijpen. We staan allemaal bij je in het krijt en dat is voor jou een heel gunstige positie.'

Hij knikte en liet zich door Andrea naar de anderen leiden.
'Hé, Kelly!'
Hij bleef staan en draaide zich om.
Rouche glimlachte. 'Brand de hele boel maar plat!'

46

Maandag 1 februari 2016
7.11 uur

Op deze ijskoude ochtend moest de zon nog opkomen.

De duisternis buiten en een feestelijke whisky te veel hadden Christian er tot tweemaal toe verleid om de sluimerknop van de wekker in te drukken. Met een katterige kreun tastte hij blindelings naar zijn mobiel, toen het apparaat niet-aflatend begon te zoemen op zijn nachtkastje. Hij keek met toegeknepen ogen naar het schermpje en kwam, plotseling klaarwakker, overeind.

'Killian! Waaraan heb ik dit genoegen te danken?' antwoordde hij terwijl hij een lamp aandeed. Hij kon niet geheel verhullen dat dit akelig vroege telefoontje hem zorgen baarde.

'Heb ik je wakker gemaakt?' klonk de kalme stem van de invloedrijke beroepsmisdadiger.

'Nee! Nou ja, wel. Maar ik wilde toch al opstaan, dus maak je geen zorgen.'

'Dat deed ik ook niet.'

Christian wist niet precies hoe hij moest reageren en wachtte tot de ander verderging. Een lange, geïrriteerde zucht maakte hem nog zenuwachtiger.

'De man over wie we het hadden... Eoghan Kendrick. Ik dacht dat je wel wilde weten dat we hem hebben gevonden.'

'Dat is fantastisch nieuws, toch?' vroeg Christian, onzeker over de sombere toon.

'O ja?'

Opnieuw wachtte Christian tot de ander de draad oppakte.

'Hij wordt, op dit moment, live vanuit de Woodhill-gevangenis op televisie geïnterviewd. Hij lucht zijn hart over mijn zaken, over jou, over de dode rechercheur en over het vermiste geld.'

Het nieuws raakte Christian als een linkse hoek. Hij wilde kotsen, huilen en gillen tegelijk.

'De Woodhill-gevangenis?' mompelde hij, terwijl hij de feiten op een rijtje legde en tot de conclusie kwam dat hij, en niemand anders, een belangrijke rol had gespeeld in het plan dat zijn tegenstanders tegen hem hadden beraamd. 'Hoe kan dat in godsnaam?' antwoordde hij alsof hij van niets wist.

'Dat is precies wat ik mij ook afvroeg.' Caine klonk akelig kalm. 'Nu blijkt dat jíj het interview hebt geregeld. Jíj hebt de beroemdste journaliste van het land toegang verleend tot de gevangenis, en daarmee tot de enige persoon die ons kapot kan maken. Dat betekent, meneer de hoofdcommissaris, dat jij hier schuldig aan bent.'

'Killian, ik...'

'Je hoort nog van ons.'

'Wacht! Ik kan dit nog rechtzetten!'

De verbinding werd verbroken.

Christian bleef even in shocktoestand zitten kijken naar de telefoon in zijn hand, als ware het een doorgesneden veiligheidslijn. Hij klom duizelig uit bed en trok zijn kamerjas over zijn pyjama aan. Hij haastte zich naar beneden, waar de lucht achter de huizenhoge ramen inktblauw was gekleurd. De bomen eronder stonden roerloos – vlakke, zwarte vormen als een geschilderd decor op een toneel. Hij liep door de kamer, raapte de afstandsbediening op en zette zijn enorme televisie aan. De onnatuurlijke gloed baadde hem in licht, terwijl hij van kanaal naar kanaal zapte...

Hij herkende de man onmiddellijk, ondanks de tussenliggende dertig jaar. Christian wankelde om overeind te blijven nu de herinneringen terugkeerden: de hitte van het vuur, het gekreun van het instortende gebouw, het gewicht van het pistool in zijn hand en de blik in de ogen van de man, deze zelfde man, toen hij hem achterliet om op een van de gruwelijkst denkbare manieren te sterven, en dat puur voor zijn eigen hebzucht.

Op het scherm trok Kelly zijn shirt omhoog om het litteken van zijn kogelwond te laten zien, de daad waar Christian zich het meest voor schaamde. Hij verborg zijn gezicht in zijn handen en lachte verbitterd nu hij eindelijk begreep waar Killian Caine zijn kennis vandaan had.

'Het is voorbij,' zei een diepe stem ergens in de kamer – een stem die weergalmde tot aan de dakspanten.

Christian draaide zich niet direct om maar boog verslagen zijn hoofd.

'Hoe heb je hem gevonden?' vroeg hij.

'Ík heb hem niet gevonden.' Wolfs stem klonk nu dichterbij. 'Edmunds heeft hem gevonden... een tijdje geleden al.'

Christian wreef over zijn gezicht. 'Caines héle netwerk kon hem niet vinden.'

'Misschien hadden ze eerst naar de vriendin moeten zoeken.'

'En hoe heb je hem aan het praten gekregen?'

'Ook dat was niet mijn werk. Dat heeft Rouche gedaan. Denk je dat het toeval was dat hij in Woodhill terechtkwam?'

Christian knikte en zette de televisie uit. 'Mevrouw Hall?' vroeg hij.

'Die is toch niet de harteloze bitch die we allemaal dachten dat ze was,' antwoordde Wolf.

'En de opname?'

'Nep. En gewist op het moment dat jij ernaar luisterde.' Hij ging niet in op details, aangezien hij nauwelijks iets had begrepen van het door Baxter en Andrea in elkaar gedraaide plan, dat zaken behelsde als 'zelfmoordberichten', gechipte telefoons en gekloonde berichten-apps.

'Je bent alleen, zie ik,' zei Christian.

'Ik ben alleen,' beaamde Wolf. Hij stapte uit de schaduw die afzwakte nu het buiten lichter werd.

Christian draaide zich naar hem om. 'Oude gewoontes zijn hardnekkig, neem ik aan.'

'Als ik je pijn had willen doen, had ik dat allang gedaan.'

Hij gooide een paar handboeien naast Christian op de bank.

'Weet je, ik heb dit allemaal nooit gewild,' zei hij tegen Wolf, zonder ook maar enige aanstalten te maken om de boeien om te doen. 'Ik was nog eerder doodgegaan dan dat ik ooit Fin en Maggie kwaad zou doen.'

Wolf kwam langzaam op hem af. 'Interesseert me niet,' zei hij.

Christian keek achter zich naar de stille tuin.

Wolf bleef staan waar hij stond. 'Laat me niet achter je aan komen,' zei hij.

Christian glimlachte vermoeid. 'Jíj zou beter moeten weten, Will... iedereen vlucht.'

Het schaakbord vloog door de lucht toen hij over de koffietafel sprong en de glazen deuren bereikte. Hij glibberde over het gladde terras en rende over het bevroren gazon. Toen Wolf hem aan het eind van de tuin door de poort zag verdwijnen, hield Wolf rustig zijn telefoon tegen zijn oor.

'Hij komt recht op jullie af,' zei hij.

Christian vroeg zich af of hij nog sliep toen hij op blote voeten over een tapijt van dorre bladeren rende. De ijskoude lucht klauwde naar zijn longen en de eerste draden zonlicht hadden hun weg gevonden door de bomen van het berijpte bos: absoluut een surrealistisch droomlandschap.

Binnen vijf minuten was zijn leven onherroepelijk veranderd.

Het enige wat hij kon doen was blijven rennen, alles en iedereen verlaten, opnieuw beginnen, omdat hij alles zo compleet anders zou doen als hij nog maar één kans kreeg – de irrationele koehandel van een wanhopige man, het door angst ingegeven waanidee dat hij alles waar hij zich tot nu toe aan had vastgeklampt kon laten verdwijnen, het idee dat hij nog kon ontsnappen.

Hij kwam hard neer en zijn handen zonken weg in de vochtige aarde onder de overblijfselen van de huid die het bos had afgeworpen.

Vlakbij klonk geritsel...

Met angstige ogen keek Christian naar de bomen.

Een luide knak van ergens anders...

Hij was gedesoriënteerd, onzeker over de richting waar hij vandaan was gekomen. Hij bracht zijn ademhaling onder controle en luisterde ingespannen: vanuit de stilte naderde het dreunen van rennende voetstappen, een donkere gestalte flitste op tussen de bomen. Christian kwam overeind en werd overmand door angst toen hij nog een gestalte van de andere kant zag naderen. Hij koos voor een route, zette een uitzinnige sprint in. Het geluid van zijn achtervolgers klonk luider toen nog iemand zich bij de jacht aansloot.

Hij viel weer, doordat uitputting en paniek zijn coördinatie verstoorden. Hij zocht dekking, kroop over de grond en onder een omgevallen boom; een andere keus had hij niet meer. Hij keek toe hoe twee silhouetten langsschoten en even snel weer verdwenen in het door de dageraad verlichte bos. Een derde vertraagde echter zijn snelheid. Christian sloot zijn ogen en hoopte dat ze zouden doorlopen, hulpeloos luisterend naar de stappen over de bosgrond van degenen die naar hem op zoek waren. Hij dook nog verder in elkaar...

Het geritsel kwam dichterbij.

Hij hield zijn adem in.

Ze naderden zijn omgevallen boom, schopten dorre bladeren op, die voor zijn gezicht op de grond neerdwarrelden...

Christian vloog uit zijn schuilplaats, sprintte blindelings naar een open plek en hoorde zware voetstappen op zich af komen.

Iemand sprong boven op hem en hij ging tegen de grond.

'Hierheen!' riep Wolf naar de anderen. Hij had een wilde blik in zijn ogen. Christian keek hem aan, volkomen uitgeput.

Edmunds verscheen plotseling links van hem, Saunders rechts. Even later strompelde ook Baxter boven zijn hoofd in beeld. Ze keken hem alle vier met dezelfde emotieloze blik aan. Omringd door zijn vijanden, begon Christian te lachen.

'Dit was nooit bedoeld als een arrestatie, nietwaar?' vroeg hij. Zijn zilveren haren waren donker van de aarde en bladeren. 'Jullie wílden me hier, zonder pottenkijkers!'

Wolf verstevigde zijn greep op de worstelende gevangene.

'Geen getuigen, hè?' schreeuwde Christian manisch, en hij strekte zich om naar Baxter op te kunnen kijken. 'Maak er dan een eind aan!' hitste hij Wolf op, terwijl hij zijn blik zocht. 'Toe dan!'

'Zo makkelijk kom je er niet van af, vriend,' zei Saunders. Het geluid van sirenes begon de ochtendlucht te vullen.

Toen hij eindelijk zijn lot aanvaardde, liet Christian zijn lichaam verslappen en gaf hij zich over aan Wolf. Toen de sirenes dichterbij kwamen, verdwenen zijn overweldigers een voor een en lieten hem en Wolf alleen op de open plek. Wolf draaide hem op zijn buik en boeide zijn handen achter de rug. Vervolgens wees hij de hoofdcommissaris op zijn rechten, genietend van elk van de woorden die hij na lang wachten eindelijk kon uitspreken:

'Christian Bellamy, ik arresteer u voor de moord op oud-rechercheur Finlay Shaw. U hebt het recht om te zwijgen, maar het kan uw verdediging schaden als u niet reageert op vragen waar u zich later voor de rechtbank op beroept. Alles wat u wél zegt kan als bewijs tegen u worden aangevoerd. Hebt u dit begrepen?'

Overmand door emoties trok Wolf zijn arrestant overeind, en met glinsterende blauwe ogen bracht hij hem op in de richting van de dansende lichten in de verte.

47

Maandag 1 februari 2016
14.34 uur

Edmunds was laat.

De ontgoochelende realiteit van het politiewerk had het grootste deel van de dag in beslag genomen. Het team had op scrupuleuze wijze bewijsmateriaal gearchiveerd, gedetailleerde verklaringen afgegeven en noodgedwongen een bijeenkomst bijgewoond met de onverdraaglijke pr-afdeling. Gespitst op schadebeperking voelde het alsof ze waren binnengekomen met een emmer en dweil om de ravage van een publiciteitsbom op te ruimen.

Edmunds sloop naar binnen, waar hij Wolf tegen de muur zag leunen terwijl Vanita triomfantelijk een verhaal hield tegen de aanwezigen van haar haastig georganiseerde persconferentie. Edmunds ging stilletjes naast hem staan.

'Hoewel de details van het lopend onderzoek natuurlijk niet openbaar zijn,' sprak Vanita resoluut tot de pers, 'zou het naïef zijn om net te doen alsof jullie niet allang op de hoogte zijn van de beschuldigingen tegen Christian Bellamy en de ernst waarmee we die beschuldigingen behandelen. Dat betekent dat ik voorlopig de functie van plaatsvervangend hoofdcommissaris op me zal nemen...'

Een paar journalisten schreeuwden vragen die Vanita niet had mogen beantwoorden, zelfs al had ze ze gehoord.

Edmunds wrong zich naast Wolf. 'Hoi,' fluisterde hij.

'Hoi.'

'Waar zijn de anderen?'

'Die komen niet.'

Edmunds fronste, aangezien Wolf hem zelf had verteld dat zijn aanwezigheid verplicht was.

'... en in die hoedanigheid,' ging Vanita verder, 'zou ik de nadruk willen leggen op het bezielende en moedige werk van het betrokken team, bestaande uit zowel burgers als leden van de Metropolitan Police.'

Ze wendde zich met een gescripte glimlach tot Wolf en Edmunds en las de lijst met namen voor: 'Hoofdinspecteur Emily Baxter, rechercheur Jake Saunders, oud-rechercheur Alex Edmunds, oud-rechercheur William Layton-Fawkes...'

Wolf kromp ineen.

'... oud-CIA-agent Damien Roche, en een vriendin van de politie: Andrea Hall.'

Daartoe aangemoedigd door Vanita lieten de aanwezigen een beleefd applausje horen.

'En, hoe voelt het' – Edmunds kon iets harder praten dankzij het halfhartige applaus – 'om de man te zijn die de hoofdcommissaris van de Metropolitan Police arresteerde?'

'Ik heb een beetje gehuild, geloof ik,' gaf Wolf toe.

Edmunds knikte, ietwat kritisch. 'Dat snap ik wel.'

'Ik móést wel degene zijn die hem arresteerde,' zei Wolf, die zijn stem weer liet dalen toen het applaus wegstierf. 'Dát was voor mij. De rest is helemaal voor jou,' zei hij cryptisch tegen Edmunds.

Vanita liep weer naar de microfoon.

'Ik geef het woord nu aan een lid van dat team. Hij zal antwoord geven op jullie vooraf goedgekeurde vragen met betrekking tot het onderzoek...'

Wolf duwde zich los van de muur in de richting van de schijnwerpers waar hij zo aan gewend was. Maar vervolgens draaide hij zich naar Edmunds, gaf hem een hartelijke klap tegen zijn rug.

'Jij kunt dit, toch?' zei hij vriendelijk, om vervolgens nonchalant de deur uit te lopen.

Vanita's gezichtsuitdrukking was een afspiegeling van die van

Edmunds, maar ze herstelde zich snel: 'Eh... dames en heren, oud-rechercheur en privédetective... Alex Edmunds!' kondigde ze aan. Het leverde opnieuw een lauw applaus op.

Terwijl camera's flitsten in de maat van een stortvloed aan onverstaanbare vragen, begaf Edmunds zich struikelend naar het podium, waarbij hij bijna een televisiecamera omverschopte, om het gezicht te worden van het team dat verantwoordelijk was voor de onthulling van het grootste schandaal in jaren. Hij gaf Vanita enthousiast een hand voordat hij naar de microfoon liep.

Hij schraapte zijn keel.

'Goedemiddag... Zijn er nog vragen?'

48

Woensdag 3 februari 2016
16.49 uur

Christians arrestatie had gevoeld als een einde, maar aangezien Finlays lichaam pas na het proces werd vrijgegeven, zou het nog een poosje duren voordat ze hem een echte begrafenis konden geven. Toch wilde Maggie iets doen. Ze had alleen de beste vrienden van haar echtgenoot uitgenodigd en organiseerde een informele herdenkingsbijeenkomst in haar achtertuin. Ze had erop aangedrongen dat het een blijde gebeurtenis moest worden, waar iedereen eindelijk de kans kreeg om afscheid van hem te nemen. Tegen de avondschemering hadden Wolf, Baxter, Edmunds, Saunders, Andrea en een handvol anderen zich verzameld rond de vuurkuil om bij kaarslicht hun favoriete herinneringen te delen.

Toen Ben E. Kings 'Stand By Me' uit de speakers van de platenspeler klonk, stak Wolf zijn hand uit naar Maggie, en danste in de plaats van haar echtgenoot met haar op Finlays lievelingsnummer.

Vrijdag 21 mei 2010
(Finlays verjaardag)
23.58 uur

Wolf lag voor pampus op de bank van zijn en Andrea's piepkleine huisje in Stoke Newington, in serene onwetendheid van het feit dat hij Finlays verjaardagsfeestje volledig had verpest. Hij had Maggie overstuur gemaakt, een van Baxters vriendjes een tand uit zijn mond geslagen en een enorme ruzie tussen hen tweeën veroorzaakt. Wat echter nog belangrijker was: hij was niet naar zijn vrouw gegaan, die het laatste halfuur op bed had liggen huilen en zou willen dat hij genoeg om haar gaf om te komen kijken hoe het met haar was.

Er klonk een klap in de hal.

Wolf viel van de bank en krabbelde overeind. Nog gekleed in zijn verfrommelde overhemd en stropdas liep hij precies op tijd de hal in om een van zijn werkschoenen tegen zijn hoofd te krijgen.

'Jezus christus,' klaagde hij, zijn hoofd vasthoudend terwijl hij keek hoe zijn volledige aardse bezit verspreid lag over de trap. 'Wat is dit, verdomme!' riep hij naar Andrea, die op de overloop stond met de volgende lading.

'Je moet weg,' antwoordde ze met make-up over haar hele gezicht. 'Vanavond nog.'

'Ja, ja,' knikte Wolf. 'Maar ik ga eerst nog effe slapen.'

De tweede schoen deed nog meer pijn dan de eerste.

'Wil je alsjeblieft... stóppen... met dingen naar me te gooien!'

'Eruit!'

'Nee.'

Andrea verdween een moment. Wolf wist niet zeker of dit een goed of slecht teken was. Zijn gevoel zei hem dat het slecht was...

Ze verscheen weer boven aan de trap met zijn Fender Telecaster in haar handen.

'Eruit,' herhaalde ze.

'Laten we geen overhaaste dingen doen,' glimlachte hij naar haar.

'Eruit!' Ze liet zijn gitaar boven de trap bungelen.

'Heb... niet... het... lef!'

Ze liet los en de blauwgevlamde gitaar stuiterde van de trap.

'Wat is je probleem, verdomme?!' brulde hij.

'Jij! Ik heb het gehad met jou! Ik heb het gehad met haar! Ik heb genoeg van deze klotesituatie. Ik wil dat het ophoudt!'

'Dit is ook mijn huis!' schreeuwde Wolf. Hij begon dingen terug te gooien maar keek een beetje bang toen ze plotseling de trap af stormde en op hem afkwam.

'Eruit!' gilde ze, hem naar de deur duwend.

'Andie...'

Ze trok de voordeur open en werkte hem naar buiten, de milde voorjaarsnacht in, verlicht door de zwaailichten van een voor de deur geparkeerde politieauto.

'En wat moeten jullie,' schreeuwde Wolf tegen de twee agenten die zich door het tuinhek haastten.

'Meneer, u moet even kalmeren,' zei een van hen. 'Wilt u even bij mevrouw vandaan gaan?'

'Dit is mijn huis!' blies hij naar de man. Hij schudde diens hand af en liep weer naar de voordeur.

'Meneer!' De agent greep hem bij de schouder. Wolf draaide zich om en sloeg de man in zijn gezicht, iets waarvan hij onmiddellijk wist dat het een stommiteit was.

Andrea barstte in tranen uit en rende weer naar binnen. 'Ik kan hier niet meer tegen!'

'Andie!' riep hij haar na toen de deur dichtklapte. Weer kalm, zij het te laat, draaide hij zich om naar de agent met de bloedende lip. 'Het spijt me... Ik kan zeker niets zeggen om je te overtuigen dat je me niet aan moet houden?'

'Helemaal niets.'

'Geweldig.'

Woensdag 3 februari 2016
17.20 uur

Wolf en Maggie hadden gezelschap gekregen van een ouder stel terwijl ze rond stuntelden op de maat van de muziek. Baxter pakte haar warme chocola op en ging bij Andrea staan, die langs de foto's liep die rondom in de tuin waren opgeprikt.

'Emily.'

'Andrea.'

'Het ziet er leuk uit.'

'Ja... inderdaad.'

Ze bleven een tijdje staan kijken naar de foto van Finlay en Wolf halverwege hun drinkgelag op Finlays vijfenvijftigste verjaardag, ongeveer een uur voordat het allemaal verschrikkelijk uit de hand liep.

'Je weet dat hij die avond is gearresteerd?' zuchtte Andrea.

'Ja, ik heb het gehoord.'

'Hij gedroeg zich als een idioot, zoals gewoonlijk,' zei ze glimlachend toen hij Maggie ronddraaide, gevaarlijk dicht langs het kwetsbare oude stel, dat zich nu alleen aan elkaar vast leek te houden om overeind te blijven. 'Die draai heb ik hem geleerd,' zei ze trots tegen Baxter. 'Hoe is het met Rouche?'

'Geen idee. Sinds hij die mini-uitbraak en de gijzelneming van de gevangenisarts heeft georganiseerd, mag ik hem niet meer bezoeken,' zei ze met een bezorgde blik.

'Blijf gewoon bij je verhaal,' stelde Andrea haar gerust. 'Ze hebben geen enkel bewijs tegen hem, en dat weten ze. Het is gewoon jouw woord tegen het hunne.'

Baxter knikte. 'En hoe staat het met Will?

'Die gaat naar de gevangenis,' antwoordde Baxter nuchter. 'Maar een prettige. En niet erg lang. Het lijkt erop dat Vanita woord houdt.'

Hoewel een beetje stijfjes, verliep het gesprek voor hun doen erg goed.

'En...' Andrea aarzelde, omdat ze zich afvroeg of ze niet een stap te ver ging. 'Al een beslissing genomen over dat andere?'

Baxter wierp een blik om zich heen om er zeker van te zijn dat niemand meeluisterde.

'Thomas heeft me de verlovingsring teruggegeven.'
'En?'
'Hoezo en?'
'Heb je ja gezegd?'
'Nee. Nog niet. Maar dat ga ik wel doen.'
'Echt?'
'Echt.'
Andrea straalde en gaf haar een ongemakkelijke knuffel.
'Gefeliciteerd!' zei ze. 'Ik ben echt blij voor je. En' – ze keek naar Wolf toen hij Maggie hardop aan het lachen maakte – 'je maakt een verstandige keuze. Wanneer vertel je het aan Thomas?'
'Vanavond. Maar er is één ding dat ik voor die tijd nog moet doen.'

Zaterdag 22 mei 2010
1.42 uur

Wolf lag op de matras in de politiecel en wilde maar dat hij voor even zijn hersenen kon uitschakelen, nu er duizend verschillende gedachten tegelijk door zijn brein schoten.

Hij verkeerde nog steeds in een shocktoestand na wat er was gebeurd, over de felheid van Andrea's woede en de intensiteit van haar ellende. Onuitgesproken gevoelens hadden te lang gegist. Ze hadden natuurlijk eerder ruzies gehad, enorme ruzies, maar nooit zoals vannacht. De laatste tijd leek het wel alsof hij wat haar betrof niets goed kon doen, maar nu hing er iets definitiefs in de lucht, wat tegelijkertijd voelde als een opluchting en als een intense pijn.

Hij wist niet eens zeker in welk politiebureau hij was, maar een van de agenten had hem herkend. Hij had hem een eigen cel gegeven en aangeboden om iedereen voor hem te bellen die hij wilde spreken.

Er sloeg een deur dicht en vervolgens kwamen langzame voetstappen dichterbij.

'Zo, lul,' zei de krakende stem ter begroeting.

Finlay sleepte een stoel mee en ging aan de andere kant van de tralies zitten.

'Ja,' zei Wolf, terwijl hij overeind kwam. 'Ik weet het. Ik weet het. Wat doe jij hier?'

'Tja, de een of andere lul maakte zo'n enorme bonje met zijn vrouw, dat de buren de politie belden, met wie hij daarna een robbertje ging knokken, voordat hij mij noemde als de persoon in geval van nood... Op mijn verjaardag... Die hij eerder al had verkloot.'

Wolf kwam overeind.

'Ten eerste had ik niet verwacht dat ze je vanavond al zouden bellen. Ten tweede, bedankt dat je toch bent gekomen. En ten derde, ik móést vanavond wel iets doen. Je zag toch hoe die kerel Baxter beetgreep?'

Finlay leek enigszins dronken en uitgeput. Hij geeuwde.

'Ík zag een best aardige vent die voorzichtig de arm van zijn vriendin beetpakte, omdat hij niet wilde dat ze wegging.'

'Maar jij bent oud,' redeneerde Wolf. 'Jouw ogen zijn niet meer zo goed.'

'Je was gewoon op zoek naar een excuus, Will,' zei Finlay geërgerd. 'Als het niet haar arm was geweest, had je iets anders gevonden. Wie er vanavond ook met Emily opdook, zou klappen krijgen.'

Wolf wuifde Finlays theorie weg.

'Hoor eens,' ging Finlay verder, niet in de stemming voor een discussie, 'ik heb de boel glad kunnen strijken met de wachtcommandant en er zijn geen gevolgen, aangezien de collega die je hebt geslagen heeft besloten je te matsen... Graag gedaan.'

'Laten we dan maar gaan.'

'Nee, je blijft vannacht nog wel hier,' zei Finlay. 'Dat was mijn idee. Ik denk dat je nog wat slaap nodig hebt.'

Wolf zakte beschonken terug op het bed. 'Ik kan toch nergens heen. Ik denk dat Andrea en ik er wel klaar mee zijn.'

'Je kunt het nog goedmaken.'

Wolf schudde zijn hoofd. 'En als ik dat niet wil?' vroeg hij.

'Ze is je vrouw!'

'We zijn niet zoals jij en Maggie! Jullie zijn voor elkaar geschapen. Misschien zijn Andrea en ik dat gewoon... niet.'

Finlay wreef over zijn vermoeide gezicht. 'Emily en jij zouden een ramp zijn voor elkaar. Daar is iedereen het over eens. Je hebt een vrouw. Je bent het aan haar verplicht om het in ieder geval te proberen.'

'Hoe bedoel je, "iedereen"?' zei Wolf binnensmonds.

'Ik bedoel iedereen! We zien hoe jullie elkaar iedere dag constant op de huid zitten. Je bent niet echt subtiel wat dat betreft. En Andrea ziet dat net zo goed als wij.'

'Als ik dan zo'n hufter ben, wat doe jij hier dan nog?'

'Weet je wat? Dat vroeg ik mezelf net ook af,' zei Finlay, terwijl hij opstond en wegliep.

Woensdag 3 februari 2016
17.23 uur

Baxter zette haar warme chocolademelk op een paaltje van de afrastering en liep naar Maggie en Wolf. 'Vind je het goed als ik hem even van je leen?' vroeg ze.

'Ga je gang,' lachte Maggie. 'Hij heeft al vaak genoeg op mijn voeten getrapt voor één avond.'

Baxter nam Wolf mee naar het eind van de tuin en ging op een muurtje tussen twee flikkerende kaarsen zitten.

'Ik moet je vertellen...' begon ze, en ze veranderde abrupt van onderwerp om wat tijd te winnen. 'Maggie lijkt gelukkig... Nou ja, niet echt gelukkig, maar...'

'Dat is ze wel. Voor zover ze dat kan zijn.' Hij keek even rond om er zeker van te zijn dat ze alleen waren. 'Ze heeft gisteren van het ziekenhuis gehoord dat haar laatste scan schoon was,' fluisterde hij tevreden. 'Ze heeft het niemand verteld omdat ze wilde dat het vanavond om Finlay zou gaan.'

'Dat is geweldig nieuws,' zei Baxter, een beetje mat.

Hij nam een slok van zijn bier. 'Wat is er?' vroeg hij.

'Niets. Het is... nou ja, hij is er niet bij om het mee te maken, toch? En er wordt van alles over hem gezegd op het nieuws.'

Wolf knikte.

'Ja, maar daar gaat het niet om, hè?' zei hij. 'Denk je dat het Finlay ook maar een drol zou kunnen schelen hoe mensen hem noemen? Maggie is nu niet veilig dankzij haar mazzel, of God, of het lot. Ze leeft nog dankzij hem, omdat alleen het allerbeste goed genoeg was voor haar, omdat hij alles op het spel zette om haar te redden.'

Baxter glimlachte bedroefd.

'Je bent er altijd al goed in geweest om dingen in een vorm te gieten die jou uitkomt,' zei ze.

'En jij was er altijd erg slecht in.'

'Ik denk soms dat mensen moeten toegeven dat ze een fout hebben gemaakt... Zoals ik, die avond in de kapel.' Wolf fronste toen Baxter diep ademhaalde en zei: 'Thomas heeft me weer ten huwelijk gevraagd.'

'O.'

'En ik ga "ja" zeggen. Ik ben een tijdje in de war geweest door alles wat er gebeurde. Toen schrok ik van het aanzoek en vond ik dat stomme briefje, maar nu weet ik wat ik wil.'

'Briefje?' vroeg Wolf, huiverend van de kou waartegen de vuurkorf op het terras niet op kon.

'Het maakt nu niets meer uit.'

'Eerder duidelijk wél,' drong hij aan.

Nijdig zei Baxter: 'Ik vond iets tussen Finlays spullen in zijn handschrift... Een liefdesbrief of zoiets, maar hij had het niet voor Maggie geschreven. En het raakte me echt: het idee dat hij zulke gevoelens had voor een andere vrouw terwijl hij Maggie had, en...' Ze hield op met praten toen ze Wolfs schuldige blik opving. 'O mijn god! Jij weet voor wie hij het schreef, nietwaar?'

'Ik weet niet waar je het over hebt.'

'Leugenaar!'

'Sommige dingen kunnen maar beter onbesproken blijven.'

Baxter was niet van plan het daarbij te laten. Ze haalde het verfrommelde kaartje uit haar zak en vouwde het open om hardop voor te lezen.

'Nog steeds geen naam voor me?' vroeg ze.
Wolf gaf geen antwoord.
Ze haalde haar schouders op. 'Misschien helpt dit om je geheugen op te frissen...'

Zaterdag 22 mei 2010
1.46 uur

Wolf haastte zich naar de tralies. 'Finlay, wacht!' riep hij.

Finlay liet hem even bungelen en kwam toen op zijn dooie gemak terug.

'Het spijt me.'

'Zit wel goed,' antwoordde de Schot. Hij voelde zich ongemakkelijk bij emotionele dialogen.

'Voor je kwam, lag ik hier maar' – Wolf begon door zijn kleine cel te ijsberen en haalde zijn handen door zijn haar; het kostte hem moeite om onder woorden te brengen wat er in zijn hoofd omging – 'gewoon te denken aan alles wat ik al heel lang wilde zeggen, maar wat me niet lukte... over dat dit misschien het enige moment was om het te zeggen. Je hebt gelijk: Baxter en ik zijn een puinhoop. Andrea en ik zijn een puinhoop. De hele situatie is een enorme puinhoop, en er zal iets moeten veranderen... Wil je een boodschap aan haar overbrengen?'

'Aan Andrea?'

'Aan Baxter.'

Finlay hief zijn ogen ten hemel. 'Heb je ook maar naar één woord geluisterd van wat ik zei?'

'Een berichtje,' brabbelde Wolf. 'En als ze niet geïnteresseerd is, dan weet ik dat, nietwaar? Dan kan ik op de een of andere manier verder met mijn leven.'

'Waarom ik?' kreunde Finlay.

'Denk je dat ze na vanavond nog met me wil praten?'

'Eh... nee,' gaf Finlay toe.

Hij leende de pen naast de bezoekerslijst, haalde een verfomfaaide verjaardagskaart uit zijn achterzak en scheurde die doormidden. Terwijl Wolf verder ijsbeerde en de woorden op een rijtje zette die hij al vele malen in zijn hoofd had geoefend, ging Finlay weer zitten, met de pen in de aanslag.

'Oké, wat is je boodschap?' vroeg hij.

Woensdag 3 februari 2016
17.27 uur

'"Heb je 't verdomme nóg niet door?"'

Bij het licht van de langzaam dovende kaarsen las Baxter de woorden en realiseerde zich dat ze al voor eeuwig in haar geheugen waren gegrift.

'Baxter, ik...'

'"Ik hou niet zomaar van je. Ik aanbid je, onvoorwaardelijk, niet-aflatend en zonder enige hoop. Je bent van mij."'

'Baxter, ik moet je iets vertellen.'

'"En geen van deze kloothommels, niets van alle afgrijselijke dingen die tussen ons zijn gebeurd, noch deze achterlijke tralies kunnen ons bij elkaar vandaan houden..."'

'Baxter!' snauwde Wolf. Hij griste het briefje uit haar hand en smeet het op de grond.

Hij aarzelde en liet zich vervolgens door zijn knieën zakken tot hij op ooghoogte met haar was. Voorzichtig reikte hij naar haar hand.

Hij haalde diep adem.

'Want niemand zal jou ooit, ooit van mij afpakken,' zei hij.

Baxters geïrriteerde blik veranderde langzaam in iets wat leek op geërgerde verwarring, voordat het eindigde in de buurt van met stomheid geslagen shock.

'Hij heeft het je nooit gegeven?' vroeg Wolf.

Baxter schudde slechts sprakeloos haar hoofd.

Wolf knikte, niet eens verbaasd. 'Hij was altijd al een klootzak.'

Epiloog

Donderdag 15 december 2016
19.34 uur

'Wat had de getuige te vertellen?' vroeg Baxter, haar telefoon tussen haar schouder en oor geklemd terwijl ze naar haar sleutels zocht. 'Néé! En het forensisch onderzoek? ... Néé!' Ze had zich naar huis gehaast en zodra ze over de drempel was riep ze naar boven: 'Is ze nog wakker?'

'Nog nét!'

Ze gooide haar tas in de richting van de kerstboom, schopte haar laarzen uit en liep de trap op terwijl ze haar blouse over haar hoofd trok in plaats van tijd te verspillen met het prutsen aan knoopjes. Ze hield de telefoon weer tegen haar oor. 'Van wie?! Toch niet de vingerafdrukken van die dode kerel?! ... Néé! ... Wat? Ja, die maken ze nog steeds. ... Geen idee – Tesco? Ik regel er eentje voor je. Luister, ik ben weer thuis. Ik moet nu gaan. ... Goed. ... Góéd! Ik moet gaan. ... Ik hang nu op. Dag!'

'Ze begint in slaap te vallen!' klonk de stem terwijl ze zich uit haar broek worstelde en de douche in sprong.

'Geef haar dan een porretje, of zoiets!' riep Baxter terug. Ze schoot in haar geruite pyjama en haastte zich de slaapkamer in.

'Net op tijd,' begroette Wolf haar, met een sprookjesboek in zijn handen.

'Maak dat je wegkomt! Je hebt haar al de hele dag gehad!' Ze ruilde met hem van plaats en reikte in de wieg, waar Finlay Elliot Baxter op het punt stond in slaap te vallen, haar kleine hand om de versleten vleugel van Frankie de Pinguïn.

'De vingerafdrukken van welke dode kerel?' vroeg Wolf opgewonden fluisterend.

Baxter fronste naar hem. 'Misschien kunnen we het daar later over hebben?' vroeg ze.

'Was dat Rouche?'

'Ja. En het lijkt erop dat hij en Edmunds een vette vis hebben gevangen, waarover ik je alles zal vertellen... straks.'

'Maar wat denken ze? Een zogenaamde dood, of dat iemand de vingers van die dode kerel eraf heeft gehakt?'

'Jezus, Wolf! Straks!' Voorzichtig pakte Baxter haar dochter op, maar haar glimlach verdween toen ze zijn kunstwerk aanschouwde. 'Eh... Wolf?' begon ze, op de toon die ze normaal gesproken bewaarde voor woorden als 'kloothommel'. 'Wat is dat op het behang?'

'Goed hè?' zei hij trots. 'Ben ik de hele dag mee bezig geweest.'

Ze droeg baby Finlay naar een deel van de muur waar een tekenfilmkrokodil leek te zijn vastgeplakt aan de achterkant van een giraffe. Ze draaide zich fronsend naar hem om.

'Tja, weet je, je wordt niet geacht die dingen perfect te laten passen,' verklaarde hij.

'En waar is de kop van deze olifant?'

Hij keek de kamer rond. Het zag er nu inderdaad wat angstaanjagender uit dan bij daglicht.

'Daar,' zei hij zelfvoldaan, en hij wees naar ergens boven de deur.

'Het is...' Ze mimede het woord shit. 'Doe het maar over.'

'Doe het zélf maar over!'

'Het ziet eruit als de nachtmerrie van een taxidermist!'

'Je zegt het maar. Ik zag niet wat er mis was met die engeltjes die we hiervoor hadden.'

'Ik wil géén engeltjes! Hoe vaak moet ik dat...'

Baby Finlay begon te huilen. Baxter wiegde haar zachtjes weer in slaap en legde haar terug in de wieg.

'Ik doe het niet over. Punt,' fluisterde Wolf en hij sloeg uitdagend zijn armen over elkaar.

'Die zebra daar heeft de kop van een slang en de poten van een leeuw. Het lijkt wel of het zo aan elkaar is gezet.'

Wolf staarde nog eens naar het afgrijselijke samenraapsel, wat langer nu. Toen zakten zijn armen langzaam weer langs zijn lichaam.

'Doet het je ergens aan denken?' vroeg ze hem.

Hij slaakte een diepe zucht. 'Ik doe het wel over.'

'Dank je. Waar was je gebleven?' fluisterde ze, het sprookjesboek oppakkend.

'Maakt dat iets uit?' vroeg hij.

Ze wierp hem een blik toe.

'Hij heeft net het zwaardvechtende monster verslagen,' vertelde hij, terwijl hij de kamer uit liep. 'Ik ga aan het eten beginnen.'

'Canard à l'orange?'

'Broodje bal.'

'Ik haat je!' riep ze hem grijnzend na.

'Ik haat jou meer!'

Ze bladerde door de laatste pagina's, met ogen als spleetjes turend naar de woorden, nu de magische lamp kleurrijke vormen op de muren wierp.

'"De poorten splinterden en braken! 'De mannen van de koning zijn binnengedrongen! Vlucht!' riep de prinses naar de ridder toen het wapengekletter de toren vulde. 'Alsjeblieft, doe het voor mij. Vlucht!' De dappere ridder wilde niet vluchten, maar deed wat de prinses hem opdroeg en klom uit het hoogste venster van de grootste toren, zodat hij misschien eens op een dag naar haar zal terugkeren. Dus wachtte ze en wachtte ze nog wat langer en op een dag vele, vele maanden later... kwam hij terug."'

Baxter sloeg de laatste pagina om.

'"En ze leefden nog lang en gelukkig."'

LEES OOK VAN

DANIEL COLE